MENTIRAS PIADOSAS

Lisa Unger

Mentiras piadosas

Umbriel Editores

Argentina • Chile • Colombia • España
Estados Unidos • México • Uruguay • Venezuela

Título original: *Beautiful Lies*
Editor original: Shaye Areheart Books, an imprint of The Crown Publishing
            Group, a division of Random House, Inc., Nueva York
Traducción: Montserrat Roca

© 2006 *by* Lisa Unger
   This translation published by arrangement with Harmony Books,
   a division of Random House, Inc.
   All Rights Reserved
© de la traducción 2006 *by* Montserrat Roca
© 2006 *by* Ediciones Urano, S. A.
   Aribau, 142, pral. – 08036 Barcelona
   www.umbrieleditores.com

ISBN-13: 978-84-89367-16-6
Depósito legal: B. 44.857 - 2006

Fotocomposición: Ediciones Urano, S. A.
Impreso por Romanyà Valls, S. A. – Verdaguer, 1 – 08760 Capellades (Barcelona)

Impreso en España - *Printed in Spain*

Para Jeffrey
Lo eres todo para mí. Siempre.

*Así era él, anónimo, sin nombre...
totalmente huérfano, un quídam.*

CYPRIAN K. NORWID

25 de octubre de 1972

Hubo momentos en los que ella deseó que estuviera muerto. No es que deseara no haberle conocido, eso no; ni que no hubiera nacido, sino que lo atropellara un coche o que muriera de forma violenta, en una pelea de bar, por ejemplo, o que una máquina le destrozara el brazo y se desangrara hasta morir sin que nadie pudiera salvarle. Y deseaba que en esos momentos finales, al sentir que la vida se le escapaba, él comprendiera hasta qué punto había sido un cabrón, como un desperdicio viviente. Ella lo imaginaba aterrado y arrepentido, consciente de que el charco negro en forma de riñón que tenía bajo el cuerpo era su propia sangre, y aceptando finalmente la evidencia de que iba a pagar por la clase de hombre que había sido. Y en esos momentos de oscuridad le llegaría el arrepentimiento, un arrepentimiento profundo. Pero ya sería demasiado tarde. Eso era lo que ella sentía por él.

Estaba sola en la oscuridad, tumbada en la cama sobre aquella colcha vieja y descolorida. Del radiador salía un aire seco y caliente que de vez en cuando chasqueaba con fuerza, como si alguien golpeara las tuberías con un instrumento metálico. Se incorporó para oír la respiración suave y acompasada de su hija, abajo en la salita de estar. El viento golpeó con fuerza la ventana. Sabía que fuera hacía frío, era la noche más fría de aquel otoño. Pero ella sudaba un poco. La calefacción del apartamento siempre estaba demasiado alta. Por las noches el bebé —de hecho ya no era un bebé, tenía casi dos años— siempre se apartaba el cubrecama. Por eso escuchaba. Para oír el repentino cambio de postura de la niña al destaparse. Pero también estaba atenta a otra clase de ruidos.

Los latidos de su corazón habían recuperado por fin un ritmo normal y el bebé ya había dejado de gritar, pero ella sabía que él volvería. Se acostó completamente vestida con una sudadera gris, unos vaqueros, zapatillas de deporte y el teléfono en la mano. Y un bate de béisbol junto a la pierna. Si él volvía, ella llamaría otra vez a la policía; aunque esta noche ya habían venido una vez, cuando él ya no estaba. Tenía una orden de alejamiento. Tenían que acudir tantas veces como les llamara.

Era increíble en lo que se había convertido su vida. Si no fuera por su hija pensaría que la había echado a perder, tantos errores, tantas esperanzas rotas. Pero al menos sabía que había hecho una cosa bien; pese a todo lo demás, su bebé era feliz, estaba sana y tenía una madre que la quería.

En la mesilla brillaba la luz verde del reloj; en aquel momento sólo se oía la respiración de la niña y el zumbido de la nevera en la salita de abajo. Una nevera vieja que gruñía y traqueteaba un poco. Pero ya casi no lo notaba, salvo cuando escuchaba atentamente en la oscuridad, preocupada, pensando dónde estaría él y qué sería lo siguiente que intentaría.

Cuando le dijo que estaba embarazada, su relación prácticamente ya había terminado. Si es que alguna vez fue una relación. Habían salido juntos un par de veces. Él fue a recogerla con su Monte Carlo y la llevó a una pizzería donde aparentemente todo el mundo le conocía. Le retiró la silla y le dijo que era bonita. Lo repitió un par de veces durante la cena, para llenar los silencios de una conversación poco fluida.

Fueron a ver El candidato, de Robert Redford, y La huida, de Steve McQueen; ella no tenía interés especial en ver ninguna de las dos, pero él tampoco se lo preguntó. Sencillamente condujo hasta el cine, fue a la taquilla y le dijo al hombre lo que quería ver. Quizás ella debería haberse tomado aquello como un primer aviso. Si tienes una cita y la llevas al cine, ¿no deberías preguntarle qué le apetece ver? En la oscuridad de la sala, con una bolsa de palomitas entre las piernas, él jugueteó con su cola de caballo y le susurró al oído lo bonita que era... otra vez. En la segunda cita, dejó que le tocara los pechos durante La huida, y notó aquella cálida excitación entre las piernas, casi le gustó. Aquella noche él la acompañó a su apartamento y se acostaron juntos. Pero no se quedó a dormir. Se acostaron unas cuantas veces desde aquel día, pero dejó de llevarla a la pizzería y al cine. Y en-

tonces, justo cuando ella ya contaba con oír su voz al teléfono y sentir su brazo rodeándole los hombros, él desapareció de su vida. Es lo mismo que hacen todos, ¿o no? Salís juntos una semana, y a la siguiente es como si no te conocieran de nada. Durante una temporada la llamaba cada noche, y a la noche siguiente lo mismo. Después el teléfono dejó de sonar. Estaba allí, sobre el mostrador de la cocina, y ella lo miraba atentamente y levantaba el auricular para asegurarse de que funcionaba.

No la habían educado para perseguir a un hombre, ni para pedirle una cita o preguntarle por qué ya no la llamaba; así que cuando dejó de tener noticias suyas, no intentó localizarle. Claro que tampoco la educaron para dejar que un hombre le metiera mano en un cine y luego se acostara con él.

En cualquier caso, para ella no fue más que un pasatiempo, un modo de olvidarse del hombre anterior. En apariencia eran dos tipos de hombre completamente distintos. El anterior era rico, la llevaba a los sitios de moda de la ciudad, le compraba regalos, vestidos y joyas. Le hablaba en francés, y aunque no entendía una palabra, aquello la impresionaba. Pero fue una enorme equivocación porque él era su jefe. Y cuando se cansó de ella, se ofreció para ayudarla a encontrar otro trabajo. Pero el tipo de ahora era muy distinto del anterior; al final todos eran iguales, ¿verdad? Se aburrían y querían que se largara. O se volvían fríos y distantes. O violentos como éste.

Sus padres, ambos fumadores empedernidos, murieron demasiado jóvenes con dos años de diferencia. La muerte de su madre, de enfisema, fue lenta y terrible; su padre murió de repente, de un ataque al corazón. No tenía ni hermanos ni hermanas, de modo que el embarazo extramatrimonial no fue una vergüenza para nadie, pero tampoco tenía nadie a quien acudir. Maria era su única amiga, una vecina de abajo a quien todos llamaban Madame Maria. La mujer se ganaba la vida leyendo las cartas del tarot en su apartamento e impartiendo los consejos de «la Diosa», como le gustaba decir. Madame Maria le había dicho que estaba a punto de recibir un regalo. Maria siempre decía lo mismo. Esa vez acertó.

En cuanto estuvo segura, fue a verle. Él le preguntó cómo sabía que era suyo. Y entonces ella empezó a odiarle de verdad y a pregun-

tarse cómo pudo venderse tan barata a alguien de tan ínfimo valor. Le dejó muy claro que no quería pedirle nada, que simplemente quería darle la oportunidad de ser padre. Él se marchó y la dejó allí plantada en un aparcamiento siniestro. Mientras oía el motor del Monte Carlo que se alejaba, empezó a llover, apenas un poco de vapor de agua. Ir a verle había sido una equivocación; una decisión errónea. Pensó que quizá se portaría bien con ella. Otro error.

Entonces, quizá porque la culpa le atormentara, o por curiosidad, o incluso puede que tuviera cierta capacidad de amor dormida, el caso es que cuando el bebé tenía unos meses, él empezó a rondarla; como si le interesara ser padre. Pero enseguida pasó lo mismo que con las películas: se creyó con derecho a escoger el espectáculo y la hora, y a manosearla un poco de paso. Empezaron las peleas. Acudió la policía. Él pidió perdón. Ella le perdonó por el bien de la niña. Una y otra vez... hasta aquella tarde imperdonable. Cuando la guerra empezó de verdad.

Desde entonces pasó muchas noches como ésta, tumbada en la oscuridad completamente vestida, esperando. Y tuvo mucho tiempo para pensar por qué ocurría todo aquello. Repasó todos y cada uno de los momentos que había pasado con él, diseccionando y analizando cada palabra que había dicho, cada uno de sus actos, preguntándose si debió haber actuado de otra forma. Pero lo único que se le ocurrió fue que debió haberse dado cuenta en el cine, cuando nunca le preguntó a ella qué le apetecía ver. Aquello debió advertirla de la clase de hombre que era. A veces los pequeños detalles son los más reveladores.

Recordaba aquella tarde que le quemaba como una cicatriz en la piel. Una «M» de mala madre. Recordaba que Maria la llamó al trabajo y que volvió corriendo al apartamento, donde la había dejado cuidando al bebé hasta que terminara el turno. Recordaba que subió las escaleras de dos en dos y que oyó aquel lamento inconfundible y desgarrador, como una descarga eléctrica que llegaba directamente del corazón de su hija al suyo. Recordaba que irrumpió en la puerta y lo vio sentado en el sofá, con la cara contraída de miedo. Había cerrado la puerta de la habitación de la niña, como si hubiera intentado aislarse del llanto. Aterrorizada, sintiendo que el pánico le abrasaba la piel, abrió la puerta de un empujón. El bebé estaba sentado en la cuna, con-

gestionado de tanto llorar y con un brazo torcido en un gesto antina-
tural. Cogió a su hija y corrió gritando: «¿Qué has hecho? ¿Qué has
hecho? ¡Mira lo que has hecho!». Él se quedó allí sentado, mudo, con
los brazos extendidos. Ella salió corriendo con su hija en brazos chi-
llando de dolor, y ya no se volvió para mirarle.

Fue incapaz, no pudo esperar a la ambulancia. Con todo el cuida-
do del mundo instaló al bebé en el asiento del coche. Los gritos de la
niña eran como cuchillos que le atravesaban la carne y le destrozaban
las entrañas. Sus propias lágrimas tenían el sabor de la sangre. Mien-
tras conducía intentó tranquilizarse, que su voz sonara como un arru-
llo: «Ya está, ya está, cariño. Mamá está aquí. Mamá está aquí».

En la sala de urgencias, el doctor le cogió a la niña de los brazos y
ella le siguió a toda prisa hacia el interior del hospital, hasta la zona
de pediatría. Rezó; rezó para que el médico de su hija, que compagi-
naba su trabajo en el hospital con la clínica Little Angels, estuviera
allí. La plegaria fue escuchada y al cabo de unos minutos el bebé esta-
ba en aquellas manos expertas.

Se quedó allí muda, incapaz de hacer nada, mientras el doctor de-
cía en voz baja: «Dios mío, pequeña, ¿qué te ha pasado?».

—Mami —añadió el doctor dulcemente. Nunca había usado esa
palabra cuando visitaba al bebé—. Ya sé que estás asustada, pero voy
a pedirte que esperes fuera para que yo pueda curar a esta preciosidad.
En este momento estás muy preocupada y asustada y ella lo sabe, lo
nota. ¿Serás capaz de ser muy valiente y esperar fuera?

Ella asintió en contra de su voluntad y dejó que una enfermera la
condujera fuera. La enfermera, una joven con unos inteligentes ojos
azules bajo unas gruesas gafas de carey, la miraba con una dosis idén-
tica de suspicacia y simpatía. Y la juzgaba, certera y fríamente. ¿Es
que me creen capaz de lastimar a mi hija?, se preguntó confundida por
el pánico. ¿Serán capaces de pensarlo?

Mientras vigilaba la puerta de la sala de curas, sentía una opre-
sión tan intensa en el pecho que creyó que le explotaría allí mismo. El
llanto del bebé había pasado del grito al quejido y luego se hizo el si-
lencio. Al cabo de un siglo salió el médico.

—Se curará —le dijo con dulzura; se sentó a su lado y le puso una
mano en la rodilla. Luego le explicó lo delicado que era un hueso roto

en un bebé y los cuidados que requeriría una vez vendado y lo que habría que hacer para que soldara completamente. Su mente volvía una y otra vez sobre las palabras «se curará», hasta que su corazón aceptó la información y recuperó su ritmo normal, hasta que su sangre circuló de nuevo y la devolvió a la vida. Hasta que no supo que su hija ya no sentía dolor, estuvo suspendida entre la vida y la muerte, paralizada por el terror.

—Tranquila —le dijo él, mirándola a los ojos—. Todo irá bien.

Pero en aquellos ojos había algo más. En aquella mirada, normalmente tan amable y cariñosa, había preocupación y sospecha.

Estuvieron casi toda la noche en el hospital, mientras sedaban a la niña y le colocaban el brazo en una escayola minúscula. El médico se quedó con ellas hasta que llegó el momento de irse a casa, y cuando ya se iban, le tocó el brazo y la miró con una expresión que ella no supo descifrar.

—Quieres a tu hija más que a nadie en el mundo, ¿verdad?

La pregunta tenía un tono muy triste.

—Más que a nadie.

—¿Serás capaz de protegerla?

Le pareció una pregunta muy extraña, sobre todo porque era el eco de lo que su dolorido corazón se preguntaba en aquel momento.

—Si alguien intenta hacer daño a la niña, tendrá que matarme primero.

Él asintió.

—Hay que evitar que se dé esa situación. Asegúrate de que la denuncia sale adelante. Nos veremos en la clínica el jueves, o antes, si hay algún problema. —Su voz había adoptado un tono severo y ella asintió obediente.

—Me gustaría que tuviera un padre como usted —le dijo cuando él ya estaba de espaldas.

Entonces él la miró de una forma extraña, como si quisiera decir algo, y luego cambió de idea. Le sonrió, fue una sonrisa cariñosa y tranquilizadora, cargada de compasión.

—A mí también. A mí también.

Cada vez que recordaba aquello, el odio hacia el hombre que había lastimado a su hija invadía de nuevo su corazón. Y reafirmaba su negativa frente a su constante demanda de perdón, aquella súplica incesante por pasar un minuto, sólo un minuto, con el bebé, seguida de ataques de rabia contra ella cuando se lo negaba. Decía que había sido un accidente, clamaba que nunca tuvo intención de hacerle daño. Parecía bastante arrepentido. Pero ella no paraba de pensar en la pregunta que le había hecho el médico: «¿Serás capaz de protegerla?». *La única forma de garantizar que la respuesta era sí, era mantenerle alejado de sus vidas.*

Aunque se había quedado medio dormida, algo la crispó, y pasó de agarrar el teléfono a agarrar el bate de béisbol. Sintió una descarga de adrenalina y se tumbó en silencio a escuchar en la oscuridad. El bebé se movía y suspiraba en sueños. Oyó un leve chasquido, algo metálico, como un muelle que se destensaba, como si la puerta de tela metálica se abriera más silenciosamente que nunca.

Él nunca era silencioso. Siempre llegaba montando un escándalo. Sintió un nudo en la garganta y sin hacer ruido se levantó de la cama, se olvidó del teléfono y sostuvo fuerte el bate en la mano. Caminó hasta el umbral y echó una ojeada a la salita del apartamento. Desde allí podía vigilar la puerta de entrada. De pronto la cerradura le pareció muy frágil y se culpó de no haber instalado la barra de seguridad y la cadena, tal como le había recomendado la policía. Pero no podía pagarla. La ventana que había junto a la puerta tenía rejas, pero corría paralela a un descansillo al que cualquiera podía acceder por una escalera.

¿Era su sombra lo que había visto moverse frente a la ventana? Las cortinas estaban corridas, pero los focos del aparcamiento se mantenían encendidos toda la noche, y a veces veía las sombras de la gente cuando pasaban de camino hacia sus casas. Escuchó otra vez y no oyó nada. Estaba a punto de relajarse cuando volvió a oírlo, aquel muelle metálico que se ponía tirante. ¿Habría abierto la puerta de rejilla y estaba de pie en la entrada? Sintió una opresión en el pecho y la respiración alterada.

Miró el teléfono que había dejado sobre la cama y pensó en llamar a la policía. Pero no era capaz de afrontar que volvieran a venir sin motivo. Habían venido antes, cuando él ya se había ido, y aunque volvieron a anotar respetuosamente todo lo que ella les contó, empezaba a sentirse como el chico que grita que viene el lobo. Sería demasiado vergonzoso volver a llamarlos por nada. Agarró el bate con las dos manos y avanzó hacia la puerta.

Iba despacio, sin hacer ruido. Se dijo a sí misma que él siempre hacía mucho ruido cuando entraba. Nunca había intentado colarse sin hacer ruido y atacarlas. Ni robar al bebé, la peor de sus pesadillas. El año anterior habían desaparecido tres niños en aquella zona. Aquellas caritas la observaban cada noche desde la pantalla de la televisión, unos ojos dulces y unas sonrisas alegres que la obsesionaban. Todos y cada uno de ellos desaparecieron de sus casas. No encontraron a ninguno, ni un rastro que seguir. De vez en cuando, oía en las noticias que alguien había vislumbrado a alguno en un centro comercial o en un área de descanso o en un parque de atracciones. Pero siempre acababa en nada. Pensaba bastante a menudo en esos padres, con aquel vacío en las entrañas y toda una vida de terribles dudas y visiones inenarrables. Quizá la esperanza era lo único que los mantenía vivos; lo único que mantenía alejadas las cuchillas de sus venas y las pistolas de sus bocas era la idea de que un día, quizás, abrirían la puerta y verían de nuevo a sus hijos. No podía ni imaginar la intensidad del dolor de saber que quizá tu hijo estaba vivo en alguna parte, sin poder encontrarle, o que quizás estaba muerto... sin saber qué era peor.

Se colocó junto a la puerta, a menos a un metro, de pie junto al sofá de segunda mano. Se había acercado sigilosamente sin oír nada, así que se quedó inmóvil como una estatua con el bate preparado.

1

Está oscuro, es ese tipo de oscuridad que te permite distinguir los objetos, sin ver los espacios negros que tienen detrás. El miedo y el esfuerzo me han alterado la respiración. La única persona en el mundo en la que confío yace en el suelo a mi lado. Me inclino sobre él y oigo que aún respira, pero débilmente y con mucho esfuerzo. Sé que está herido. Pero no sé hasta qué punto es grave. Le susurro su nombre al oído, pero él no me responde. Toco su cuerpo, pero no veo que haya sangre. El sonido de su cuerpo al chocar contra el suelo hace unos minutos es lo más horrible que he oído nunca.

Palpo el suelo a su alrededor, buscando su pistola. Al cabo de unos segundos, siento el frío del metal en las yemas de los dedos y estoy a punto de llorar de felicidad. Pero ahora no hay tiempo para esto.

Oigo la lluvia en el exterior del edificio en ruinas, son gruesos goterones salpicando contra una lona. Aquí dentro también llega la lluvia, se cuela por las goteras del techo, y baja a través del suelo de madera podrida y por las escaleras desvencijadas. Él se mueve y gime en voz baja. Le oigo decir mi nombre y me inclino de nuevo a su lado.

—No pasa nada. Saldremos de ésta —le digo, sin tener ningún motivo para creer que es así.

En alguna parte, ahí fuera o encima de nosotros, un hombre a quien yo creía amar, junto a otros hombres que no soy capaz de identificar, intentan matarnos para ocultar la espantosa verdad que he descubierto. Yo también estoy herida, me duele tanto que me desmayaría si no supiera que eso supondría morir aquí, en este desahuciado edificio del Lower East Side de Manhattan. Tengo algo incrustado en el muslo derecho. Probablemente una bala, o una gran astilla de madera, quizás un clavo. Está tan oscuro, que apenas veo el enorme agujero que tengo en los vaqueros y que mi sangre ha teñido de negro. La cabeza me da vueltas y el suelo se está inclinando, pero sigo resistiendo.

Ahora los oigo justo encima de nosotros, y a través de los agujeros del suelo veo la luz de sus linternas recorriendo la oscuridad. Mi propia respiración me resuena en los oídos como un tren que se estuviera acercando, e intento controlarla. Oigo a uno de los hombres decirle a los demás:

—Creo que se han caído. Están abajo.

Nadie responde, pero oigo cómo cruje la madera mientras bajan. Él se mueve, inquieto.

—Ya llegan —dice con un hilo de voz ronca—. Vete de aquí, Ridley.

No le respondo. Ambos sabemos que no me iré. Tiro de él e intenta incorporarse, pero su cara se contrae con un gesto de dolor más intenso que el chillido que sé que reprime para protegernos durante unos minutos más. O nos vamos de aquí juntos, o no nos vamos de ninguna manera. Aunque sé que no debería moverle, le arrastro hasta un viejo sofá mohoso apoyado contra la pared. A pesar de ser un tramo muy corto, le veo palidecer y torcer la cara en un gesto de dolor terrible. Cuando le muevo, vuelve a quedarse inconsciente, e inmediatamente parece que pesara veinticinco kilos más. Pero he visto que tenía movilidad en las cuatro extremidades, y eso ya es algo. Tiro de él, me arde la pierna, ya no me quedan fuerzas, y me doy cuenta de que estoy rezando, una y otra vez como una especie de mantra: *Por favor, Dios mío, por favor, Dios mío, por favor, Dios mío.*

El sofá está colocado de forma que deja un hueco junto a la pared donde cabemos justo los dos. Le arrastro hasta allí y me tumbo boca abajo a su lado. Acerco una caja vieja hasta el extremo del sofá y observo a través de las lamas de madera. Cada vez están más cerca, y seguro que nos han oído, porque han dejado de hablar y han apagado las linternas. Cojo la pistola con las dos manos y espero. No he disparado nunca una pistola y no sé cuántas balas le quedan a ésta. Pienso que vamos a morir aquí.

—Ridley, por favor, no hagas eso —la voz llega desde arriba, retumbando en la oscuridad—. Podemos solucionarlo.

No respondo. Sé que es una trampa. Esto ya no tiene solución; hemos llegado demasiado lejos. He tenido muchas oportunidades de cerrar los ojos y volver a la fantasía que solía llamar vida, pero no he aprovechado ninguna de ellas. ¿Desearía en este momento haberlo hecho? Es difícil responder a esa pregunta ahora que los fantasmas se acercan.

—Seis —murmura él.

—¿Qué?

—Te quedan seis balas.

2

Hasta hace poco mi vida era bastante tranquila, hasta que el insignificante incidente que estoy a punto de compartir con ustedes la trastornó por completo. Lo cual no significa que me limitara a dejarme llevar, aunque al recordarlo ahora pienso que eso era lo que hacía en realidad. Y recientemente me he puesto a pensar que no fue un suceso en concreto, sino un número infinito de pequeñas decisiones las que me condujeron a las circunstancias que tanto me han cambiado, a mí y a los que me rodean. Ha muerto gente, se han descubierto mentiras y la verdad no nos ha hecho más libres, sino que ha agrietado una fachada cuidadosamente construida, y así, desnudos, hemos de empezar de nuevo.

Mi nombre es Ridley Jones, y cuando empezó todo esto era una escritora treintañera, que vivía sola en un apartamento del East Village que alquilé cuando era una estudiante de la Universidad de Nueva York. Era un tercero sin ascensor de un pequeño edificio en la esquina de la Quinta Avenida y la calle Once, sobre una pizzería llamada Five Roses. La verja negra de la entrada, los pasillos mal iluminados, los suelos combados y el ubicuo olor a ajo y a aceite de oliva, le daban cierto encanto. Y, sobre todo, por ochocientos dólares mensuales era milagrosamente barato. Si conocen Nueva York, sabrán que un alquiler como ése es casi imposible, incluso por un estudio de estudiante de veinticinco metros cuadrados con una sola habitación, que da a un patio trasero donde los perros ladran casi todo el día, y cuya única vista son los inquilinos del otro edificio, que viven vidas paralelas a las que le dan casi tanta importancia como yo le daba a la mía. Pero era un lugar agradable y yo era feliz allí. Incluso cuando habría podido pagarme algo mejor me quedé, porque aquel espacio tan familiar me resultaba cómodo, y porque estaba cerca de la mejor *pizza* de Nueva York.

Mi nombre de pila les parecerá extraño. Mi padre, el doctor Benjamin Jones, un pediatra de Nueva Jersey que vive en una pintoresca y confortable casa victoriana con mi madre, una antigua bailarina y ahora ama de casa, a quien ama y que le ama desde el día en que se conocieron en la Universidad de Rutgers en 1960, siempre se quejó de lo insulso de su apellido. Le parecía esa clase de apellido que uno da cuando no quiere que la gente sepa quién es, como Doe o Smith. Creció pensando que era vulgar y casi vergonzoso. Se había criado en un suburbio gris y anónimo de Detroit, Michigan, rodeado de gente corriente que pensaba que él llevaría una vida corriente. Pero él se consideraba por encima de lo corriente, y cuando llegó el momento de escoger el nombre de sus hijos, no quiso que creyeran que se esperaba de ellos que no fueran otra cosa más que corrientes. A mí me llamó Ridley, por Ridley Scott, el director...; siempre fue bastante aficionado al cine. Pensó que ése era un nombre muy poco corriente para una chica, un nombre especial, que me impulsaría a vivir una vida extraordinaria. Y pensó que siendo escritora y residente en Nueva York, yo estaba haciendo exactamente eso.

Antes de los acontecimientos que voy a compartir con ustedes, mi vida *ya era* extraordinaria en cierto modo, aunque sólo sea porque he amado y he sido amada por mis padres. He sido una persona feliz prácticamente toda mi vida adulta, casi todo lo mío me gusta (excepto los muslos), me gusta mi trabajo, mis amigos, el sitio donde vivo. He tenido buenas experiencias con los hombres, aunque hasta hace poco no podía decir que conocía el verdadero amor. Cuando vives en la ciudad de Nueva York, sabes que todo eso es realmente extraordinario.

Pero había muchas cosas que yo no sabía, innumerables capas ocultas de un pasado de cuya existencia ni siquiera era consciente. No quiero pensar que esa ignorancia era una parte fundamental de aquella relativa felicidad, aunque supongo que ustedes lo pensarán. En este momento algo en mi interior ha cambiado. El mundo es un lugar distinto, y la felicidad y la paz verdaderas me parecen huidizas. La mujer que yo era me parece desesperadamente ingenua. La envidio.

Cuando repaso mi vida anterior, me maravilla que no fueran las decisiones importantes las que modificaron irremediablemente el rumbo. Fueron las decisiones menores y aparentemente insignificantes. Piénsenlo. Piensen en los sucesos inesperados que han cambiado sus vidas. ¿No escogieron, la mayoría de las veces, entre un camino u otro en cuestión de segundos? ¿No fue una decisión sin importancia la que les hizo cruzar esa calle o esa otra, tomar o alejarse de aquel camino peligroso? Ésas son las cosas que cuentan al final. Sí, con quién te casas, qué profesión escoges y qué tipo de educación has recibido es muy importante. Pero, como suele decirse, la clave está en los detalles.

Bien, pues voy a contárselo.

Era un lunes por la mañana, en Nueva York el otoño dejaba paso al invierno. El veranillo de San Martín, a mediados de noviembre, se acababa y el aire traía los primeros fríos. Era mi época del año favorita, cuando el calor y la humedad opresivos que han estado atrapados en los muros de cemento de la ciudad se disipan, y dejan que un nuevo frescor ocupe su lugar.

Cuando me desperté aquel lunes, vi que por las ventanas entraba muy poca luz y pensé que sería un día gris. Vi que las gotas de lluvia habían manchado el cristal. Ese pequeño detalle influyó en mi decisión. Por debajo del edredón alcancé el inalámbrico que tenía junto a la cama, busqué el número en la agenda del teléfono y marqué.

—Consulta del doctor Rifkin —dijo una voz monocorde y dura como el asfalto.

—Soy Ridley Jones —dije fingiendo afonía—. Tengo un resfriado muy fuerte. Podría ir, pero no quiero contagiar al dentista.

Añadí una tos patética para darle énfasis. El doctor Rifkin era mi dentista, un gnomo bajito que se ocupaba de mi dentadura desde mi primer año de universidad. Panzudo y con una larga barba blanca, camisa a cuadros bajo los tirantes, zapatos ortopédicos y un simpático meneo de pato, su pronunciado acento de Long Island siempre me decepcionaba. Debería haber sido escocés. Debería llamarme «chavala».

—Buscaremos otra hora —dijo ella con tono eficiente; era evidente que no me creía, pero que no le importaba lo más mínimo.

Y con eso me gané la libertad. Libertad. Debo aclarar que para mí probablemente es lo más importante, más importante que la juventud, la belleza, la fama o el dinero. No diría que es más importante que el amor. Pero algunas personas que me conocen dirían que cuando menos es algo de lo que estoy profundamente convencida. Una de esas personas era Zachary.

—¿Desayunamos en Bubby's? —le dije cuando contestó.

Hubo una pausa y le oí revolverse en la cama. Unos meses antes, yo podría haber estado a su lado.

—¿No tienes trabajo? —me preguntó.

—Es una pausa entre varios proyectos —dije con fingida indignación.

Era verdad, mi trabajo dependía del próximo encargo, pero, por una serie de razones, no me importaba demasiado.

—¿A qué hora quedamos? —preguntó con aquel tono triste, mezcla de esperanza y reproche, que usaba tan a menudo cuando hablábamos.

—¿Dentro de una hora?

—De acuerdo, pues hasta luego.

Zachary era el hombre con quien debía haberme casado, con quien se suponía que me casaría. Nuestras vidas estaban unidas desde la infancia. Mis padres le querían, quizá más que a mi propio hermano. Mis amigos le querían porque tenía el cabello de color arena y los ojos brillantes y un cuerpo atlético y saludable; por el éxito de su consulta privada y por su forma de tratarme. Incluso a *mí* me gustaba de verdad. Pero cuando llegó el momento de decidir, me desdije. ¿Por qué? ¿Por miedo al compromiso? Mucha gente pensaba eso de mí. Pero yo no lo creo. Todo lo que puedo decir es que «Zachary» y «para siempre» no me parecían compatibles. No era nada en concreto. Éramos grandes amigos, las relaciones sexuales estaban bien, compartíamos una pasión por la sala de los dinosaurios del Museo de Historia Natural y por el helado de vainilla de Häagen-Dazs, entre otras cosas. Pero el amor es más que la suma de las partes, ¿verdad? Resultó que él me importaba tanto, que simplemente pensé que se merecía a alguien que le quisiera más que yo. Si eso no tiene demasiado sentido para ustedes, no son los únicos. Mis padres y la madre de Zack,

Esme (de quien a veces me siento más cerca que de la mía), seguían anonadados por mi decisión. Desde que éramos niños, abrigaban la (no demasiado) secreta fantasía de que Zachary y yo acabaríamos juntos. De manera que cuando empezamos a salir, estaban radiantes. Y cuando rompimos, creo que lo pasaron peor que Zack y yo.

Aquella mañana Zack y yo intentábamos ser amigos. Yo había puesto fin a nuestra relación seis meses antes y estábamos luchando para superar su decepción y su dolor de corazón (y su orgullo, pensaba yo) y conseguir lo que yo esperaba que fuera una amistad eterna. Era difícil pero esperanzador.

Me deslicé de la cama y volví a colocarla contra la pared. ¿Recuerdan que les dije que el suelo estaba combado? Bien, el suelo de mi habitación está literalmente en pendiente. Como la cama tiene ruedas, a veces me despierto, sobre todo después de una noche agitada, y veo que se ha desplazado hasta el centro de la habitación. Es un pequeño inconveniente. Podría decirse que es una simpática peculiaridad de la vida en el East Village.

Abrí el grifo de la ducha y cerré la puerta para caldear mi estrecho baño de baldosas blancas y negras. Escuchando el sonido de la lluvia, fui a la cocina y preparé una cafetera. Medio adormilada miré a mi alrededor mientras la cafetera silbaba y el aire se llenaba del aroma de café Bustelo. Me llegaba el ruido desde la calle, la Primera Avenida, y el olor de los bollos horneados de Veniero's, la panadería que había detrás de mi edificio, cuyo sistema de ventilación inundaba el patio con sus aromas. Eché un vistazo al otro lado del patio: el atractivo guitarrista aún tenía las persianas echadas; la pareja de gays, vestidos para ir a trabajar, estaban sentados a la mesa de la cocina frente a enormes tazas negras de café; el rubio leía *The Village Voice* y su amante moreno *The Wall Street Journal;* la muchacha asiática hacía sus ejercicios de yoga matutinos mientras su compañera de piso parecía leer un guión en voz alta en la habitación contigua. Debido a las bajas temperaturas, todas las ventanas estaban cerradas, y era como si presenciara aquellas vidas a través de pantallas de televisión sin sonido. Todas eran parte de mi mañana, como yo sería parte de la suya si miraran por las ventanas y me vieran esperando el café.

Como ya he dicho, estaba pendiente del próximo encargo. Acababa de terminar un artículo sobre Rudy Giuliani para la revista *New York* por el que me habían pagado bastante bien. Tenía un par de proyectos más en la recámara, artículos que podía colocar a editores que me conocían del *Vanity Fair*, el *New Yorker* y el *New York Times*. Hacía casi siete años que colaboraba con ellos de forma regular, de manera que confiaba en que alguna de aquellas ideas se convertiría en un encargo, pero deseaba que fuera más tarde que pronto. Para mí era un sistema de trabajo muy cómodo. Al principio trabajar como escritora independiente fue un poco difícil. Si mis padres no hubieran aportado una subvención a mis escasos ingresos cuando acabé la carrera, probablemente hubiera tenido que volver a vivir con ellos. Pero dado que tengo una pizca de talento, soy una profesional que cumple los plazos, y una escritora sin demasiado ego que tolera bien las correcciones, me gané cierta reputación y algunos buenos contactos; el resto consiste simplemente en trabajar duro.

Aun con eso, no viviría *tan* cómodamente si mi tío Max no hubiera muerto dos años atrás. Max era mi tío, pero en realidad no era tío carnal, sino el mejor amigo de mi padre de Detroit, donde se criaron juntos de niños. Ambos hijos de mecánico, mi padre y Max vivieron dieciocho años en el mismo barrio. Mientras mi padre venía de un hogar sólido —mis abuelos eran obreros que habían trabajado duro—, el padre de Max era un alcohólico y un hombre muy violento. Una noche, cuando Max tenía 16 años, la violencia de su padre tuvo consecuencias fatales. El padre de Max golpeó a su madre, provocándole un coma del que no despertó. En lugar de dejar que el Estado se ocupara de él, mis abuelos acogieron a Max y se las arreglaron para conseguir que Max y mi padre terminaran el instituto.

Mi padre fue a la Facultad de Medicina, y más tarde se convirtió en el pediatra que es en la actualidad. Max se dedicó al negocio inmobiliario y se convirtió en uno de los promotores más importantes de la Costa Este. Nunca dejó de intentar compensar a mis abuelos y a mi padre. Como mis abuelos rechazaron de plano un pago en dinero, les obsequiaba, a ellos y a nosotros, con cruceros por el Caribe y espléndidos regalos de cumpleaños, desde bicicletas hasta coches. Naturalmente, nosotros le adorábamos. Nunca se casó, y al no tener hijos, nos trataba a mi hermano Ace y a mí como si lo fuéramos.

Todo el mundo le consideró siempre un hombre feliz que casi siempre sonreía y siempre estaba dispuesto a reírse a carcajadas. Pero ya de niña, recuerdo haber visto en él una profunda tristeza. Recuerdo mirar aquellos ojos azules y ver el dolor que asomaba entre sus pestañas y le curvaba la punta de los labios hacia abajo. Recuerdo cómo se le congelaba la mirada, abstraído en sus pensamientos, cuando creía que nadie le veía. Y recuerdo la forma como miraba siempre a mi madre, Grace, como si fuera un reluciente trofeo que le había tocado a otro.

El tío Max era alcohólico; pero como era un bebedor feliz, a nadie parecía importarle. La última Nochebuena, cuando salió de casa de mis padres, donde habíamos pasado la velada todos juntos, ya no volvió a su casa. Por lo visto se paró en un bar después de dejarnos. Varias horas después subió a su Mercedes negro de cuatro puertas; se salió de un puente y se cayó al agua helada. Nunca supimos si fue un accidente o si lo hizo a propósito, aunque la ausencia de marcas indicaba que no hubo ningún frenazo en el último segundo. Era una noche gélida, y debió ser eso, que el neumático de las ruedas no pudo agarrarse a la carretera resbaladiza. O quizá se durmió al volante, y no lo vio venir. Nosotros preferíamos pensar que fue un accidente, porque la alternativa nos aterrorizaba.

La familia quedó destrozada, pero sobre todo mi padre, que perdió a la persona con la que había compartido casi toda la vida. Todavía nos cuesta celebrar la Nochebuena, una velada que siempre nos recordará a Max y la noche en que lo perdimos.

En el testamento les dejó casi todo su dinero a mis padres, y a la Fundación Maxwell Allen Smiley. Había creado esa fundación mucho antes de que yo naciera, con el objetivo de financiar un sinnúmero de asociaciones benéficas que ayudaban y daban cobijo a mujeres y niños maltratados. Pero también nos dejó una importante cantidad de dinero a mi hermano Ace y a mí. Con la ayuda de un contable, mi parte del dinero se colocó en sólidas inversiones. Y gracias a ello, obtuve la libertad que tanto anhelaba. Mi hermano, por otro lado, se inyectó aquel dinero en las venas. O eso creí yo. Pero esto es otro asunto.

Aquella mañana yo no pensaba en nada de todo aquello, sólo pensaba en disfrutar de un día que me pertenecía, durante el que podía hacer todo lo que quisiera. Me duché, me sequé el pelo, me puse unos Levi's que tenían cuatro años, tan gastados y confortables como mis recuerdos, y una sudadera Tommy Hilfiger de color rojo chillón, unas Nike y una gorra de los Yanquees, y salí por la puerta. De haberlo sabido, me hubiera detenido en el umbral para despedirme de una existencia encantadoramente perfecta, de una vida envidiablemente sencilla, cómoda y feliz. Perfecta no, por supuesto. Pero casi, comparativamente hablando.

Al llegar al descansillo intenté hacer el menor ruido posible. Estaba convencida de que mi anciana vecina Victoria estaba detrás de la puerta, para controlar cuándo entraba y salía de mi apartamento. Saber aquello me hacía entrar y salir silenciosamente; no porque ella no me gustara, pero si me la encontraba, su soledad y la lástima que me inspiraban podían suponer un retraso de entre diez y veinte minutos. Pero aquella mañana no fui suficientemente silenciosa. En cuanto cerré la puerta, oí que la suya se abría.

—Perdón —susurró—. ¿Hay alguien ahí?

—Hola, Victoria. Buenos días —la saludé dirigiéndome a las escaleras.

Victoria era tan fina y pálida como una hoja de papel. Su inevitable batín floreado le caía como si siguiera colgado en la percha. En algún momento, había decidido cubrir su cabello con una peluca de un gris azulado que parecía haber recortado con unas tijeras. Tenía unas arrugas profundas en la cara, y la piel se le caía como la cera derretida. Siempre que nos encontrábamos, declaraba orgullosa, por lo menos una vez, que aún conservaba sus propios dientes. Desgraciadamente sólo le quedaban cinco o seis. Susurraba en lugar de hablar, como si temiera que los demás la espiaran detrás de la puerta como hacía ella. Aunque solíamos tener la misma conversación todos los días, y de un día para otro nunca se acordaba de quién era yo, Victoria siempre me gustó. Me hablaba de sus tres hermanos ya fallecidos, todos agentes de policía. Me contaba que nunca tuvo la intención de quedarse en el piso donde había vivido con su madre, también fallecida, pero que por alguna razón no había encontrado la ocasión de mudarse.

—Oh, si mis hermanos estuvieran vivos... ---dijo en concreto ese día, con aquella voz cada día más débil—. Eran agentes de policía, sabe.

—Debían ser muy valientes —contesté mirando la escalera con avidez pero acercándome a Victoria.

De todas las respuestas que le había dado a lo largo de los años, me pareció que ésa era la que más le había gustado.

—Oh, sí —dijo con una amplia sonrisa—. Mucho.

Sólo había abierto la puerta unos milímetros, y yo no podía ver más que un trozo de su batín de pequeñas flores moradas, una pierna enfundada en una media y un zapato ortopédico.

Victoria vivía en una cápsula atemporal de muebles anticuados y persianas deterioradas. No había un objeto en su apartamento que no tuviera al menos cincuenta años más que yo, todo raído por el tiempo y el uso, la mayoría cubierto de polvo; todo era tan pesado y estaba tan afianzado que parecía que nunca se había movido de sitio. Armarios y escritorios de roble macizo, colchas de brocado y butacas con brazos, espejos dorados, y un piano infantil cubierto de fotografías amarillentas y desordenadas. Yo sólo entraba cuando le hacía la compra o le cambiaba las bombillas, y siempre salía de allí abrumada por el peso de la tristeza y la soledad. Desprendía un olor como de un organismo putrefacto, como una vida echada a perder, estropeada por falta de uso.

Solía preguntarme qué opciones habría tomado en la vida que al final la habían llevado a la nada. Es algo en lo que ahora pienso más que nunca, como ya he dicho: las opciones. Las pequeñas, las grandes. Quizás un día, como yo, ella tuvo a un hombre perfecto y maravilloso lo suficientemente enamorado de ella como para proponerle matrimonio; quizás ella, como yo, le había rechazado por razones que ni siquiera yo tenía claras. Quizá fue esa primera decisión la que la llevó a este tipo de vida.

Tenía una sobrina que venía a veces de Long Island (repeinada, con un abrigo tres cuartos de lana roja y calzado práctico), una asistenta social tres veces a la semana (siempre personas distintas, que se comportaban con tanto entusiasmo y energía como los portadores de féretros), y un par de veces vi algún empleado de Meals on Wheels, un servicio de comidas para personas ancianas o discapacitadas. Yo llevaba más de diez años viviendo en aquel edificio, y nunca la vi salir de su apartamento. Yo pensaba que no *podía* salir. Que si salía de su casa y ponía un pie sobre el suelo de baldosas del descansillo, se convertiría en un montón de polvo.

—Bueno, si aún vivieran, seguro que no tolerarían el ruido del piso de arriba —trinó. Su voz sonó como una peonza a punto de dejar de girar.

La noche anterior, yo también había oído al tipo nuevo que trasladaba sus cosas por las escaleras. Pero no sentí suficiente curiosidad como para asomar la cabeza.

—Se acaba de trasladar, Victoria. No se preocupe, seguro que pronto dejará de hacer ruido.

—¿Sabe usted que aún conservo mis propios dientes?

—Es maravilloso —dije sonriendo.

—Usted parece una chica muy agradable —contestó—. ¿Cómo se llama?

—Ridley. Vivo en el piso de al lado, si necesita cualquier cosa.

—Es un nombre extraño para una chica guapa —dijo enseñando las encías. Me despedí y seguí mi camino.

Escalones y paredes de piedra gris con una barandilla roja y baldosas blancas y negras me condujeron al piso de abajo. Al llegar al segundo, el fluorescente del techo parpadeó, se apagó, y luego volvió a encenderse. Todas las luces del apartamento funcionaban así; era un serio problema eléctrico que aparentemente mi casera, Zelda, no tenía ninguna intención de solucionar.

—¿Qué? ¿Te crees que tengo dinero para cambiar los cables del maldito edificio? ¿Quieres que te suba el alquiler? —me dijo cuando fui a quejarme. Y eso fue todo; a partir de entonces me limité a comprobar que en mi apartamento no hubiera nada que estuviera bloqueando la salida de incendios.

En la planta baja, al pasar por el estrecho pasillo que llegaba hasta la verja de la entrada, vi que había una nota en mi buzón. No lo había abierto desde el viernes, por pura pereza. *¡Demasiadas revistas!* Se quejaba el cartero con aquel garabato de color rojo. Me costó abrir el buzón porque estaba repleto de sobres, facturas, correo comercial, catálogos, ejemplares del *Time*, del *Newsweek*, y de las revista *New York* y *Rolling Stone*. Lo saqué todo con cierta dificultad y volví a subir corriendo los tres pisos hasta mi apartamento, abrí la puerta y lo tiré todo dentro. Luego cerré y me fui otra vez.

Sé que se estarán preguntando: ¿son necesarios todos estos pequeños detalles sobre lo que hice al salir del edifico? Pero aquellos dos incidentes, las decisiones sin importancia que tomé al salir a la calle, lo cambiaron todo. Si yo fuera un tipo de persona distinta, quizá no me habría parado a hablar con Victoria. O quizá me hubiera quedado un minuto más. Podía haber pasado junto a mi buzón sin ver o sin hacer caso de la nota del cartero. Me refiero a todas esas decisiones que podíamos haber tomado, a las cosas que podíamos haber hecho. Sólo el paso del tiempo nos permite verlo con claridad meridiana. Apenas treinta segundos en cualquier otra dirección, y yo no tendría una historia que contarles. Ya no sería la misma persona que la cuenta.

En la calle hubo más decisiones insignificantes. Llegaba tarde, así que en lugar de girar a la derecha e ir andando hasta TriBeCa (un paseo largo, pero que sin duda vale la pena si se dispone de tiempo), fui hasta la esquina a llamar un taxi. Allí fue donde los vi. Una madre joven con el pelo caoba recogido hacia atrás con una cola de caballo alta, un bebé en un cochecito, y otro niño pequeño, de la mano, esperando en el semáforo. Francamente no tenían nada de especial, me refiero nada que llamara la atención. Fue únicamente el contraste con Victoria lo que me impactó, la belleza y energía de aquellas vidas jóvenes, comparada con el triste y solitario declive de la persona con la que acababa de encontrarme.

La observé. Era una mujer menuda, pero tenía aquella fuerza que las madres jóvenes parecen poseer. La habilidad para empujar y acarrear, asir una mano diminuta y controlar un millón de necesidades y movimientos, sacar una bolsa de galletas del bolsillo delantero de una bolsa de pañales con tranquilidad zen, justo cuando la carita empieza a enfadarse, y moldear el gesto para que transmita solidaridad y comprensión a un crío que apenas sabe hablar. Era algo musical, como una sinfonía, que me tuvo atrapada durante un instante. Luego desvié la atención hacia la marea de taxis que se acercaba... las ocho y media de la mañana de un lunes. Hace falta tener suerte. Ni uno libre, y en las cuatro esquinas, unos cuantos oficinistas nerviosos buscando el mismo taxi. Me resigné a llegar tarde y decidí tomarme un café. Pero cuando volví a mirar un segundo a aquel pequeño grupo familiar al otro lado de la calle, una alarma se disparó en mi interior. La madre estaba mirando el cochecito, y puede que por un segundo dejara de vigilar al otro crío que había bajado de la acera. Fue durante una breve tregua en la afluencia del tráfico, pero el pequeño, con sus vaqueros gastados, su anorak acolchado y una gorrita negra, se quedó justo frente a una camioneta blanca que se acercaba. Eché una ojeada rápida a la camioneta y vi que el conductor hablaba acalorado por el teléfono móvil, sin mirar la calzada.

Todo el mundo dice siempre: «Tengo una imagen borrosa». Pero yo recuerdo cada segundo. Me moví con la rapidez de un disparo, sin pensar y con una única trayectoria posible. De pronto me encontré en mitad de la calle. Recuerdo que la madre levantó la mirada del cochecito cuando la gente empezó a gritar. Vi cómo su cara pasaba de la confusión al terror. Vi a la gente de la calle volverse a mirar; vi al pequeño, ajeno a todo, que venía hacia mí. Sentí bajo los pies la dureza del asfalto, oí cómo la sangre zumbaba en mis oídos. Estaba completamente concentrada en el niño, que me miró de pronto con una sonrisa de desconcierto y los brazos extendidos, cuando me incliné para atraparle y salir corriendo. Todo se detuvo menos yo, el tiempo se desperezó y bostezó, pero yo era un cohete. Cuando le cogí con un brazo, sentí la calidez de su cuerpo y la suavidad del abrigo. Vi la rejilla del frontal de la camioneta y sentí el roce metálico del parachoques en el pie cuando ambos nos apartamos de su trayectoria. Vi que la camioneta subía por First Avenue, sin frenar, como si el conductor fuera ajeno totalmente a la situación. Tenía el cuerpo tenso, y me castañeteaban los dientes por la osadía y el susto, pero cuando oí llorar al pequeño y le vi mirarme aterrado, me relajé. La madre llegó corriendo, me lo arrebató, y la

minúscula chaqueta quedó empapada con sus sollozos. El llanto del
niño pasó del quejido al aullido como si instintivamente supiera
que acababa de evitar el abismo. Por lo menos de momento. La
gente me rodeó mirándome con preocupación. ¿Estaba bien? E incluso en aquellas circunstancias mi respuesta fue sí.

Ustedes deben estar pensando que protagonicé una hazaña.
Todo acabó bien. No hay para tanto. Y estoy de acuerdo. Cualquiera con corazón y una capacidad de reacción medianamente decente hubiera hecho lo que yo hice. Pero son esas pequeñas cosas
de las que les hablaba. A mi lado, parado en aquella esquina de
First Avenue y la calle Once, había un fotógrafo del *New York Post*.
Venía de fotografiar a algún matón importante que había pasado la
noche en la comisaría del distrito noveno, y se acercó al Five Roses
para ver si estaba abierto, pero naturalmente a las 8.30 de la mañana no lo estaba. Entró en el Black Forest Pastry Shop de la esquina
para tomar un café y un bollo. Objetos que en ese momento estaban en el suelo, a sus pies, porque con las prisas por coger la cámara los había tirado. Lo había fotografiado todo.

3

Debió de ser una semana con pocas noticias. Y, vale, la escena que captó el fotógrafo del *Post* era bastante impresionante, debo reconocerlo. La combinación de esos dos factores supuso mis quince minutos de fama. ¿Qué puedo decir? Me entusiasmó. No soy una persona tímida y me *gusta* hablar, así que acepté todas las entrevistas: del *Good Day New York, The Today Show,* del *Post* y del *Daily News.* Mi teléfono no paraba de sonar y fue bastante divertido. Incluso mis padres disfrutaron de su momento de fama en el *Record* de Nueva Jersey. Ellos tampoco son tímidos.

Al llegar el viernes mi cara había salido en todos y cada uno de los programas de las televisiones locales y en todos los periódicos de la zona. Incluso tuvo repercusión nacional gracias a una breve alusión en la CNN. La gente me paraba por la calle para abrazarme o estrecharme la mano. Nueva York suele ser una ciudad excéntrica, pero cuando eres el «Neoyorquino del Momento», es absolutamente surrealista. Es como si la ciudad, que pese a sus millones de habitantes puede resultar amargamente solitaria y fría, levantara de pronto la mirada de la acera y sonriera. Creo que en Nueva York cuando alguien hace una buena acción, provoca que el resto sintamos que, a pesar de todo, no estamos solos, que aunque parezca lo contrario quizá sí nos fijamos en los demás.

—Eres increíble, Ridley —me dijo Zack mientras tomábamos una copa en el NoHo Star.

El eco de centenares de conversaciones llegaba hasta el alto cielo raso del restaurante y rebotaba, y el penetrante olor de la cocina asiática se mezclaba con el cálido aroma de la cesta de pan que había en nuestra mesa. Miré a aquel buen amigo y me sentí agradecida porque seguía siéndolo, como siempre.

—¿Qué? ¿No me creías capaz de algo así? —le pregunté sonriendo.

Él negó con la cabeza. Allí estaba otra vez esa mirada, una mezcla de nostalgia y reproche, y algo más que no podía definir. Aparté los ojos; me hacía sentir como una mala persona.

—Créeme, sabía que eras capaz. Has sido así desde que éramos niños; defendías a los débiles, consolabas a los desvalidos. —¿Había cierto resentimiento en su voz?

—Alguien ha de hacerlo —le dije. Levanté mi Cosmo y le di un sorbo.

—Pero ¿por qué has de ser tú? Esa mujer debería haber vigilado mejor a su hijo. Podíais haber muerto los dos.

Me encogí de hombros. Para mí no tenía sentido juzgar y analizar un momento concreto de la vida de una persona. Simplemente me hacía feliz haber estado allí y haber evitado las consecuencias. Zack continuó, como solía hacer.

—Y todas esas fotos tuyas... olvídalo. Despertarás del letargo a un montón de psicópatas. Sencillamente deberías haberte quedado al margen.

Hizo un gesto de desaprobación con la cabeza, pero el cariño y la admiración que había en sus palabras no me pasaron desapercibidos. Era una buena persona que por encima de todo se preocupaba por mi bienestar.

—Vale, de acuerdo —dije riendo—. Y dejar que al niño le atropellara la camioneta.

—Mejor él que tú —replicó arqueando las cejas.

—Eres un engreído —le contesté con una sonrisa.

Él hubiera sido el primero en lanzarse delante de la camioneta para salvar a ese niño. Se llamaba Justin Wheeler, por cierto, tenía tres años y cumpliría muchos más. ¿He dicho ya que Zack era pediatra como mi padre? (Y sí, en sus horas libres trabajan juntos en algunas clínicas desinteresadamente. ¿Se dan cuenta de lo complicada que fue aquella ruptura?) Zack dedicaba toda su vida al cuidado de los niños, y yo no conocía a nadie, aparte de mi padre, tan apasionado por su trabajo.

—En serio —dijo en un tono más amable y devolviéndome la sonrisa—. Hasta que todo esto se calme, ve con cuidado.

Yo acerqué mi vaso al suyo.

—Por la heroína. Por *mi* heroína —dijo.

Las cosas se calmaron, por supuesto, y mi vida volvió a su ritmo habitual. El lunes siguiente, una semana después de que apartara a Justin de la trayectoria de la camioneta, noté que ya nadie me telefoneaba para entrevistarme. Me llamó una editora de prensa del *Vanity Fair* en relación con el artículo que quería escribir sobre Uma Thurman. Quedamos en vernos el martes por la tarde. Cuando me acosté esa noche, aún seguía emocionada con mis quince minutos, pero estaba encantada de que todo volviera a la normalidad.

Al día siguiente me vestí como un adulto y fui al centro en taxi, a las oficinas del *Vanity Fair*. Tuve una breve reunión con la editora de prensa, una mujer mayor, ocupada, algo nerviosa y terriblemente chic, con la que ya había trabajado antes bastante a gusto. Dado que la señora Thurman había autorizado el artículo, acordamos una cantidad y un plazo, y nos despedimos. Volví en metro al centro, me entretuve un poco en la librería St. Mark's y jugué con la idea de empezar una novela. Paseé hasta casa, compré un poco de sándalo a un vendedor ambulante, y mientras iba de camino a mi apartamento, lamenté que hubieran abierto una tienda Gap en la esquina de St. Mark's (la meca de mi juventud gótica) y la Segunda Avenida. Lo siento: ese tipo de tienda no debería estar en la misma calle que Trash y Vaudeville.

Cuando llegué a casa, empezaba a oscurecer y yo ya empezaba a congelarme con mi gabardina de lana negra de Tahari, y mis pies se quejaban a gritos de mis espléndidos pero dolorosos zapatos de piel de Dolce & Gabbana. Pensé que por aquel artículo vergonzosamente caro, pero fabuloso, valía la pena cierta incomodidad. Hay que sufrir para ir a la moda. Arranqué otra inconmensurable cantidad de correo de mi buzón, me quité los zapatos y subí corriendo las escaleras hasta mi piso.

Mi apartamento era pequeño; bueno, más bien minúsculo, con una capacidad de almacenamiento mínima. De hecho sólo había un armario al final del pasillo paralelo a mi dormitorio, que no servía para nada. Pero me gustaba que rebajara un poco el nivel de desorden que me había permitido acumular a lo largo de la vida. Me daba la sensación de que si un día tenía que hacer las maletas para marcharme en 24 horas, podría hacerlo, y aquella idea me proporcionaba un confort considerable. Lo cual era raro, porque llevaba allí más de diez años y no tenía ganas de marcharme. Había algo en aquel apartamento que me hacía sentir arraigada y libre al mismo tiempo. Era exactamente como yo quería, con cómodos muebles de felpa, y una serie de alfombras que suavizaban la dureza del suelo de madera. Las paredes recién pintadas de un suave tono beige. Era acogedor, familiar... *mi* espacio. Pero sin nada que me atara especialmente.

Aquella noche me puse una sudadera y los pantalones de yoga más cómodos; me recogí el pelo, y me acomodé en mi sofá tapizado en seda a examinar aquella cantidad de correo. Hice varios montones: uno con las revistas, otro con el correo basura, otro con las facturas. Y empecé a revisarlo.

Aquella insignificancia, el simple acto de revisar y colocar cada cosa en su sitio me relajaba. Entonces topé con un sobre de 20 por 25, con mi nombre y dirección garabateados a mano en negro y sin remitente. Era un sobre de papel común y corriente, que sin embargo tenía algo especial. Al verlo en perspectiva, parecía advertirme de algo, como si emitiera una vibración maliciosa, de la que yo por supuesto prescindí. Rasgué el borde superior con un abrecartas y saqué tres hojas de papel. Aún me sorprende que esos tres simples objetos pudieran poner en cuestión todo lo que sabía de mi vida hasta aquel momento.

Dentro del sobre había un recorte del artículo del *Post* en el que aparecía mi foto. También había una foto Polaroid vieja y amarillenta. Se veía a una joven con un vestido floreado que sostenía a una niñita en la cadera. La mujer tenía la cara demacrada y parecía agotada. La niña la miraba con los ojos brillantes y una sonrisa. Detrás había un hombre alto, de espaldas anchas, increíblemente guapo, con las facciones duras y unos ojos penetrantes e inteligentes. Apoyaba la mano en los hombros de la mujer, con aire posesivo. Y había algo en su expresión difícil de definir, pero que no tenía nada de benévolo. No sabría explicar el ahogo que sentí, una subida repentina de adrenalina que me provocó un temblor en las manos. La mujer de la fotografía se parecía a mí de una forma tan llamativa, que era como si estuviera contemplando mi propio retrato. La niña que tenía en brazos se parecía a mis fotos de pequeña, aunque en aquel momento me di cuenta de que no había visto nunca una foto mía de tan pequeña.

Y había una nota con un número de teléfono y una pregunta. Simplemente decía: *¿Eres mi hija?*

4

Sólo necesito un minuto para volver a mi infancia. Puedo cerrar los ojos y dejar que me invada el recuerdo de las sensaciones de mi juventud. Los aromas de la cocina de mi madre, y una mezcla de agua de lluvia y Old Spice a la que olía mi padre cuando llegaba de trabajar por las tardes, aquella sensación fría en mis dedos porque la temperatura corporal de mi padre siempre era cálida, y la casa, en consecuencia, siempre parecía fría. Puedo oír a mis padres reír o cantar, a veces discutir, y más adelante, cuando las cosas empezaron a torcerse de verdad con mi hermano Ace, literalmente chillar. Me acuerdo de mi alfombra de tela verde y del papel de la pared, Laura Ashley, con rosas pequeñas y hojas de menta verdes sobre fondo blanco. Entre todos los recuerdos inocuos y felices de aquellos años, esa noche, con aquella foto en la mano, había uno que destacaba vívido y terrible.

Yo tenía quince años y llegaba tarde a casa; venía del periódico de la escuela (en el instituto yo era un poco sabionda y repelente). Se suponía que no debía subir al coche de ningún chico, pero aquel día me acompañó uno del último curso llamado Frank Alvarez (espaldas anchas y larga cabellera negra, un poco colgado pero sexy). Cuando aparcó en la acera intentó besarme. Recuerdo el ruido de la calefacción del coche, a Van Halen sonando en la radio, y una especie de desesperada energía sexual que emanaba de él, y demasiada colonia, Polo, me parece. No era una situación peligrosa, y aunque yo «no iba por él», como decíamos las adolescentes enrolladas, me sentí halagada y no veía el momento de salir del coche para telefonear a mis amigas.

Cuando entré en casa, mis padres estaban sentados frente a la mesa de la cocina con expresión sombría. Mi padre tenía una taza de café en la mano y mi madre tenía aspecto de haber llorado. Era algo pronto para que mi padre estuviera en casa, y la cena ya debería estar en marcha, pero la cocina estaba fría.

—Oh, Ridley —dijo mi madre, como si hubiera olvidado que yo volvería a casa—. ¿Qué hora es?

Mi madre era como un pajarito, una mujer verdaderamente menuda, con las facciones finas y una brillante cabellera castaña. Se movía con la gracia de una bailarina, y su postura impecablemente erecta y la barbilla alta, eran el reflejo de aquella olvidada ambición. Parecía diez años más joven que las otras madres que yo conocía, aunque de hecho era mayor que casi todas.

—Ve un rato arriba, ¿quieres, pequeña? —dijo mi padre, poniéndose en pie—. Te llevaremos la cena enseguida.

Mi padre empezaba a tener un aspecto que con el tiempo llamaríamos su fase Ernest Hemingway, sin la bebida. Tenía una poblada barba gris y un discreto (cada vez menos discreto) estómago. Medía poco más de metro ochenta, y tenía los brazos fuertes y las manos grandes. Me abrazaba de un modo que hacía desaparecer cualquier preocupación infantil. Pero entonces no me abrazó, sólo me puso la mano en el hombro y me condujo hacia la escalera.

Cuando entré y los vi allí sentados, me imaginé que tendría problemas por haber subido al coche de Frank Alvarez, pero enseguida me di cuenta de que estaban demasiado preocupados en relación con la pequeña trasgresión que yo había cometido.

—¿Qué pasa? —pregunté.

Antes de que mi padre pudiera responder, Ace bajó como una exhalación las escaleras con una enorme mochila a la espalda.

Mi hermano y yo nos criamos en la misma casa, con los mismos padres, y sin embargo tuvimos infancias completamente distintas. Tiene tres años más que yo. Él era testarudo y yo complaciente; él rebelde y yo obediente; él estaba triste y enfadado y yo era feliz. Durante una eternidad para mí fue la personificación de lo guay. Era guapo como un actor de cine, con un pelo negro azabache y unos penetrantes ojos azules, los músculos pronunciados y la mandíbula firme. Todas mis amigas estaban enamoradas de él, y si me hubieran dicho que se despertaba cinco minutos antes que yo para colocar el sol en el cielo, me lo hubiera creído.

—¿Adónde vas? —le pregunté, porque además de que llevaba una mochila, era evidente que pensaba marcharse y no volver.

Había amenazado con aquello un millón de veces, y siempre que mis padres y él se peleaban, me daban náuseas al pensar que lo haría. Sentí tristeza, miedo y un bulto en el estómago cuando al pasar me dio un empujón.

—Me largo de esta mierda —dijo mirando a mi padre.

—Ridley —dijo mi madre—, ve arriba.

Su voz tenía un tono de desesperación. Subí despacio, entreteniendo la mano en la barandilla y mirando a aquellas personas que amaba, tan tristes y enfadadas unas con otras que apenas podía reconocerlas. Todos tenían una expresión gris y dura como la piedra en la cara.

No recuerdo ni un solo momento de paz entre Ace y mi padre. Cuando estaban juntos en una habitación, el que estallara una pelea sólo era cuestión de tiempo, y en los meses anteriores a la marcha de Ace, la cosa había empeorado.

—Tú no vas a ningún sitio, hijo —dijo mi padre—. Encontraremos el modo de ayudarte.

—No quiero vuestra ayuda. Es demasiado tarde. Y tú *no* eres mi padre, así que no me llames hijo.

—No hables así, Ace —dijo mi madre.

Pero su voz era débil y tenía los ojos llenos de lágrimas.

—Ridley —gruñó mi padre—. Ve arriba.

Yo corrí con el corazón golpeándome en el pecho como un tambor. Me tumbé a oscuras en mi cama de dosel y escuché el eco de sus gritos. Estaba en el otro extremo de la casa y no podía, ni quería, oír lo que decían. Cuando Ace se fue, dio un portazo tan fuerte con la puerta de la entrada que noté la vibración desde mi habitación. Le siguió un silencio, que se rompió al poco con los sollozos de mi madre. Finalmente oí los pasos de mi padre en la escalera. Ace no volvió a cruzar aquel umbral, y aquella noche me di cuenta de que no todos los finales son felices.

Hubo algo de lo que Ace acababa de decir que sencillamente borré de mi mente. O quise creer que sólo fue la rabia, su adicción, o quizás ambas cosas lo que le llevaron a decir: «Tú no eres mi padre». Más adelante, cuando le pregunté a mi padre por aquello, me dijo:

—Ace sencillamente quiso decir que *deseaba* que yo no fuera su padre. Pero lo soy, y no hay nada que pueda cambiar eso, al margen de lo que pase entre nosotros.

—Bien. A mí me encanta que seas *mi* padre, papá —le dije, en parte para tranquilizarme y en parte para tranquilizarle a él.

Sentada en mi apartamento con aquellos papeles en la mano, volví a oír las palabras de Ace, y esa vez no pude acallarlas. Eran como una llave que abría una caja que contenía un millón de preguntas más, que llevaban años rondando en la periferia de mi conciencia, pero que de hecho nunca me planteé contestar... Cosas que quizá tuvieran una explicación muy fácil... o *quizá* no. Cosas como: ¿por qué no había fotos de mi madre embarazada? ¿Por qué no había fotos mías antes de los dos años? ¿Por qué no me parecía lo más mínimo a nadie de mi familia? En aquel momento aquellas preguntas sin importancia golpeaban contra mi conciencia como las moscas en la luz.

Empecé a sentir una punzada de pánico, un poco dramática. Entonces recordé mi conversación con Zack. *Y todas esas fotografías tuyas... Olvídalo. Despertarán del letargo a un montón de psicópatas.*

Tenía razón, naturalmente. *Así* era Nueva York: los locos no necesitan grandes excusas para actuar. Cogí la Polaroid; puede que aquella mujer no se me pareciese tanto, a fin de cuentas.

Hice lo que siempre hago en los momentos de crisis, grandes o pequeñas. Cogí el teléfono inalámbrico para llamar a mi padre. El aparato apareció en mis manos sin que fuera consciente de haberlo cogido; el teclado fluorescente esperaba que marcara. Pero mis dedos se quedaron suspendidos en el aire sobre los números iluminados mientras yo dudaba, y sentía la sangre que palpitaba en mis oídos. Era absurdo, ciertamente, llamar por esa tontería. Por encima del zumbido de la línea telefónica se oyeron unos golpes insistentes a lo lejos.

El ruido me sacó de mis pensamientos y tardé un segundo en darme cuenta de que había alguien en la puerta de mi apartamento.

Volví al presente y crucé la habitación para mirar por la mirilla. El hombre del rellano era un desconocido, pero entreabrí la puerta. Sé lo que están pensando: ¿qué neoyorquino le abriría la puerta a un extraño, especialmente en un momento como ése, después de recibir una carta como aquélla?

Los neoyorquinos en realidad no somos más listos que los demás. Sólo somos más paranoicos. Y yo estaba demasiado abstraída para pensar en protegerme. Además, el tipo que vi a través de la mirilla me interesó. Digamos que estaba *bueno*. Abrí la puerta y le observé. Fruncía el ceño y tenía las manos en las caderas.

Uno nota la química, saben. Un ligero calambre que significa que el sexo estará bien, muy, muy bien. Lo notas en los pulmones y entre las piernas. En realidad no tiene nada que ver con el aspecto, pero para que quede dicho: cabello castaño oscuro, casi negro, muy corto, tan corto que parecía rapado, profundos ojos marrones, y unos labios dulces que yo ya imaginaba en el pequeño hueco entre mi cuello y mi clavícula. Note que él sentía lo mismo. En aquel momento me pareció que ya no estaba tan enfadado.

—Oye —me dijo con repentina amabilidad—, si te molesta el ruido, ¿por qué no llamas a mi puerta y me lo dices, en lugar de ir corriendo a la casera?

Tenía una silueta perfecta, era delgado como el dibujo de una línea recta. Pero tenía carne, sin volumen, como una especie de energía elástica. Por la manga derecha asomaba el extremo de una serpiente tatuada.

—Te has equivocado de puerta —le dije, intentando no sonreír anticipadamente y avergonzarle—. Yo no me he quejado a la casera.

La información quedó suspendida un segundo en el espacio que había entre los dos, y luego dijo lo único que resultaba apropiado.

—Oh. —Hubo un silencio incómodo y balanceó el peso de su cuerpo de una pierna a la otra—. Lo siento.

—No pasa nada —contesté, y cerré la puerta.

Estaba bueno. Pero yo estaba absorta en el correo que había recibido. La Ridley lógica veía claramente que aquello podía ser la extraña jugarreta de una mente enferma. Pero había otra Ridley, un poco asustada, un poco preocupada, pensando. Hay demasiadas preguntas. Resuélvelas.

Le vi marcharse a través de la mirilla. Me apoyé en la pared frente a la puerta e intenté ordenar mis ideas. Todo lo que me rodeaba parecía más etéreo, y sentí una ligereza en la cabeza y el estómago. No sabría decirles por qué, quizá fue un pequeño ataque. No sé cuanto tiempo me quedé de pie allí.

Al final volví al sillón, recogí las fotos y la nota otra vez. No había llamado a mi padre debido a la interrupción, y ahora ya no me parecía tan urgente como un minuto antes. Puse las fotos y la nota otra vez en la mesa y me tumbé en el sofá de felpa, que era demasiado grande para aquella habitación, pero que me encantaba porque era confortable como un abrazo. Sentí una tristeza inesperada, cálida y húmeda. Lloré mucho, pero intenté no hacer ruido. Las paredes eran delgadas y no quería que nadie me oyera, especialmente el atractivo hombre del tatuaje del piso de arriba.

5

Es un hecho poco conocido, pero los padres son como superhéroes. Con sólo unas palabras mágicas, palabras que tienen el poder de hacerte creer que mides tres metros y eres inmune a las balas, son capaces de vencer al monstruo de la duda y al de la preocupación, pueden hacer que desaparezcan los problemas. Pero, naturalmente, su poder sólo dura lo que dura tu infancia. Cuando te conviertes en adulto, te conviertes en el dueño de tu propio universo, y ellos ya no son tan poderosos como antes. Quizá por eso somos tantos los que tardamos en crecer.

Tras una noche agitada y un miércoles realmente improductivo, en el que mis mayores logros consistieron en lavar un enorme montón de ropa en la lavadora del sótano y hacerme un bocadillo de atún, salí de casa y me fui a la estación del PATH de la calle Christopher. Todos los miércoles, desde que vine a estudiar a la ciudad, he cogido el tren para cenar con mis padres en su casa. Los fines de semana también iba a menudo, pero el miércoles era *nuestro* día. Esme y Zack también se apuntaban muchas veces, pero dejaron de hacerlo cuando rompimos. Yo me sentía culpable, pero sólo en parte; me encantaba tener a mis padres para mí sola.

Poco antes, aquel mismo día Esme me había llamado por teléfono.

—Ridley, cariño, ¿qué tal van las cosas? —me preguntó.

Seguíamos hablando con relativa frecuencia. Desde antes de que yo naciera, Esme era la enfermera de mi padre en sus distintas consultas. Seguíamos hablando con relativa frecuencia, lo cual era agradable. Para mí era más como una tía muy querida y una buena amiga que una empleada de mi padre y la madre de mi novio. De hecho, cuando terminé con Zack, casi me preocupaba más perder la relación con ella que otra cosa.

—Zack me ha dicho que parecías un poco tensa —lo dijo en voz baja, susurrando como si habláramos de algún embarazoso asunto de mujeres—. Está preocupado por ti.

Yo sabía que lo decía con buena intención. Pero no creía haberme mostrado tensa cuando cené con Zack. ¿No es extraño cuando la gente dice algo sobre uno mismo que no es verdad? Están completamente seguros de lo que dicen, y cuanto más intentas convencerlos de lo contrario, más se reafirman en su opinión.

—No, Ez —escogí intencionadamente un tono despreocupado—. Estoy bien.

—¿Ah, sí? —dijo como si hablara con una enferma mental—. Bien. Me alegro de que se equivocara.

No me creyó y lo dejé correr. Luego empecé a pensar, quizá *sí* que estoy tensa y soy la única que no se da cuenta. Eso es algo que realmente odio de mí misma: me influyen mucho las impresiones equivocadas que provoco en la gente. Quizá sepan a qué me refiero. Durante mi conversación con Esme empecé a sentirme realmente tensa. Otra cosa que odiaba era pensar que la gente hablaba de mí, decidían lo tensa que estaba, les daba lástima y luego me lo contaban. Me parece muy manipulador e intervencionista. Como si quisieran verme débil y hundida para poder sentirse fuertes y enteros, muy por encima de la pobre Ridley, que está sometida a una tensión enorme.

Charlamos un poco de mi último artículo, del empeoramiento de su artritis reumática, de algunas ideas para el regalo del próximo cumpleaños de mi madre. Quizás era mi sentimiento de culpa, pero seis meses después de los hechos, me seguía pareciendo que pasábamos de puntillas por encima de los hechos: yo le había partido el corazón a su hijo, y había destrozado los sueños de una boda y de unos nietos.

En Hoboken cambié de tren, y al cabo de media hora llegué a la ciudad donde me había criado. La estación estaba a quince minutos andando de la casa de mis padres. Construida en 1919, aunque completamente reformada y modernizada a finales de los ochenta, se asentaba entre robles y olmos gigantescos, como un bastión de la tradición estadounidense auténtica. La ciudad era una de *esas* ciudades, ya saben. Absolutamente preciosa, con su tienda de comestibles y sus farolas de gas antiguas, sinuosas calles arboladas, y esas casas tan bonitas con el césped perfectamente cuidado. Era como una postal virtual, sobre todo en otoño y en Navidades. Cuando crucé la puerta principal estaban a punto de dar las cuatro. Olía a pastel de carne.

—Mamá —grité, y la puerta de rejilla se cerró de un portazo a mis espaldas.

—Oh, Ridley —mi madre salió de la cocina sonriendo—. ¿Cómo estás, cariño?

Me abrazó con suavidad, y después estiró los brazos y me observó, intentando detectar el menor síntoma de conflicto: ojeras, un sarpullido en la barbilla, pérdida o exceso de peso, quién sabe.

—¿Tienes algún problema? —me preguntó mirándome fijamente.

Generalmente ésa era una de las primeras preguntas que hacía mi madre cuando le telefoneaba, o cuando iba a su casa. Como si no nos viéramos muy a menudo. Telefoneaba a mi padre a la consulta casi a diario, pero si he de ser justa, con mi madre no hablaba tan a menudo.

La abracé:

—No. Claro que no.

Asintió con aquella mirada que me recordaba que me conocía mejor que yo misma y que mentir era inútil. ¿Es que todo el mundo *quería* que tuviera algún problema?

Comparada conmigo, mi madre era muy menuda. Ella era huesuda, con los brazos y los hombros angulosos, y yo redonda y musculosa. Ella tenía las caderas y el pecho de un adolescente, los míos eran abundantes. Las facciones de su cara eran pequeñas, delicadas, nítidas; las mías eran más suaves y ligeramente redondeadas. Observé aquella cara, y de pronto pensé en la mujer de la fotografía que había recibido la noche anterior. Mi madre no se parecía en nada a mí; aquella desconocida era mi viva imagen.

—¿*Qué* pasa, Ridley? —me preguntó ladeando la cabeza y examinándome con sus gélidos ojos azules.

—¿Cuándo llegará papá? —repliqué.

Entré en la cocina para alejarme de ella y abrí la puerta del horno. El calor que desprendía me dio en la cara. Un pastel de carne chisporroteaba feliz en la salsa de tomate. Con tal de evitar la mirada de mi madre cualquier excusa me servía.

—Debe de estar a punto —contestó. Al ver que yo no decía nada más, cambió de tema—. Así que te tiraste en mitad del tráfico para salvar a un crío. ¿Has entrado en algún edificio en llamas... o alguna otra cosa igual de emocionante?

—No. Sólo lo del niño.

—Bueno. Estaría bien que no lo convirtieras en una costumbre. Tu suerte puede acabarse. —Y me dio una palmada cariñosa en el trasero.

Me senté en la cocina y ella se puso a hablar de su trabajo voluntario en la escuela local; de la consulta de papá y de la clínica donde visitaba gratis, y en sus horas libres, a niños desfavorecidos. No oí ni una palabra de lo que mi madre decía; no es que no me interesara, sencillamente estaba impaciente por oír el coche de mi padre en la entrada.

—¿Me estás escuchando?

—Claro, mamá.

—¿Qué acabo de decir?

—Aquí está mi pequeña rompecorazones.

Mi padre irrumpió de pronto por la puerta de atrás. Desde la ruptura me llamaba así. Me levanté y fui hacia él, en busca de aquel abrazo cariñoso, en busca de consuelo en los brazos de mi padre.

—¿Cómo estás, pequeña? —dijo abrazándome fuerte.

—Bien —le contesté apoyada en su hombro.

—Bien. —Me sonrió y me dio una palmada en la mejilla—. Tienes *buena* cara. —Me encantó que *él* no pensara que me pasaba algo malo.

Pero supongo que algo malo me pasaba, ya entonces. Había traído la foto y la carta. Consideré la idea de echarla a la basura, tirarla sencillamente al cubo, donde debía estar, y olvidarlo todo. Pero por alguna razón no fui capaz de hacerlo. Salí de mi apartamento sin el sobre, pero en mitad de la escalera me di la vuelta y volví a buscarlo. Supongo que quería enseñárselo para que ellos me dijeran lo absurdo que era y reírnos juntos de aquello. Ja, ja.

Después de cenar, nos sentamos satisfechos y tranquilos bajo la luz de la vieja lámpara Tiffany que iluminaba la mesa.

—Ayer me pasó una cosa rara —dije en un pausa de la conversación.

—Sabía que pasaba algo —dijo mi madre, satisfecha de sí misma.

—Mamá —empleé ese tono que en mi opinión expresa perfectamente lo predecible y cargante que me resulta a veces.

—¿De qué se trata, Rid? —preguntó mi padre con un gesto de interés y preocupación.

Les pasé la foto y la nota. Observé las caras de ambos porque me imaginé que una milésima de segundo después de procesar la información que tenían delante, ya tendrían una respuesta. Pero la expresión de sus caras no me dijo nada. Para mirar la fotografía, mi padre y mi madre entornaron los ojos y juntaron las cabezas. Mi padre se sacó las gafas del bolsillo de la camisa. Yo oía el zumbido de la nevera y la sangre que retumbaba en mis oídos. La tetera silbó y el reloj que había encima del fregadero vibró bajito, pero mi madre no se dio cuenta.

—¿Qué es esto? —dijo mi padre finalmente sonriendo benevolente pero confuso—. ¿Una especie de broma?

—No lo entiendo —dijo mi madre, y movió la cabeza con resolución—. ¿Quién es esta gente?

Me los quedé mirando. Era una reacción perfectamente inocente. Yo esperaba sentirme aliviada y un poco estúpida por haber tenido la ocurrencia de enseñarles aquello. Eso era exactamente lo que yo hubiera querido. Pero sin motivo aparente, estaba irritada.

—No sé quiénes son. —La voz me tembló un poco y mis padres levantaron la vista para mirarme—. Me llegó ayer por correo.

—¿Y... qué?

—Y la estuve mirando —dije golpeando la foto con el dedo—. Esta mujer se parece mucho a mí.

Mi padre se acercó la foto para observarla mejor, ostentosa-
mente.

—Bueno, tiene un aire. ¿Y qué?

Mi madre había mirado la foto una sola vez, sólo una. Y se echó
hacia atrás y me miró a mí. No supe descifrar su mirada.

—Ese hombre cree que soy su hija.

Mi madre dijo algo absurdo:

—¿Cómo sabes que se trata de un hombre?

—Simplemente lo pienso —dije sin fuerza en la voz—. La caligrafía es masculina. No sé —suspiré—. Me lo parece.

En ese momento mi padre hizo una cosa que no me esperaba.
Se echó a reír, una auténtica carcajada. Y luego dijo:

—Cariño, eso es una ridiculez.

—Francamente, Ridley —añadió mi madre—. No tiene ninguna gracia.

Yo eché los hombros hacia atrás y la miré.

—No intento ser graciosa, mamá. Ayer recibí esto por correo
y... le estuve dando vueltas. Se me ocurrieron algunas preguntas.

—Bien. ¿Qué tipo de preguntas? —dijo mi padre, que ya no se
reía—. No habrás dedicado ni un segundo a plantearte en serio si
eres nuestra hija o no. Esa persona se está divirtiendo a tu costa,
Ridley.

—¿No eres demasiado inteligente para caer en esto? —mi madre
repitió aquel gesto enérgico con la cabeza—. Lo que quiero decir es
que tu cara ha aparecido en todos los periódicos y televisiones durante más de una semana. Algún demente pensó que te parecías a alguien que conoce o que conocía, y o bien está loco y cree que eres su
hija... o intenta meterte en un lío. Todo esto es una tontería enorme.

Me quedé callada. Apareció la duda, sigilosamente, y me daba
palmadas en el hombro.

—¿Por qué no hay fotos mías antes de los dos años? —la pregunta sonó más infantil de lo que hubiera querido.

—Por Dios —dijo mi madre—. Ya empiezas a hablar como
Ace.

No podía soportar que mis padres me compararan con él, con
aquel hijo que les había hecho tanto daño y que tanto los había de-

cepcionado. Aquel que prefirió la calle y una vida de yonqui al amor y el hogar que ellos le ofrecían. Aquel que les causó tanto dolor durante tantos años. Se me encogió el corazón pero no dije nada. Seguí mirándola y al final contestó.

—Ya te dije que guardábamos las fotos en el cuarto de jugar del sótano. Cuando se inundó, se estropearon; las de la maternidad, las de tu llegada a casa y la mayoría de cuando eras un bebé. Todas.

Cierto que me lo había dicho, pero lo había olvidado. Empezaba a sentirme un poco en falso. Pero algo me empujó a seguir:

—Y supongo que todas las fotos de tus embarazos también estaban en aquellos álbumes.

Me contestó despacio, arrastrando las sílabas como si hablara con una niña pequeña.

—No. Engordé mucho durante los embarazos y me daba vergüenza que me fotografiaran. Ya sé que parece una tontería, pero yo era muy joven.

Mi madre era una mujer preciosa. Tenía la piel de color crema y los ojos almendrados. Tenía una boca grande que podía convertir en una sonrisa enorme y radiante, capaz de iluminar las estrellas del cielo. Pero cuando se enfadaba, toda aquella belleza se transformaba en granito. Siempre fue una de esas madres que te reñían sin necesidad de decir ni una palabra; bastaba con una mirada gélida que te paralizaba por completo. En aquel momento me miraba de ese modo y tuve que echar mano de todo mi coraje para aguantarle la mirada.

Decidí cargar contra ambos:

—No me parezco a ninguno de vosotros dos.

Mi madre apartó la mirada y gruñó disgustada. Se levantó de la mesa y se acercó al horno. Mi padre la miró intranquilo. Él siempre cedía a sus enfados, y yo sentí un viejo reproche, pero seguí callada. Él se volvió a mirarme.

—Eso no es cierto, Ridley —dijo mi padre—. Te pareces muchísimo a mi madre. Todo el mundo lo decía, ¿no te acuerdas?

Cuando lo dijo me acordé. Teníamos los ojos parecidos. Las dos teníamos el pelo negro y los pómulos altos. Por un momento se me ocurrió que quizá me había vuelto loca, que sufría algún tipo de estrés postraumático. Esas cosas que se oyen siempre en programas como *Primera línea*, ya saben. Personas que durante unos días son consideradas héroes y luego caen en el olvido. Se sienten perdidos y se deprimen. Quizá me pasaba eso. Puede que estuviera haciendo un drama porque extrañaba la fama de que disfruté durante un breve período de tiempo.

Insistí:

—¿Y Ace? ¿Y lo que dijo aquella noche?

—¿Cómo puedes pedirme explicaciones sobre algo que dijo Ace?

Mi padre se sintió dolido, la sola mención a Ace le dolía. De pronto su dolor por el hijo que estaba vivo, pero que había escogido estar muerto para sus padres, enrareció el ambiente, y dijo:

—Ya casi no le conozco.

Todos nos quedamos en silencio un momento. Mi madre estaba delante del horno, con los brazos cruzados y la cabeza baja; mi padre sentado en la mesa, frente a mí, mirándome con una expresión acusadora y suplicante a la vez. Yo, apoyada en la silla, intentaba averiguar por qué los había metido en eso y por qué los presionaba con tanto ahínco buscando respuestas, y qué era lo que retumbaba en mi cabeza y me secaba la garganta como una descarga de adrenalina.

Mi padre empujó la foto para devolvérmela. Yo la recogí y la miré de cerca. Ya no me impresionaba en absoluto. No era más que una pareja con su hijo. Unos desconocidos.

—Lo siento —dije, y me la guardé otra vez en el bolsillo.

Los ojos se me llenaron de lágrimas y me puse colorada de vergüenza. No sé en que debía estar pensando.

Mi padre se acercó y me acarició el brazo.

—Ridley, tienes los nervios a flor de piel por todo el lío de la semana pasada, y alguien intenta sacar partido. Creo que deberías llamar a la policía.

Yo puse los ojos en blanco.

—¿Y qué les digo? ¿Que he recibido un correo que me ha trastornado?

Me abrazó y me miró con una comprensión que no creí merecer. Mi madre volvió a la mesa con tazas de té para todos. Se sentó y mantuvo sus ojos fijos en mí. Percibí en ella algo desconocido para mí, que luego desapareció. Creo que era desprecio por mi falta de confianza y mi actitud hiriente.

—Lo siento, mamá.

—Está bien, cariño. Comprendo que te confundieras. Sobre todo con toda esa tensión.

Su tono me dejó claro que no lo comprendía y que no estaba nada bien.

Más tarde, cuando volvía a la ciudad, iba contemplando los suburbios por los que pasaba el tren; sentada con los pies en alto y la cabeza contra la ventana. Mis padres y yo, bastante incómodos, habíamos compartido un helado de chocolate para postre. Antes de marcharme ayudé a mi madre a ordenar la cocina. Estuvo fría conmigo y apenas me abrazó cuando me fui. Ella era así. Exigía lealtad absoluta; si cometía el más mínimo fallo, mantenía una actitud gélida hasta que cumplía mi penitencia.

Hacía años que aquel mensaje subliminal estaba claro entre nosotras y yo lo había aceptado siempre al pie de la letra. Era una mujer capaz de aceptar la pérdida de un hijo y echarle la culpa a él, a su adicción. Pero perder a dos hijos, y consideraba cualquier digresión de mi parte como una especie de pérdida, la obligaba a mirar en su interior. Y eso no estaba dispuesta a hacerlo. De niña, cuando la hacía enfadar o la decepcionaba, me daba miedo. De adulta podía aceptarlo, pero seguía sin gustarme. Aquella velada me hizo sentir culpable; no entendía cómo había permitido que una nota anónima y la fotografía de unos desconocidos me alterara los nervios.

Cuando los suburbios de clase alta dejaron paso al depauperado barrio de Newark, pensé en mi hermano. Lo odiaba. Lo odiaba como un niño odia a su héroe caído. Lo odiaba por tener un potencial ilimitado y ser incapaz de aprovecharlo. Yo lo odiaba porque sabía las cosas maravillosas que tenía en su interior, lo brillante que era, lo atractivo que era, y porque él le dio la espalda a su futuro, lo rechazó como si fuera un traje a medida que costaba una fortuna y que no se ponía nunca. Y a la vez le quería por todo eso. Le compadecía, me preocupaba por él, le adoraba y le despreciaba. Recordaba cómo me sentía cuando me chinchaba, cuando se burlaba de mí, cuando me abrazaba, cuando me consolaba. Mi hermano me había dejado una herida en el corazón que no cicatrizaba. Pensar en él era como enfrentarse a un huracán emocional que me superaba.

Ace había lastimado tanto a mis padres —drogas, pequeños delitos, arrestos por conducir borracho, y luego irse de casa a los dieciocho años—, que comparada con él yo era un ángel. Yo hice lo habitual: mentí, bebí un poco, una vez cogí el coche sin tener carné, me pillaron fumando..., pero aparte de eso mis notas eran excelentes, escribía y editaba el periódico de la escuela, y tenía amigos agradables que les gustaban a mis padres. Ninguna tragedia. Para mí portarme bien era como un deber. Incluso algo más profundo, creía que si les causaba más dolor, los destruiría. Así que me mantuve en el buen camino, a salvo y lejos de los problemas.

Cuando Ace se marchó, no volvimos a hablar de él; y quiero decir *nunca*. No podía pronunciar su nombre sin que mi madre rompiera a llorar y saliera corriendo de la habitación. Todos fingimos que no había vivido allí nunca. Aquel silencio hizo que, en mi interior, Ace creciera hasta convertirse en una figura mítica. Era un rebelde maravilloso, demasiado inteligente y demasiado sensible para la vida corriente que nosotros llevábamos. Le imaginaba como un músico o un poeta, merodeando por los cafés, sufriendo con el estoicismo de un genio incomprendido. Había una parte de mí que cultivaba en secreto un rencor hacia mis padres por haberle obligado a irse.

Después de aquella noche horrible cuando se fue, no volví a verle hasta mi primer año de universidad. Yo vivía en una residencia en la esquina de la Tercera Avenida y la calle Once. No sé cómo me encontró, pero una mañana salía para ir a clase y le vi en la esquina. Estaba a menos de un metro de distancia y sentí el hedor a suciedad que emanaba de su cuerpo, y vi que tenía la piel llena de llagas sin cicatrizar. Estaba demacrado. Se había afeitado la melena negra que tanto me gustaba y tenía el cráneo cubierto de pelusa y de pequeñas costras. En sus ojos azules, los ojos de mi madre, brillaba la avidez.

—Eh, niña.

Debí quedarme allí con la boca abierta demasiado rato y mi mirada debió avergonzarle porque me preguntó:

—¿Tan mal aspecto tengo?

—No... —conseguí contestar.

Me sentí muy incómoda, dudaba entre el impulso de salir huyendo de aquel individuo que se suponía que no existía, y abrazar a mi hermano, el héroe caído, cuya pérdida me afligía tanto.

—¿Cómo estás? —balbuceé, y ya no pude decir nada más.

—Hum... *bien* —dijo tímidamente, mientras se pasaba la mano por la cabeza. Al hacerlo, le vi las cicatrices de las muñecas. Di un paso atrás. ¿Recuerdan aquel episodio de Batman, cuando todos piensan que se ha convertido en un criminal, y que después de ser durante años el Caballero Enmascarado que salvó a Gotham del Pingüino y de la Máscara, se había pasado al lado oscuro? Eso pensé yo de Ace ese día. Me parecía increíble y me horrorizaba. Pero, sobre todo, ver que el héroe de mi infancia había sido capturado por las fuerzas del mal, me destrozaba las entrañas.

—Oye —me dijo—. ¿Tienes algo de dinero? Esta semana he tenido la gripe y no he podido ir a trabajar. Necesito desayunar.

Le di todo el dinero que llevaba en la cartera; creo que eran 25 dólares. Y así fue, más o menos, la relación entre Ace y yo a partir de aquel momento. Mis padres nunca se enteraron, pero desde aquel día yo solía verle una vez al mes. Normalmente nos encontrábamos en Veselka, en la Segunda Avenida. Él siempre comía un plato de carne con patatas y yo pedía una crepe. Nos sentábamos en aquella abarrotada institución del Est Village sin que nadie se fijara en aquel yonquie y aquella estudiante (más adelante profesional urbana) vestida a la moda (así soy yo) que se sentaban uno frente al otro. Tonteaba con la posibilidad de rehabilitarse. Yo le daba dinero. Sabía que no debía hacerlo. ¿Qué puedo decir? Era la típica tolerante. Pero sencillamente le quería mucho y era el único modo de que me permitiera verle. Además, no podía ni imaginar lo que habría llegado a hacer si no le hubiera dado dinero. De hecho, sí podía, y ése era un motivo más.

A veces desaparecía durante meses, y durante todo ese tiempo no sabía nada de él. Normalmente no sabía cómo localizarle. Durante una época estuvo de okupa en algún lugar del Harlem hispano, al menos eso era lo que decía; otra temporada estuvo en el Lower East Side. Nunca lo supe con seguridad. Cuando no tenía noticias suyas me ponía enferma, el miedo me volvía loca. Una vez puse un anuncio en la última página del *Village Voice*, sin saber siquiera si lo leería alguna vez. Fue una maniobra desesperada que no dio ningún resultado. Pero cuando finalmente se quedaba sin dinero o se sentía solo, volvía a llamarme. Yo nunca le preguntaba dónde había estado, ni qué había hecho, ni por qué no me había llamado siquiera. No se lo preguntaba porque tenía miedo de volver a perderle.

—¿Cuándo madurarás? —se preguntaba Zachary—. No te quiere. Te está utilizando. La gente como él no sabe lo que es el amor.

Ésa era una faceta del amor que aparentemente Zachary no conseguía entender. Cuando quieres a alguien, en realidad no importa si te quiere o no. Sentir el corazón henchido de amor por alguien ya es una recompensa. O un castigo, según las circunstancias.

El tren chirrió al entrar en Hoboken y me abrí paso entre la multitud que se dirigía a la ciudad. Tuve que entrar a empujones en el vagón del PATH, que tardó una eternidad en llegar renqueando hasta Manhattan. Fui de la calle Christopher hasta mi casa paseando. El aire fresco y la caminata me levantaron el ánimo; la conversación con mis padres pasó a ser algo muy lejano, y me ayudó a olvidar que aún tenía la fotografía en el bolsillo y la duda en el corazón. Cuando llegué a mi edificio casi había recuperado la normalidad. Pasé junto a mi buzón sin mirarlo siquiera. No había correo esa noche. Subí corriendo las escaleras y me paré en la entrada. Frente a la puerta había una botella de Merlot y dos copas; en una de ellas una nota que decía: *¿Permitirás que me disculpe de forma apropiada? Jake, 4E.*

6

Subí la escalera hasta el piso de Jake. Pero al llegar arriba, dudé. El fluorescente del techo parpadeaba y zumbaba, iluminando el descansillo con una luz sobrecogedora. Miré la botella de vino y las copas que llevaba en las manos y pensé: ¿quién es este tipo? ¿Qué estoy haciendo? Antes de que pudiera responderme, la puerta se abrió y allí estaba él, con una camiseta negra y unos viejos Levi's de botonadura. Se inclinó hacia fuera para coger las copas y el vino y me sonrió. Fue una sonrisa tímida, de tanteo.

Les contaré algo sobre mí. Un chico guapo es capaz de hacerme perder la cabeza igual que a cualquiera, pero lo sexy no me impresiona. Me impresiona la inteligencia; me impresiona la fuerza de carácter, pero sobre todo me impresiona la bondad. Pienso que la bondad es consecuencia de haber aprendido las lecciones difíciles, de caer y levantarse de nuevo. Nace del fracaso y de la pérdida. Implica comprender la naturaleza humana, perdonar sus numerosas faltas y arbitrariedades. Cuando veo eso en alguien, me llena de admiración. En él lo vi. Tenía los ojos castaño oscuro, casi negros, bajo unos párpados con unas pestañas enormes que me impelían a confesar todos mis pecados secretos y hacer penitencia en sus brazos.

—No tienes por qué disculparte —le dije, señalando la nota que seguía dentro de la copa—. Yo también me habría enfadado.

Se hizo a un lado, dejó la puerta abierta para que yo pasara y entré. Cerró con suavidad. Me di la vuelta para mirarle y debí parecerle inquieta.

—¿Quieres que deje abierto? —arrugó la frente, como si estuviera preocupado.

—No —contesté con una ligera carcajada.

—Voy a servir el vino —y desapareció en la cocina.

Mi apartamento daba a la parte trasera del edificio, pero el suyo daba a la Primera Avenida. Las ventanas tenían unos vidrios muy delgados que no conseguían amortiguar el ruido de la calle, y el viento helado congelaba el alféizar con cada ráfaga. Tenía la calefacción encendida, pero la habitación estaba fría y poco confortable. Tenía el mismo suelo de madera pulida que yo, pero las similitudes acababan ahí. Yo procuraba que mi piso tuviera todo tipo de lujos y comodidades: sábanas de algodón de cuatrocientos dólares, edredones, cojines, mantas cálidas y una alfombra para cada espacio. Me gustaban los colores vivos, las flores frescas, las velas de olor. No era un estilo eminentemente femenino, sino eminentemente sensual.

El piso de Jake parecía una celda, aunque con un toque de diseño industrial urbano. Una escultura de lamas metálicas, hecha de piezas dentadas superpuestas presidía una pared. Una mesa de cristal y cromo con seis elaboradas sillas de hierro forjado, un futón y una serie de sillas Eames, de madera contrachapada y tubos de acero, colocadas de una forma muy poco acogedora; en un rincón sobre una mesa auxiliar negra un portátil encendido. No había fotografías, ni ningún otro objeto de tipo personal, ni siquiera un pedazo de papel fuera de sitio. Miré hacia la puerta que suponía que daba a su dormitorio, preguntándome si al entrar vería una cama de clavos bajo la lámpara de una sala de interrogatorios.

—Es un poco espartano, ya lo sé —dijo reapareciendo con el vino.

—Un poco solamente.

—No necesito nada más.

Me pasó una copa y brindamos. Por el sonido de las copas al chocar supe que eran de cristal.

—Por un comienzo mejor —dijo él.

Cruzamos las miradas un segundo y volví a sentir aquella descarga eléctrica y aquel calor en las mejillas. Se hizo un silencio que era cómodo para ambos. Había poca luz, unas cuantas velas encendidas, y una lámpara en el centro con la luz muy atenuada.

—¿Y dónde vivías antes?

—En la zona alta. Tenía un apartamento barato en la zona de Columbia; pero el barrio se deterioró tanto que parecía que vivía en zona de guerra. Los tiroteos no me dejaban dormir, literalmente.

—¿Y te trasladaste a la seguridad del East Village?

—Me gusta que haya un poco de barullo en el barrio. No busco zonas pijas —y volvió a aparecer aquella tímida sonrisa. Mi corazón dio unos pasos de rumba.

—¿A qué te dedicas? —le pregunté, aunque yo odiaba esa pregunta.

Me llevó del brazo hasta el futón y me preguntó:

—¿Quieres sentarte? —Se puso a mi lado a una distancia prudente, pero cerca. Sentí el ligero aroma de su colonia. Podía tocarle el muslo sólo con mover la mano un centímetro.

—¿Ha sido una forma de evitar la respuesta? —le pregunté. Se echó a reír. Tenía una risa agradable, profunda y sonora.

—Puede. Es que cuando le digo a la gente a qué me dedico, el tema suele centrar la conversación durante un rato. Y no es tan enrollado como parece.

—¿Qué haces... bailas en un cabaret?

—Soy escultor —dijo señalando la pieza de la pared en la que me había fijado antes.

Bebí un sorbo de vino.

—Es bastante enrollado —dije observando aquel objeto con una mirada nueva.

Las líneas eran duras, pero tenía una apariencia líquida, como una cascada de acero. Tenía un atractivo extraño y distante a la vez. Una cualidad que tiene el metal, ¿verdad? Visualmente hermoso, pero frío al tacto.

—¿Te ganas la vida con esto?

—Con esto y con los muebles —dijo señalando la mesa—. Y con un par de cosas más. No es fácil ganarse la vida con el arte.

Asentí. Lo entendía perfectamente.

¿Saben esa sensación de descubrir el aura de una persona y sentir que la conoces de toda la vida, como si su energía te resultara tan familiar como el zumbido de la nevera? Con Jake no tuve esa sensación. Todo en él me parecía nuevo y excitante; completamente desconocido y tan poco familiar e intrigante como un rompecabezas. Con Zack cada instante nuevo me recordaba alguna experiencia anterior; podía predecir al detalle lo que nos iba a pasar, por lo general cosas bastante agradables. Pero yo no quería que mi vida fuera una adivinanza cuya respuesta ya supiera. Hay quien se siente cómodo cuando las cosas son predecibles. Yo no.

La conversación fluyó fácilmente, charlamos de mi trabajo y un poco de Zack; lo que suele decirse cuando empiezas a conocer a alguien. Yo te hablo de mis cosas, tú de las tuyas. Ahora que lo recuerdo, me parece que yo le conté muchas más cosas que él. Él iba sirviendo vino y yo me sentía cada vez más cómoda y relajada. No sé cómo fue, pero nos sentamos más cerca. Su mano estaba apoyada en el respaldo del sofá; si la bajaba, la apoyaría sobre mis hombros. Yo notaba el calor de su piel y veía la sombra de su barba en la mandíbula. ¿He dicho que lo sexy no me impresiona? Bueno, a lo mejor un poco.

Me sirvió más vino.

—Así que la semana pasada tuviste bastante lío.

—¿Aún es la primera botella? —pregunté.

Se había levantado un par de veces para volver a llenarme la copa, y yo había perdido la cuenta de lo que había bebido.

—No. Hace rato que no.

Estaba un poco colorado, y aquella muestra de ingenuidad me pareció muy atractiva; quería decir que él también estaba nervioso cuando llegué. Y eso me gustó. Le convertía en real. Significaba que no era arrogante.

—¿Te has enterado?

—¿Y quién no? Salió en todos los periódicos.

—Ya... —contesté.

La sola mención del asunto fue como un aterrizaje forzoso de vuelta a la Tierra. Me acordé de la foto, de mis padres. Mi cara debió reflejarlo. No soy muy buena ocultando sentimientos.

—Eh —dijo tocándome el hombro—. ¿Qué he dicho?

Se me acercó con gesto de preocupación. No sé la razón, pero que sintiera lástima por mí me daban ganas de llorar, y aparté la mirada.

—Lo siento, Ridley —me dijo, y puso su copa sobre la mesa—. Hablemos de otra cosa.

Pero era demasiado tarde. Había abierto las compuertas y toda la historia brotó de golpe; entera, desde que salí de mi casa esa mañana de lunes, a la visita que les hice a mis padres por la tarde. No le había contado a nadie lo de la fotografía, sólo a ellos. Él me escuchó, estuvo muy concentrado y asintió en los momentos adecuados. Totalmente pendiente de mí.

—Vaya —dijo al final.

—Seguro que te arrepientes de haber preguntado —y solté una risita.

—No. No me arrepiento.

Me acarició el pelo y me apartó un mechón de los ojos. Fue un gesto tierno, íntimo. Me aguantó la mirada.

—Y crees que tus padres dicen la verdad. ¿Lo vas a dejar así?

—¿Por qué no iba a creerles? —fue una réplica débil, como si no estuviera convencida del todo—. Todo el asunto es ridículo. Yo sé quién soy.

Él asintió y se me quedó mirando. Sus ojos me decían que había algo que yo no quería admitir.

Al cabo de un momento dijo:

—Pero ¿ni siquiera sientes curiosidad por telefonear?

Tiene gracia; conoces a alguien, piensas que es muy distinto a ti, y sin embargo conecta con una faceta tuya que desconocías. La curiosidad era como un fuego en mi interior, contenía un destello de esperanza en las afirmaciones de mis padres, pero seguía quemándome por dentro. Jake detectó aquel olor a humo.

Me levanté y dije:

—Creo que no.

—Lo siento —él se incorporó también—. No quería asustarte.

Sonreí.

—No me asusto tan fácilmente.

Asintió con gesto de duda. Me encantó que no intentara convencerme para que me olvidara del asunto, porque lo hubiera tenido muy fácil. Todas las terminaciones nerviosas de mi cuerpo deseaban besarle. Abrazar aquel cuerpo suave y musculoso. Ver el resto del tatuaje, esa serpiente que asomaba por el cuello de su camisa y cuyos nudos llegaban hasta las mangas. Pero el sentimiento que Jake me inspiraba era demasiado fuerte para acostarme con él, o ni siquiera besarle, aquella noche. Quería algo más. Y necesitaba tiempo.

Me acosté agotada por los nervios, por el vino, por Jake, por todo. Así que me dormí casi enseguida, en cuanto apoyé la cabeza en la almohada. Pero soñé con Ace. Soñé que le seguía por un sombrío paisaje urbano, pasé junto a sombras que se movían con rapidez; crucé puertas que se combaban y desaparecían. Luego dejé de perseguir a Ace, pero ahora huía de una silueta oscura. Llegué a una casa que se parecía a la de mis padres, pero una vez dentro vi que era el vestíbulo de mi edificio. La verja de entrada vibró al paso de aquella silueta. Yo me di la vuelta, pero seguía sin verle la cara. Me desperté en la oscuridad, sobresaltada, con la respiración alterada, intentando orientarme y sacudirme el pánico que seguía dominándome. Creí que aquel ser maligno había entrado en el apartamento y me quedé inmóvil un segundo, pendiente del intruso. Estaba convencida de que emergería de entre las sombras en cualquier momento. Las imágenes del sueño se disiparon poco a poco y con ellas desapareció el miedo.

Me había desvelado. Me levanté de la cama, rebusqué en los bolsillos de mi pantalón y encontré la fotografía y la nota. Las estrujé y las eché a la basura. Me puse un par de pantalones de deporte y una sudadera y salí del apartamento con la bolsa de basura. Eran más de las tres, y salvo por el leve rumor de una televisión que se oía a lo lejos, todo el edificio dormía. Bajé sigilosamente la escalera y atravesé el vestíbulo hacia la parte de atrás del edificio. Abrí de un empujón el pestillo del portón metálico y encendí la luz. Las ratas salieron corriendo al oír el ruido. Cuando tiré la bolsa en el contenedor que tenía más cerca, el olor a porquería me dio en la cara.

Sabía que Zelda vendría al amanecer y sacaría los contenedores a la acera, y que recogerían la basura a primera hora de la mañana. Yo aún estaría en la cama, y ya se habrían llevado la nota y la fotografía; como si nunca hubieran existido. ¿Y aquella llama de curiosidad de la que les he hablado antes? Seguía encendida. Pero si conseguía responder a determinadas preguntas, las consecuencias serían inimaginables. Admito que no fue precisamente una decisión noble, pero escogí la ignorancia.

Subí la escalera sintiéndome aliviada y libre. A mitad de camino vi una sombra en el descansillo de arriba, pero la figura quedaba fuera de mi campo de visión. Me quedé quieta y mi corazón empezó a latir a toda velocidad.

—¿Hay alguien ahí?

Conocía a todos los vecinos de mi edificio y nunca tuve la menor sensación de inseguridad. Si era uno de ellos y tenía una buena razón para estar en la escalera, me habría contestado. Oí que alguien arrastraba los pies, alguien que se movía pegado a la pared. Miré hacia atrás y creí ver el parpadeo de la luz del piso de abajo, que luego se apagó. Era mi propia respiración la que retumbaba en mis oídos, mis venas las que sentían aquella descarga de adrenalina, las terminaciones nerviosas de mi cuerpo las que vibraban de miedo. No sabía si avanzar o retroceder.

—¿Quién es? —dije en voz alta.

Busqué a mí alrededor algo con lo que defenderme, pero no vi nada. Entonces oí las pisadas enérgicas de alguien que corría. Me apoyé contra la pared como si pudiera confundirme con ella y desaparecer. Estaba a punto de gritar cuando oí que los pasos se alejaban. Me agaché para mirar entre los peldaños y vi la silueta de un hombre. Era de complexión ancha y apoyaba una mano enguantada en la barandilla. Subió corriendo al último piso y salió por la puerta que daba a la azotea. Creí que se dispararía la alarma de la escalera de incendios, pero no oí nada.

Me senté en el escalón desconcertada. Me preguntaba cómo se las arreglaría para bajar del tejado. Entonces oí un crujido en la escalera de emergencia de la fachada. Quizá lo había oído alguien más. Pero pasó un minuto y el edificio volvió a quedarse en silencio, como si nada hubiera ocurrido. Volví con toda cautela a mi apartamento y cerré la puerta. Al cabo de un segundo oí una puerta que se cerraba y echaban el cerrojo. No sabía si era en el piso de arriba o en el de abajo.

7

Obviamente no dormí demasiado el resto de aquella noche. Comprobé las rejas de las ventanas y los dos cerrojos de la puerta de entrada. Prácticamente estuve sentada en la cama con los ojos abiertos de par en par y sobresaltándome con cada ruido, hasta que la luz del cielo viró del negro al gris. Cualquiera otra noche hubiera llamado a Zack o incluso a mi padre, pero como todo el mundo parecía convencido de que estaba al borde de un ataque de nervios, no quise que aquel incidente les diera la razón. Al cabo de un rato me adormilé, una hora más o menos, hasta que sonó el despertador.

Me levanté y me preparé una taza de café. El pitido de la máquina que silbaba y gorgoteaba, y el aroma familiar del Veniero, me devolvieron a la normalidad. Todos los acontecimientos de la noche anterior me parecieron irreales, como si lo hubiera soñado todo desde el momento en que subí al tren para ir a Nueva Jersey. Había tirado la fotografía y decidí considerar aquel asunto como una broma pesada. Allí, en mi soleada cocina, casi me pareció que me había imaginado toda la aventura de la escalera. Ya saben, el estrés me provocaba alucinaciones. En cualquier caso se había acabado. Volvía a ser yo, Ridley, en una mañana de jueves normal. La negación... negar la evidencia; en realidad creo que es un recurso de la mente cuando no puede con todo y necesita unas vacaciones.

Entré en mi despacho; en realidad, no era más que un rinconcito separado por un biombo, donde tenía el portátil y los archivos. Rebusqué en los papeles de la mesa y encontré la tarjeta de la encargada de prensa de Uma Thurman. Nos conocimos en una clase de yoga y luego fuimos al Starbucks a tomar una infusión. Se llamaba Tama Puma. Hacía ruidos con la boca y olía a pachulí. Era alta, de espaldas anchas, el pelo ralo y la piel grisácea como todos los que siguen una dieta macrobiótica. Delgada hasta lo inverosímil, hablaba bajito, pero en un tono magnánimo y arrogante. Comentamos un poco el artículo que yo tenía pensado escribir, y le dije que la llamaría si el editor de prensa del *Vanity Fair* aceptaba mi enfoque. Le dejé un mensaje a Tama, encantada de volver al trabajo y de haberme distanciado del desastre.

Cuando abrí la puerta de mi apartamento, lo vi allí, en el suelo, y verlo fue como recibir un golpe en el plexo solar. Otro sobre con mi nombre escrito con rotulador negro y la misma caligrafía puntiaguda. Lo recogí y volví a entrar. Cuando rasgué el sobre, el mundo entero giraba a mi alrededor. Era un recorte de periódico del 27 de octubre de 1972. El titular decía: DESCUBIERTO EL CADÁVER DE UNA JOVEN ASESINADA; SU HIJA HA DESAPARECIDO. Faltaba el resto del texto, pero había un primer plano de la mujer que aparecía en la primera foto y otra de la niña. Mirar de nuevo la cara de la mujer, a pesar del grano que tienen las fotos de prensa, era como mirarme al espejo. Miré a la niña y vi que tenía algo en la cara que no se apreciaba en la primera foto. Un lunar bajo el ojo izquierdo, idéntico al que yo tenía. También había una nota.

Decía simplemente: *Ellos mintieron.*

Salí disparada y bajé las escaleras corriendo, en busca de los contenedores de basura. Tropecé con Zelda, mi casera, en el vestíbulo.

—¿Han recogido la basura? —le pregunté mientras corría hacia la puerta principal.

—Ajj —dijo levantando las manos con cara de asco—. Huelga del servicio de limpieza. Vagos hijos de puta, como si no cobraran suficiente. Aún está en la parte de atrás. Malditos sindicatos.

Mi bolsa estaba encima de la basura que había en el cubo, y enseguida encontré la foto y la nota con el número. Alisé la foto y el papel y volví a subir las escaleras. Me detuve en mi apartamento y recogí el recorte. Luego subí con todo a casa de Jake. ¿Por qué lo hice si apenas le conocía? Creo que fue precisamente porque era un extraño, totalmente al margen de la gente que me rodeaba, y pensé que podía ser el único con cierta perspectiva.

—Perdona —dije cuando abrió la puerta—. Pero necesito que me ayudes.

Se lo di todo; le aparté y entré sin que me invitara. Él me miró, y luego miró los papeles que tenía en la mano.

—¿Es lo que me contaste anoche?

—Sí. Y algo más que he encontrado en la puerta esta mañana.

Hizo un gesto de asentimiento, tranquilo y solemne. No me preguntó por qué se lo había llevado, ni qué quería que hiciera. Se sentó a la mesa y empezó a mirar los recortes. Le vi fruncir el ceño mientras manoseaba aquellos papeles.

—Esta mujer podrías ser tú —dijo al cabo de un minuto—. Se te parece mucho.

—Lo sé.

—Puede que alguien te esté gastando una broma.

—¿Para qué? ¿Qué ganaría con eso?

—Hay gente a la que sencillamente le divierte jugar con las vidas de los demás. Un psicópata ve tu foto en el periódico y le recuerdas a alguien que conocía, alguien que murió, y pasas a ser su objetivo.

—De acuerdo. ¿Cómo explicas esto? —y señalé la marca de nacimiento que yo tenía justo debajo del rabillo de mi ojo izquierdo. Mientras Jake observaba la fotografía y veía aquella marca idéntica en la cara de la niña, me senté frente a él.

Asintió despacio y levantó los ojos para mirarme.

—Reconozco que es raro.

La noche anterior había pasado por alto algunas expresiones suyas. Cierta tristeza alrededor de sus ojos, arrugas que eran como las cicatrices que deja la tragedia. El tatuaje, visible a través de la camiseta, asomaba por la manga, continuaba en el pecho y llegaba hasta el cuello. Allí tenía una cicatriz de más de dos centímetros, gruesa y profunda, como si tuviera algo bajo la piel.

—¿Y qué quieres que haga yo? —preguntó amablemente, sentándose a mi lado.

Le miré las manos, eran fuertes y cuadradas. Tenía los nudillos callosos y una piel que dejaba ver el azul de las venas. Había algo que me hizo sentir miedo y me puso a la defensiva. A la luz del día, parecía menos accesible, más duro, me pareció más fuerte que la noche anterior.

—¿Sabes qué? —dije al levantarme—, olvídalo. Tienes razón. Ni siquiera te conozco. Perdona.

No dijo nada. Menuda ocurrencia había tenido. Recogí los papeles. Deseaba que me tragara la tierra.

—Estoy exagerando. Y además esto no tiene nada que ver contigo. —Él se levantó y me bloqueó la salida.

—Yo no creo que estés exagerando —dijo.

Dejé que me quitara los papeles. Los puso lejos de mi alcance y me cogió de la mano.

—De acuerdo, Ridley. No sé cómo, pero si quieres te ayudaré a aclarar esto.

Y nos quedamos allí de pie. Darse la mano es un gesto muy infravalorado en actos de intimidad. Besamos con toda naturalidad a los conocidos y a los compañeros de trabajo para saludar o despedirnos. Incluso besamos castamente en los labios a un buen amigo. Podemos darle un abrazo a cualquiera. Podemos incluso conocer a alguien en una fiesta, llevarle a casa y acostarnos juntos, y no volver a verle ni saber nunca nada más. Pero ¿esa forma de darse las manos y mantenerlas unidas, con esa corriente de posibilidades fluyendo entre uno y otro? Implica ternura y una proyección de futuro, algo que se comparte con muy poca gente en la vida.

Tenía un atractivo irresistible.

Mucho más aliviada y embargada de gratitud le dije:

—¿De verdad?

—De verdad.

—De acuerdo.

Sentí la energía de su mano en la mía, áspera y cálida. Sus ojos eran como brillantes que buscaban en mi interior con la mirada, mientras me mostraban todas sus facetas. Supe que el desconocido que tenía delante ocultaba muchas cosas y me asusté. Estaba intrigada y profundamente conmovida. Cuando me tomó en sus brazos y me sostuvo un momento, nuestros cuerpos se fundieron, uno con otro, como si fueran uno. Apoyé la mejilla en su cuello, noté sus latidos. Estaba al borde de un precipicio oscuro y profundo y me sentía feliz, aunque dudara de mi aliado.

No sé cuanto rato estuvimos así. Mucho me parece.

Finalmente dijo:

—¿Así que ese tipo quiere que le llames?

—Supongo que sí —contesté.

Permanecí un segundo en sus brazos y luego me aparté. Me senté a la mesa.

—¿No te parece extraño? —dijo él.

—¿Por qué?

—Bueno, piénsalo un momento —dijo y se sentó enfrente.

—Antes que nada —dije—. ¿Por qué das por hecho que es un hombre? —Yo también lo suponía y me preguntaba qué se lo había hecho pensar a él.

Reflexionó un segundo.

—Para empezar, la caligrafía es masculina, y según el artículo, la mujer de la foto está muerta y la niña desaparecida.

—De acuerdo. ¿Por qué te parece raro que enviara una nota?

Se encogió de hombros.

—Si ese tipo cree que es tu padre y que tú eres la niña de la foto, implica que *raptaron* a su hija, y que lleva mucho, muchísimo tiempo buscándote. Si tu hija desaparece, por la razón que sea, te pasas años buscándola, y de pronto piensas que ha aparecido sana y salva, ¿no llamarías corriendo a la policía o harías algo más drástico que enviar una nota y una fotografía?

Dudé un momento:

—Quizá no está seguro. O está asustado.

Movió la cabeza despacio.

—Puede, y también puede que tenga algo que ocultar.

—¿Cómo qué?

—No lo sé —me miró fijamente. De pronto pareció que dudaba y levantó las manos—. Oye, no quiero pasarme de la raya contigo.

Supuse que se refería a la noche anterior. Me marché de repente y debió pensar que me daba miedo.

Le contesté:

—Si alguien se está pasando de la raya soy yo, por involucrarte en esto.

Vaciló de nuevo un segundo y luego, con la vista fija en sus pies y sin mirarme, dijo:

—Tengo un amigo detective. Nos criamos juntos. Quizá podría ayudar.

Si se preguntan por qué decidió ayudarme, yo no tenía ni idea. Pero me sentía más agradecida que intrigada. Cuando los hombres se sienten atraídos por una mujer, son capaces de casi todo, ¿verdad? Verdad.

8

Me dirigí al este, hacia el río. En aquella nueva tesitura lo único que se me ocurría era deambular. Deambular no es algo nuevo para mí. Lo hacía muy a menudo y Nueva York es el sitio perfecto para perderse, un rato o de forma permanente, a gusto de cada uno. Puedes caminar cientos de manzanas y cruzarte con miles de personas y nadie se fijará en ti, aunque cinco minutos antes hayas salido en la televisión y en la primera página de todos los periódicos. Tu cara recupera el anonimato a toda velocidad. Yo también empezaba a perder mi identidad, que se escapaba por unas grietas que habían aparecido de pronto en la fáchada de mi vida. Como hecha de vapor. Como una ráfaga de aire bajé por la calle Ocho hacia Tompkins Square. Pasé junto a unos pisos recién rehabilitados que conservaban en el interior de sus muros la energía de generaciones de pobreza y conflictos, aunque estaban limpios y recién pintados, en la línea de los ostentosos escaparates de las tiendas de moda del East Village. En uno de esos escaparates relucientes vi reflejada la imagen de una mujer que ya no sabía quién era, ni de dónde o de quién venía.

Me detuve para mirarla. Parecía bastante real, hecha de carne, sangre y huesos; pero si te acercabas a tocarla, desaparecía como un holograma.

Le había pasado mis problemas a Jake. Me dijo que descansara, me distanciara un poco y ordenara las ideas. De modo que dejé la cuestión de mi identidad real en el umbral de su puerta, como una bolsa de ropa para el Ejército de Salvación. En aquel momento mi deseo era mantenerme lo más lejos posible de aquellos interrogantes. Pero por desgracia, en cuanto el East Village se transformó en Alphabet City, me di cuenta de que cada vez que me miraba en un espejo, recordaba que de pronto me había convertido en una desconocida para mí misma.

Quizá piensen que exageraba. ¿Realmente tenía suficientes datos en aquel momento? ¿Acaso no me sentí culpable y avergonzada, veinticuatro horas antes, por tener esas mismas ideas? ¿Qué puedo decir? El embrión de aquella idea había anidado en mi conciencia y crecía bajo mi piel. No es que estuviera destrozada. Pero me sentía como uno de aquellos edificios del East Village, con la estructura de madera y las viejas cañerías de latón al aire, y los cables colgando como telarañas, una cáscara de mí misma en espera de la reencarnación.

Fui a parar a la Avenida C. Ahí empieza la auténtica Alphabet City. No en la avenida A antes de Tompkins Square, abarrotada de tiendas de moda, cafés, cooperativas que han costado un millón de dólares y *lofts* sofisticadamente cutres, que intentan desesperadamente en su nueva opulencia conseguir el aire bullicioso del East Village, tan denostado cuando era real. El dinero aún no había llegado hasta allí. Era como si pasado el parque, entraras en tierra de nadie, en un lugar que la ciudad había decidido abandonar a sus propios recursos. Parecía salvaje y desierto, excepto pequeños núcleos de resistencia como el Nuyorican Poets Café, brotes de creatividad que habían conseguido florecer en el asfalto. Aquí, los edificios abandonados se mantenían en pie como soldados tullidos, alzados contra la riqueza usurpadora que echaría a la calle a los antiguos residentes de aquel barrio. Aquí, los *lofts* vacíos estaban llenos de basura, de muebles viejos, de coches destrozados, y de barriles en llamas donde se agrupaban los marginados de la ciudad, los vagabundos, los heroinómanos, los fugitivos, aquellos de nosotros que se salieron del sendero y dejaron de buscar el camino de vuelta. Seguí andando, atenta, pero con la cabeza baja. En ese sitio lo mejor es no llamar la atención. Limitarse a andar como si fueras del barrio. Y ese día yo me sentía del barrio. Buscaba a Ace.

En la esquina de la Avenida D con la calle Cinco estaba el edificio de okupas del que me habló la última vez que le vi. Aquel edificio tenía mejor aspecto que el resto. Entré. Después de la Segunda Guerra Mundial, el East Village vivió una fiebre constructiva; los chicos volvían a casa y había que alojar al mayor número posible. El hecho es que se construyeron muchos edificios de mala calidad, que hoy en día se combaban en el centro, como el mío. Las fachadas se derrumbaban y las piezas caían a las aceras. Aquél parecía bastante sólido. La escalera de la fachada subía hasta la entrada flanqueada por columnas dóricas, y parecía sólida. Sentado en el umbral había un hombre negro del tamaño de un armario. Sus gigantescas posaderas cubrían totalmente la silla que tenía debajo, y parecía que levitaba. Llevaba un jersey de los New York Rangers y una gorra de baloncesto roja puesta del revés y unos vaqueros limpios y planchados, aunque querían parecer usados. Llevaba unas zapatillas deportivas multicolor anudadas al talón. Seguía el ritmo de un instrumento invisible con el pie. Yo me detuve al pie de la escalera y levanté los ojos para mirarle. Él ya me estaba mirando. Supe que calculaba mi talla. ¿Una 36? Me saludó con la cabeza y sus tres papadas chocaron perezosamente entre sí. Tenía los ojos amarillos inexpresivos, inescrutables.

Hubo una época en la que yo habría condenado a ese hombre. A sus espaldas estaba el infierno y él era el guardián. Llevaba en los bolsillos o tenía escondidas por ahí las dosis de crack, cocaína, heroína o lo que fuera que vendiese. Yo habría sentido una oleada de odio, o un acceso de bilis en la boca del estómago. Pero la relación entre el adicto y su camello es muy complicada, muy delicada. ¿Quién es peor? ¿El que la quiere o el que la suministra? ¿Y qué hay de todo lo demás? Los problemas familiares, la marginación social, el racismo, la miseria que provoca el dolor del que salen los yonquies y sus camellos. Incluso yo tenía mi papel en la cadena, como suministradora, puesto que le daba el dinero a Ace. ¿No participaba de algún modo de todo aquello? ¿Comprenden lo que quiero decir? *Yo era* del barrio.

—¿Qué buscas, chica? —dijo con bastante amabilidad. Tenía los ojos entornados y su sonrisa era como una mueca involuntaria que le curvaba hacia arriba las puntas de los labios y le arrugaba la piel de la cara.

—Busco a mi hermano Ace —lo dije en un tono que sonó absurdo e ingenuo.

Soltó una leve carcajada y todo su cuerpo vibró.

—Si está aquí dentro, ya no es tu hermano.

La sensatez de aquella afirmación me sorprendió y me hizo daño. Yo subí la escalera y él hizo un gesto entre sorprendido y divertido; debió creer que me iría. Le miré al llegar arriba y él se encogió de hombros y relajó completamente la cara con un gesto de indiferencia.

No era la primera vez que me aventuraba en un edificio como aquel para buscar a mi hermano; una vez, en pleno ataque de angustia, cogí el tren hasta el Harlem hispano. Las calles se endurecen por encima de la Noventa y seis, la ira y la desesperación se cuelgan de las patas en las salidas de incendios y reinan en las aceras. La gente está en la calle, conduce automóviles ruidosos, se asoma a las ventanas, grita. El peligro es como la humedad del aire antes de una tormenta; no hay duda de que el cielo estallará, sólo cabe preguntarse cuándo y cómo y quién sobrevivirá. El aire del East Village parecía menos cargado y la violencia más pasiva, menos propensa a arder. Aun así, cuando pasé de la luz a la penumbra del vestíbulo, tuve un pálpito de miedo. El aire tenía un olor rancio pero penetrante, el de cuerpos hacinados en un espacio mal ventilado, desperdicios humanos; y el ubicuo olor de algo que arde, químico y venenoso. Las paredes susurraban, oí gemidos sordos, el murmullo de una radio o una televisión encendida en cualquier parte, la cadencia de la voz medida y profesional de un noticiario. Para llegar a la escalera tuve que adentrarme en aquella oscuridad.

Cuando éramos niños, la pared que separaba nuestros dormitorios eran tan delgada que yo oía a Ace dar vueltas o suspirar dormido. Cuando renovaron la antigua casa, dividieron una habitación enorme en dos más pequeñas, nuestros dormitorios, más un baño. Era como un mundo aparte, separado del resto de la casa, lejos del dormitorio principal de la planta baja donde dormían mis padres, y que daba al jardín de mi madre. Si necesitaba a mis padres durante la noche, utilizaba un intercomunicador para bebés, recuerdo de nuestra primera infancia. Cuando los necesitaba, lo ponía en marcha y les llamaba. Pero si me despertaba de noche asustada por una pesadilla, o sedienta, o simplemente me sentía sola, era a Ace a quien buscaba.

Me deslizaba de la cama a oscuras, ponía los pies sobre la alfombra y salía sin hacer ruido a través del baño que unía las dos habitaciones. Veía la sombra del enorme roble que bailaba frente a su ventana, le oía respirar profundamente dormido, reconocía las siluetas de sus muñecos de *Star Wars* de la estantería, el montón de libros que tenía en la mesa. Olía el aroma del champú infantil Johnson que ambos seguimos usando durante tiempo, cuando ya no éramos niños. Me encaramaba en su cama y me acurrucaba contra su cuerpo. Siempre le despertaba.

—Ridley —me decía entre cariñoso, resignado y molesto y con voz de dormido—. Vuelve a tu cama.

—Ahora iré —decía yo, y él me rodeaba con el brazo y volvía a dormirse—. Dentro de un momento.

Creo que no he vuelto a dormir tan bien como entonces. Cuando uno crece, se pierde la capacidad de estar cómodo hasta ese punto, ¿verdad? Es una cercanía física totalmente inocente, que sólo busca la calidez de otro cuerpo, acogedor y suave, como los cachorros de una camada. Cuando llega la adolescencia, cuando tu cuerpo se desarrolla y adquieres conciencia sexual, el contacto con otros cuerpos tiene un significado mucho más complejo. Primero le pasó a Ace, naturalmente. Empezó a cerrar la puerta del lavabo cuando se levantaba a orinar durante la noche. La primera vez que le oí, mi instinto me dijo que ya no podría colarme en su cama nunca más. De la noche a la mañana ambos perdimos algo.

Cuando llegué al descansillo del segundo piso del edificio, el suelo crujió bajo mis pies de una forma que me pareció peligrosa. Como si hubiera cedido un poco con mi peso. Cada vez que daba un paso creía que me caería por un agujero al piso de abajo, encima de un montón de escombros. Ace me había dicho que vivía con una chica en el segundo piso, donde había una ventana que daba a la calle. Así que fui a la puerta que quedaba más cerca de la calle y llamé a gritos.

—Ace, soy Ridley.

Silencio. La luz del sol se filtraba del exterior a través de la sucia ventana del vestíbulo; el marco estaba tan podrido que probablemente se convertiría en polvo de un manotazo. Pasó un coche por la calle y sentí, en el pecho y en las puntas de los dedos, el eco de las notas graves que salían de los altavoces. Al oírme levantar la voz, los murmullos que había oído al entrar en el edificio cesaron alertados. Era como si las paredes y las puertas que me rodeaban contuvieran la respiración. Oí unos pies andar a rastras detrás de la puerta y supe que había alguien al otro lado, esperando, dudando y escuchando los ruidos exteriores, igual que yo escuchaba los del interior. Del otro extremo del vestíbulo me llegó un chillido inconfundible, algo que aquella luz tan débil no me dejaba distinguir escarbaba dentro de un montón de basura. Fingí que no veía a las ratas moverse y rebuscar. Volví a llamar a la puerta, más fuerte.

—Ace —mi voz sonó nerviosa y desesperada—. Por favor.

La puerta se abrió, y al ver un enorme ojo azul que asomaba por la ranura que le permitía la cadena, tuve un sobresalto. Largos mechones de sucio cabello rubio caían sobre aquel ojo, el ojo de una mujer, en otro tiempo bonito, pero que en aquel momento estaba inyectado en sangre y ensombrecido por la fatiga.

—Se ha ido —me dijo.

—¿Adónde?

—¿Quién te crees que soy, su mujer?

Encogí los hombros sin saber qué contestar. El ojo parpadeó ligeramente:

—¿Te conozco de algo? Tu cara me suena.

Volví a encogerme de hombros, incapaz de hablar. Hice un gesto con la cabeza para indicarle que no sabía si me había visto antes. El ojo me miró de arriba abajo. A pesar de las ojeras, había vida bajo aquellas pestañas. Era el hambre.

—Tú eres la que salvó al niño.

—Es verdad. Oye, ¿no sabes dónde está mi hermano?

—Tú eres Ridley. Ese bastardo no me dijo que eras su hermana.

Opté por volver a encogerme de hombros. Me pareció un gesto útil, poco comprometedor.

—No para de hablar de ti —dijo ella con cierto matiz de envidia. Saber que pensaba en mí y que le había hablado de mí a aquella desconocida, me llenó de felicidad infantil.

—¿No tienes ni idea de dónde puede estar?

Cerró la puerta y oí que retiraba la cadena. Luego volvió a abrir, pero no del todo. Le vi la pierna terriblemente delgada, los huesos de la cadera sobresalían de los pantalones de deporte de color gris. Debajo de una camisola de algodón azul, vi un pecho plano y enjuto y una clavícula frágil como un ala. Vi la mitad de una cara gris y demacrada, una mandíbula cuadrada y aquel enorme ojo azul. Era como si quisiera enseñarme exactamente la mitad de sí misma, dejando que me imaginara la otra mitad. Las puntas de los dedos, con las uñas mordidas hasta el final, se agarraban a la puerta. Al lado de aquella mujer extremadamente angulosa, y con la mala suerte escrita en el cuerpo en forma de cicatrices y heridas mal curadas, yo era sonrosada y carnosa, visiblemente sana y bien alimentada. Intenté recordar su nombre. ¿Me lo habría dicho Ace?

—Hace una semana que no le veo —me dijo.

Oí su voz en busca de la tristeza o la angustia. Pero era inexpresiva, fría. Examiné la mitad de su cara. No sé para qué, para ver si podía identificarla, supongo. Pero su cara era la máscara de la desconfianza y tenía la mirada dura e inquisidora. Comprendí que estaba acostumbrada a que todo el mundo abusara de ella, sólo variaba el cómo y hasta qué punto.

—¿Cómo te llamas? —le pregunté.

Primero dudó y luego dijo:

—Ruby.

Algo la tranquilizó y entonces abrió la puerta un poco más. Miré dentro del apartamento, pero sólo vi oscuridad.

Dije una cosa muy ridícula:

—Encantada de conocerte.

Ella contestó:

—Vale. Igualmente.

Nos quedamos allí un minuto, mirándonos la una a la otra sin saber qué hacer.

—¿Si le ves...?

—Le diré que le estás buscando.

Luché contra el impulso de darle algo de dinero. Tenía un par de billetes de veinte dólares doblados en el bolsillo. Pero algo en ella me hizo pensar que, por mucho que lo necesitara, lo consideraría un insulto. Así que moví la cabeza para despedirme y me di la vuelta hacia las escaleras, sintiéndome incómoda y culpable, como si huyera del escenario de un accidente. Oí que cerraba la puerta despacio y bajé a toda prisa, en busca de la luz. Fuera, el tipo gordo había dejado su puesto y estaba de pie en la esquina con un par de matones; todos se volvieron a mirarme. Él sonrió, cruel y ladino, como si algo le confirmara el juicio que ya se había formado, y yo me di la vuelta y me fui. Entorné los ojos para protegerme de la luz del día y recordé el aspecto hambriento y cansado del ojo de Ruby.

9

Para protegerme del frío entré en Five Roses, la pizzería de mi edificio y que era propiedad de la casera. Mi cara enrojecida y el hormigueo de mi cutis disminuyeron al entrar en calor. En un rincón había una pareja de policías comiendo bocadillos de albóndigas y parmesano. La salsa y el queso goteaban sobre los platos de papel. Aquella visión me revolvió el estómago. Llevaba horas andando, el día se acababa.

Era un local familiar, decorado con mal gusto, pero lleno de gloriosos aromas que salían de la cocina mágica de Zelda. Unos paneles horrendos de falsa madera, oscuros y llenos de agujeros, recorrían las paredes. Los fluorescentes parpadeaban en un techo lleno de goteras, e iluminaban el espacio con una luz blanca espantosa. Había unas mesas desvencijadas cubiertas con el inevitable mantel de cuadros rojos y blancos y sillas de plástico marrón con trozos de espuma asomando por los agujeros. Sobre la puerta había un reloj de Pepsi-Cola torcido. Cientos de fotos antiguas y grasientas clavadas o pegadas en la pared, detrás de una vieja caja registradora. Mi favorita era una de Zelda sonriente al lado de Robert De Niro, que le pasaba un brazo lánguidamente por encima de los hombros. Miraba a la cámara y sonreía como en *El cabo del miedo,* con una ración de *pizza* en la mano. Sobre su firma había escrito *La mejor pizza de New York.* Zelda parecía en el séptimo cielo en aquella foto. Era mucho más joven y tenía una expresión limpia y luminosa. Llevaba una blusa de color rojo chillón que acentuaba el rubor de sus mejillas. La sonrisa amplia, pero indecisa; como si supiera que aquello no duraría y dudara de lo que estaba sucediendo. En diez años, yo no la había visto sonreírle a nadie, ni vestir otra cosa que pantalones y jersey de cuello alto negros, ambos eternamente manchados de harina.

Fui hacia la barra, y Zelda, que caminaba arriba y abajo arras-

trando los pies, apenas hizo ademán de conocerme. Sacó una *pizza*
del horno con una de esas palas gigantes de madera y la dejó caer
perfectamente y sin ningún esfuerzo dentro de una caja de reparto.
Luego, con la misma eficiente rapidez, sacó dos raciones de *pizza* del
expositor de cristal y las metió en el horno. Yo era una clienta tan
predecible que ni siquiera tenía que pedir. Cuando terminé, se me
quedó mirando.

—¿Has terminado? —preguntó.

—Sí, gracias —y le di un billete de cinco.

Pulsó las teclas de su vieja caja registradora y el cajón se abrió
con un *¡cling-clang!*; un sonido prometedor y agradable.

Zelda era una mujer menuda, con los hombros cargados y frági-
les, y las facciones pequeñas y aguileñas. Aquella luz que transmitía
en la fotografía se había apagado por completo, sustituida por la de-
cadencia y las canas. Se movía con aire de resignación, como si su
vida sólo consistiera en esforzarse en poner un pie delante del otro.
Yo tenía la impresión de que si era cuestión de fuerza de voluntad,
Zelda era capaz de coger un bloque de hormigón de diez toneladas
y cargárselo a la espalda el tiempo que fuera necesario. Me parecía
una de esas personas que viven la vida como una condena, aunque
lleven la llave colgada al cuello.

Al principio trataba de darle conversación, pero con los años
dejé de insistir, sin rencores. De modo que me quedé allí esperando
la *pizza* y mirando al infinito, pero me sorprendió al dirigirme la palabra.

—Un hombre —dijo Zelda mirándome con aquellos ojos suyos
castaños y húmedos, cansados y tristes. Tenía un millón de arrugas y
los labios finos y prietos como una línea delgada—. Te busca.

—¿Quién? —dije yo como si no le diera importancia, mientras
se me abría un agujero en el estómago.

Se encogió de hombros:

—Ni idea.

—¿Qué dijo?

—Dijo que le telefonearas. Dijo que tenías su número.

Reprimí el impulso de salir a dar vueltas por la calle y escudriñar
las caras de la gente. Al ver que los policías se habían ido, sentí un

acceso de pánico. Zelda metió mi ración en una bolsa de papel blanco y me la dio.

Me miró de reojo.

—No bueno —y movió la cabeza con convicción—. No era un buen hombre.

Sus palabras me hicieron sentir frío interior, y al salir de la pizzería a la calle, me sentí vulnerable y extraña. La gente pasaba a mi lado, cargada con ropa de la tintorería, maletines y mochilas. Algunos patinaban sobre sus *rollerblades*; al otro lado de la calle un vagabundo se desplomó al intentar agacharse. La Primera Avenida era un mar de tráfico, semáforos en rojo, sonaban las bocinas, y al cabo de un segundo se oían los neumáticos chirriando sobre el asfalto. Todo normal, como siempre, menos yo.

Hacía poco más de una semana y media, yo estaba en esa esquina y vi que iban a atropellar a Justin, y sin embargo toda mi vida y mis sentimientos parecían distintos. Había recorrido la escasa distancia entre la pizzería y la puerta de mi edificio un millón de veces, sin ser nunca tan consciente del escenario que me rodeaba. Observé las caras de los desconocidos y envidié el ajetreo de sus vidas, la seguridad de saber quiénes eran y adónde iban... o al menos de dónde venían. Bajo la superficie, bajo los ruidos de la calle había algo temible, como si un fantasma me estuviera esperando oculto bajo la fachada de la inocua escena que tenía enfrente. Me sentí observada. Llegué corriendo a la puerta de mi edificio, abrí con la llave y entré, sintiendo el aliento del peligro en la nuca. Di un portazo, y el sonido metálico de la puerta me produjo un escalofrío que me atravesó las entrañas, como si alguien caminara sobre mi tumba.

Bastante más tarde aquella misma noche, el timbre del teléfono me despertó de un sueño intranquilo, y antes de contestar supe que era Ace.

—Me he enterado que me buscabas —me dijo como saludo. Su voz era tan distante como la de un extraño que me llamara desde el otro lado del océano—. No ha sido una buena idea, Ridley.

Yo no dije nada, dejé la línea en silencio. Me pareció divertido, no en un sentido ja-ja-ja, que mi hermano mayor yonquie pensara que sus ideas sobre lo que había que hacer eran mejores que las mías.

—¿Cuál es el problema? —dijo al cabo de un minuto más o menos.

—Tengo que hablar contigo.

—Pues habla.

No, lo que yo necesitaba era verle la cara, mirarle a los ojos. Además, él no sabía hablar por teléfono. Nunca conseguía entender qué me decía, en qué pensaba, lo que sentía. Tampoco es que tuviera mucha suerte cuando le veía en persona.

—Necesito verte.

Otra vez el silencio. Le oí respirar. Oí el rumor de la calle y supe que me llamaba desde una cabina. Mi teléfono tenía identificador de llamadas, pero en la pantalla ponía *Desconocido*. Esa palabra me hizo sentir muy sola, muy lejos de la gente que había en mi vida. Esperé. Nuestras conversaciones telefónicas solían incluir silencios incómodos.

—Espérame en aquella cafetería de West Fourth —dijo finalmente, como si tras un largo combate interior sus mejores ideas hubieran mordido el polvo.

—¿Cuánto tardarás? —dije mirando el reloj: era la 1.30 de la madrugada.

—Ven de inmediato.

—De acuerdo.

En menos de diez minutos me vestí y salí por la puerta. Paré un taxi en la Primera y el conductor giró por la Doce. Iba en dirección sur por la Segunda que estaba silenciosa y casi vacía. Me acordé que Truman Capote atribuía a la Segunda Avenida un aspecto de abandono que siempre me pareció muy acertado. Pasamos deprisa junto a St. Mark's Church y Telephone Bar. La gente que no sabe de lo que habla llama a Nueva York la ciudad que nunca duerme. Pero sí que duerme. Bueno, da cabezadas. Las ventanas se oscurecen y se bajan las persianas.

En un semáforo, vi a un hombre de mediana edad con una chaqueta de *tweed* que subía andando por la avenida. Se envolvía con fuerza con la chaqueta, como protegiéndose de un viento imaginario. Se movía con rapidez, ligeramente inclinado hacia delante, con la cara inexpresiva y mirando fijamente en línea recta. Las personas que van solas por la calle a ciertas horas, siempre parecen perdidas, o cansadas, o bebidas, corriendo al encuentro del destino con gesto de preocupación. Salvo los estudiantes y la gente que sale de juerga en grupo, siempre me parece que huyen de algo, que viven en otro mundo, ajenos a preocupaciones banales como que el despertador suene a primera hora, los horarios, los plazos y las responsabilidades. Siempre me pregunto: ¿qué lleva a una persona a pasear sola de noche por la calle? Y ahí estaba yo, tan perdida como cualquiera de ellos, aunque fuera en taxi, y con un incipiente dolor de cabeza. Atribuí aquel dolor sordo que sentía detrás de los ojos a la botella de vino que prácticamente me había acabado yo sola.

No había hablado con nadie, excepto con Jake y con mis padres, de las notas y la fotografía, pero después de la advertencia de Zelda ya no podía llevar aquella carga yo sola. La cabeza me iba a cien cuando subí las escaleras de vuelta a mi apartamento. Aquel hombre en la escalera la noche anterior... ¿era el mismo que me estaba buscando esa tarde? Pensé en la nota que había encontrado por la mañana. *Ellos mintieron.* ¿Significaba que él se había enterado de algún modo que yo había ido a ver a mis padres? Y si era así, ¿era capaz de saber lo que habíamos hablado? ¿O era un farol? ¿O significaba algo totalmente distinto? Pensé un segundo en contárselo a Jake, decirle quizá que alguien había preguntado por mí en la pizzería. Pero quería estar sola, en aquel espacio seguro y familiar y rodeada de mis cosas.

Estaba absorta en mis pensamientos y no sé cuánto tiempo estuvo el taxi parado en la puerta de la cafetería. Un golpe en la ventanilla me devolvió la conciencia. Vi la cara de Ace borrosa, al otro lado del cristal. Sostuvo la puerta abierta mientras yo pagaba al taxista y ponía un pie en la calle.

Tenía buen aspecto, casi saludable, a pesar de que no tenía buen color y estaba algo demacrado. Sus viejos vaqueros parecían colgar de su frágil esqueleto, pero estaban limpios. Llevaba una andrajosa chaqueta de motorista encima de un jersey negro de cuello alto. Cuando me besó, la barba de varios días me picó en la cara, el aliento le olía a menta. Aquella mínima muestra de higiene personal me pareció un buen síntoma, porque créanme, no siempre olía a menta.

La cafetería estaba llena de gente que salía de las discotecas y los bares y cenaba tarde hamburguesas y tortitas. Nos sentamos en una mesa de plástico roja. Había un expositor con pasteles que me tentó: tartas de lima, de queso, de tiramisú. El olor del tabaco, de café requemado, de la grasa frita, de jarabe de arce se mezclaba en el aire con el rumor de las conversaciones y el ruido de los cubiertos y los platos de cerámica.

A Ace no le gustaba que le mirara de frente mucho rato. Decía que parecía que le estaba inspeccionando, y quizá tenía razón. Buscaba síntomas de empeoramiento o de mejoría. Algo que me dijera que estaba dispuesto a volver al mundo, a mi mundo, o que se hundía más y más. Siempre pensé en Ace como alguien que vivía bajo la superficie de mi vida, en una especie de submundo secreto, como si para encontrarle tuviera que bajar los escalones de una mazmorra y caminar por pasillos oscuros gritando su nombre. Así que le miraba furtivamente, buscando cicatrices nuevas, heridas, lesiones, lo que fuera, y pensando: ¿cuánto tiempo le queda? Quiero decir, ¿cuál es la esperanza de vida real de un drogadicto? Yo no lo sabía.

—¿Qué pasa, Ridley? Pareces cansada.

Le conté toda la historia. La camarera me interrumpió un par de veces para tomar notar y traernos hamburguesas con queso, patatas fritas y batidos de chocolate. Ace no dijo una palabra en todo el rato, se limitó a mantener los ojos bajos y fijos; primero en el sobre dorado y gris de la mesa y luego en la comida que tenía delante, mordisqueándola y esparciéndola en el plato.

—¿Qué te dijeron mamá y papá exactamente? —me preguntó muy atento cuando le describí la conversación con nuestros padres.

Le repetí la conversación casi literalmente, según la recordaba.

—Salí de allí convencida de que decían la verdad. Sintiéndome bastante estúpida y un poco trastornada.

Dio un ligero resoplido y asintió:

—Siempre consiguen que la gente se sienta de esa forma —dijo con una voz dura y amarga—. ¿Qué ha cambiado?

Le hablé de la segunda nota y del recorte de periódico. Cuando levanté los ojos y volví a mirarle, meneaba la cabeza.

—¿Qué?

—Ridley... —miró hacia la calle a través de la ventana que tenía al lado, pendiente del flujo y el reflujo de la marea de coches que subían por la Sexta Avenida—. ¿Por qué me cuentas todo esto?

—Porque... No lo sé, estoy asustada.

Suspiró con fuerza y se miró los dedos. Yo intenté no ver las marcas de las cicatrices que tenía en el dorso de las manos. Si había empezado a usar aquellas venas, imagínense el aspecto que tendría el resto de su cuerpo.

—En realidad, tú no quieres saber la respuesta a esas preguntas. Créeme.

Incluso sumida en la desesperación de los dos últimos días, una parte de mí creía que todo aquello podía ser una especie de equivocación enorme. Como en los momentos posteriores a un choque, tras la sacudida del impacto, ese instante breve cuando aún no crees que aquello ha sucedido realmente. Yo aún estaba en ese *impasse*. Había deseado con tanta intensidad encontrar a mi hermano con la esperanza de que no tuviera ni idea de qué le estaba hablando. Quería que me dijera que estaba loca y que me pidiera dinero. Era mi último y desesperado intento por conservar la imagen idealizada de mi vida, y había fallado.

—Ace... —empecé a decir, pero él me detuvo levantando la mano.

—Pregúntale a papá por *nuestro* tío Max —dijo, pronunciando la palabra *nuestro* con su característica virulencia.

Recordé la vibración extraña que siempre hubo entre Max y Ace. Y de aquellos peculiares celos de mi relación con Max que nunca entendí.

—Ridley, pregúntale por el tío Max y sus proyectos preferidos. Es todo lo que tengo que decir sobre este asunto.

—Pero...

—He de irme, niña —dijo levantándose. Cuando se puso de pie me latía el corazón.

En aquel momento mi vida me parecía un caos y la posibilidad de no volver a verle en cuanto desapareciera de mi vista, me dio pánico. Y también estaba furiosa, furiosa porque me dejaba sola frente a todo aquello, fuera lo que fuese.

—Ace —mi voz sonó desesperada e infantil, incluso en mis oídos—. No puedes marcharte sin más.

Bajó los ojos para mirarme y movió la cabeza. Eran unos ojos inexpresivos, cansados, marcados por la apatía, aunque yo no me atreviera a admitirlo.

—Ridley, yo soy prácticamente un fantasma. Ni siquiera estoy aquí ahora.

Me di cuenta de que las dos chicas de la mesa de al lado habían interrumpido su conversación y escuchaban la nuestra. Me alegró no poder verlas, al no ser capaz de reprimir una marea de lágrimas. Era aquella familiar alquimia de adoración y odio que transformaba en mi imaginación al hombre débil que tenía delante en un héroe mítico; un Superman capaz de revolucionar todo el planeta para salvar a Lois Lane, y que sin embargo lo rechazaba. Era un Prometeo con miedo al fuego; un Atlas que dejaba caer los cielos.

—Si eres lista, te olvidarás de este asunto. Sigue con tu vida, simplemente. Múdate, y la persona que te está haciendo esto ya no podrá encontrarte.

Yo asentí sin creerle. Busqué en el bolsillo y le di el dinero que había traído para él. Lo cogió avergonzado, mirando ansioso hacia la puerta. Se quedó allí un segundo, como debatiendo algo, pero luego vi que iba a marcharse.

—Te quiero —dije sin mirarle.

—Lo sé. Lo que no sé es por qué.

Me quedé sentada a la mesa y le vi bajar andando por la Cuarta y girar a la izquierda. Le estuve mirando hasta perderle de vista, y luego seguí mirando la noche, pensando que quizá volvería. Pero no volvió. Bajé la cabeza, me tapé con los brazos y dejé que las lágrimas me empaparan la tela de la chaqueta.

—Eh.

Subí los ojos y vi que Jake se había colado en el banco de enfrente. Le observé un segundo. Llevaba una chaqueta tejana negra encima de una camisa gris, y tenía una expresión que no supe descifrar. Rápidamente me sequé los ojos, avergonzada de que me hubiera visto llorar.

—¿Esto es una coincidencia? —le pregunté con voz temblorosa y los ojos, seguro, enrojecidos.

—No.

Pensé un momento.

—Me has seguido.

—Temía que hicieras una imprudencia y te citaras con ese aspirante a padre tuyo en plena noche.

Al ver que no yo decía nada, añadió:

—Pensé que podías necesitar un poco de apoyo.

—Me has seguido —repetí. No sabía si sentirme asustada, halagada, o indignada. Había una mezcla de las tres cosas, y una fuerte carga de indignación.

—¿Quién era ése? —preguntó apoyando la espalda y mirando por la ventana como si Ace estuviera al alcance de la vista.

Nunca me había seguido nadie y no supe cómo juzgarle. No soy, ni lo he sido nunca, una de esas mujeres estúpidas y desesperadas que creen que una actitud controladora es sexy. De hecho, es justo lo contrario. En cuando detecto algo así, prácticamente desconecto. Y en aquel momento me avergonzaba de que, incluso teniendo motivos para sospechar que me acosaba, una parte de mí pensara en tirar los batidos fuera de la mesa y hacérmelo con él allí mismo.

—No es de tu incumbencia —y mis palabras sonaron más duras de lo que pretendía.

La cafetería quedó silenciosa de pronto. Miré alrededor con cierta cautela. El grupo de noctámbulos había disminuido bastante y se podía oír el zumbido de los fluorescentes. Había una pareja apretujada en una mesa junto a la puerta. Dos *punkies* compartían una ración de patatas, y las dos crestas naranjas, idénticas y *muy* altas, se balanceaban un poco. Había un anciano sorbiendo café, y sólo una camarera, una joven con poco pecho, pelo de rata y la cara destrozada por el acné, que fingía leer una novela romántica cuando en realidad escuchaba nuestra conversación.

—De acuerdo —contestó. Me echó una mirada rápida y luego bajó los ojos hacia la mesa. Volví a tratar de descifrar su expresión, sin éxito.

—Me voy —dijo poniéndose de pie—. No ha sido una buena idea. —Caminó hacia la puerta, luego regresó y se quedó de pie otra vez junto a la mesa—. No soy un acosador, ¿vale? No quería asustarte. Sencillamente... te considero una amiga; no sé por qué. No hago amigos fácilmente.

Le observé intentando saber si los retortijones de mi estómago eran por nervios, porque le deseaba, o por la porquería que acababa de comer.

—¿Eso es lo que soy?

—¿Qué? —dijo con las palmas de las manos extendidas.

—¿Tu amiga?

Él encogió los hombros, movió ligeramente la cabeza y luego me miró con una avidez tan intensa, que juro que estuve a punto de gritar. Era tan cruda y tan absolutamente falta de artificio, como el reflejo de mi propio corazón. Dejé 25 dólares en la mesa y le seguí a la calle.

En medio del frío, me cogió la cara entre las manos y me besó suavemente, rozando apenas sus labios con los míos. Me encendí por dentro como si me hubiera empapado de gasolina y me hubiera prendido fuego. Me sentía como una adolescente, aquel deseo sexual era tan nuevo para mí como yo lo era para él. Consiguió parar un taxi sin despegarse de mi cara, caímos en la parte de atrás y estuvimos manoseándonos como chavales en un baile de graduación.

Frente a nuestro edificio, me besó la nuca mientras yo intentaba abrir la puerta de la calle. Me empujó dentro y me apretó contra la pared. Estaba hambriento, pero era tierno, me besaba casi con reverencia. No cerró los ojos y no los apartó de los míos; yo no quería dejar de mirarle, no podía. No sé cómo subimos los tres tramos de escaleras hasta mi piso, pero lo hicimos.

En la cama, me puse a horcajadas sobre él y le desabroché la camisa. Tenía el pecho y los hombros cubiertos con el tatuaje de un dragón volador con las alas totalmente desplegadas, la boca abierta llena de dientes afilados y una serpenteante lengua bífida. Era una obra de arte, dibujada hasta el más pequeño detalle. El dragón estaba furioso, pero era fuerte y bueno, sabio y justo. Debajo, se distinguían unas cicatrices, un bulto de varios centímetros en un costado, y lo que parecía ser una herida de bala en el hombro. Se quedó quieto mientras le miraba y le pasaba los dedos por el dibujo del tatuaje, sobre las marcas. Él me acercó la mano a la cara, la pasó suavemente por mi mejilla, por la línea de la mandíbula. No sé lo que vería en mi cara.

—No tengas miedo, Ridley.

Yo me incliné para besarle. *Tenía* miedo, no de él, sino del potente estallido de fuego y deseo, del caos que parecía reventar los límites de mi vida, antes tan ordenada. Me desabroché la blusa y la dejé caer sobre mis hombros.

—No tengo miedo.

—¿Es esto lo que quieres? —dijo, incorporándose sobre los codos y observándome—. Porque te lo advierto, no soy un tipo fácil, Ridley. He estado solo mucho tiempo. No me tomo las cosas a la ligera.

Sentí todo el peso que tenían aquellas palabras. Se sentó y yo le rodeé con mis brazos. Le susurré al oído:

—No tengas miedo, Jake.

Él gimió y me abrazó más fuerte.

Su boca me acariciaba el pelo cuando me dijo:

—Hay cosas sobre mí que debes saber.

—Y yo quiero que me las cuentes. Quiero saberlo todo. Pero no ahora.

Desde el vestíbulo la luz entró en el dormitorio para lamer los valles que formaba su cuerpo. Su clavícula era una cumbre pronunciada que yo rocé con mis labios. Su cuerpo, igual que el tatuaje, era el resultado de muchos esfuerzos y mucha dedicación. Cada músculo estaba trabajado, perfectamente definido, como una dura roca bajo la seda de su piel. Se estremecía con el roce de mis labios. Sentí que le excitaba, y aquella certeza me pasó a través de las venas como un calambre.

La penumbra sólo me permitía ver la mitad de su cara. Seguía con los ojos abiertos y mirándome cuando le empujé de nuevo sobre la cama. Tenía una mandíbula cuadrada y recia, y sus labios no sonreían. A alguien que no supiera interpretar las caras, le habría parecido frío, incluso enfadado. Pero yo sabía que había que buscar la verdad en la punta de sus labios y en el rabillo de sus ojos. Allí estaba de nuevo aquella tristeza que yo seguía detectando, aquel deseo poderoso que mi cuerpo captaba, y quizá lo que más me conmovía, la vulnerabilidad de alguien que no dejaba que la gente se acercara tanto, que no estaba seguro de poder soportar el placer o el dolor que aquello comportaba.

Me dejó explorar su cuerpo con la boca y con las yemas de los dedos. Yo quería pasear por el paisaje de su físico, andar por aquel sendero sinuoso. Una parte de mí tenía prisa por devorarle completamente, pero sobre todo deseaba que mi lengua probara todos sus sabores. Él fue paciente, pero cuando la desesperación de sus sordos gemidos aumentó, supe que su contención no duraría mucho. En cuanto mis dedos tocaron los botones de sus vaqueros, se puso encima de mí. Era tan rápido y tan fuerte que me vi rodeada por sus brazos y le aguanté la mirada, antes de sentir su sacudida. Al recordar que me había seguido hasta la cafetería, me sentí entre abrumada y desconcertada durante un segundo. Un poco asustada, con una mezcla de alarma y regocijo.

—Me estás torturando —murmuró con la voz tensa y rasposa por el deseo. Entonces sonreí y le rodeé con mis brazos.

Me perdí en el mar de su carne, flotaba en el interior de sus ojos, sentía cómo sus manos fuertes recorrían mi cuerpo. Se estaba alimentando de mí, y yo dejé que tomara cada milímetro, dejé que me devorara. Nunca me había entregado de esa forma al hacer el amor, nunca me había rendido de esa forma en cada instante. Las pesadillas que recientemente habían invadido mi vida fueron desapareciendo como actores que abandonan el escenario, y no hubo nada más allá de nuestra piel. Quizás unos días antes, cuando yo aún creía saber quién era, hubiera cedido menos terreno. Pero al sentirme liberada de pronto de las cosas que solían definirme, ya no tenía límites que proteger. Me rendí al placer de aquella comunión y me desnudé completamente frente a Jake. En aquel lugar, en aquel momento, yo era más real de lo que lo había sido nunca, y la persona que había llegado más tarde a mi vida me conocía probablemente mejor que nadie en la Tierra.

10

Nunca le pedí a Zack que me devolviera la llave. No sé exactamente por qué, supongo que pensé que era como añadir un insulto a la injuria. Y seguíamos siendo tan ostensiblemente íntimos; aún éramos tan buenos amigos, que creí que daba por sentado que ya no tenía derecho a usarla sin mi permiso. El viernes por la mañana comprobé que estaba equivocada.

Casi se me paró el corazón cuando salí de mi dormitorio a la sala y mi adormilado cerebro detectó una silueta tumbada en mi sofá. Sentí un calambre de miedo en la punta de los dedos, y reconocí a Zack segundos antes de que un chillido llegara a mi garganta. Me miraba con una expresión en la cara que yo no había visto nunca. De preocupación, pero también de ira, y con una sombra de resentimiento.

—Zack —dije en voz baja, llevándome una mano al pecho. El miedo había desaparecido, cediendo su lugar a la irritación—. ¿Qué estás haciendo aquí?

—¿Qué estoy haciendo aquí? —dijo incrédulo—. Ridley, hay personas muy *preocupadas* por ti.

—¿Personas? —dije ceñuda—. ¿Como quién?

—Como tus padres, por Dios. ¿Qué te pasa?

—Vi a mis padres anteayer.

—Ya, despotricando y desvariando como una lunática, diciendo que ellos *no eran* en realidad tus padres. ¿Y después ni siquiera les llamas para decirles que estás bien?

—Zack, ¿tú que tienes que ver con esto?

En aquel momento me vino una imagen a la mente, la imagen de algo que siempre odié de mi relación con Zack; mejor dicho de la relación de Zack con mis padres. A menudo tenía la sensación de que él era una especie de clon que habían creado ellos con el único fin de casarse conmigo y ocuparse de mí de una forma en la que ellos ya no podían hacerlo. Me molestó hasta el último momento que estuvimos juntos, y ahora que ya no éramos una pareja, me enfurecía con más motivo. Sentí que mi piel subía de temperatura y que mi garganta se tensaba.

—Zack, tienes que irte; ahora mismo —dije, y me fui a la cocina.

—Ridley, cuéntamelo. ¿Qué está pasando?

No le hice caso y me siguió a la cocina. Me di cuenta de que no llevaba zapatos, y aquello casi me saca de mis casillas. ¿Cómo podía quitarse los zapatos? ¿Qué derecho tenía a entrar en mi casa y ponerse cómodo?

—Zack, ¿no me has oído? —le dije, y me di la vuelta para mirarle de frente, directamente a los ojos—. Vete.

En aquel momento parecía muy dolido, como si le hubiera abofeteado. ¿Qué me pasaba? ¿Por qué le trataba tan mal? Era mi amigo de la infancia, mi ex novio, el hijo de una mujer a quien yo quería como a una madre. Era *Zack*. ¿Por qué me parecía un intruso, alguien a quien debía echar de mi apartamento?

—Perdona —dijo moviendo la cabeza—. Tienes razón. Ha sido una equivocación venir. Estaba... —se detuvo de pronto y se quedó mirando sus pies en calcetines.

Yo suspiré, sintiéndome como una bruja.

—Ya sé que simplemente estabas preocupado —dije tan amablemente como pude—. Pero no ha sido una buena idea. —Le puse las manos sobre los hombros.

—Ridley —dijo desafiando mis ojos con una mirada gélida.

Las sílabas de mi nombre describían todas las formas con las que le había herido y decepcionado, y toda la esperanza que aún tenía en nosotros. Una esperanza espoleada por mis padres y su madre, estoy segura: *Dale tiempo a Ridley. Volverá.*

—Lo siento, Zack —dije sin saber por qué me disculpaba.

Me atrajo hacia sí, y al sentir aquel aroma familiar, me quedé un momento entre sus brazos, como reviviendo nuestros recuerdos. *Estás loca si dejas marchar a este chico,* se había lamentado mi madre. Quizá tenía razón, como en tantas otras cosas. Pero yo no amaba a Zack, no de aquel modo.

—¿Qué pasa, Ridley? —dijo Jake saliendo del dormitorio.

Zack me apartó tan aprisa como si le hubiera mordido el cuello y me miró con dolida sorpresa. Ambos estuvieron en mi línea de visión un segundo, y el contraste entre ambos era tan fuerte, que casi resultaba cómico. Zack era rubio, llevaba unos pantalones de algodón perfectamente planchados, calcetines blancos, su chaqueta de granjero inglés estaba colgada en el brazo de mi sofá y las zapatillas de deporte debajo de mi mesa de café. Jake era moreno, con un tatuaje de un dragón gigante que le cubría su musculoso pecho hasta los abdominales; llevaba unos vaqueros gastados e iba descalzo. Estaba irresistible.

A Zack se le mudó la cara, y yo me sentí como una cría a la que pillan haciendo novillos y haraganeando en malas compañías. El dolor que le estaba causando me pesaba en el estómago, pero en mi corazón rebelde había una pequeñísima punzada de satisfacción. No olvidemos que había irrumpido en mi terreno para controlarme, por encargo de mis padres de hecho. Aquello no me parecía bien.

—¿Quién es ése? —dijo Zack.

—Zack, éste es Jake. Jake, Zack.

—Encantado de conocerte. —Jake le tendió la mano.

Zack se limitó a mirarle, y después de un segundo Jake retiró la mano y asintió comprensivo. Zack pasó a su lado y cogió bruscamente sus zapatos y su chaqueta. Las mejillas me ardían de culpabilidad y de tristeza. No estoy segura del porqué, pero para mí era un sentimiento bastante habitual en mi relación con Zack. No dije nada cuando se dirigió a la puerta cargado con sus cosas.

—Necesito tu llave, Zack. No fue correcto lo que hiciste.

Él sacó la llave del bolsillo y me la dio con una media sonrisa que no supe interpretar. Un peculiar pensamiento cruzó mi mente: *Ha hecho una copia.*

—En este momento no estoy seguro de saber quién eres, Ridley.

—No estoy segura de que lo hayas sabido alguna vez, Zack.

Las palabras se escaparon de mi boca, sencillamente. No sé por qué, no era algo que hubiera considerado seriamente con anterioridad. Pero en cuanto lo dije supe que era cierto. Supe que ésa era la razón por la que había dejado la relación, porque nunca pude ser yo misma sin sentirme culpable, sin pensar que le había decepcionado. Fui como un niño que reacciona frente a un padre controlador, como si cada acto independiente fuera motivo de disgusto paterno, y el niño recibiera cada vez un castigo. Era algo sutil, no manifiesto, para que la gente no lo notara. Casi imperceptible en realidad... excepto para mí.

Seguía en calcetines cuando se fue. Supongo que el acto de ponerse los zapatos delante de Jake era más de lo que podía soportar. Después de cerrar la puerta, miré por la mirilla y le vi sentarse en el primer escalón y atarse aquel calzado tan práctico. Sentía un nudo en la garganta hecho de culpa y de rabia.

Oí la voz de Jake a mis espaldas:

—¿Va todo bien, Ridley?

Me gustó como lo dijo, preocupado, pero asumiendo implícitamente que yo era capaz de manejar mis asuntos. No estaba ni celoso ni enfadado. Eso también me gustó. Agradecí no tener que ocuparme de sus emociones, cuando las mías eran como un tornado interior.

—En realidad, no. En este momento las cosas son bastante un asco.

Él asintió y vino hacia mí.

—Menos lo de anoche, ¿no? No te olvides de mi delicado ego —dijo con una sonrisa enorme y contagiosa que me hizo sonreír también a mí. Sentí sus manos en mis hombros y calor en el vientre.

—Eso no fue un asco del todo —dije apoyando la cara en su pecho y dejando que me apretara con fuerza.

Al cabo de un minuto ya estábamos otra vez.

Después de que volviéramos a hacer el amor me quedé adormilada. Cuando desperté no abrí los ojos enseguida, porque durante un segundo pensé que él ya no estaba a mi lado en la cama. Si abría los ojos y se había ido, tendría miedo de que lo que había pasado entre nosotros no fuera más que una fantasía. Si se había ido, yo era una tonta. Pero pasado un segundo, noté el aroma de su colonia. Un segundo después la palma de su mano en mi vientre fue como una descarga eléctrica en mis entrañas.

—Estás despierta.

Abrí los ojos para mirarle.

—¿Cómo lo sabes?

—Respiras de otra manera.

—¿Estabas escuchando cómo respiraba?

Asintió y sus labios se curvaron en una sonrisa perezosa, sexy. Pensé que diría alguna cursilada, pero no dijo una palabra. Cada minuto me gustaba más, y al darme cuenta sentí un pálpito de preocupación y controlé mis emociones. *Tómatelo con calma, muchacha.*

—¿Qué hora es? —me senté y miré el reloj. Eran más de las diez.

—Tienes que trabajar —dijo solamente.

Me gustó que lo supiera y que no fuera un problema. Zack nunca consideró que mi trabajo fuera un trabajo de verdad, y consideraba el tiempo que yo dedicaba a trabajar como una intromisión en el tiempo que pasábamos juntos. Jake sacó las piernas fuera de la cama y se levantó. Se puso los pantalones y recogió la camisa del suelo y fue como si actuara para mí. Algo muy agradable.

—Mi estudio está en la esquina de la Décima con la A —dijo, se sentó en la cama, me cogió la mano y se la llevó a los labios—. Ven más tarde si quieres ver algo de mi trabajo. Es la primera puerta de la acera oeste de la A, entre la Novena y la Décima, al otro lado del parque. Es roja, la verás enseguida.

—Me gustaría mucho —dije. Debería haber suspirado, pero en lugar de eso sonreí—. Iré hacia las cuatro.

Se inclinó para besarme suavemente, durante un largo y dulce minuto. Luego se fue sin decir nada más.

11

Cuando Jake se fue, me preparé un poco de café, y aquella dosis de cafeína me ayudó a pasar el resto de la mañana. Hablé con Tama Puma.

—La señora Thurman hablará con usted encantada —dijo con un ronroneo cálido y arrogante en la voz.

¿Encantada? ¿Quién usaba ese tipo de palabras en la vida real? La imaginé con una boa y una larga boquilla de cigarrillo entre los dedos. Aunque, por supuesto, la señora Puma se moriría antes de llevarse un cigarrillo a los labios.

Hablé con el departamento de contabilidad de la revista *New York*, sobre un dinero que me debían. El talón ha salido por correo, dijeron. Hacia el mediodía, la cafeína se evaporaba y ya no podía ignorar el peso de mis pensamientos. Sentí aquella carga de culpabilidad tan familiar; debería llamar a mis padres y decirles que estaba bien. Pero no quería hacerlo. No quería oír sus voces, porque en cuanto lo hiciera, sabía que dejaría de oír la mía propia.

Pasé un rato en Internet, buscando en LexisNexis alguna información sobre una cría desaparecida y una madre asesinada a principios de los setenta, pero había demasiadas entradas. Limité la búsqueda a la zona de los tres estados, pero seguía habiendo más de mil referencias. La idea me dejó helada. Pensé en mi idílica infancia, en que siempre me sentí segura y querida, en que las únicas cosas que temía eran las malas notas y hacer el ridículo intentando subir aquella estúpida cuerda en clase de gimnasia.

Busqué en artículos, en archivos de periódicos y revistas viejas, en páginas web donde aparecía gente que había perdido a un niño y no lo había vuelto a ver, e incluían horribles imágenes del aspecto que tendría con el paso de los años. Había que imaginar cómo sería cinco o diez años después, si es que seguía vivo. Aquello me hizo consciente de que este mundo es un lugar horrible de dolor y violencia, donde algunas personas han sido apartadas de nosotros y nunca podremos volver a verlas por mucho que lo deseemos. No encontré nada relacionado con el recorte de periódico que había recibido, ni ninguna imagen que correspondiera a las que tenía en el escritorio. Tuve que admitir que mi empeño era bastante estúpido, como diría mi madre. En aquel momento no sabía en realidad cuánto quería descubrir, ¿saben?

Guardaba en mi escritorio una foto mía y de Ace de cuando éramos pequeños. La saqué y la observé. Yo estaba sentada en un columpio, en el parque junto a mi casa; mi hermano estaba detrás de pie. Tenía las manos justo encima de mí, en las cadenas que aguantaban el columpio. Apoyaba la barbilla en la parte superior de mi cabeza y ambos sonreíamos a la cámara, mientras las hojas, rojas, doradas, marrones y anaranjadas, bailaban a nuestro alrededor movidas por el viento fuerte y frío que hacía ese día. El viento me había levantado un mechón de pelo y parecía que Ace llevara un bigote. Recordaba otros días agradables como aquél, cuando estábamos juntos de pequeños, cuando las circunstancias que se llevaron a Ace eran apenas una alerta en el radar. Recordaba los paseos y las fiestas, las vacaciones y las reuniones familiares, antes de que el oscuro espectro de mi hermano perdido ensombreciera nuestra felicidad.

A mi madre le gusta contar una anécdota de Ace y mía. O le gustaba antes, cuando todavía hablaba de Ace y aún le reconocía como hijo suyo. Éramos pequeños, no sé cuántos años teníamos, cuatro y siete quizá. Recuerdo la amarillenta luz del sábado por la mañana deslizándose en el interior a través de mis persianas. Me desperté emocionada porque sabía que Ace no tenía que ir al colegio y que pasaríamos la mañana tumbados en el suelo frente al televisor, viendo dibujos animados. Era otoño y la mañana era fría: sentí el frío en los pies descalzos cuando salí de mi habitación y crucé el baño hasta la de Ace. Me deslicé en su cama y me tumbé a su lado, y luego muy suavemente, intenté que abriera un ojo. Por supuesto, él ya estaba despierto y simplemente fingía dormir. Después de las típicas protestas y gruñidos, me dejó que le llevara al piso de abajo.

Generalmente, empezábamos nuestros sábados por la mañana devorando tazones gigantes de cereales de chocolate. Mis padres aún dormían y seguirían durmiendo una hora más o menos, de modo que la cocina era nuestra; sin nadie que nos dijera qué debíamos comer, o que bajáramos la televisión y nos sentáramos más lejos de la pantalla. Era un universo dorado y efímero, donde Ace y yo tomábamos las decisiones, era una orgía de cereales azucarados y batidos de chocolate, de brincos encima de los muebles, y peleas de cosquillas en las que yo acababa a veces mojando el pijama.

Por la razón que fuese, aquella mañana Ace decidió que desayunaríamos galletas. Encontró un paquete de Oreo en la despensa y nos lo llevamos, con dos vasos de leche, a nuestro confortable puesto frente al televisor.

Me parece que estábamos a medio paquete cuando bajó mi madre.

—Ace, Ridley, ¿qué se supone que estáis haciendo?

Nos pilló a los dos masticando; en pleno mordisco y con la siguiente galleta a mitad de camino hacia los labios cubiertos de chocolate.

—Dadme esas galletas ahora mismo.

Yo alargué mi mano para devolverle la galleta a mi madre al instante y empecé a llorar. Mi hermano hundió la mano en el paquete y se metió en la boca todo lo que pudo antes de que ella se acercara.

Mi madre siempre contaba esa anécdota con un tono de extrañeza en la voz por lo diferentes que eran sus hijos; de los mismos padres y educados en la misma casa. Recuerdo que lloré no porque quisiera comer más galletas (la verdad sea dicha, estaba medio empachada con la cantidad que ya nos habíamos comido), sino porque la llegada de mi madre fue el abrupto final de un momento mágico.

También lo recuerdo como la frontera que divide en mi memoria mi infancia y la de Ace. Mi madre y Ace se enzarzaron en una auténtica batalla por las Oreo, que mi hermano cortó echando a correr con el paquete escaleras arriba hasta su habitación. Dio un portazo y pasó el cerrojo, dejando a mi madre furiosa y aporreando la puerta como una loca.

—Por Dios, Grace, cálmate. Sólo son unas galletas —dijo mi padre que subía las escaleras detrás.

Pero por supuesto que no se trataba de las galletas. Se trataba del control. El control que ella necesitaba tener, que yo le había cedido tan fácilmente y frente al que Ace se rebelaba. A partir de las personalidades de nuestros padres y de las nuestras propias, ambos nos convertimos en dos personas distintas, que tuvieron experiencias distintas al crecer. Yo acabé lloriqueando en brazos de mi padre. Ace se ganó el pétreo silencio de mi madre que generalmente seguía a sus ataques de rabia premenopáusicos.

Pero mi madre transformó aquel incidente en una encantadora y divertida anécdota para las cenas. Eliminó lo dramático del incidente, destilándolo para ilustrar lo *divertidos* y *estrafalarios* que sus hijos podían llegar a ser. Yo sentía vergüenza cada vez que lo contaba, no porque lo considerara una experiencia traumática (aunque Ace desde luego la recordaba de ese modo), sino porque no estaba segura de qué era lo que ella quería decir de mí. ¿Sacaba la conclusión de que yo era débil y mi hermano valiente? ¿Yo obediente y él rebelde? ¿Debía avergonzarme o sentirme orgullosa? Su voz tenía un tono involuntario de respeto hacia Ace, como si en realidad le admirara por rebelarse contra ella. Aunque luego no hablara nunca más de él. Es curioso cómo moldeamos y contraemos los recuerdos al contarlos, como si fueran caramelos de goma, y cómo un mismo incidente puede significar cosas distintas para los que lo vivieron.

Me senté con la foto del columpio en la mano, y los recuerdos desfilaron por mi mente como soldados. Cosas en las que no había pensado durante años y a las que los acontecimientos actuales habían dado un tono sepia. No podía saber si en aquel momento tenía la cabeza más clara que nunca, o si estaba perdiendo la cordura y todo lo demás, si mis recuerdos del pasado y mi percepción del presente estaban distorsionados por los recientes acontecimientos.

Mi tío Max era como una montaña, como una estrella fugaz, grande como un oso enorme, un caballo dispuesto siempre al paseo, con los bolsillos llenos de dulces y más adelante de dinero, o de cualquier moneda de cambio que nuestra edad demandara. Él era los conciertos de rock, los partidos de béisbol, era el sí cuando nuestros padres decían no, era un consuelo para cada decepción. Era la personificación de la diversión, y las semanas que pasábamos con él cuando nuestros padres estaban fuera, son algunos de los recuerdos más felices de mi infancia. Ace y yo le queríamos, naturalmente. ¿Cómo podría ser de otro modo? Es fácil ser popular con los niños cuando no eres el que dicta las normas, cuando tu único papel en sus vidas es enseñarles lo divertido que puede ser el mundo.

Siempre había una mujer con mi tío Max, pero nunca era la misma. En mi memoria están todas juntas, no hay ninguna que destaque. Son una serie idéntica de pelo teñido, liso y sedoso, silicona, piel bronceada y tacones altos, no importa lo que llevaran puesto, vestidos, vaqueros o bikini. Sin embargo, me acuerdo de una. Aquel día se celebraba alguna fiesta en mi casa, debía ser el cumpleaños de Ace. El techo de la sala no se veía, estaba completamente cubierto de globos, rojos, naranjas, azules, verdes, morados. Recuerdo la música, que suena en mi memoria como una cabalgata de carnaval. Risas, alguna mancha de refresco sobre la alfombra blanca, un globo que estalla, chillidos de felicidad y un payaso haciendo trucos de magia. Recuerdo doblar demasiado aprisa una esquina y chocar con unas piernas enfundadas en unos vaqueros descoloridos de una de las novias del tío Max.

—Perdón —levanté la mirada.

Yo no veía más que su sombra de ojos azul, el pelo rubio repeinado y el brillo de labios de color chicle.

—No pasa nada, Ridley —dijo amablemente, y se fue.

Y todo lo que vi fueron sus fabulosos zapatos de piel roja, *Candies*, si no me equivoco, un icono de la moda sexy. La admiración me quitó el aliento y me pregunté cómo había que crecer para ser así.

Iba a entrar en la cocina cuando oí la voz de mi madre desde el interior:

—Francamente, Max. —Reconocí aquel tono, como un saco de piedras cargado con el peso de su desaprobación—. Traer a una de ésas aquí. Al cumpleaños de Ace. ¿Cómo has sido capaz?

—No quería venir solo —dijo él con un tono que yo no conocía.

—Estupideces, Max.

—¿Qué quieres de mí, eh, Grace? Deja de portarte como una jodida mojigata.

No tuve tiempo de sorprenderme de que mi madre y el tío Max se hablaran de aquella forma porque de pronto apareció mi padre.

—Aquí está mi niña —y me cogió en brazos, aunque ambos sabíamos que ya pesaba demasiado.

Me llevó a la cocina. Quizás él no vio cómo mi madre y el tío Max desviaban rápidamente la mirada y cambiaban el gesto de rabia de sus caras por otro más alegre.

—¿Qué estáis haciendo aquí? —el tono de mi padre era jovial—. ¿No estarás rondando otra vez a mi mujer, eh, Max?

Todos rieron con aquella ocurrencia tan absurda. Y luego llegó el momento del pastel, que naturalmente borró por completo el episodio de mi mente de siete años.

Las paredes de mi apartamento empezaban a agobiarme; me duché, me vestí y salí del edificio. Sé lo que la gente piensa de Nueva York; pero yo nunca me había sentido insegura en la ciudad, ni un segundo, hasta ese día. Recordé la advertencia de Zelda sobre el hombre que me buscaba. Me di cuenta de que no había hablado de él ni con Jake ni con Ace, y no sabía exactamente por qué. A veces tiendo a tratar las cosas que me preocupan como si fueran abejorros; es una especie de actitud tipo ignóralas-y-se-irán. Comparado con limitarse a enviar algo por correo, admitir que había alguien que realmente me buscaba, elevaba el nivel del problema hasta un punto que sencillamente *no podía* ignorar. Elevaba el grado de la amenaza y yo no estaba preparada para sus consecuencias, la primera de las cuales sería limitar mi libertad. Y ya saben lo que eso supone para mí.

Empujé la puerta de entrada de una de las clínicas donde mi padre y Zack trabajaban como voluntarios. Ésta estaba en el centro de la ciudad; la otra estaba lejos, en Nueva Jersey. Cuanto más cerca estaba de la jubilación, más tiempo dedicaba mi padre a esas clínicas. Los primeros días de la semana normalmente iba a la de Jersey, y los últimos a la de la ciudad; de manera que estaba casi segura de encontrarle allí ese día. Sé lo que están pensando. ¿No acababa de decir que no tenía ganas de ver a sus padres? Es cierto, no quería. Pero mi padre tenía una especie de poder magnético para los momentos de crisis. Cuando algo se torcía, por mucho que yo jurara y perjurara que no iría a verle ni le llamaría, él se enteraba de algún modo, y era como si pulsara un interruptor mágico en algún lugar del universo que me impulsaba a levantar el auricular o a presentarme en su despacho.

—Busco al doctor Jones, ¿ha venido hoy? —le pregunté a la joven recepcionista.

Tenía una piel luminosa de color café con leche y unos profundos ojos negros coronados por unas pestañas espectaculares. No la había visto nunca, aunque había ido muchas veces a la clínica a visitar a mi padre o a Zack. Pero no me sorprendió, allí siempre había mucho movimiento de personal.

—¿Tiene hora de visita? —dijo sin levantar la vista del archivador que tenía delante.

—Soy su hija.

Me echó una ojeada y sonrió.

—Ah, ¿tú eres la prometida de Zack? —El tono de su voz expresaba lo contenta que estaba de conocerme.

Hubo algo que me molestó. Hacía más de seis meses que la relación había terminado y yo nunca acepté su proposición de matrimonio. De modo que, técnicamente, nunca fui la prometida de Zack, pero antes de que pudiera replicar me preguntó:

—¿Y no salvaste a un niño hace un par de semanas? Vi tu foto en los periódicos.

—Ah, sí. Ésa soy yo.

Me observó maravillada.

—Vaya, encantada de conocerte. Me llamo Ava.

—Encantada —dije yo terriblemente incómoda. Era demasiado tarde para decir: «Por cierto, no estoy prometida con Zack. En realidad nunca... es una larga historia». Así que me lo callé todo y aparté la mirada.

—Espera un segundo —ella seguía mirándome—. Ya le aviso. Siéntate.

Encontré una silla entre bebés llorosos y críos con la tos ronca y las narices goteando, y confié en que mi sistema inmunitario funcionara. Había una mujer a mi lado que respiraba con dificultad, como si tuviera gasa en los pulmones.

—Ridley —me llamó Ava al cabo de unos minutos—, puedes pasar atrás. Está en el último despacho.

—Gracias.

—¿Sabes? —dijo Ava al abrirme la puerta que había a la derecha de su escritorio—. No te pareces a tu padre.

Intenté sonreír.

—No eres la primera que me lo dice.

—Tu padre es un santo. ¿Lo sabías? Tenéis suerte de ser sus hijos, una suerte puñetera. No le digas a tu madre que digo palabrotas delante de ti, ¿vale?

El tío Max decía eso tan a menudo, que dejó de tener sentido.

—Tú no lo sabes —me decía—. No sabes lo que es tener un padre que no te quiere. —Y entonces aparecía aquella mirada suya; la mirada que tenía cuando mi madre estaba delante. Como si el mundo fuera un baile de graduación y él fuera el único sin pareja.

Supongo que el tío Max era la persona más solitaria que he conocido, sin contar a Ace. Cuando era una niña ya lo sabía sin entenderlo del todo. Al crecer, supe que se veía a sí mismo como si estuviera solo en el mundo. Pero seguía sin saber por qué se sentía así; tenía a mis padres, nos tenía a Ace y a mí, tenía su desfile de Barbies. Pero ahora lo entendía. La soledad es un estado, una enfermedad. La llevaba dentro y contaminaba su vida. Podía sobrellevarla mimándonos, queriendo a mis padres, con sus «novias», con la bebida. Pero no tenía cura. ¿Su enfermedad? Era terminal.

—Ridley —dijo mi padre con un suspiro. Me miró de reojo, dolido—. Nos has tenido bastante preocupados.

—Lo siento —y cerré la puerta.

Era la sala donde visitaba. Olía, bueno, ya conocen el olor, a vendas y desinfectante. Fluorescentes que parpadean, suelos de formica de mala calidad con una mezcla de colores horrible: mostaza, aceituna y salmón. Impecables encimeras de un color verdoso, tarros de cristal llenos de algodón y depresores linguales sin abrir.

Pese a que le noté enfadado conmigo, mi padre me abrazó. Yo le quería por ser así. Mi madre, cuando estaba enfadada, ni siquiera te miraba a los ojos; era como si no fuera consciente de que existías hasta que te perdonaba. Pasado un segundo me aparté de él y me subí a la camilla. Al arrugarse el papel que tenía debajo, me vinieron a la memoria innumerables visitas a salas como aquella en distintas circunstancias. Las salas eran todas casi iguales. Bueno, no exactamente iguales. Pese a la pulcritud, aquélla era un poco sórdida, había una mediocridad que la diferenciaba claramente de otras consultas privadas opulentas que yo conocía. Ésta era deprimente. Esterilizada y limpia, pero fea. Con una decoración anticuada, pequeñas grietas en las paredes y manchas de humedad en el techo. Como si la gente pobre no mereciera cosas modernas y bonitas. En la pared había un póster amarillento con las puntas rotas: representaba los músculos del cuerpo humano. Era bonito. La cara del tipo parecía bastante tranquila si tenemos en cuenta que le habían despellejado.

—¿Por qué enviasteis a Zack a vigilarme?

Mi padre puso cara de inocente:

—Yo no. Nunca haría algo así.

Me quedé callada mirándole fijamente.

—Le pedí que te *telefoneara* —dijo finalmente—. Nada más. Pensé que quizás hablarías con él.

—Bueno, pues fue a mi casa y entró sin permiso. Y esto no me gusta, papá.

—Seguro que ha aprendido la lección —contestó mi padre.

Apartó la mirada y se sentó en una silla de plástico verde con patas metálicas. Se inclinó hacia atrás y cruzó los brazos sobre el estómago. Lanzó un suspiro.

—Por Dios. —Estaba enfadada y me sentía un poco ridícula—. Y qué, ¿corrió a contároslo todo como un enanito soplón?

¿Me daba cuenta de que parecía una niña de 12 años? Sí, y no me gustaba. Pero supongo que parte del problema era que empezaba a entender la situación: en presencia de mis padres, yo *tenía* 12 años. ¿Y saben qué? Eso era lo que les gustaba.

—¿Sales con alguien, Ridley? —preguntó mi padre haciendo esfuerzos para conseguir un tono de despreocupado interés.

—Papá. No he venido para hablar de eso.

—¿No?

—No, papá. Quiero hablar del tío Max.

No se puede decir que mi padre fuera guapo. No en un sentido clásico. Pero aunque fuera su hija, yo sabía que tenía gancho con las mujeres. No conozco a ninguna mujer que no sonriera si él la miraba. Su atractivo iba más allá de lo físico. Su cara era un paisaje que proporcionaba pistas sutiles acerca del hombre que vivía bajo aquella superficie. Un golpe en el puente de la nariz insinuaba unos orígenes difíciles, de clase trabajadora. La mandíbula cuadrada era la prueba de su determinación cuando tomaba una decisión. Los brillantes ojos azules eran como una exposición de sus distintos estados de ánimo. Yo los había visto irradiar compasión, brillar de amor y comprensión. Los había visto ensombrecer de preocupación y dolor; entornados por la rabia o la decepción. Pero nunca los había visto como en aquel momento. Completamente inexpresivos, impenetrables. La pausa que siguió a mi pregunta fue como si hubiera una tercera presencia en la habitación, un fantasma que se había colado por debajo de la puerta.

—¿No te hemos querido lo suficiente, Ridley? —dijo al cabo de unos minutos—. ¿No te hemos dado todo lo que necesitabas, sentimental y materialmente, para abrirte camino en este mundo como un adulto?

—Sí, papá —e inmediatamente sentí la dentellada de la culpabilidad.

—Entonces, ¿qué pasa? ¿Estás en una especie de fase vital en la que nos acusas de todos los errores que cometimos al criaros a ti y a tu hermano Ace? No esperaba esto de ti, Ridley. De Ace sí, pero no de ti.

Ya estaba ahí otra vez, aquella comparación castrante. Desde que Ace se marchó fue el destinatario del desdén familiar, la personificación del fracaso y la ingratitud; no siempre explícitamente, ya se lo imaginan, pero sí a base de cierta osmosis emocional. Cada vez que me comparaban con él, era como si me explotaran petardos en el pecho. Una mezcla explosiva de conmiseración, resentimiento e ira que hacía arder mis mejillas.

—¿Qué tiene que ver esto con lo que acabo de preguntarte? —le dije en voz baja.

Un pequeño destello de sorpresa apareció en su cara, como si no esperara que me diera cuenta de que estaba utilizando el grueso del armamento emocional para eludir la pregunta.

—¿Me estás diciendo que esto no tiene nada que ver con lo que hablamos la otra noche? —Tenía un tono de indignación que no parecía muy sincero—. Tu madre sigue disgustada por aquello.

—Papá.

Me miró a los ojos un segundo, los apartó y luego volvió a mirarme.

—¿Qué quieres saber?

¿Qué *quería* saber? Ace me dijo que le preguntara a mi padre por el tío Max y sus «proyectos favoritos». Pero me parecía una pregunta extraña y muy vaga.

—¿Hay cosas de Max que yo no sepa?

Movió la cabeza y me miró ceñudo.

—¿Por qué me lo preguntas? ¿De dónde lo has sacado?

No le contesté, me limité a apoyarme en la puerta y seguí mirando al suelo. Oí suspirar a mi padre y vi sus pies dirigirse a la ventana.

—¿Cuánto tiempo hace que hablas con Ace?

Me lo quedé mirando. Había tristeza en sus ojos en aquel momento. No era una mirada que me gustara, pero era mejor que la mirada plana y sin vida de unos minutos antes, cuando le pregunté por el tío Max.

—Mucho —contesté—, creía que ya lo sabías.

Me pareció que la luz de los fluorescentes se intensificaba, era más dura. Al otro lado de la puerta se oía el roce suave de las pisadas de las enfermeras, yendo y viniendo. Una conversación, alguna risa. Por fin empezaba a comprender que Zack informaba a mi padre de lo que yo hacía, desde que nos conocíamos. Pensarlo me ponía enferma y triste.

Mi padre se encogió de hombros.

—Mejor que hable contigo que con nadie. Llevo años intentando localizarle. ¿Por qué no me lo dijiste?

Sentí un pequeño destello de ira.

—¿Decírtelo? Desde que se fue no se me permitió ni siquiera pronunciar su nombre —dije sorprendida de haber alzado la voz y de que me temblaran las manos.

Mi padre asintió. Se acercó y me puso las manos sobre los hombros. Noté el aroma de Old Spice y recordé que olía a lluvia y a colonia cuando volvía del trabajo a casa por la noche.

—Lo siento, Ridley —dijo obligándome a mirarle a los ojos—. Lo hicimos muy mal. Ahora lo sé.

—Ahora ya no importa, papá —contesté. Bajé de la camilla y me quedé lejos de él—. Quiero decir, ahora lo sabes, *de acuerdo*. Lo entiendo.

Sentí que su amor, como la resaca del mar, me atraía sutilmente hacia él y me alejaba del motivo por el que había ido a verle.

—Estábamos dolidos, Ridley. Realmente destrozados..., sobre todo tu madre. No sabíamos cómo llevarlo. Y, sinceramente, no pensamos que podría afectarte. Fue egoísta por nuestra parte y lo sentimos, ambos.

Me supo mal por él. Volvía a sentirme culpable. Me senté en la silla que él había ocupado un momento antes y metí la cabeza entre las manos, mirándome las rodillas. De repente me dolía la cabeza y estaba confusa. Ésa no era la conversación que esperaba tener.

—Me alegra que hable contigo, Ridley —volvió a decir mi padre al cabo de un minuto—. Mientras tengas cuidado y seas selectiva con lo que dice.

—¿A qué te refieres?

—Bueno. Desde que empezó a drogarse, Ace tiene algunas ideas raras. Siente mucha hostilidad hacia Max. Muchos celos de la relación que tú tenías con él. No dejes que el veneno de su ira te ponga en contra de un hombre que te quería.

—¿Crees que Ace me ha metido todo esto en la cabeza? ¡Te enseñé la fotografía! —Podía haberle dicho que había más, otro sobre, un hombre que fue a buscarme a la pizzería, pero no lo hice.

—Lo sé, lo sé. Pero creía que eso ya estaba aclarado. Simplemente pienso que si has hablado con Ace, puede haberlo aprovechado para esparcir un poco de su bilis.

—¿Por qué iba a pensar Ace que Max tiene algo que ver con esto? ¿Y por qué me dijo que te preguntara por el tío Max y sus «proyectos favoritos», como él los llama?

Mi padre encogió los hombros y extendió las palmas de las manos en un teatral gesto de impotencia.

—¿Cómo voy a saber de dónde saca Ace sus ideas? Está enfermo, Ridley. No hagas caso de lo que dice.

Me di cuenta de que, visto desde fuera, lo que decía era verdad. Me refiero a que ¿quién le haría caso a un yonqui? Yo confiaba en Ace porque sabía que era algo más que su adicción. Creo que todos nosotros somos algo más que la suma de las partes. Creía que también mi padre compartía esa esperanza. Pero supongo que, para él, Ace llevaba demasiado tiempo perdido.

—¿No se te ocurre nada, papá?

Suspiró y dijo:

—Las únicas cosas a las que se dedicaba Max, aparte de sus negocios, era a ayudar a que miles de mujeres y niños víctimas de malos tratos salieran adelante.

—¿Te refieres a la fundación?

—¿Te acuerdas, no?

En medio de los dos había un cajón; lo abrió y sacó un par de panfletos que me entregó.

Leí uno:

AYÚDENOS A SACAR ADELANTE UNA LEY DE CONFIDENCIALIDAD
PARA LAS CASAS DE ACOGIDA DEL ESTADO DE NUEVA YORK.
SU DINERO SALVA VIDAS.

Fundación Maxwell Allen Smiley.
Una organización sin ánimo de lucro dedicada al bienestar
de las mujeres maltratadas y los niños víctimas de abusos.

Cuando tenía dieciséis años, mis padres me llevaron a un baile benéfico en el hotel Waldorf Astoria. Fue un acontecimiento absolutamente exquisito, al que acudió en pleno la elite de la ciudad de Nueva York, con sus rutilantes trajes largos y sus esmóquines a medida. Había torres de centros florales, cientos de copas de champaña, centelleantes esculturas de hielo, y una banda de jazz al completo. Yo llevaba un vestido largo de seda de organdí rosa, y mi primer par de tacones altos de verdad. Los pendientes de diamantes que me regalaron al cumplir 16 años brillaban en mis orejas (me pasé toda la noche mirándome en los espejos), y llevaba la pulsera de diamantes de mi madre en la muñeca como si fuera mía. Naturalmente, me sentí como una estrella del rock y una súper modelo y una princesa; me sentía un poco mareada y literalmente roja de emoción.

El tío Max era mi pareja. Se paseó llevándome del brazo y presentándome como su «joven y preciosa sobrina» a gente como Ed Koch, Tom Brokaw y Leslie Stahl. Le estreché la mano a Donald Trump, Mary McFadden, Vera Wang. Fue un evento a beneficio de la Fundación Maxwell Allen Smiley de Apoyo a Mujeres y Niños Maltratados, y a cinco mil dólares el cubierto, Max consiguió recaudar incalculables cantidades de dinero para las diversas obras de caridad que su fundación apoyaba.

—Tu tío Max puso en marcha la fundación para lograr que se aprobara una Ley de Confidencialidad para las Casas de Acogida en el estado de Nueva York —me estaba diciendo mi padre—, que permitiera a las mujeres dejar a sus hijos en casas de acogida, hospitales, parques de bomberos o comisarías de policía, sin miedo a que las procesaran y sabiendo que se ocuparían del niño y lo darían en adopción.

Miré el panfleto que tenía en la mano y lo ojeé. En la primera página había dos fotografías, una de un contenedor y otra de una enfermera que mecía en los brazos a un bebé dormido. Ponía: *Decide lo mejor para tu hijo, nadie te hará preguntas.* Explicaba la Ley de Confidencialidad para Casas de Acogida e instaba a las madres a no tener miedo, a no dejar a su hijo en un contenedor o en un lavabo como en tantos casos, y a llevarlo en su lugar a una de las casas de acogida de la lista. En un tono neutro y equilibrado, garantizaba a las mujeres que allí se ocuparían de todo, y que si pasados sesenta días no volvían a buscar al niño, perderían todos sus derechos parentales y el niño sería adoptado por una familia que le daría todo su amor.

—Nunca le oí hablar de una Ley de Confidencialidad para Casas de Acogida.

—Fue un asunto controvertido —dijo mi padre, sentándose de nuevo, parecía cansado—. Sus detractores opinaban que animaba a las jóvenes a abandonar a sus hijos; mujeres que en otras circunstancias quizá se hubieran quedado con los niños. Pero sus defensores, como Max y yo, creíamos que cuando una madre siente el impulso de abandonar a su hijo por la razón que sea, es mucho mejor que ese niño vaya a un lugar donde él o ella recibirá el amor y los cuidados que necesita. Y si una persona asustada y desesperada tiene asegurada una alternativa a asesinar a su hijo, puede que la aproveche. La ley se aprobó en el 2000. Ahora la organización tiene un servicio de ayuda telefónica y funciona como una oficina de relaciones públicas.

Ahora que lo mencionaba, yo había visto carteles publicitarios en los trenes y en los autobuses, e incluso había oído un par de cuñas de los servicios públicos. Una voz profunda y dulce que hablaba con un llanto de bebé al fondo: «¿Angustiada? ¿Incapaz de sobrellevar las tensiones de la crianza? Antes de que lo paguen sus hijos, llámenos. Podemos ayudarle». Sencillamente, no tenía ni idea de que fuera algo relacionado con mi padre y el tío Max. Me extrañó no saberlo. Mi padre y yo nos llevábamos muy bien y hablábamos a menudo de su trabajo.

—¿Por qué no me lo habías dicho nunca? —le pregunté.

—¿No te lo había dicho? Estoy convencido de que eso no es verdad. Será que no escuchas a tu anciano padre cuando te cuenta las cosas.

Intentó una sonrisa, que desapareció de su cara cuando vio que no se la devolvía. Nos quedamos un segundo en silencio. Yo miraba el panfleto preguntándome si sería eso a lo que Ace se refería.

—La infancia de tu tío Max nunca ha sido un secreto para ti. Sufrió malos tratos a un nivel que yo raramente he visto en mis años de experiencia como médico, y eso es decir mucho. En lugar de utilizar eso como una excusa para malgastar su vida, lo convirtió en el motor que le impulsó a triunfar. Y utilizó ese triunfo para cambiar radicalmente las vidas de niños víctimas de abusos como él, y de mujeres maltratadas como su madre.

Ya había oído aquel discurso otras veces. No estaba segura de por qué volvía a oírlo. Pero le dejé continuar.

—Conseguir que se aprobara esa ley era muy importante para él —continuó—, porque suponía que niños con muchas probabilidades de ser maltratados o abandonados, acabaran en brazos de personas que deseaban desesperadamente tener un hijo. Antes de que el mal estuviera hecho, y no después como en tantos casos. Era importante para él porque hay cosas que tu tío Max no superó nunca en toda su vida.

Pensé en Max, en la profunda tristeza que había en su interior que nada parecía mitigar, ni siquiera en los momentos de mayor felicidad que pasamos juntos.

—¿Eso era lo que querías saber, Ridley?

Me encogí de hombros. No lo sabía.

—Confía en mí, niña, no hay ningún secreto oscuro por descubrir. Él te quería. Más de lo que imaginas.

Había algo en su voz, pero cuando le miré a la cara sólo vi la sonrisa dulce que siempre sabía que encontraría.

—También quería a Ace —dije sintiéndome mal por mi hermano y preguntándome por qué siempre se consideró excluido.

—Naturalmente —mi padre asintió—. Pero entre vosotros dos había una conexión especial. Quizás Ace lo notó y estaba celoso.

Se quedó pensativo un segundo mirando por la ventana, apretó los labios y espiró fuerte. Cuando volvió a hablar, me pareció que hablaba consigo mismo,

—No lo sé. A ninguno de los dos os ha faltado ni atención ni amor. Siempre hubo de sobra. Absolutamente de sobra, para ambos.

Yo asentí.

—Lo sé, papá.

—Pero naturalmente está el asunto del dinero. Puede que eso le causara cierta amargura.

—¿El dinero?

—Sí. El dinero que el tío Max te dejó al morir.

—¿Qué pasa con ese dinero?

—Bueno —suspiró—, no le dejó exactamente lo mismo a Ace.

Moví la cabeza.

—No lo entiendo.

Siempre di por sentado que Ace había recibido la misma canti- dad de dinero, aunque supongo que nunca me preocupé por la logís- tica del asunto. Cuando me vi con el abogado de Max para discutir los términos de mi herencia, Ace llevaba una temporada larga ilocali- zable y supuse que ya se habría ocupado del asunto en algún otro mo- mento. Nunca hablamos de la muerte de Max, ni de su dinero; ni de dónde había estado los meses que no nos veíamos. De hecho casi no hablábamos de nada, excepto de él mismo y de su larga lista de que- jas y del trato injusto que había recibido. Algo bastante triste, lo sé.

—Tu herencia no tenía condiciones —dijo papá—. Al morir Max, tú tenías el dinero garantizado. Ace sólo recibiría el suyo si se sometía con éxito a un programa de desintoxicación y pasaba cinco años totalmente limpio. Puede que aún esté furioso por eso.

Sinceramente, no podía culpar a Max. Eran unas condiciones razonables y que obviamente favorecían los intereses de Ace.

—¿Qué tiene que ver todo esto conmigo?

Encogió los hombros.

—La gente celosa y enfadada hace cosas odiosas.

—¿Estás diciendo que Ace tiene algo que ver en todo esto?

—Digo que está dentro de lo posible.

—No —dije con voz firme.

Mi padre me miró como se mira a un niño que aún cree en San- ta Claus, con tristeza e indulgencia.

—Es imposible.

Me puso una mano en el hombro.

—¿Lo pensarás?

Asentí inmediatamente.

—He de irme —y me levanté.

Me pareció que quería detenerme. Vi cómo levantaba las ma- nos de los costados y luego volvía a dejarlas caer, como si quisiera acercarse a mí y hubiera cambiado de idea. Me dijo:

—Llámame esta noche si quieres seguir hablando de esto.

—¿Hay más de qué hablar? —le miré al preguntárselo.

—No lo sé —encogió los hombros—. Tú dirás.

Le abracé un segundo, sin querer sentir aquel tirón de seguridad y confort. Había algo que me apartaba de mí misma. Salí a toda prisa de la sala, más confundida que cuando llegué. De las respuestas de mi padre sólo había obtenido más preguntas. Salí del edificio. La tarde era casi invernal.

—Ridley, espera.

Me di la vuelta y vi a Zack de pie, frente a la puerta de la clínica.

—Espera. ¿Podemos hablar?

Le miré y dije que no con la cabeza. El hecho de verle y pensar que le había revelado tantas confidencias a mi padre, hacía que mi corazón latiera de rabia, y la escenita de aquella mañana en mi apartamento... No era capaz de tener una conversación con él.

Se me acercó:

—Por favor, Rid.

A través de la puerta que tenía detrás vi a su madre, Esme, vestida de enfermera, con un osito estampado en el uniforme. Era una mujer menuda con la piel sonrosada y un pelo dorado cortado con estilo. Llevaba una carpeta apretada contra el pecho y nos miraba con gesto de preocupación; me dedicó una sonrisa y luego desapareció por otra puerta.

Zack se paró a mi lado y yo no dije nada.

—Perdona por lo de esta mañana. Me pasé de la raya, ya lo sé.

Yo asentí incapaz de articular palabra. Sus ojos azules eran más claros que nunca y había un rastro de barba rubia en aquella poderosa mandíbula. Me puso la mano en el brazo. Recordé que no hacía mucho yo creía amarle. El ansia de seguridad me atraía hacia él, como si entre sus brazos todo se solucionara, igual que con mi padre. La vida sería previsiblemente estable y segura, y con Zack me sentiría amada y protegida. Siempre que hiciera lo que se esperaba de mí, mientras fuera la Ridley que ellos querían que fuera.

—No pasa nada —dije. No era verdad. Sólo lo dije para que ambos nos sintiéramos mejor—. Ya nos veremos.

Me fui de allí sin decir una palabra más y él no me llamó para que volviera. Entre los edificios asomaban pedazos de cielo de un crudo color pizarra igual que el del asfalto que me rodeaba. El tráfico interpretó una cacofonía compuesta por las bocinas y el rumor sordo de los motores. La soledad se metía bajo mi piel como una ráfaga de aire frío; se colaba por los puños de mi abrigo y se acomodaba en mi estómago.

12

Pulsé el timbre junto la puerta roja, pero nadie contestó. Mientras esperaba le di un dólar a un vagabundo que empujaba un carrito de la compra, cargado de latas y esqueletos de muñecas. Saludé a un policía que conocía del Five Roses, que patrullaba con su compañero por la Avenida A abajo. Había un grupo de niños gritando al otro lado de la calle, en el parque de Tompkins Square. Pensé en Justin Wheeler y me pregunté dónde estaría. Pulsé de nuevo el timbre y probé con el tirador. Me llevé una sorpresa cuando empujé la puerta y se abrió.

—¿Hola? —grité al llegar a un pequeño descansillo al pie de una escalera empinada que se adentraba en la oscuridad.

Nadie me contestó y volví a la calle. Busqué por allí otra puerta roja, pero vi que aquélla era la única. Volví a entrar.

—¿Jake?

Entonces oí un porrazo y luego el sonido del metal contra el metal. Entré de nuevo y cerré la puerta a mis espaldas. Empecé a subir por los oscuros escalones; el yeso de las paredes estaba frío al tacto, y la escalera era tan estrecha que si separaba un poco los codos tocaba ambos lados de la pared. Llegué arriba y me encontré en un *loft* enorme. Estaba totalmente a oscuras menos el rincón del fondo, donde había unos potentes focos de estudio sobre unos trípodes gigantes. Jake estaba allí de pie, ajeno a mi presencia; golpeaba enérgicamente con un martillo grueso un arco de metal liso dos veces más alto y más ancho que él.

Los escritores somos, primero y fundamentalmente, observadores. Contemplamos. Nos olvidamos de nosotros mismos cuando observamos y luego cuando le contamos a la gente el mundo que hemos visto. Muy a menudo nos sentimos en los límites, en los márgenes de la vida, y ése es nuestro puesto. Si formas parte de algo, no puedes observarlo. Contemplando a aquel desconocido con quien había compartido la cama la noche anterior, perdí la conciencia de mí misma. Observé cómo a cada golpe de martillo se contorsionaban bajo la piel los músculos de su espalda, tensos y definidos. Una película de sudor corporal reflejaba la luz dura de los focos en alto. Observé la forma como sus dedos agarraban el mango de madera del martillo; tenía los nudillos blancos y callosos y unas venas gruesas como una cuerda. Sentí la vibración, el fuerte sonido metálico que llenaba aquel enorme espacio con cada golpe. Miré alrededor y vi que la habitación guardaba otras formas oscuras nacidas del mismo martillo. Noté la electricidad que había en el aire; era como si la corriente emanara de él en oleadas. Y la ira. Estaba castigando aquella pieza de metal. Se castigaba a sí mismo. Sentí una mezcla de miedo y deseo que me revolvió el estómago.

Levantó el martillo y en mitad del impulso se detuvo; lo dejó caer a un lado y se dio la vuelta. Tenía la cara ardiente y demacrada, con una expresión de pasión interrumpida, como si le hubiera pillado haciendo el amor.

—Ridley. —No entiendo cómo supo que yo estaba allí.

Me quedé callada un segundo, avergonzada por haberle estado observando.

—Hola —dije finalmente, y me acerqué. Mis pisadas resonaron en las paredes y en el techo.

Se secó el sudor de la frente con el brazo y dejó el martillo en el suelo.

—¿Estás bien? —me preguntó.

—Claro —le dije, y me quedé bajo la luz.

—Me olvidé de decirte que el timbre no funciona —comentó con una mirada extraña—. Y dejé la puerta abierta, pensando que la empujarías.

Asentí.

—Es lo que he hecho.

—Lo suponía.

Tenía un aspecto distinto. Cierta dureza en la cara. Bajo aquella luz tan cruda era imposible ignorar las marcas de su cuerpo, la cicatriz que iba del cuello a la clavícula, claramente causada por algo nítido y cortante. En la piel del hombro había la marca de una herida que parecía de bala, aunque reconozco que yo no había visto nunca ninguna. ¿Quién era ese tipo? ¿Por qué le había revelado tantas cosas mías a ese desconocido?

Inconscientemente di un paso atrás para apartarme, pero él se adelantó, puso una mano en mi muñeca con suavidad y me cogió el brazo.

—No pasa nada —dijo, como si hubiera captado la incertidumbre en mis ojos—. Cuando trabajo dejo volar la cabeza y viajo a lugares extraños.

Yo asentí. Le entendía, claro. Acerqué la mano a la cicatriz que tenía en el cuello y él parpadeó un poco. Detuve la mano, mirándole a los ojos, y luego la acerqué un poco más hasta tocarle. Repasé con el dedo aquella línea blanca y lisa. Era como una gasa fina, más suave que el resto de su piel. Al tocarla, noté que se estremecía. Cerró los ojos. Puse la mano en la profunda cicatriz que tenía en el hombro; era como una pelota de goma debajo de la carne. A mi mente acudió una única idea. Dolor.

Me apreté contra él, sin importarme que estuviera empapado en sudor. No le pregunté el origen de aquellas cicatrices. En parte porque no estaba convencida de querer saberlo, y en parte porque intuía que él no estaba preparado para contármelo. Preguntar era como invadir, violar un pacto tácito según el cual él me contaría en su momento las cosas que yo necesitara saber. ¿Es posible confiar en alguien y a la vez ser cauto? Me abrazó, reteniéndome con fuerza, luego me soltó y empezó a quitarme la ropa, mientras me besaba en el cuello.

La intensidad de aquella luz blanca me detuvo un momento mientras él me desnudaba. No es que me resistiera. Ni que no tirara del botón de sus vaqueros y los deslizara por sus caderas con tanta ansiedad como él desabrochaba botones y cierres para llegar hasta mi piel. No había escondite posible bajo aquellos focos. Cada tara, cada defecto iba a ser revelado. Pero ¿acaso no nos morimos todos por vivir algo así, con la misma intensidad con que lo tememos? Mostrarnos exactamente como somos y que nos quieran de todas formas. Me tomó profunda y enérgicamente en el suelo sobre nuestra ropa amontonada. La cremallera de mi abrigo se me clavaba en la espalda. Fue como un terremoto.

Nos quedamos tumbados un rato en silencio, mirándonos. Las palabras nos parecían insuficientes, innecesarias. Desde la calle me llegaba el remoto rumor del tráfico, y en un cuartito contiguo al *loft*, que supuse era su oficina, se veía el parpadeo azul de un ordenador. Aunque estaba a su lado, empecé a tener sensación de frío. Observé su cara: cuando hacíamos el amor aparecieron la suavidad y la bondad que yo ya había detectado, y aquello me encantó.

—Oye —dijo cogiéndome la mano—. Tenemos cosas de qué hablar.

Odio cuando la gente dice eso. Nunca es buena señal.

—¿Como qué? —Me reí un poco a pesar del nerviosismo—. Espera, ya lo sé. Eres un mormón fundamentalista y quieres que yo sea tu tercera esposa espiritual.

—Uf, no.

—Trabajas para la CIA, te marchas a una misión súper secreta y no sabes cuándo nos volveremos a ver.

—Tampoco.

—¿De verdad eres un bailarín de cabaret?

—En serio, Ridley. —Se incorporó apoyado en un codo—. Acerca de tu problema. Te dije que conocía a alguien que podría ayudarte, ¿te acuerdas?

Asentí.

—Iba a decírtelo cuando entraste, pero...

—¿Te metí la lengua en la boca?

—Exacto —dijo con una leve carcajada.

Acercó la mano y me apartó un mechón de pelo de los ojos. Ya lo había hecho antes y fue una sensación muy agradable, como si ya hubiera intimidad entre nosotros. Desvié la mirada. Casi había conseguido olvidarme de todo aquel lío, y me preparé contra el miedo y la tristeza que regresaban de nuevo. Una marea de emociones me cubrió por completo, y al cabo de un segundo estaba empapada en pánico.

—Bueno... dime.

—Prefiero enseñártelo. Vistámonos y volvamos a mi piso.

13

THE NEW JERSEY RECORD
HALLADO EL CADÁVER DE UNA MADRE JOVEN; SU HIJA HA DESAPARECIDO

Margaria Popick

27 DE OCTUBRE DE 1972, HACKETTSTOWN, NJ

Teresa Elizabeth Stone, de 25 años, ha sido hallada muerta hoy en su pequeño apartamento en el complejo Oak Groves de la Avenida Jefferson. La policía se presentó cuando los vecinos informaron que la televisión llevaba más de 24 horas a todo volumen. No era el comportamiento usual de la joven y trabajadora madre soltera, que mantenía a su hija Jessie de 18 meses con su puesto de recepcionista en una oficina de la propiedad inmobiliaria de Manhattan. Jessie ha desaparecido.

El cadáver de la señorita Stone, golpeada brutalmente hasta morir, fue descubierto en el suelo de su cocina. La entrada no parecía forzada y los vecinos declararon que su novio, el padre de Jessie, la maltrataba. Desde principios de año la policía había acudido al domicilio en varias ocasiones por peleas domésticas. La señorita Stone consiguió una orden de alejamiento contra su novio el mes pasado.

Según la descripción de los vecinos, la señorita Stone era una madre cariñosa, discreta y trabajadora. Su vecina, Maria Cacciatore, que se ocupaba a menudo de Jessie mientras la señorita Stone estaba trabajando, declaró: «Estamos destrozados. Nunca pensé que pudiera pasar algo así. Ella quería con locura a esa niñita. Con locura».

La policía busca al novio de la señorita Stone, Christian
Luna, y suponen que Jessie está con él. Se le considera extremadamente peligroso, y conminan a cualquiera que lo vea a ponerse en contacto con ellos inmediatamente.

—¿Cómo lo has encontrado? —dije, mirando la fotocopia que
tenía delante.

El artículo iba acompañado de una foto, la misma del recorte
que había recibido por correo. Tenía náuseas, estaba algo mareada
y con la garganta seca.

—Mi amigo, el detective, reconoció el tipo de letra del segundo
artículo, consultó los archivos del periódico por Internet y lo loca-
lizó.

—¿Cómo es posible? —le interrumpí y me fijé en el artículo—.
Es un Times New Roman, igual que el de miles de periódicos.

—Eh —dijo con dulzura—. No puedes quejarte del resultado.
Le costó un par de horas, pero aquí está.

—Sencillamente, me parece demasiado fácil —dije con un matiz de duda y rabia en la voz, como si no creyera lo que veían mis
ojos.

Quizá se pregunten por qué fui tan beligerante. Y es una buena
pregunta. Al fin y al cabo, ¿no le había pedido yo que hiciera lo que
había hecho? Pero de todas formas estaba furiosa y a la defensiva,
me sentía víctima de una intromisión. Estaba enfadada con él por
encontrar el artículo tan deprisa; quizás esperaba que no fuera capaz de averiguar nada. Recordé todas aquellas listas en LexisNexis,
y que no me había sentido con fuerzas para revisarlas. Quizá con un
poco más de esfuerzo yo también lo habría encontrado.

Me acerqué a su ventana y contemplé la Primera Avenida, y Pe-
te's Spice en la acera de enfrente, la pastelería italiana que no es Veniero's. Para mí eran los lugares más familiares del mundo, pero me
sentía como en otro planeta, uno frío y distante. Matones con pa-
ñuelos anudados a la cabeza y vaqueros viejos haraganeaban en
unos escalones, y me recordaron a los del edificio de mi hermano.
Mi mente vagaba y pensé en Ruby, la chica que había conocido.

—¿Qué significa? —dije finalmente. Él se había acomodado en el sofá, esperando con paciencia que yo decidiera cómo me sentía.

—No lo sé. Puede que nada.

Hubo un silencio y luego dijo:

—Hay más.

Me di la vuelta para mirarle, luego fui hacia la mesa y me senté también, abrazándome fuerte la cintura con los brazos e inclinándome hacia delante como si me doliera el vientre. Ojalá me doliera. En ese momento deseaba doblarme y desmayarme para evitarme todo aquello.

—Mi amigo tiene un contacto en el Departamento de Policía de Hackettstown y le llamó. El caso nunca se aclaró. Nunca encontraron a Christian Luna, ni fue interrogado, ni fue acusado. Ni nunca encontraron a la niñita, a Jessie.

—¿Cómo se llama? —le pregunté.

—¿Quién?

—Ese amigo tuyo que te hizo ese favor.

Dudó sólo una milésima de segundo.

—Harley. Un amigo de la infancia. Me debe unos favores. Hace unos años le ayudé mucho.

—¿Es detective? ¿De la policía?

—No, es un detective privado.

Asentí. ¿Por qué le daba importancia a ese detalle? No lo sé. Quizá quería dar un rodeo y encontrar una razón que desautorizara al amigo de Jake para hurgar en todo aquello, crear una sombra de duda acerca de la veracidad de la información. No funcionó. No puedes negar algo claro como el agua y delante de tus narices. Bueno, sí que puedes, pero quedas como una idiota.

Volví a examinar los papeles de la mesa. La copia del artículo me observaba. En la foto, la mujer y su hija estaban tan movidas que parecían fantasmas. Al lado estaba el recorte de prensa amarillento que recibí por correo. Alguien había conservado aquel pedazo de papel durante más de 30 años. Hacía unos días decidió desprenderse de él y enviármelo. Me concentré en eso, imaginando qué podría impulsarme a desprenderme de algo a lo que me hubiera aferrado durante treinta años. La única motivación posible sería recuperar lo que aquel preciado recuerdo representaba, y que había perdido. ¿Por qué otro motivo nos aferramos a los objetos, a las fotos viejas, a las joyas que ya no brillan, a las cartas amarillentas? Son amuletos, como pequeñas piezas de magia. Cuando las tocamos, recuperamos por un segundo lo que el tiempo marchitó o borró.

Jake consultó las notas de su libretita negra y dijo:

—Christian Luna nació en el Bronx en 1941. Fue al instituto en Yonkers, se graduó en 1960 y se enroló en el ejército. Se licenció con honores 18 meses después. No se conocen los detalles. Se trasladó a Hackettstown, Nueva Jersey, en 1962, donde trabajó en varias fábricas. Nunca se casó. Tuvo una hija: Jessie Amelia Stone. Le arrestaron en 1968 por conducir drogado y le condenaron a 300 horas de trabajos comunitarios. En 1970 le detuvieron tres veces por violencia doméstica. Nunca le condenaron. En septiembre de 1972, Teresa Stone consiguió una orden de alejamiento contra él. Y eso es todo. Cuando ella fue asesinada, él desapareció de la faz de la Tierra. El permiso de conducir le caducó en 1974; nunca fue renovado. No aparece en las listas de electores, ni en las listas de la oficina de empleo, ningún arresto posterior. No da el perfil de alguien lo suficientemente hábil como para cambiar su identidad, de modo que o se fue del país, probablemente a Canadá o a México, ya que no consta que tenga pasaporte, o está muerto en alguna parte y nunca le encontrarán.

—¿Y qué tiene que ver todo esto? —pregunté de forma ridícula.

Seguía furiosa pero aguantaba el tipo. Jake se encogió de hombros con una media sonrisa paciente, o ignorante o muy consciente de mi mal humor.

Se levantó y se acercó a la mesa. Arrastró una silla y se sentó a horcajadas delante de mí:

—Oye, o bien quieres seguir con esto, o no. ¿No me pediste que lo averiguara por ti?

Yo asentí, y detrás de mi ojo izquierdo hizo su aparición un ligero dolor de cabeza. Jake me puso una mano en el brazo.

—¿Sigues convencida de querer averiguar qué sentido tiene todo esto? —señaló con la cabeza los papeles que había en la mesa—. Porque si no quieres, podemos hacer algo para protegerte y acabar con el acoso, en lugar de buscar la causa que hay detrás. Tú eliges, Ridley. Es tu vida, te corresponde a ti decir si quieres arriesgarte a ponerla patas arriba. Creo que aún estás a tiempo de olvidar lo que ha pasado.

Estuvo tranquilo y ecuánime, pero había un brillo en sus ojos. Me estaba ofreciendo la última oportunidad de mantener intactas mis ilusiones y creo que confiaba que escogiera la negación; por mi bien, aunque no fuese lo que él quería. ¿Quién dijo que una vez que la mente detecta la luz, ya no puede volver a la oscuridad?

—Quiero saber qué está pasando. Quiero saberlo.

—De acuerdo —dijo despacio y con una mirada dura.

Cuando me soltó, me di cuenta de que la presión de su brazo había aumentado de intensidad.

—Si queremos averiguar quién puede haberte enviado las notas y la fotografía, hay que repasar lo que tenemos. Tenemos este artículo. Tenemos este nombre, Christian Luna.

—Y tenemos este número —y cogí la nota.

De nuevo el silencio y la inescrutable cara de Jake.

—¿Crees que es él? —pregunté—. ¿Crees que Christian Luna está detrás de esto?

Jake se encogió de hombros.

—Bueno, en este momento sería suponer demasiado.

—Pero ¿crees que es posible?

—Parece razonablemente sospechoso. Pero hay muchos interrogantes.

—¿Cuáles?

—En primer lugar: ¿dónde ha estado los últimos treinta años? ¿Y que pasó con Jessie? Si Christian Luna mató a Teresa Stone, y no estoy diciendo que lo hiciera, ¿no debería saber qué pasó con la niña? Pero si él *no* mató a Teresa y no secuestró a Jessie... ¿quién fue?

—¿Y qué hay del teléfono? ¿No hay una especie de directorio con los números, o algo así?

Jake asintió!

—*Hay* un archivo. Ya introduje el número.

Fue hasta el ordenador y le dio al ratón. La pantalla negra se iluminó y Jake entró en una página web llamada net-cop.com. Introdujo el número en una de las carpetas. Aparecieron un nombre, una dirección y un plano. *Amelia Mira, 60611/2 Broadway, Bronx, Nueva York.*

—Quienquiera que sea el que te esté haciendo esto, no es un profesional —dijo Jake—, ni sabe de ordenadores; si no, no hubiéramos podido encontrarlo tan fácilmente.

—¿El segundo nombre de Jessie no era Amelia? —pregunté.

Jake sonrió.

—Eres bastante rápida. ¿Seguro que no lo habías hecho nunca?

—Sí, soy Ridley Jones, escritora de día, detective de noche —dije muy seria. No estaba de humor para bromas—. Vale, ¿quién es ella?

—No lo sé. No he sido capaz de conseguir ninguna información sobre ella.

Suspiré, me levanté y paseé por la habitación, arriba y abajo. Miré a Jake y volví a ver aquellas manos, grandes y cuadradas, y aquella masa muscular presionando los puños de su camisa. Había otra cosa que me molestaba.

—Jake, no entiendo de dónde has sacado toda esta información, ni por qué sabes tanto de este asunto.

—Ya te lo he explicado.

—Sí, pero parece que estés muy *acostumbrado* a hacerlo, como si ya lo hubieras hecho antes.

Sonrió:

—En el fondo siempre quise ser detective y conozco a muchos policías. Si pasas mucho tiempo con esos tipos, se te pega. —Se encogió de hombros y señaló sus notas—: Aparte de que no he sido yo. Mi amigo consiguió la información para ti.

Una nota discordante sonaba a lo lejos, una que yo no quería oír. Su bondad y su ternura me llegaban al corazón, y esa parte íntima de mí confiaba en él lo suficiente como para entregarle mi cuerpo. Pero había algo en Jake, e incluso en su apartamento, que le daba un aire transitorio, como si fuera capaz de alejarse de todo lo que había en la habitación, incluida yo, sin volver a mirar atrás. Busqué por el apartamento algún objeto que transmitiera solidez, algo que le hiciera parecer más real, más permanente. Una fotografía, una agenda, algo que le atara a aquel espacio. Pero el espacio estaba desnudo, no había ninguno de los trastos que convierten una casa en tu hogar.

Recordé que me había dicho: *Hay cosas sobre mí que deberías saber.* Lo dijo la noche anterior; yo le hice callar y luego estuvimos follando hasta que lo olvidamos. El sexo alejó nuestro pasado y el presente. A mi cuerpo, presa de la lujuria o de lo que fuera, no le preocupaba el futuro. Y otra vez, ese mismo día, había vuelto a permitir que el deseo venciera todos los interrogantes.

—Ridley. —Fue como una descarga que me devolvió al presente.

Me puso las manos sobre los hombros y me miró a los ojos. Allí estaba eso que me hacía confiar en él. Me rodeó con sus brazos y me besó en lo alto de la frente. Su aroma desató una reacción química en mi cerebro. Los japoneses creen en un quinto sabor llamado *umami.* Determinados ingredientes lo estimulan y provocan un deseo intenso, que te obliga a seguir comiendo aunque ya estés satisfecho. Yo estaba experimentando la equivalencia emocional de aquel fenómeno. No le pregunté qué había significado para él la noche anterior.

—¿Y ...ahora qué? —dije.

Me aparté y me hundí en su sillón, que era tan poco confortable como el granito.

—Bien, tal como yo lo veo tienes dos posibilidades: llamar al número que tienes y ver quién contesta, mirar qué pasa y decidir cómo actuar en función de eso. O yo puedo ir hasta el Bronx y buscar esa dirección. A ver qué puedo averiguar. Si telefoneas tú, estarías en desventaja. Sería evidente que te han localizado y que estás asustada o intrigada, o lo que sea. Tendrían una baza a su favor.

En aquel momento mi cerebro se quedó paralizado. Para mí era como escoger el método para suicidarte. ¿Te tiras del puente de Brooklyn o te disparas a la cabeza? ¿Te cortas las venas en la bañera o te tomas un tubo de somníferos? Cada método tenía sus pros y sus contras, pero en todos los casos, al final estabas muerta.

—¿Por qué tú? —dije pasado un minuto. De pronto estaba tan exhausta que el mero hecho de hacer la pregunta ya era un esfuerzo.

Se encogió de hombros.

—¿Por qué no yo?

—¿Tienes alguna experiencia en este tipo de cosas?

Negó con la cabeza.

—¿Y tú?

Apoyé la espalda y le observé un momento, luego me tapé los ojos con el antebrazo. Era mi postura «¡ay de mí!».

Me puse de pie de pronto:

—Olvídate. Sencillamente olvídalo todo.

Le dejé allí sentado y me fui dando un portazo.

14

Sé lo que están pensando: *¡Menuda cría!* Allí estaba aquel hombre maravilloso que se olvidaba de sus problemas para ayudarme aunque apenas nos conocíamos, y que estaba dispuesto a ir al Bronx (¡al Bronx!) para intentar averiguar qué me estaba pasando. Se *preocupaba* por mí, podía *sentir* que se preocupaba por mí de una forma muy sincera y peculiar. Así que, naturalmente, me comporté como una mocosa y me largué de su apartamento. Mi comportamiento no hubiera sorprendido a quienes me conocían, si no pregúntenle a Zack. Lo único que puedo decir es que estaba asustada y confusa y que sufría una especie de desastre absoluto, que reaccionaba buscando una vía de escape. «¡Vete!, ¡Vete!» me ordenó el cerebro (¿o fue el corazón?), y yo obedecí.

¿A cuántas personas conocen que se preocupen realmente por uno? No me refiero sólo a la gente con la que sales a divertirte, ni a la gente que amas y en quien confías. Sino a aquellos que son felices cuando tú lo eres, y desgraciados cuando sufres o pasas una mala temporada, personas que se olvidan de sus problemas durante un tiempo para ayudarte a ti. No son muchas. Yo notaba eso en Jake y no sabía cómo reaccionar. Porque, saben, hay otro aspecto de la cuestión. Cuando alguien invierte en tu bienestar, como tus padres por ejemplo, en cierta forma pasas a ser responsable de ellos. Cuando haces algo que te perjudica, a ellos también les duele; y en ese sentido, yo ya me sentía responsable de demasiada gente. Uno no es realmente libre cuando la gente se preocupa por ti, no si tú te preocupas por ellos.

Me estaba peleando con la cerradura de mi piso y oí a Jake bajar las escaleras. Se sentó en un escalón y me miró a través de los balaustres de la barandilla.

—Eh. —Su voz tenía el matiz de una sonrisa, como si yo le hiciera gracia—. Tómatelo con calma.

Apoyé la cabeza en la puerta y sonreí para mí misma.

—¿Quieres acompañarme a un sitio? —le pregunté.

—Claro.

Mucho antes de casarme con Nueva York, viví un apasionando romance con esta ciudad. No recuerdo haber deseado vivir en otro sitio *nunca*. Los edificios resplandecientes, el ruido del tráfico y los fascinantes *manhattanitas*, todo eso significaba *ser adulto* para mí. Desde siempre me imaginé a mí misma paseando por esas calles, arropada por el éxito e insoportablemente guay. El apartamento de mi tío Max era la personificación de todo lo que me encantaba de Nueva York, de todo lo que siempre soñé de esta ciudad. Era el ático de un rascacielos que se había construido en la zona alta de la Quinta Avenida. Diseño elegante, porteros discretamente uniformados, suelos de mármol, ascensores con espejos, vestíbulos con alfombras de lana. Naturalmente, en aquella época no tenía idea de lo que un sitio así podía costar. Me imaginaba que en Manhattan *todo el mundo* tenía un apartamento inmenso con vistas panorámicas sobre la ciudad.

Empujé la puerta de entrada y me recibió Dutch, el portero, con una solemne inclinación de cabeza. Hizo ademán de apretar el botón del ascensor por mí, pero yo levanté la mano con cordialidad y le dediqué una sonrisa. Me miró por encima de sus gafas bifocales, con aquellos inexpresivos ojos grises de policía retirado. Fríos, ecuánimes, atentos a todo.

—Buenas tardes, señorita Jones. ¿Tiene usted su llave? —observó a Jake de arriba abajo.

—Sí, Dutch. Gracias. —Al contestar, mi voz rebotó en el suelo de mármol blanco y en la bóveda del techo.

—Su padre ha venido antes —y volvió a mirar el periódico que tenía encima del mostrador.

—¿Ah, sí?

En realidad no me sorprendió. Todos íbamos allí a menudo por distintos motivos. Visitábamos el apartamento de Max como otras personas visitan una tumba, para sentirnos cerca de él. Quiso que se esparcieran sus cenizas desde el puente de Brooklyn, y eso hicimos, y en cuanto vimos que todo lo que nos quedaba de él flotaba en el aire y luego caía al agua, todos lo sentimos. Fue como si le devolviéramos, sin quedarnos nada para nosotros. Pero duró sólo un segundo. Uno no puede aferrarse a nada ni a nadie, ¿saben? Todo se pierde, salvo lo que conservamos en nuestro interior.

El abogado de mi padre no dejaba de repetir el enorme valor que tenía el apartamento de Max, lo carísimo que era simplemente mantenerlo. Pero casi dos años después de la muerte de Max, seguía tal como lo dejó.

—Unos dígitos muy bien escogidos —dijo Jake cuando introduje el código y entramos. Eran las letras de la palabra *love* [amor] en un teclado numérico: 5-6-8-3; era el código que Max usaba para casi todo, en cualquier caso para todo a lo que yo tenía acceso.

Al entrar, topabas con una visión panorámica de la ciudad. Estábamos en el piso 45, al oeste de la Primera Avenida. La vista llegaba hasta Nueva Jersey. De noche, la ciudad era un manto de estrellas.

—¿Dónde estamos? —preguntó Jake.

—En casa de mi tío Max —le contesté, y le di al interruptor de la luz que iluminaba las obras de arte y las estanterías.

—¿Por qué estamos aquí?

Encogí los hombros.

—No lo sé.

Fui al despacho de Max, y Jake me siguió mientras contemplaba la galería de fotos de las paredes. Fotos mías, de Ace, de mamá y papá, de mis abuelos. Yo ya casi ni las veía, fui al escritorio y abrí uno de los cajones. Los documentos que sabía que se guardaban allí no estaban. Abrí rápidamente un par de cajones más, y también estaban vacíos. Di la vuelta a la silla y observé una larga hilera de cajones bajos, de roble, debajo de altísimas filas de estantes atiborrados de libros, y de algunos objetos procedentes de África y Oriente que mi tío había comprado en sus viajes; y más fotos nuestras. Desde donde estaba sentada vi que uno de los cajones estaba entreabierto. Me acerqué y lo abrí despacio. Vacío. Uno por uno, comprobé el resto de los cajones y los encontré todos vacíos.

Me dejé caer en un sólido sofá de ante marrón. ¿Dónde estaban las carpetas?

—¿Pasa algo? —dijo Jake, al sentarse a mi lado.

—Han desaparecido todos sus documentos.

Frunció el ceño:

—¿Desde cuándo?

Sacudí la cabeza. No lo sabía. Siempre que había ido allí, antes y después de su muerte, nunca necesité examinar sus archivos. Iba simplemente a tumbarme en su sofá, a oler la ropa que colgaba de su armario, a ver fotografías nuestras, de todos juntos. Lo mismo que hacían mi padre y mi madre. Igual que hacía Esme. Se rumoreaba que una vez Esme y Max tuvieron una tórrida relación.

—Al final lo acepté —me contó ella una vez—. No puedes sacar sangre de una piedra. Puedes intentarlo, pero la única que acaba sangrando eres tú.

Ella no sabía que yo sabía que hablaba de Max.

—Hubiera hecho cualquier cosa por ese hombre —dijo. Me lo contó cuando le pregunté si se había enamorado alguna vez, aparte del padre de Zack, un abogado que murió joven de un ataque al corazón cuando Zack tenía 9 años.

—Una vez —me dijo—, hace mucho tiempo.

Mi madre decía que Esme se habría casado con Max.

—Pero tu tío no era capaz de amar a nadie hasta ese punto. No de una forma auténtica. Estaba demasiado... —se detuvo, buscando la palabra justa—. Dolido —dijo finalmente—. Y era lo suficientemente listo para saberlo. A ella le partió el corazón, pero luego conoció a Russ y se casó con él. Tuvieron a Zack. Fue lo mejor para todos. O lo habría sido, si él no hubiera muerto tan joven, una tragedia. Pobre Esme.

Pobre Esme. Pobre Zack. Yo y mi tío Max, dos rompecorazones.

—¿Los habrá cogido tu padre? —preguntó Jake. Sus palabras tardaron un segundo en llegar a mi cerebro. Estaba absorta pensando en Esme y Max.

Le miré.

—¿Los archivos? ¿Por qué?

—El portero ha dicho que había venido antes. ¿No hablaste con él esta tarde?

Lo pensé un segundo. ¿Tuve aquella conversación con mi padre y luego él vino aquí y confiscó todos los documentos de Max? No. Era más lógico que yo le hiciera pensar en Max y viniera sencillamente a sentarse entre sus cosas, simplemente una visita. Además había cajones y cajones de documentos, habría necesitado muchas cajas y una carretilla. Se lo dije a Jake.

—Entonces probablemente su abogado se lo llevó todo.

—Sí —dije, y pensé que seguramente era eso—. Claro.

—¿En qué estabas pensando en este momento? —dijo poniéndome el brazo sobre los hombros.

—Sencillamente pensaba en Max. Me habría gustado que le conocieras.

En aquel momento, una especie de parpadeo cruzó su cara y luego desapareció. Deseé no haberlo visto. Era demasiado revelador. Pero un segundo después lo arregló.

—Sí —me besó la frente—. A mí también. —Y después añadió—: Debía quererte mucho, Ridley.

Le miré sonriendo.

—¿Por qué lo dices?

—Observa este sitio. Es como tu santuario.

—*Mío* no —dije con una leve carcajada—. Nuestro, de la familia.

—Sí, claro. Hay fotos de todos. Pero claramente tú eres el centro.

—No —dije.

Observé la foto del escritorio. Era yo, a los tres o cuatro años, sobre sus hombros; mis brazos le rodeaban la frente, mientras echaba la cabeza hacia atrás, de puro placer. Me levanté y fui al vestíbulo a mirar la galería de fotos. Había paseado por aquel vestíbulo tantas veces, mirando aquellas fotos de toda mi vida. Y dejé de verlas, de mirarlas. Eran unas copias preciosas, algunas en blanco y negro, otras en color, todas con un acabado mate y profesional; en-

marcadas en madera gruesa, pintada de plata u oro. Al mirarlas
ahora, veía prácticamente cada etapa de mi vida. De pequeña, en la
bañera, con mi mamá lavándome el pelo. Mi primer día en bicicle-
ta, en la playa, en la nieve, el baile del instituto, la graduación. Desde luego en muchas de ellas estaba rodeada de mi familia: Ace y yo
en las rodillas de Santa Claus, mi padre y yo dentro de unas tazas
de té en Disneyworld, todos juntos en una representación de la escuela. Pero Jake tenía razón. Yo no lo había visto nunca de ese
modo.

Vosotros teníais una conexión especial, había dicho mi padre.
Yo sabía que era cierto, por supuesto. Pero sencillamente lo daba
por sentado, como tantas otras cosas de mi vida. Sencillamente *era
así*.

—No me extraña que Ace estuviera celoso —dije en voz alta.

—¿Lo estaba? —preguntó Jake acercándose por detrás.

—Bueno —suspiré. Me fijé en una foto de Ace y yo bajando
juntos el tobogán de una piscina, él me rodeaba la cintura con las
manos. Me acordaba de que un segundo después que se hiciera la
foto, nuestras cabezas chocaron al entrar en el agua. Yo lloraba
cuando Ace me arrastró al borde de la piscina. «No pasa nada, Ridley. Perdona» me dijo; «no llores o nos harán salir». Pasados unos
segundos, el tío Max me sacó de la piscina. Mientras me llevaba
dentro, con el bañador, y los brazos y las piernas que chorreaban,
le empapé la camisa azul.

—No seas tan bruto cuando juegues con ella, colega —le dijo a
mi hermano, sin dureza, sin rabia—. Aún es pequeña.

Recuerdo a Ace colgado del borde de la piscina viéndonos
marchar. Intenté recordar su cara. ¿Estaba enfadado, triste, se sintió culpable? ¿Tuvo celos? No conseguía acordarme.

—De hecho, nunca hablamos de eso —le dije a Jake—. Pero
por lo visto mi padre así lo cree. —Volvía a dolerme la cabeza.

—¿Hasta qué punto crees que está celoso?

—No hasta el extremo de hacer algo así, si es lo que pretendes
insinuar —le dije sacando el artículo de mi bolsillo.

Lo desplegué y volví a mirar la foto. Los fantasmas de una mujer y una niñita me miraban fijamente.

Jake no contestó. Fue dando tumbos hacia la puerta. Noté que no estaba cómodo en casa de Max, que quería irse. No le pregunté por qué. Supuse que la opulencia del apartamento era intimidante. Como artista, Jake debía saber que el Miró que colgaba de una pared y el boceto de Dalí de otra, eran piezas originales. Zack me dijo una vez que cuando iba a casa de Max le parecía que visitaba un museo, que aparecería un vigilante y le diría que quitara los pies del sofá.

—Pero ¿lo suficientemente celoso como para encender la mecha y hacerte creer que hay algo más detrás de todo esto?

Le miré. ¿Por qué todo el mundo pensaba siempre lo peor de Ace? Que fuera un adicto no le convertía en un psicópata y un mentiroso. ¿O sí? Jake levantó las manos. Supongo que como reacción a la expresión de mi cara.

—Sólo era una pregunta —dijo.

Y era una pregunta lícita. Si yo no estuviera tan a la defensiva con respecto a mi hermano, quizá por los años que me pasé defendiéndole delante de Zack, lo habría reconocido. Pero en aquel momento sólo me provocó un deseo de distanciarme un poco de Jake. A nadie le gusta la gente que dice una verdad que no estás dispuesta a analizar.

Al salir, le pregunté a Dutch si mi padre se había llevado algo, si le había ayudado a llevarse alguna caja. Dutch dijo que no, que mi padre sólo se quedó un rato y luego se marchó, sin nada.

—¿Por qué? ¿Falta algo? —preguntó ceñudo.

En realidad, no. Solamente una niña pequeña llamada Jessie. Sonreí y dije que no con la cabeza.

En el tren y durante el camino hasta nuestro edificio estuve callada, y si a Jake le importó, no lo demostró.

Había tomado una decisión. Toda aquella situación me había zarandeado como a un esquife en una tormenta y ya estaba harta. Todo lo que había conseguido hasta ese momento era información que me habían dado otras personas. Un estrafalario fanático por correo, mis padres, mi hermano, incluso Jake. Todos me daban su versión de la verdad, y todas eran distintas. La única forma de darle sentido a lo que estaba pasando era averiguar *por mí misma* la verdad. Así que decidí que ya era hora de ir al Bronx. Se lo dije a Jake. No le pareció una buena idea y trató de expresarlo educadamente.

—Se te ocurrió a ti —le recordé frente a la puerta de su apartamento.

—Sí, pero la idea era que fuera *yo*. No tú. No los dos. Yo.

—No es un problema tuyo. ¿Por qué te tomas tantas molestias por este asunto?

Se dio la vuelta, se me quedó mirando y me puso las manos sobre los hombros. Vi tanta pasión en su cara que creí que me derretía, literalmente.

—No me preocupa todo esto. Me preocupas *tú*. Y mucho. Más de lo que debería a estas alturas, supongo. —Hizo una pausa, suspiró y bajó los ojos al suelo. Se puso colorado—. Pero no puedo dejar que hagas algo que me parece peligroso, sin al menos decir lo que pienso. Por Dios, Ridley, hay alguien que te vigila. ¿Lo has olvidado? Ha estado en la pizzería, en el edificio.

—De acuerdo. No estoy segura ni siquiera aquí en mi casa. Así que, ¿qué diferencia hay si voy al Bronx o no? Puedes venir conmigo.

¿Mi lógica les parece un poco endeble? Supongo que lo era. Pero no tenía mucha experiencia en ese tipo de cosas. Sencillamente me consumía un repentino deseo de saber qué me estaba pasando, de averiguarlo yo misma, sin que me lo dijeran, o me mintieran, o me manipulara gente con intenciones ocultas que podía o no ajustarse a la verdad. Le dije todo eso.

—Ridley, sé razonable.

Aquello me molestó. No me gustaba que me trataran como a una niña. *¿Sé razonable?* ¿Sólo porque no estaba de acuerdo con él yo no era razonable y él sí? Qué típico.

—No, jódete. No seas condescendiente —dije. Estaba enfadada, muy enfadada.

—De acuerdo —dijo, y suspiró.

Entró en su apartamento, le seguí y cerré la puerta. Él se quitó la chaqueta de piel y la tiró al sofá. Yo intentaba no ver que la camisa negra que llevaba le resaltaba toda la musculatura del torso. Se sentó.

—Pues ve por tu cuenta —dijo mirándome—. Yo voy solo o simplemente no voy.

Era un farol.

—¿Así estamos? ¿Y eso qué quiere decir?

—No te pondré conscientemente en una situación que creo que puede ser peligrosa para ti. Si tú quieres correr ese riesgo, allá tú. Pero no cuentes conmigo.

Cuando un hombre pretende *controlarte*, ¿no es lo mismo que cuando pretende *protegerte*?

Tensó la mandíbula y noté que le vibraba un músculo. *Era* un farol. Estaba segura. De hecho no quería ir sola, por cierto.

—Estupendo. Bien. Ya nos veremos. —Lo mío sí que era un farol.

Pero no se movió, simplemente siguió mirándome como si esperara que recuperara el sentido común. Así que me fui del apartamento dando un portazo. Bajé las escaleras, esperando todo el trayecto que viniera detrás de mí, pero no lo hizo. Y llegué de nuevo a la calle. Giré a la izquierda hacia la calle Catorce y me fui en autobús al West Side. Cogí el 1/9 hasta la calle 242, hasta el Bronx, por pura cabezonería. Me pasé todo el viaje, un recorrido largo de casi una hora de metro, preguntándome qué demonios haría cuando llegara allí.

La red de metro de la ciudad de Nueva York es algo casi mítico ¿no les parece? Seguramente todos tenemos una imagen en la cabeza de cómo es, lo hayamos cogido o no. Y seguramente no es una imagen bonita. Al cerrar los ojos, probablemente vemos esos viejos vagones rojos abriéndose camino bajo las calles de Manhattan, entre traqueteos y sacudidas. A ojos de nuestra imaginación están cubiertos de grafitos, con luces que parpadean y que se apagan por los rincones. En nuestra mente, seguramente son el territorio natural de todos los violadores, atracadores, homicidas, matones y asesinos en serie de los cinco distritos. Los neoyorquinos viejos, la gente que conozco y que creció en esos vagones, me han contado que hubo una época, en un pasado no muy lejano, en el que esa descripción era bastante exacta. Pero en mi Nueva York, el metro es sencillamente un medio de transporte más, y en la mayoría de casos, probablemente el más rápido. Los vagones nuevos son resistentes a los grafitos y se revisan con regularidad. Lo más ofensivo que tienen es la poco afortunada mezcla de colores beige y naranja por todas partes. Entre los vagabundos, las aglomeraciones de las horas punta, los peculiares y a menudo inexplicables retrasos, y el hecho de que en las estaciones no hay aire acondicionado (lo que en verano las convierte en la antesala del infierno), el metro es probablemente uno de los lugares más desagradables del planeta. Pero yo nunca he tenido sensación de inseguridad allí.

Casi siempre puedes confiar en estar rodeada por una multitud, a cualquier hora. Pero cuando el tren local 1/9 pasó la calle Noventa y seis y siguió subiendo hacia el Bronx, en mi vagón apenas había nadie. Un chaval con el uniforme de una escuela privada cargado con un voluminoso petate, escuchaba su *walkman* balanceándose al son de un ritmo que se oía por encima del estruendo del tren. Una anciana con un viejo abrigo de lana azul marino y una blusa floreada, leía una novela romántica. Un tipo calvo (se había afeitado el pelo, no se le había caído) con una chaqueta de cuero y unos vaqueros desgastados, dormitaba con la cabeza hacia atrás y la boca abierta. Al llegar a la calle 116 yo también estaba medio adormilada; no dormía, soñaba despierta, cosas de mi tío Max que merodeaban alrededor de mi conciencia.

A pesar de su jovialidad, mi tío Max se movía en los círculos del poder de Nueva York, era un personaje importante, en la mayoría de casos en un sentido que no te impresiona cuando eres crío. A los doce años no te impresiona mucho que tu tío juegue al golf con congresistas y senadores, ni ver su foto en revistas como *Forbes,* codo a codo con Donald Trump y Arthur Zeckendorf. Quizá si hubiera estado detrás del escenario, con Bono o Simon LeBon, me hubiera interesado. Pero la promoción de la propiedad inmobiliaria no es precisamente sexy, si entienden a lo que me refiero.

Más adelante, tras mi primer baile de la fundación, empecé a tener clara la clase de influencia que mi tío tenía, la clase de gente que conocía. Era uno de los principales contribuyentes en las campañas de gente como Al D'Amato, George Pataki y Rudolph Giuliani. Era un personaje que tenía contactos muy importantes. Debía ser parte de sus negocios. Has de saber cómo saltarte los trámites burocráticos y esquivar los impedimentos legales, o conocer de antemano que esos impedimentos van a cambiar. También había rumores de otros contactos más turbios. Y si lo piensan un momento, como importante promotor inmobiliario de la Costa Este, era imposible que hiciera negocios sin asociarse con la gente que controlaba la industria de la construcción. El hecho de que los intereses de los negocios de mi tío coincidieran con los intereses de gentes menos respetables, era algo que mantuve apartado de mi mente. Me refiero a que el abogado de mi tío era Alexander Harriman, un abogado famoso por tener una lista de clientes con mala fama. Pero yo nunca había pensado en eso seriamente. Hasta ahora.

Siempre pensé en él como *mi tío* Max, nunca como el hombre que era al margen de mi familia. Un poderoso hombre de negocios, rico, influyente, solitario, rodeado solamente de un tipo de mujeres que parecían, no sé, transitorias, sentimentalmente huecas, que hacían las cosas por hacerlas. En aquel momento me pregunté si serían acompañantes de pago. O sencillamente cazafortunas, mujeres que salían con él por los regalos que les hacía, por los sitios a los que las llevaba, por la gente que conocía y las influencias que tenía. *Tío Max*, dije por si podía oírme, *lo siento, pero tal vez nunca llegué a conocerte.* Es curioso que las personas más importantes de nuestra vida, la gente que más nos influye en la infancia y que más influye en el tipo de adulto en el que nos convertimos, nunca parecen *seres humanos,* con sus defectos y con su vida independiente de nosotros. Son como arquetipos, La Madre, El Padre, El Tío Bondadoso, como si sólo fueran los personajes de la película de nuestra vida. Cuando salen a la luz otras facetas de su personalidad y se descubren otros aspectos de sus vidas, nos escandaliza, como si de pronto se quitaran la piel de la cara y debajo hubiera otra. ¿A ustedes no les pasa? Bueno, quizá sólo me pasa a mí.

El tren frenó dando una sacudida, abrí los ojos y descubrí que estaba sola en el vagón, con el durmiente de la chaqueta de cuero y los vaqueros viejos. Sabía que después de la próxima parada, el tren saldría del túnel a las vías elevadas. Volví a cerrar los ojos. Luego pensé: ¿ese tipo no estaba en el otro extremo del vagón durante el viaje? Aquel pensamiento me provocó un agujero en el estómago y me secó la garganta. Abrí los ojos un milímetro y vi a aquel hombre completamente despierto que me miraba con una media sonrisa extraña. Se me aceleró la respiración e intenté que mi pecho no se moviera arriba y abajo. Descubrí que en el suelo, debajo de las piernas, tenía un estuche largo, como si guardara algún tipo de instrumento. Aquello me tranquilizó un poco. Siempre he tenido la teoría de que no hay que temer nada de la gente que carga con algo. Un homicida, un atracador, un violador, e incluso los asesinos en serie que escogen a sus víctimas al azar, no cargan con cosas en sus pérfidas misiones. Lo que quiero decir es que, si lo piensan, necesitan tener las dos manos libres. Incluso una mochila les estorbaría.

Pero esa sensación de tranquilidad se esfumó cuando vi que se sentaba un poco más cerca. De pronto, cuando salimos a la superficie, la luz invadió el vagón. Carraspeé, abrí los ojos y me incorporé en el asiento. Inmediatamente, él dejó caer la cabeza sobre el hombro y fingió dormir otra vez.

Me lo quedé mirando sin saber qué hacer. Sentía las piernas como llenas de arena y mi corazón daba pasos de aeróbic en mi pecho. Pero me esforcé por ponerme de pie y fui a la parte delantera del vagón. Abrí la puerta y pasé al vagón siguiente. Luego me di la vuelta y miré a través de los cristales al vagón de donde había venido. El hombre estaba sentado mirándome con la misma media sonrisa, pero me pareció ver en sus ojos la sombra de una amenaza. Me quedé mirándole fijamente, convencida de que mientras mantuviera los ojos abiertos, no se me acercaría. Pensé en Zelda, en lo que me había dicho —¡Dios mío!, ¿no fue sólo ayer?— sobre alguien que me buscaba, alguien que *no era bueno*. ¿Sería ése el hombre que había visto? ¿Me estaba siguiendo? No podía saberlo. Después de todo, esta ciudad no anda escasa de excéntricos y gente rara.

El tren se detuvo en la siguiente estación y seguíamos desafiándonos con la mirada. Pero cuando las puertas se abrieron, él se puso de pie de repente, cogió su estuche y salió del tren. Si entraba en mi vagón, yo estaba preparada para salir corriendo al andén y llegar hasta el primer vagón, donde sabía que encontraría al conductor. Me pareció que llevaba una hora allí de pie, esperando que me siguiera. Estaba completamente sola, no había nadie en ninguno de los vagones que veía desde allí, ni nadie en el andén. Pero entonces sonó una sirena y el conductor dijo a través del intercomunicador: «Apártense de las puertas». Las puertas se cerraron. Y se abrieron de golpe otra vez.

«Aparten las manos y las bolsas de las puertas», dijo el conductor por el altavoz, con un tono irritado.

Salí a mirar la plataforma, pero no vi al hombre, ni quieto, ni merodeando por allí. Volví al interior y examiné los demás vagones a través de las puertas interiores, pero allí tampoco le vi. Si había salido debería haberle visto en la plataforma. Sentí una descarga de adrenalina, me temblaban las manos. Otra vez la sirena y las puertas que se cerraban y volvían a abrirse en el último segundo. Empecé a subir por el interior del tren hasta el vagón del conductor. El silencio era tal que sólo se oía el ruido de las puertas que se abrían y se cerraban de golpe otra vez, a mis espaldas. Seguí mirando hacia atrás, esperando ver a mi perseguidor en cualquier momento.

«Apártese de las puertas, imbécil», gritó el conductor. Me detuve y miré al exterior a través de la ventana de mi vagón. Entonces le vi, de pie en la plataforma, como si hubiera salido de detrás de una columna. Al final, las puertas se cerraron y el tren se alejó lentamente de la estación. Sentí un alivio en todo el cuerpo y me dejé caer en uno de los asientos, apoyando la cabeza hacia atrás.

—Me estoy volviendo paranoica —dije en voz alta a la nada.

Luego abrí los ojos y le vi mirándome mientras el tren pasaba a su lado. Levantó la mano en señal de despedida: seguía con la misma sonrisa pintada en la cara. No le devolví el saludo.

Bajé en la última parada, temblando todavía, y salí al exterior. Aunque estaba oscuro, el reflejo de las farolas de la calle permitía ver que el parque Van Cortlandt era una explosión de color, metros de árboles teñidos de oro y naranja, el rojo intenso contra la hierba todavía verde del parterre que había a mi derecha. Un grupo de chicos jugaba con una pelota en las pistas cerca de la escalera, y mientras bajaba a la acera, los oí gritar y aplaudir. Riverdale está en el límite de las calles tranquilas del Bronx, y aquella noche tenía un aspecto seguro e idílico.

Al final de los escalones había un Firebird del 69, parado en la calle. El motor rugía y retumbaba, como un perro que enseña los dientes en señal de poder. Jake estaba al volante y yo, aliviada, intenté no sonreír, mantuve los ojos bajos y pasé de largo.

—Eh —dijo cuando pasé a su lado—. Creía que era un farol.

Me acompañó con el coche, despacio, Broadway arriba, y los conductores que llevaba detrás tuvieron que adelantarle, tocando la bocina y gritando obscenidades.

—Venga, Ridley —dijo al cabo de unas manzanas—. Has ganado.

Era todo lo que necesitaba oír. Me senté a su lado y aceleró. El interior del coche era de color cereza, de cuero pulido y limpio y olía a Armor All. Había un aparato de música bajo el salpicadero; los botones y la palanca del cambio de marchas eran nuevos, de cromo bruñido. Exactamente la clase de coche que pensé que tendría. Duro, pero con detalles.

Me di cuenta de que nos habíamos pasado una manzana de la dirección de Amelia Mira que él había encontrado; dio un giro y se paró donde pudiéramos ver la hilera de casas desde el coche. Después de aparcar debajo de las viejas y anchas ramas de los árboles, junto al parque, me dio una gorra azul de béisbol usada y unas gafas de sol para que me las pusiera. Las dos cosas me quedaban grandes.

—No querrás que alguien te reconozca —dijo—. Si no, no tendría sentido que hubieras venido.

Yo aún no había dicho ni una palabra y noté que aquello empezaba a afectarle. Nos quedamos sentados así unos minutos. Al final dijo:

—¡Por Dios! ¿Siempre eres tan tozuda?

—Sí. Realmente lo soy.

Le miré y luego sonreí. Me acercó la mano y yo la cogí.

—Ridley, en serio no pensé que vendrías aquí sola. No te hubiera dejado marchar de haberlo pensado.

—Lo siento —dije. Y lo sentía, porque ahora que le miraba veía que le había asustado. Su cara expresaba tranquilidad, pero en sus ojos había preocupación. Me sentí mal por haber actuado como una cría. Una vez más.

—¿Sabes qué, Jake? Simplemente me siento *manipulada*. Todo el mundo tiene una versión distinta de lo que está pasando y yo no sé qué pensar. No puedo hacer esto sola, pero necesito ver las cosas *por mí misma*. ¿Lo entiendes?

Hizo un gesto afirmativo.

—Sí que lo entiendo.

Vi algo en su cara, que desapareció antes de que pudiera identificarlo.

—¿Y ahora qué hacemos? —pregunté.

—Sentarnos a vigilar —dijo contemplando la escena que nos rodeaba.

Era una noche de otoño, fría, pero preciosa; los chicos seguían jugando a fútbol en el parque, la gente hacía *jogging*, paseaban al perro. Era raro estar vigilando en una noche así, en medio de esas personas que vivían su vida tranquilos y felices. Debería llover, unos cuantos truenos y destellos de relámpagos. El parque debería estar lleno de matones, de bandas dispuestas al ataque.

—¿Vigilar qué?

—Espero que lo sepamos en cuanto lo veamos —dijo encogiéndose de hombros.

Pensé lo que supondría eso, horas sentados en el coche. A veces hacer las cosas a tu modo no es tan gratificante como parece. Me sonrió como si leyera mis pensamientos. Mi estómago protestaba y necesitaba orinar.

Después de que Jake me llevara al Burger King por el que habíamos pasado antes, me comprara una hamburguesa y yo vaciara mi atormentada vejiga, aparcamos al otro lado de la calle, frente al número 6061½ observando a la gente que pasaba. Cuando empezaron a encenderse las luces, los interiores de las casas volvieron a la vida. Algunos se apagaron de nuevo mientras esperábamos. Pero en medio de todas, la 60611/2 seguía oscura y silenciosa.

No hablamos demasiado, pero el silencio nos resultaba cómodo. Cada media hora más o menos, Jake ponía en marcha el coche para encender la calefacción y caldear un poco el ambiente. Yo estaba un poco asustada y un poco tensa, sin saber qué buscábamos, ni qué haríamos cuando lo encontráramos. Pero no iba a darle la satisfacción de quejarme en voz alta. Después de un par de horas, fui al asiento de atrás, me tumbé sobre el vientre y espié por la ventana lateral, sólo por cambiar de postura. Ahora sólo veía la parte superior de la cabeza de Jake.

—¿Qué querías decir, Jake, cuando dijiste que había cosas de ti que debía saber?

No contestó enseguida y me pregunté si se habría dormido.

—No sé por dónde empezar.

Me di cuenta de que de todo lo que habíamos hablado los últimos días, el noventa por ciento era sobre mí. Sabía algo de su actividad artística. Dónde había vivido antes de mudarse al East Village, y poco más. Sentí la necesidad de verle la cara, pero algo en el ambiente, el hecho de que no se diera la vuelta para mirarme al contestar, me dijo que él lo prefería así. Pensé en las marcas de su cuerpo y sentí un titubeo interior. Aquel hombre, pese a la intimidad que habíamos compartido, para mí seguía siendo un extraño. Y siempre lo olvidaba, como si creyera que le conocía de forma distinta a como había conocido a las demás personas, como si mi forma de conocerle fuera más allá de su historia, directo a su corazón.

Me incorporé y deslicé las manos sobre el asiento, le rodeé el cuello y acerqué la cara. Sólo le veía el perfil, la sombra de la barba en la mandíbula, y sentí el olor de su piel mezclado con el del barniz del cuero del asiento. Levantó las manos y se agarró a mis brazos.

—Sencillamente empieza por el principio —le dije bajito al oído—. Cuéntamelo todo.

—Ojalá pudiera, de verdad.

Su voz tenía un matiz sombrío, casi de enfado. No pude preguntarle la razón, porque ambos vimos la figura de un hombre que subía por la acera. Habíamos visto mucha gente aquella noche, pero de algún modo supimos que aquél era el hombre que estábamos esperando.

Vimos que se movía deprisa, con los hombros caídos y una gorra de béisbol calada que le tapaba la cara. Las manos en los bolsillos de una fina chaqueta negra, que no podía protegerle del frío. No tenía nada que llamara la atención: estatura normal, entre 1,75 y 1,80, peso normal, unos 80 y pocos kilos. Pero cuando dio media vuelta y subió las escaleras del número 60611/2, ambos le seguimos con la mirada y olvidamos nuestra conversación.

Esperamos diez minutos más, el silencio era denso. La casa seguía a oscuras.

—¿Es él? ¿Es el hombre que me envió la carta? —Me imaginaba que la persona que había irrumpido en mi vida blandiendo las pesadas cadenas de un preso sería más alto, más temible.

—Podría ser.

—¿Qué hacemos ahora?

—Tú te quedas aquí vigilando la puerta de entrada. Yo voy a echar un vistazo por detrás.

Antes de que pudiera replicar, salió silenciosamente del coche y bajó la calle alejándose de la casa. Le vi por el retrovisor cruzar Broadway, acercarse a la casa desde el lado contrario, y desaparecer en el callejón. El corazón me latía tan aprisa que pensé que iba a tener un ataque de pánico. Esperé acompañada únicamente por el sonido de mi propia respiración durante lo que me pareció una hora, aunque puede que fueran diez minutos. No tenía reloj, ni forma de saberlo. Al final no pude aguantar más, salí del coche y seguí los pasos de Jake.

A mi derecha se oían los gemidos del parque en silencio, ya no quedaba nadie. Cuando crucé la calle, las farolas proyectaban una luz anaranjada. Pero en el lado oeste no había farolas. Entre la tienda de sanitarios y la primera hilera de casas había una zona de árboles. Era un tramo corto, espeluznante, el suelo estaba cubierto de hojas húmedas. La oscuridad y el silencio eran como aromas que manaban del parque.

Llegué al callejón por el que Jake había desaparecido y escudriñé aquella franja oscura. Vi un destello de luz al final y fui hacia allí. Pasé junto a contenedores malolientes y zonas de sombras amenazadoras, donde cualquiera podía esperar escondido. Mi rodilla chocó con fuerza y derribó uno de los cubos de basura, y la tapa metálica resonó al tocar el suelo. Un perro empezó a ladrar cerca de allí, provocándome una descarga de adrenalina en la sangre. Corrí hasta el final del callejón, que llegaba hasta —adivínenlo— otro callejón, paralelo a la parte trasera de la hilera de casas.

Algunas viviendas tenían luces en la parte de atrás, y por encima de mí se veía, a través de las ventanas, el reflejo de las luces interiores y de las pantallas de televisión. Oí los suaves acordes de «Money» de Pink Floyd. Alguien estaba asando carne o algo jugoso, y aquella sensación hizo que mi estómago protestara (sí, otra vez). Ahí atrás todo seguía oscuro, pero al menos alguien me oiría si gritaba.

Estaba casi segura de que la casa del centro, que estaba a oscuras, era el número 60611/2. Pero no vi a Jake. Conseguí seguir avanzando con un poco más de sigilo y sin chocar con nada. Vi una escalera metálica estrecha que conducía a un descansillo y subía por toda la parte de atrás de la casa. Creí ver una luz moverse en una de las ventanas de atrás. Trepé por la escalera y espié por la ventana.

El hombre de la calle estaba allí, sentado en el suelo, al lado de una de esas linternas de pila que se compran en Kmart. Apoyado en la pared, con las piernas extendidas y los tobillos cruzados. Se había quitado la gorra de béisbol, pero seguía con la chaqueta puesta. No podía verle la cara con claridad; no estaba segura de que fuera el hombre de la foto. Había muy poca luz y él estaba entre sombras. A su lado había un viejo teléfono de disco de color verde.

Comía despacio con un tenedor de plástico, una lata de raviolis de Chef Boyardee. Miraba la lata atentamente y parecía retener en la boca cada mordisco antes de tragárselo. Le veía el perfil de la boca, los extremos de los labios caídos. Tristeza, rabia, asco... era difícil saberlo. Pero me impresionó, era la viva imagen de la soledad. Quienquiera que fuese, pasara lo que pasara en aquella intersección donde nuestras vidas habían coincidido, su soledad era contagiosa y me afectaba. Los ojos se me llenaron de lágrimas. No sé por qué. Había fisgoneado en aquella ventana de desolación, y al hacerlo, de algún modo permití que lo que veía me llegara al corazón.

De pronto noté un abrazo cariñoso y una mano que me tapaba la boca. No me defendí porque intuí que era Jake, quizá por el perfume.

—¿Qué estás haciendo? ¿Estás loca? —me susurró al oído.

Me soltó y me cogió de la mano. Nos fuimos de allí juntos, de vuelta al coche.

—¿Por qué hemos hecho esto? —le dije al entrar en el Firebird.

—Porque yo quería saber con quién estamos tratando.

—¿Y con quién estamos tratando?

—¿Por lo que hemos visto? Con un tipo solitario sentado junto a un teléfono, en una casa vacía sin electricidad.

—¿Y eso qué quiere decir?

—Significa que puedo enfrentarme a cualquier tentativa de amenaza que se le ocurra.

La falta de expresión de mi cara debió dejar claro que no lo entendía.

—Mira —dijo con aire paciente, y puso una mano en mi hombro—. Me pediste que te ayudara a averiguar de qué iba todo esto, ¿verdad? Conseguí cierta información, algunos datos, y localicé la dirección a partir del número de teléfono. Antes de que llamaras, quería saber dónde nos metíamos, a quién llamaríamos exactamente.

—¿Y a quién llamaremos?

—Apostaría a que ese tipo es Christian Luna. ¿Qué quiere, por qué piensa que eres su hija, dónde ha estado todos estos años? No creo que lo sepamos sin hablar con él. Así que, lógicamente, ése es el siguiente paso.

—¿Llamar?

Me quedé quieta con el teléfono en la mano.

—Sólo si tú quieres, Ridley. Si no, me presento allí, hago que
ese tío se cague en los pantalones, y se largue. Te garantizo que no
volverás a oír hablar de él. Ese tío huye de algo. Está asustado y se
esconde de algo o de alguien, seguramente de la policía. Haré que
vuelva a esconderse en el agujero del que ha salido. Y tú finges que
esto no ha sucedido.

Pero ya era demasiado tarde y ambos lo sabíamos. Después de
quedarnos unos minutos sentados en la oscuridad, encendí el móvil y marqué el número. Me temblaban las manos y noté que me sudaba la frente, aunque dentro del coche hacía tanto frío que se veía
el vapor de la respiración. Descolgó a la primera. Tenía una voz
profunda y un ligero acento que no pude identificar. Dijo:

—¿Jessie?

Le imaginé allí en el suelo. Detecté una vulnerable mezcla de
profunda tristeza, mitigada por una leve esperanza.

—Soy Ridley —dije, y mi voz sonó vacilante, incluso para mí—.
Me llamo *Ridley*. —Sentía la necesidad de dejar eso claro, al menos.
Aferrarme a la única cosa que me permitía defender mi vida como
propia.

—Ridley —repitió—. Claro, Ridley.

—Me gustaría verle.

—Sí —dijo como una súplica.

*Dentro de una hora en los bancos de la entrada del parque Van
Cortland,* garabateó Jake en un trozo de papel. Yo se lo dije y él se
quedó callado. Pensé que quizá la cercanía del lugar de la cita le parecería sospechosa, pero aceptó al cabo de un segundo.

—¿Irás sola? —preguntó, y yo dije que sí, aunque no me gustaba mentir, ni siquiera a aquel desconocido que me estaba destro-
zando la vida.

—¿Cómo se llama usted? —pregunté.

—Soy tu padre —dijo después de otra pausa.

—¿Cómo se llama? —repetí.

—Nos veremos dentro de una hora —y colgó.

Colgué el teléfono y se lo pasé a Jake.

—¿Te ha dicho su nombre?

—No.

Jake se removió en el asiento.

—Supongo que yo tampoco lo hubiera dicho.

Le miré perpleja.

—¿Si yo fuera un fugitivo? Te digo mi nombre, tú avisas a la policía y tengo una brigada de coches esperándome. Los asesinatos no prescriben.

Me encogí de hombros.

—¿Por qué arriesgarse entonces?

—Tendrás que preguntárselo.

15

Esperamos a que saliera de la hilera de casas y le vimos dirigirse a la entrada del parque. Jake dijo que quería verle salir para estar seguro de que iba solo. Yo no sabía quién más esperaba que estuviera metido en aquello, pero no pregunté. Jake parecía extrañamente cómodo con aquella situación: esperar, vigilar, planear los movimientos, asegurarse de que no era peligroso, todo aquello. Para mí era una situación surrealista, lo suficientemente extraña como para que a ratos pensara que estaba soñando. De hecho un par de veces pensé que me despertaría.

Al cabo de unos minutos le seguimos con el Firebird. Iba otra vez agazapado, pero andaba deprisa. Volvió la vista atrás un par de veces, pero no creo que nos buscara.

—Parece tan solo. Solo y triste —dije.

Después de un extraño silencio, Jake dijo:

—No puedes saberlo sólo con mirarle. Sólo ves lo que quiere que veas.

Me pareció un comentario muy raro y me di la vuelta para mirar la cara de Jake. Pero él estaba absolutamente pendiente de la silueta oscura que teníamos delante, seguía a aquel hombre con la mirada de un pájaro de presa que vigila al ratón que corre allá abajo.

—Puedes saber muchas cosas por la postura de una persona cuando cree que nadie le mira —dije—. He visto su tristeza, la he detectado.

—No estoy de acuerdo. Yo creo que proyectamos lo que sentimos en las personas que vemos. Si no eres honrado, crees que todos carecen de honradez. Si eres bueno y miras la cara de alguien, sólo ves su aspecto bueno. Por los rasgos físicos puedes saber si alguien miente o si está nervioso, pero no creo que averigües demasiado de una persona con sólo mirarla.

Lo medité un segundo.

—¿Estás diciendo que yo estoy triste y sola?

Otra pausa. La penumbra que nos rodeaba era como una entidad física que me impedía conectar con sus ojos.

—¿Es que no lo estás?

Tenía el no preparado en la garganta y eché los hombros hacia atrás en un gesto de indignación. Pero antes de decir nada, me di cuenta de que tenía razón. Era exactamente como me sentía. Así me sentí un segundo después de recibir aquel sobre por correo. Y siendo realmente sincera conmigo misma, a un nivel más profundo, subconsciente, incluso antes de eso. No dije nada. Cuando nos acercamos a la entrada del parque, me sentí como entumecida. Jake se acercó en la oscuridad, me cogió la mano y la apretó con fuerza. Yo le devolví el apretón deseando que no me soltara nunca.

Condujo a través de la entrada, giró otra vez y aparcó el Firebird. Salimos. Esa vez me fijé bien en el coche. *Era* realmente nuevo y tremendamente resistente, un buen coche con un brillante barniz. No exactamente discreto.

—¿Te gusta? —me dijo al verme mirar el coche.

Sonreí.

—¿Sabes lo que dicen de los tipos a los que les gusta conducir coches potentes como éste?

—¿Qué? —Y se me acercó.

—Que es un mecanismo de defensa.

—Bueno —dijo y me atrajo hacia él—. Tú sabes que eso no es verdad.

Mis mejillas ardían.

—Supongo que sí.

Acercó sus labios a los míos y me besó; lenta y suavemente, encendiéndome por dentro. Se echó hacia atrás y me puso una mano en la cara. Su expresión pasó del juego a la seriedad.

—Todo irá bien —dijo.

—Sí —y asentí con un convencimiento que no tenía—. Ya lo sé.

—Tú no lo sabes —dijo bajito—, pero yo sí. Vamos.

Jake y yo entramos en el parque hasta un par de manzanas del lugar donde le había dicho a Christian Luna, o quien quiera que fuese, que nos encontraríamos. Jake se quedó entre los árboles, a unos 30 metros más o menos, y yo seguí andando hasta un banco donde había un hombre sentado. Al oír mis pasos en el asfalto se dio la vuelta sobresaltado, y luego se quedó de pie. Yo me detuve y él se acercó un poco.

—No se acerque más —le dije cuando estaba a un metro y medio de mí. Estaba asustada y quería que se mantuviera a distancia.

Era más viejo y parecía más bajo de lo que había imaginado, pero no había ninguna duda de que era el hombre de la foto. Tenía aquella mirada oscura e intensa, las cejas espesas, los labios carnosos. Nos observamos mutuamente, como si nos separara una lámina de cristal y no viéramos más que nuestro propio reflejo. Por un momento pensé que veía algo en él que no había visto nunca en nadie. La sombra de mis propios rasgos. No exactamente, no sé si hubiera puesto la mano en el fuego. Había algo alrededor de sus ojos o en el perfil de su mandíbula. Pensé que quizás eran imaginaciones mías. Quizá sólo veía lo que quería ver... o lo que más temía. Quizás era la intensidad del momento.

—Jessie —dijo.

Su voz era una mezcla de alivio, alegría y profundo dolor. Dio un paso hacia mí y yo di un paso atrás. Él levantó un poco los brazos como si quisiera abrazarme. Pero yo me envolví fuerte con los míos y me aparté aún más. De pronto le odié. Le odié porque se parecía a mí.

—¿La mató? —le pregunté con una voz franca, dura e implacable, que le zarandeó como una bofetada.

—¿Qué? —dijo en voz baja, como un susurro.

—A Teresa Elisabeth Stone. ¿La mató usted?

—Tu madre —dijo, y se sentó en el banco como si no le quedaran fuerzas para estar de pie—. No.

Escondió la cabeza entre las manos y empezó a sollozar. La intensidad y la profundidad de su sufrimiento eran realmente embarazosas. Me senté en el banco de al lado y esperé a que dejara de llorar. No era capaz de mirarle, ni de dejarme llevar y consolarle, pero el odio que había sentido durante unos segundos empezó a desvanecerse. Apoyé la espalda y observé unas pocas estrellas brillando en el cielo. Metí los dedos helados en los bolsillos de la chaqueta.

—¿Es usted Christian Luna? —le pregunté cuando dejó de sollozar.

—¿Cómo sabes todas estas cosas? —preguntó.

—Eso no importa.

¿Mi actitud les parece fría? Lo era. Dura. Fría. Más fría que el nitrógeno líquido. Con el tiempo lo he lamentado. Quizás él se merecía que fuera más compasiva, pero en aquel momento sencillamente no era capaz. Estaba destrozada por dentro. Por culpa de su cara.

—Oiga —dije después de un silencio, como si luchara buscando qué decir—. ¿Qué quiere de mí?

Vi la incredulidad y la decepción en sus ojos. Estaba segura de que aquel momento no se parecía en nada a lo que él había imaginado, fuera lo que fuera. Que aquel encuentro no se parecia a sus fantasías, y lo viví como una pequeña victoria.

—¿Qué *quiero*? Tú eres mi hija —dijo con tono de incredulidad—. Mi Jessie.

Sus palabras y sus ojos me suplicaban, pero conseguiría conmover a la Estatua de la Libertad antes que a mí.

—No lo sabe con seguridad —dije tozuda, y crucé los brazos sobre el pecho, como si fuera un juez.

Juzgar es una pantalla protectora muy útil, ¿verdad? Nos podemos esconder detrás de ella, y si nos encaramamos a su cima, estamos protegidos, apartados de los demás y muy por encima de ellos.

Entonces se echó a reír, sólo un poco.

—Mírame, Jessie. Tú también lo ves, ¿verdad?

No contesté. Se acercó a mi banco y yo me volví a mirarle. Esa vez no me aparté y él no intentó acercarse para tocarme.

—Si yo soy Jessie, ¿qué pasó con Teresa Stone? Si usted no la mató, ¿quién lo hizo?

Suspiró.

—Me pregunto eso cada día desde hace treinta años.

Otra vez silencio. Me miró y yo aparté los ojos. Pasó un coche a toda velocidad. Los altavoces emitían un ritmo acompasado que retumbó en el aire frío de la noche.

—Fui un mal padre —dijo—, y traté mal a tu madre. Pero no he matado a nadie.

La ingenuidad de su indignación y la rabia apenas reprimida que había en su voz me obligaron a volver los ojos y mirarle a su cara. Pasaba de los cincuenta, quizá sesenta y pocos. La piel oscura, dañada por el sol, envejecida por las arrugas. La mirada cansada de una vida difícil, mala alimentación, malos hábitos y malas consecuencias. El peso de todo aquello quizá le doblegaba, pero a pesar de todo, cargaba con aquello con cierta determinación. Yo esperaba que Christian Luna fuera malvado, malicioso y temible, alguien poderoso con capacidad y habilidad de herirme. Pero lo que veía era a un hombre cansado, alguien a punto de rendirse, incapaz de olvidarse de lo que había perdido y seguir adelante.

—*Intenté* hacerlo bien, a mi manera, ¿sabes? —dijo con aquella risa desesperada—. Pero era joven. *Por eso* lo jodí todo. Nunca tuve un padre, así que no sabía cómo ser un hombre.

Movió la cabeza al recordarlo, y dirigió la mirada hacia la oscuridad del parque.

Que lo admitiera me pareció interesante, y me permitió mirarle más de cerca. Más allá de sus rasgos faciales vi a un hombre que cargaba con la culpa. Que había aprendido la lección cuando ya era demasiado tarde. Debió de ser como el castigo final, ¿no creen?, adquirir finalmente la sabiduría y comprobar que las consecuencias de tus actos son irrevocables.

—Conocí a Teresa en el trabajo. Era la recepcionista de una inmobiliaria. Yo era el encargado de mantenimiento del edificio, un mecánico del sindicato. Los dos vivíamos en Nueva Jersey e íbamos y veníamos a la ciudad en tren. Allí fue donde empezamos a hablar. Recuerdo que inmediatamente vi que era una buena chica. Dulce y bonita. Salimos un par de veces. Le dije que la quería, pero no lo decía en serio.

Intenté imaginarlos a partir de la fotografía que había visto. Imaginé el aspecto que tendrían al reír, cómo irían vestidos. Puede que ella estuviera enamorada de él, aunque él, en el fondo, también la quería. Soy escritora, y quería que él me contara la historia como yo lo hubiera hecho. Pero no creo que ésa fuera su intención.

—Después de varias citas, me dejó acostarme con ella un par de veces. Luego perdí el interés. Dejé de llamar. Ya sabes cómo va.

Ya sabes cómo va. Supongo que lo sé; supongo que a todos nos ha pasado alguna vez. Confías en alguien, compartes tu cuerpo con esa persona. Crees que quiere compartir su vida contigo, que esa intimidad física es sólo el principio. Pero la otra persona ya ha conseguido su objetivo primordial y el juego ha terminado. ¿Lloró ella por él? ¿Deseó no haberle conocido?

Se sentó un momento en silencio. Supongo que esperaba que le animara a seguir, pero yo no dije nada. No quería ponérselo fácil, ni siquiera mientras me contaba la historia. No sé por qué quise ser tan mezquina y egoísta, pero lo fui.

—Ella vino a buscarme una noche, cuando acabé mi turno. Era tarde, ya no quedaba nadie. Hacía tiempo que no la veía en el trabajo. Al verla supe que había ido a la ciudad de noche sólo para esperarme. Me dijo que estaba embarazada.

De nuevo intenté imaginarme la escena. Quizás hacía frío y llovía débilmente y una media luna brillaba entre las nubes. ¿Estaría asustada, lloraba?

—¿Fue cariñoso con ella? —pregunté esperanzada.

—No —dijo él. Bajó la cabeza y hundió las manos en los bolsillos—. No fui cariñoso.

—¿Estaba ella asustada?

Movió la cabeza lentamente.

—Fue valiente al decírmelo. Yo le pregunté, y ahora me avergüenzo, cómo sabía que era mío. Ella contestó que no había estado con nadie más. Yo la creí, pero fingí lo contrario.

Se quedó callado, mirándome, hasta que me vi obligada a devolverle la mirada. Su cara expresaba tan crudamente la vergüenza que sentía que desvié los ojos, incómoda.

—Le aconsejé que... —empezó a decir.

—¿Que abortara? —acabé la frase por él, obligándome a mirarle de nuevo. Sonó muy mal, pero él asintió.

—Ella no quiso. Y entonces dijo algo que no he olvidado. Dijo: «No te necesitamos para nada. Simplemente te doy la oportunidad de ser padre, de que vivas esa felicidad».

Volvió a suspirar y los ojos le brillaron un poco.

—Aunque yo no valía nada, aunque la traté mal, ella quiso darme la oportunidad de conocerte. Yo no lo entendí, ¿sabes? Era un concepto que me superaba. Pero aun así le ofrecí casarnos. Ella me rechazó.

—¿En serio? ¿Después de un momento tan romántico como ése?

Él emitió una especie de gruñido.

—Sí. Fui un verdadero idiota.

—Pero siguió viéndola. Está esa fotografía. Las acusaciones de malos tratos. La orden de alejamiento.

—Qué, ¿has contratado a un detective?

No contesté. Él asintió y miró a su alrededor.

—No he avisado a la policía —dije—. No tiene de qué preocuparse.

Entonces sonrió, pero fue una sonrisa extraña, como cuando le sonríes a alguien con tan pocos conocimientos que es inútil explicarle nada. En aquel momento no me fijé, pero con el tiempo recordaría aquella sonrisa.

—Yo iba y venía. Le daba dinero cuando podía. Pero cada vez que me presentaba allí, nos peleábamos. Iba al apartamento y empezaba a comportarme como un imbécil. Ella me decía que me fuera. Yo me ponía a gritar. Venía la policía a buscarme y me sacaba de allí. No sé, era como si estropeara todo lo que tenía que ver contigo. Yo *te quería,* mierda. Eras increíblemente bonita, era feliz con sólo verte. Pero la responsabilidad me daba miedo... Quiero decir que fui un cobarde.

Se quedó callado, movió la cabeza como si hablara de la estupidez de otra persona. Hacía tantos años de aquello que para él debía ser como una vida anterior. Y quizás ya *era* otra persona. No se *parecía* al tipo de persona que describía, a alguien tan asustado y tan incapaz como para amenazar de esa manera a la madre de su hija.

—Entonces un día te dejó conmigo. No tuvo más remedio, tenía que trabajar y la vecina que normalmente te cuidaba estaba enferma. Así que fui al apartamento y me quedé contigo. Eras pequeña, apenas tenías dos años. Yo no te hacía caso, y en un momento en que no te miraba, le diste un golpe a un vaso de cerveza que estaba en la mesa y se hizo añicos a tu alrededor. Yo me acerqué corriendo y te agarré del brazo. Estaba muy enfadado, sí, pero también quería apartarte de los cristales para que no te cortaras.

»Te pusiste a chillar y no podía hacerte callar. Estaba asustado, no sabía qué hacer. Así que te encerré en tu habitación. La vecina llamó un par de veces y dejó un mensaje en el contestador. "¿Qué le pasa a Jessie? Nunca la he oído llorar de ese modo."

Al recordarlo empezó a llorar. Pero en silencio; ya no sollozaba como antes.

—Cuando llegó Teresa una hora después, tú seguías gritando. La vecina la había llamado al trabajo y ella volvió corriendo a casa. Inmediatamente se dio cuenta de que te pasaba algo en el brazo. Te llevó a la clínica a toda prisa y resultó que yo te lo había roto. Fue entonces cuando consiguió la orden de alejamiento. Ya no me permitieron verte nunca más.

De pronto la noche se volvió más fría. Él se secó los ojos con la manga de la chaqueta. En aquel momento sentí algo parecido a la compasión, pese a que, según lo que me había contado, la culpa era suya. Yo podría estar muerta. Él había maltratado a Jessie cuando era una niña y ahora arruinaba mi vida de adulta. Todavía no estaba preparada para admitir que éramos la misma persona, Jessie y yo. Sin embargo, sentía cierta pena por él. Continuó.

—Un par de semanas después me emborraché y fui al apartamento. Iba dispuesto a aporrear la puerta hasta que ella me abriera y me dejara verte y comprobar que estabas bien. Llegué allí e hice un poco de ruido, pero ella no me dejó entrar. A través de la puerta me dijo que había llamado a la policía y que estaban en camino. Oí las sirenas y me largué. Bebí un poco más y volví unas horas después. Pero entonces la puerta estaba abierta.

En aquel momento respiraba con dificultad, las lágrimas brotaban de sus ojos como si no pudiera pararlas, como si las hubiera tenido guardadas todos esos años.

—El apartamento estaba a oscuras y supe que algo no iba bien. No vi más que sus zapatillas de deporte en el suelo en medio de un charco de sangre, que en la oscuridad parecía negra y muy densa, como si fuera falsa. Le di a la luz y la vi allí, en el suelo. Tenía los ojos abiertos, sangre en la boca y el cuello torcido de una forma muy fea. Me miraba de una manera como si fuera culpa mía... *Fue* culpa mía; si hubiera sido más hombre, ella estaría viva. Quizá seríamos una familia.

Calló de nuevo, respiraba con dificultad. Se tapó la cara con las manos y me habló entre los dedos.

—Te busqué, pero te habías ido. Y entonces huí. Aquella noche cogí el dinero que tenía ahorrado y que guardaba bajo la cama. Me subí a un Greyhound que iba a El Paso y llegué a Ciudad Juárez, en México. Y luego cogí un avión a Puerto Rico. No había estado nunca, pero era la tierra de mis abuelos y tenía un primo que aún vivía allí. Y me quedé; he estado trabajando de mecánico en su taller todos estos años.

Yo sacudí la cabeza. La historia era tan simple y a la vez tan complicada que podía ser cierta. Pero ¿qué tenía que ver conmigo?

—¿Y qué pasó, señor Luna? ¿Qué le hizo pensar en mí? ¿Qué le hizo volver?

—He pensado en ti todos los días —dijo y acercó la mano.

Yo me aparté de él.

—Todos los días. No me crees, ¿verdad? Pero es cierto.

Volvía a mirarme con aquellos ojos suplicantes, pero yo no fui capaz, ni siquiera por piedad, ni de mirarle ni de tocarle. Sencillamente no pude.

—Bien, entonces, ¿por qué ha vuelto ahora?

—Te vi en la CNN —dijo con una sonrisa enorme que le iluminó de pronto la cara—. Vi tu foto cuando salvaste a ese crío en la calle. Tu preciosa cara... Lo supe inmediatamente. Te pareces tanto a tu madre, eres *igual* a ella; pensé que veía a un fantasma. Todos estos años sin saber si estabas viva o muerta. Y entonces te vi. Fue como la respuesta a todas mis plegarías. Tenía que venir a verte, verte sana y salva.

No supe qué decir. Estaba como entumecida y tenía frío. Para mí era un desconocido. Yo era una desconocida para mí misma. ¿Qué podíamos ofrecernos el uno al otro? ¿Qué provecho podíamos sacar de todo aquello?

—¿De quién es la casa donde vive? ¿Quién es Amelia Mira?

Me miró de una forma peculiar. Supongo que era una pregunta extraña, teniendo en cuenta la cantidad de cosas que podía haberle preguntado. Pero quería saberlo. Jessie llevaba ese nombre y quería saber quién era.

—Era de mi madre, tu abuela. Murió el año pasado y me la dejó en herencia. Supongo que el Ayuntamiento no tardará en quedársela, no puedo pagar los impuestos.

—¿Ella sabía dónde estaba usted?

Asintió.

Jessie Amelia Stone supo el nombre de una abuela a quien nunca conoció, dicho por un padre que no quiso que naciera, que la maltrató y que posiblemente mató a su madre. Pobre Jessie, pensé, y noté que estaba llorando.

Entonces él hizo algo horrible. Se dejó caer del banco y se puso de rodillas delante de mí y cogió mis manos entre las suyas. Nunca me había sentido tan incómoda y avergonzada.

—Señor Luna, por favor... —me agaché y le cogí del brazo intentando que se pusiera de pie.

—Jessie, no quiero pedirte nada. Sólo quería que me conocieras. Quería verte en persona.

—Por favor —repetí, y me quedé callada sin saber cómo seguir. Estaba tan *emocionado* conmigo; sentí que era sincero, que realmente creía que yo era Jessie. Yo no estaba segura de creerle.

—Sencillamente no lo entiendo, señor Luna —me incorporé y me aparté de allí, le dejé de rodillas en el suelo—. ¿Por qué huyó? ¿Por qué no buscó a Jessie?

Levantó las manos como si se rindiera.

—No hubiera tenido ninguna posibilidad. Todos aquellos arrestos, la orden de alejamiento... ¿quién hubiera creído que yo no la maté?

Suspiré y agité de nuevo la cabeza.

—No me crees, ¿verdad? —dijo en voz baja.

—No sé qué creer.

De repente se puso de pie y se me acercó; me agarró de los hombros y me miró con total desesperación.

—Por favor, Jessie, dime que no crees que maté a tu madre.

En aquel momento no supe qué decirle. ¿Cómo podía él esperar que asimilara toda aquella información y que además emitiera un juicio? Comprendí que por eso había venido, para obtener la absolución. Pero yo no estaba segura de ser quien podía dársela. No había vuelto por mí, había vuelto por él. Quizá reconocía todos sus errores, puede que quisiera compensarlos de alguna forma, pero seguía siendo el hombre egoísta que había maltratado a Teresa Stone y a su hija Jessie. Incluso puede que fuera un asesino que en cuanto pensó que podían acusarle, acabó huyendo como un cobarde. Ahora venía a hacer pedazos mi vida con la esperanza de que finalmente, al cabo de tantos años, quizá le perdonara. ¿Qué se suponía que debía pensar yo? ¿Cómo podía creerme algo de lo que dijera aquel hombre?

Me senté de nuevo en el banco y él se sentó a mi lado. Yo seguía esperando sentir algo, como si mi ADN pudiera reconocer sus orígenes y enviarle alguna señal a mi corazón y a mi cerebro. Pero no estaba segura de nada. Me sentía como una cometa con la cuerda cortada, vagando a la deriva, cada vez más alto, más alejada de la Tierra. Fui consciente de que la libertad que siempre había ansiado no era libertad en absoluto, sino una especie de arraigada independencia. *Esto* era la libertad, y me parecía peligrosa.

Abrí la boca para hablar, y aún hoy no estoy segura de lo que hubiera dicho. Porque estaba mirándole, y al minuto siguiente se derrumbó a mi lado como si sus huesos se hubieran convertido en gelatina. Le agarré del hombro para que no cayera sobre mis rodillas y luego le empujé hacia atrás, contra el respaldo del banco. La cabeza se le cayó a un lado y vi un círculo rojo, perfecto, entre sus ojos.

La violencia es silenciosa y suave. O puede serlo. En las películas, los disparos resuenan con fuerza y los puñetazos acaban con un golpe fuerte contra el suelo. La gente grita o gime al morir. Pero la muerte de Christian Luna fue silenciosa. Se fue de este mundo sin emitir ningún sonido.

Le zarandeé.

—¿Señor Luna? ¿Se encuentra bien?

Fue una pregunta bastante estúpida, pero qué puedo decir, la sorpresa es hermana de la negación. Amortigua el impacto psicológico cuando las cosas se tuercen de verdad. Entonces noté el contacto de unas manos.

—Ridley, mierda. ¿Qué demonios ha pasado?

—¿Qué? —Me di la vuelta y vi a Jake—. No lo sé.

Tiraba de mí, pero yo estaba agarrada a Christian Luna. Mi padre. Tal vez. Jake me despegó las manos de Luna mientras miraba a su alrededor. Imagino que intentaba saber de dónde había venido el disparo. Luego me arrastró hacia el coche. Me di la vuelta y vi a Christian Luna que seguía en el banco, inclinado de lado. Empecé a captar lentamente la gravedad de lo que había pasado. La bilis me provocó arcadas.

—¿No deberíamos...? —empecé.

Iba a decir «llamar a la policía», pero no sé si llegué a terminar la frase porque al segundo siguiente estaba apoyada en la verja del parque, vomitando. Noté que Jake me protegía con su cuerpo, como si temiera más disparos. Tiraba de mí, miraba detrás de nosotros. Conseguí seguir andando.

—¿La policía? —conseguí decir por fin; pero sonó como una pregunta.

—Hemos de largarnos de aquí ahora mismo —dijo Jake, y me pasó el brazo por encima del hombro, atrayéndome hacia él—. Camina deprisa, e intenta que parezca normal.

Aquello me hizo gracia y empecé a reír. Él también sonrió. Pero fue algo forzado, falso. *Intentaba* parecer normal, sin conseguirlo. La risa es contagiosa y llegó un momento que pensé que me haría pipí encima. Luego la risa desapareció. Por suerte ya habíamos llegado al coche. Jake me sostenía en sus brazos, y de pronto yo sollozaba con tal intensidad que el dolor me dobló, y me ardía la garganta. Nunca, ni antes ni durante, me había sentido tan indefensa como frente a aquel llanto. Era como si un ser vivo intentara salir de mi interior.

—Ridley —dijo Jake mirándome a mí y a la carretera al mismo tiempo—. Todo va bien. Ya ha acabado todo.

Siguió diciéndolo y repitiéndolo como si pensara que a fuerza de repetirlo sería cierto. A la altura de la 186 salió de la autovía y cogió la carretera hasta Fort Tryon Park. Estaba cerrado, pero dejamos el coche en el aparcamiento y Jake me abrazó, me apretó con fuerza y yo enterré la cabeza en su hombro. Me retuvo un rato, susurrándome frases de tranquilidad al oído. Y al final el llanto cesó y me dejó tan debilitada y con las ventanillas de la nariz tan hinchadas que no podía respirar. Me apoyé contra él.

—¿Qué ha pasado antes, Ridley? —me preguntó cuando me tranquilicé—. ¿Viste de dónde venía el disparo?

Pero yo no podía contestarle. Era como si me hablara a través del agua.

—No lo sé —dije finalmente—. No sé qué ha pasado.

Oí que decía algo sobre haber visto una sombra en el tejado del edificio de la calle de enfrente. Pero yo flotaba, como en un punto muerto mental, y seguía viendo a Christian Luna cuando la cabeza le cayó hacia atrás, con el agujero de bala rojo y perfecto en mitad de la frente. Aquel momento, repetido una y otra vez.

Al cabo de un rato Jake estaba otra vez al volante, íbamos por la Henry Hudson de vuelta al centro. Yo observé las luces de la ciudad, y las imágenes borrosas de color rojo y blanco de los faros delanteros y las luces traseras, pasando a toda velocidad a nuestro lado. Me sentía como abotargada, como si tuviera las extremidades de arena y mi cuello no tuviera fuerza suficiente para aguantarme la cabeza.

Pregunté lo que quería saber:

—¿Qué me está pasando?

—Lo siento, Ridley —dijo Jake de forma extraña—. Lo siento mucho.

Ni siquiera pensé en preguntarle qué quería decir, por qué lo sentía.

—Debía haberme ocupado de ti, debería haberte protegido mejor —me dijo. Quise decirle que no era culpa suya, pero aquellas palabras nunca pasaron de mi cerebro a mi boca.

Volvimos al East Village, al apartamento de Jake. Me metió en su cama y se tumbó a mi lado, acariciándome el pelo. Cuando pensó que me había dormido, salió de la habitación. Oí las noticias de la NY1 en la televisión y supe que esperaba que hablaran de Christian Luna. Y me dormí pensando: ¿por qué no ha querido llamar a la policía?

16

Cuando desperté, Jake dormía a mi lado con el pecho desnudo, pero seguía con los vaqueros puestos. Tenía el brazo sobre mi abdomen y el ceño ligeramente fruncido, como si sus sueños le preocuparan. Sonreí; seguía en aquel espacio entre sombras, cuando el sueño aún no ha desaparecido y todavía no hemos recuperado la conciencia. Se movió dormido y los músculos de su cara se suavizaron, el ceño fruncido desapareció. En aquella penumbra, por un momento, tuvo un aspecto apacible. Y me di cuenta del contraste con aquella intensidad oscura que normalmente veía en su cara. Aquel pensamiento me recordó la cantidad de interrogantes que Jake me sugería, y entonces los acontecimientos de la noche anterior regresaron para desfilar ante mis ojos. Sentí náuseas, como si la culpa, el dolor y el miedo libraran una batalla en mi estómago. Me quedé allí tumbada, quieta en mi lado de la cama no sé cuanto tiempo, intentando encontrarle sentido a lo que había pasado la noche anterior.

Me deslicé fuera de la cama y salí al salón. El sol apenas asomaba por el horizonte, y la luz que se filtraba a través de la ventana era de un color gris lechoso. Puse la televisión y bajé el volumen. Seguía sintonizada en las noticias de la NY1, una cadena de noticias local por cable las 24 horas. Me enteré de varias noticias, de principio a fin: un coche había atropellado a un perro en la Segunda Avenida, un policía le disparó para que no siguiera sufriendo; lo metieron en un congelador y aún seguía vivo. Vaya, *eso* es un superviviente. Habían detenido a Paulie «El Puños» Umbruglia, acusado de fraude y evasión de impuestos. Le vi salir de un coche patrulla esposado, flanqueado por dos oficiales de uniforme. Miré con redoblada atención cuando en la pantalla apareció alguien a quien conocía. Detrás de Paulie iba Alexander Harriman, el abogado de mi tío Max. El pelo blanco como la nieve, un bronceado de fines de semana en las Bahamas, Rolex reluciente, traje de cinco mil dólares y una sonrisa tan encantadora que te hacia ruborizar, aunque también podía ser temible y entonces te dejaba helada y con taquicardia. Mi tío Max le apreciaba. Decía siempre: «Ridley, uno quiere que su abogado tenga las garras retráctiles, la columna vertebral de titanio y la moral flexible».

Había visto a Harriman muchas veces, en actos benéficos, cenas en casa del tío Max, e incluso una vez en una fiesta de Fin de Año que dieron mis padres. Como ya dije, la lista de clientes de Harriman era bastante llamativa, pero igual que tantas otras zonas grises de mi vida, nunca pensé mucho en ello. Al fin y al cabo, la única vez que le traté personalmente fue cuando hablamos del dinero que me había dejado mi tío. Una reunión breve y amistosa, en la que me entregó un cheque y me ofreció su ayuda para gestionar el dinero. Le dije que ya lo tenía decidido, pero que gracias.

Había algo en él que siempre me hacía sentir vergüenza ajena. Quizás era la descripción del tío Max, que inevitablemente me recordaba a Terminator, o puede que fuera el disimulado desdén que mis padres sentían por él. Cuando él estaba presente, el corazón siempre me latía más deprisa y su forma de mirarme me incomodaba. Aquel día, al salir de su despacho, me dijo: «Ridley, tu tío Max te quería mucho. Quiso asegurarse de que cuando él faltara, siempre pudieras recurrir a mí. Si alguna vez necesitas algo, o no lo ves claro, o tienes algún problema legal, *sea lo que sea*, de verdad, Ridley, no lo dudes». Le estreché la mano y le agradecí el interés, pensando en lo mal que tendría que estar para llamar a Alexander Harriman y pedirle ayuda. Sentada en el sofá de Jake, me pregunté si aún tenía su tarjeta de visita en mi archivo. Me sentía bastante mal, y pensaba que una columna vertebral de titanio y garras rectráctiles podían ser útiles si huyes del escenario de un crimen, ya que eso era exactamente lo que nosotros habíamos hecho.

La emisión de noticias continuó sin mencionar a Christian Luna, mientras yo intentaba encontrar una buena razón que explicara por qué habíamos huido. Si la cuestión era simplemente escapar del peligro, podíamos haber parado para llamar a la policía en cuanto estuvimos a salvo. Pero no lo hicimos. Vimos cómo disparaban a un hombre y luego le dejamos allí abandonado, en un banco del parque.

Me fijé en aquella habitación fría, profesional, sin objetos personales. Pensé en el hombre que dormía en la habitación. Como ya he dicho, sentía que *conocía* a Jake a cierto nivel instintivo que trascendía mi ignorancia sobre su pasado. Pero al sentarme en su futón y mirar alrededor para comprenderle mejor, sentí una inquietud creciente. Lo que quiero decir es que piensen en su propia sala de estar. Imaginen que llega un desconocido y se sienta en su sofá. ¿Qué podría deducir ese extraño sobre ustedes a partir de las cosas que ve? ¿No tendría al menos unas cuantas pistas de lo que les gusta y lo que no, fotos de la gente a la que quieren y valoran, una revista sobre la mesa de café... algo? La habitación de Jake no daba ninguna pista. Era aséptica como una habitación de hotel, con el aire de lo fugaz. Era como si él pudiera salir de aquel espacio y no volver nunca, ni recordar nunca los objetos que dejaba atrás. De pronto, por alguna razón, aquello me preocupó. Me di cuenta de que, por mucho que pensara que Jake era en esencia transparente, también era cierto que me escondía aspectos cruciales de sí mismo.

Su portátil estaba sobre una mesilla en un rincón de la sala. Aquella falta de trastos, de cajones donde curiosear, de papeles que ojear, fue como si alguien me desafiara a abrirlo y ponerlo en marcha. Siempre me gustaron los desafíos, y dadas las circunstancias, me sentía especialmente audaz. Me acerqué sin hacer ruido, levanté la tapa y apreté la tecla de encendido. Se abrió con un zumbido y un par de pitidos sonoros y desagradables. La pantalla apareció, pidiendo una contraseña. *Mierda.* Pensé en lo poco que sabía de Jake y decidí que la contraseña no sería nada predecible y que probablemente la seguridad le preocupaba bastante. Suele pasarle a la gente que oculta algo.

—Quidam.

Me di la vuelta y vi a Jake de pie en la entrada.

—¿Qué?

—La contraseña. Es Quidam.

Me miró y yo intenté interpretar su expresión. No parecía ni dolido, ni siquiera sorprendido de que estuviera, obviamente, curioseando o intentándolo, en los archivos de su ordenador. Y cosa curiosa, a mí tampoco me avergonzaba en absoluto que me hubiera pillado.

—¿Y eso qué quiere decir? —pregunté.

—Es de un poema épico de Cyprian Kamil Norwid, un poeta polaco romántico. Viene de una palabra latina que significa «alguien, un ser humano cualquiera». Pero el protagonista del *Quidam* de Norwid es un hombre en busca de un lugar en la vida, alguien que va en pos de la bondad y la verdad. «Así era él, anónimo, sin nombre..., totalmente huérfano, un quidam.»

Me aparté del ordenador, volví al futón y me senté con las rodillas apretadas contra el pecho.

—¿Así es como te ves a ti mismo?

Se encogió de hombros.

—Supongo. En cierta manera.

Se acercó y se sentó a mi lado. La misma sombra de tristeza que había visto cruzar su cara se detuvo unos segundos en sus ojos, y torció ligeramente las comisuras de sus labios hacia abajo, como si aquel gesto fuera lo natural en él. Me di cuenta de que deseaba acercarse y tocarme, pero yo no estaba segura de desearlo. Algo había enrarecido la atmósfera entre nosotros. Supongo que mi suspicacia. Aunque mi corazón lo deseara, aquello me impedía rodearle con los brazos y hacer que desapareciera esa tristeza con mis besos.

—¿Por qué no quisiste llamar a la policía anoche?

Reflexionó sobre la pregunta.

—Supongo que no tengo una respuesta convincente, salvo que nos hubiéramos visto implicados en algo que no estoy seguro de que nos conviniera a ninguno de los dos.

—Pero le dejamos allí —dije, y me sorprendió oír mi voz quebrada, y sentir los ojos llenos de lágrimas.

Apoyé la cabeza en una mano, quería borrar aquella dolorosa presión que sentía detrás de los ojos.

—Estaba muerto —dijo, y se dio cuenta de que sonaba frío y duro—. Lo siento, Ridley. —Se inclinó hacia mí—. Siento que pasara. Siento que lo vieras. Y siento no haberte protegido mejor. Pero, lo que quiero decir es que no podíamos ayudarle. Ni sabíamos quién le había disparado. Lo único que hubiéramos conseguido llamando a la policía es un montón de preguntas. Simplemente quise sacarte de allí.

Vi cómo se fijaba en algo por encima de mi hombro y me volví para mirar la pantalla de la televisión. Era una periodista joven y rubia, con el pelo cortado en punta, frente al parque Van Cortlandt, y agentes de policía pululando detrás.

—Ciudadanos que habían salido a correr descubrieron esta mañana el cuerpo de un hombre sin identificar en el parque Van Cortlandt, situado en el área de Riverdale del Bronx. Aparentemente el hombre murió de un disparo en la cabeza —dijo la periodista con un tono de voz extrañamente animoso, como si estuviera describiendo el paso de un desfile.

Detrás de ella vi un grupo de coches patrulla y el sitio donde yo me había sentado, acordonado con aquella cinta amarilla de la policía. Una camioneta del juez de instrucción bloqueaba la entrada del parque. Me pregunté cuánta gente habría pasado junto al cadáver de Christian Luna tirado en el banco, antes de que alguien se diera cuenta de que estaba muerto. ¿Cuánta gente pasó corriendo y pensando que era un vagabundo más, sesteando en el parque? Nosotros le abandonamos y le encontraron así, un hombre que podía ser mi padre. No importa lo que hubiera hecho, no merecía aquello. ¿Verdad?

La periodista continuó:

—Según la policía, que necesita las conclusiones de las pruebas de balística para afirmarlo con seguridad, parece que la bala procedía de un rifle, y la trayectoria indica que el disparo se hizo desde un tejado de la acera de enfrente.

La cámara hizo un barrido por los edificios que había al otro lado del parque, los edificios de apartamentos y la hilera de casas frente a los que estuvimos horas sentados.

—Sin embargo, se trata de informes preliminares que no serán verificados hasta que se produzcan avances en la investigación.

»Según los testigos, un hombre y una mujer salieron del parque poco después de medianoche, pero hasta el momento no se ha localizado a nadie que corresponda a esa descripción. Según la policía, esas dos personas no son sospechosas por el momento, si bien *se las requiere* para ser interrogadas.

»Ángela Martínez, informando para New York One News.

Me levanté, apagué el televisor y me quedé de pie delante de la pantalla muda.

—Mierda —hablaba conmigo misma—. No me lo puedo creer. *¿Qué* está pasando con mi vida?

Eché una mirada a mi alrededor buscando a Jake. Estaba sentado, quieto, y parecía increíblemente tranquilo.

—¿Lo has oído? —inquirí—. La policía *nos busca*.

Me puse a pasear por la habitación.

—Para interrogarnos —dijo él como si nada. Quizá para él no era nada, pero para alguien que no había tenido más que una multa de aparcamiento, era un lío bastante serio.

—Jake —me puse frente a él—. Hemos de ir a la policía.

Sacudió la cabeza.

—Olvídalo. Ni hablar. En cualquier caso para nosotros la policía es un problema menor.

—¿De qué hablas?

—*Piensa,* Ridley —dijo señalándose la sien—. ¿Quién mató a Christian Luna? ¿Y por qué?

De hecho, lo crean o no, en mi descomunal egoísmo ni siquiera se me había ocurrido pensar quién había matado a Christian Luna. Seguía intentando aceptar el hecho de que hubieran asesinado a un hombre delante de mis propios ojos. Aún no había empezado a preguntarme el porqué.

—Nadie sabía que íbamos a verle —dijo Jake—. Una hora antes ni siquiera nosotros lo sabíamos.

—Pues puede que fuera un accidente. Quiero decir, algo arbitrario —dije, esperanzada, sin querer considerar siquiera las demás posibilidades.

—¿Un disparo como ése? —replicó Jake—. Imposible.

—Entonces, ¿qué? ¿Le seguía alguien? ¿Tenía el teléfono intervenido?

—Puede. O alguien que te seguía a *ti*.

—¿A mí? —me reí un poco—. ¿Por qué me seguiría nadie?

Ustedes creerán que estoy loca. Aquel hombre en mi edificio, el de la pizzería, el hombre que vi en el tren. Mi mente estaba agotada y seguía sin relacionar esas cosas. Pero pensé en el hombre del tren. Recordé sus ojos mortecinos y el estuche que llevaba. ¿Me seguía? ¿O era un excéntrico cualquiera? No había forma de saberlo.

—Lo lógico —dijo Jake—, es que si alguien le seguía con la intención de matarle, lo hiciera antes. Cuando subía por la calle hacia su casa, por ejemplo. Si él era el objetivo, era mucho más fácil y menos arriesgado dispararle cuando estaba solo. Pero quizás el francotirador, quienquiera que fuese, no sabía cuál era el objetivo. No lo supo hasta que tú le condujiste hasta él.

—Vi a un tipo en el tren. Puede que me estuviera siguiendo, pero bajó antes que yo. —Sentí un vuelco en el estómago al pensar que, sin saberlo, quizá llevé al asesino de Christian Luna hasta su víctima.

—¿Qué quieres decir? —preguntó Jake preocupado—. ¿Por qué piensas que te seguía?

—Me observó. Me sonreía —dije.

Mi descripción de aquel hombre acercándose poco a poco cuando creyó que estaba dormida, y despidiéndose cuando el tren salía de la estación, no sonó muy convincente.

—Pero ¿bajó del tren antes que tú?

—Sí.

Jake se encogió de hombros.

—Podía ser cualquier chalado. Es difícil saberlo.

Me senté de nuevo a su lado e intenté ordenar en mi mente toda aquella información y sacar alguna conclusión; pero sólo conseguí que mi cabeza diera vueltas y más vueltas. Sin embargo, el instante en el que Christian Luna se derrumbó a mi lado aparecía una y otra vez. Volví a esconder la cabeza entre las manos.

—Ridley... —empezó a decir y me puso una mano en la espalda.

Pero yo me levanté antes de que acabara la frase. Fui hasta el dormitorio, me puse los pantalones y los calcetines y cogí los zapatos. Jake se inclinó hacia delante sobre el futón y me miró inquieto.

—Ahora no puedo hacerlo —le dije.

Él asintió y bajó la mirada al suelo. Yo aparté los ojos; no quería ver lo atractivo que era. No quería que aquel sentimiento creciente me impidiera decidir lo que debía hacer.

—Necesito pensar.

—Ridley, espera —dijo levantándose—. Debes tener cuidado.

—Lo tendré. Me voy abajo un rato, simplemente.

Asintió y volvió a sentarse. La mirada que vi en su cara, entre compasiva y angustiada, me hizo sentir como si fuera una bruja. Pero aun así me fui.

Si me hubiera seguido, si me hubiera rodeado con sus brazos, me habría derretido. Y era una opción bastante atractiva, pero yo empezaba a descubrirme a mí misma, asomando entre las grietas que habían aparecido en la fantasía que llamaba vida. Si en aquel momento, asustada y frágil, recurría a él, ¿cómo sabría si lo que sentía era amor o necesidad? Y si recurría a él por necesidad, ¿cómo podría enfrentarme a lo que fuera que me ocultaba? Por supuesto que en aquel momento ninguno de esos pensamientos estaban claros. Lo único que sabía era que tenía que alejarme de él y de aquella pesadilla. Tan rápido y tan lejos como pudiera.

Volví a mi apartamento. En cuanto cerré la puerta, fue como si todo lo que había pasado la noche anterior y todo el miedo que sentía arriba, en casa de Jake, estuvieran detrás de un cristal antibalas. La familiaridad de aquel espacio me envolvió y, afortunadamente, volví a ser solamente Ridley durante unos minutos.

Un irritado número 5 me miraba acusador desde el contestador. ¿Cuándo comprobé mis mensajes la última vez? ¿El miércoles por la mañana? ¿El jueves? Era sábado y me pareció que llevaba un mes lejos de mi rutina habitual. Había un mensaje cordial, y luego uno seco, de la agente de prensa de Uma Thurman. El editor del *Vanity Fair* quería saber si había podido contactar con Uma y si el artículo estaba en marcha. Había un mensaje suplicante de Zachary: ¿podría *por favor* llamarle para que pudiera aclarar un poco las cosas? El de la última llamada había colgado.

Tan sólo unos días antes me hubiera apresurado a contestar todas aquellas llamadas, preocupada por haber perdido el contacto con las cosas y por dejar que se retrasaran. Pero aquella mañana me limité a tumbarme en el sofá y escuché aquellas voces resonar en mi apartamento, sumida en una especie de letargo emocional. Era como si hubiera dejado una parte de mí en el lugar donde murió Christian Luna, la parte de mí que era capaz de hacer cosas tan sencillas como contestar a las llamadas. Estuve un rato allí tumbada, mi cerebro giraba tan deprisa que parecía vacío. Decidí que un café era una buena idea, algo que estimulara mi energía mental.

Tras la dosis de cafeína apropiada, llamé al editor de *Vanity Fair*. Afortunadamente era sábado, y le dejé un mensaje diciendo que había tenido una emergencia familiar y necesitaba posponer el artículo. Sabía que no le gustaría, y no me gustaba desperdiciar un encargo tan bueno, pero ¿qué podía hacer? Llamé a Tama Puma (¡vaya nombrecito!) y le dejé un mensaje parecido. No era mentira. Mi vida estaba oficialmente en estado de emergencia; quedaba por averiguar si era o no una cuestión familiar. Supliqué mentalmente durante un momento no estar tirando mi carrera por el desagüe. Me refiero a que el mundo de los escritores independientes es algo muy competitivo y uno no *pospone* los artículos que le encarga *Vanity Fair*. Si corre la voz de que no se puede confiar en que cumplas los plazos, al minuto siguiente los encargos van a parar a otras personas. De hecho, antes nunca me había saltado un plazo, lo consideraba como una violación de mi código personal. Repetí mi breve súplica, lo de no estar tirando *mi vida* por el desagüe.

Y en cuanto a Zack, bien, en aquel momento sencillamente no era capaz de tratar con él. Extenuada por el esfuerzo, volví a tumbarme en el sofá.

Quizá piensen en este momento que con Christian Luna muerto, se habían acabado, más o menos, mis problemas. Y era cierto. Sin él ya no había nadie que afirmara, por lo que sabía, que yo no era quien creía ser. Pero no podía quitarme de la cabeza lo que Christian Luna me había dicho y seguir como antes. No era ni siquiera una opción. Y en aquel momento me acosaban un montón de preguntas. La más molesta de todas era: ¿quién mató a Teresa

Stone? Ustedes probablemente piensen que ésa no era la pregunta más inquietante, pero pónganse en mi lugar. Una mujer joven, una madre soltera luchadora, muy trabajadora y amante de su niñita, aguantando al cretino de Christian Luna. Y entonces una noche la asesinan en su casa y secuestran a su hija. Eso, si creen a Christian Luna, y —al menos en aquel momento—, yo creía que él no había matado a Teresa y que quien la asesinó y secuestró a Jessie, había conseguido escapar. Si Teresa era mi madre y si yo era Jessie, le debía a ella (y a mí misma) averiguar qué les pasó. Nos pasó. Lo que sea. Aquel sentimiento se me había metido bajo la piel. Y encontrar la respuesta a aquella pregunta quizá respondería a las otras dos: ¿quién mató a Christian Luna? ¿Y quién demonios era yo?

Entonces alguien llamó a la puerta y yo suspiré. No quería enfrentarme a Jake en aquel momento. No quería ocuparme de sus misterios además de los míos. Abrí la puerta y allí estaba Zelda. Detrás de ella, tres policías, dos de uniforme y uno de paisano.

—¿Señorita Jones? ¿Ridley Jones? —dijo el que iba de paisano.

—Sí.

Déjenme decir en este momento que yo miento mal, muy mal. No sé hacerlo. Me pongo colorada. Tartamudeo. Desvío los ojos. En el colegio me castigaron un par de veces, pero aparte de eso, nunca me metí en líos. Al ver a un policía a la puerta de mi casa sentí que estaba a punto de desmayarme por los nervios.

—Hemos de hacerle unas preguntas. ¿Podemos pasar?

—Claro —dije con tanta naturalidad como pude.

Me aparté y los dejé entrar. Zelda se quedó en el rellano, mirándome con severidad.

—Tú eres una buena chica, Ridley —dijo—. No quiero tener problemas aquí.

—Ya lo sé, Zelda. No pasa nada.

—La policía —dijo en voz baja e hizo un ruido con la boca, como si escupiera, supongo que para expresar su desdén—. Peor que aquellos hombres malos que te buscaban. Demasiados problemas, Ridley.

Bajó las escaleras moviendo la cabeza. Noté unos ojos que me observaban, miré a mi derecha y vi a Victoria, con la puerta entreabierta y espiando por la rendija. Cuando vio que la miraba, cerró de un portazo. *¿Zelda había dicho «hombres» malos?*

—¿Señorita Jones?

Cerré la puerta y entré en mi salón.

—¿Les apetece café? —me senté sobre mis piernas en el sofá.

—No, gracias —dijo el policía de civil—. Señorita Jones, soy el inspector Gus Salvo. Voy a ir directo al grano. Un hombre fue asesinado ayer en el parque Van Cortlandt, en el Bronx, y hay testigos que afirman haberla visto hablando con ese hombre cuando le dispararon, y a usted y a otro hombre huyendo de allí poco después. ¿Qué tiene que decir al respecto? —No había dicho «a alguien que responde a su descripción». Dijo «*a usted*».

Sin darme tiempo a preguntar dijo:

—Los testigos la reconocieron por los periódicos, señorita Jones, de cuando salvó a aquel niño hace un par de semanas.

El detective era un hombre delgado y bastante menudo. No parecía que tuviera mucho músculo. Pero había algo en él que transmitía fuerza. Aquella cara alargada y vulgar y unos ojos abiertos de par en par, oscuros y profundos como pozos. Tenía la mirada de un hombre que había oído cientos de mentiras patéticas, que veía el mundo en blanco y negro exclusivamente, correcto y erróneo, bueno y malo. Para Gus Salvo, los tonos grises ni siquiera existían.

Me quedé callada un segundo. Cerré los ojos y cuando los volví a abrir, él seguía allí.

—Escuche —dijo conciliador—, yo sé que estuvo usted allí. Usted sabe que estuvo allí. ¿Por qué no me cuenta simplemente lo que pasó?

Me pareció una sugerencia tan lógica que se lo conté todo. Empecé el día en que salvé al niño y acabé con Christian Luna agonizando en el banco del parque. Canté como un canario, lo solté todo, o lo que sea que dicen en esas películas de gángsters en blanco y negro. Me callé un par de cosas. Dejé a Jake al margen. Tenía ansias de protegerle y no quería que tuviera problemas por mi culpa. Dejé a mi hermano al margen. Pero le conté casi todo el resto; dije básicamente que había llamado a Christian Luna después de pensar un par de días en las notas que había recibido, y que acordamos encontrarnos en el parque. Vale, no canté *exactamente* como un canario. En realidad me lo callé casi todo, salvo que recibí las notas y las fotografías y que telefoneé a Christian Luna.

El detective Salvo no fue demasiado expresivo, se limitó a garabatear unas notas en su libretita de piel atada con una goma, mientras yo hablaba.

—¿Habló con alguien más sobre esto, señorita Jones?

Mis mejillas se sonrojaron.

—Con nadie.

Levantó los ojos y me miró fríamente un segundo.

—De modo que —y ladeó un poco la cabeza—, usted simplemente decidió encontrarse con ese hombre en un oscuro parque del Bronx, en plena noche y completamente sola. Sin decirle a nadie adónde iba. No creyó conveniente que la acompañara un amigo.

Me encogí de hombros y negué con la cabeza.

—Usted parece una mujer inteligente. Y ésa no es una decisión demasiado inteligente —y me obsequió con una media sonrisa extraña.

De nuevo encogí los hombros. Era un gesto que últimamente me funcionaba bastante bien.

—A veces las circunstancias poco comunes nos hacen actuar de forma poco común —dije yo.

—Mmmm —asintió.

Se me quedó mirando. Por las profundas arrugas que tenía alrededor de los ojos, deduje que era unos diez años mayor que yo, más o menos. Pasó varias páginas de su libreta hasta encontrar la que buscaba.

—Los testigos afirman que unos minutos después de los disparos, vieron a un hombre salir de entre los árboles y que ustedes dos se fueron juntos.

—No había nadie más. Salí del parque sola y cogí el tren hasta casa.

Estaba orgullosa, ni siquiera había tartamudeado. Él no dijo nada, pero me miró con aquellos ojos. Sabía que yo mentía, y yo sabía que él lo sabía. Me tranquilizó que lo supiéramos; éramos como actores que representaban una escena, y a partir de ahí todo lo que dijéramos no eran más que los diálogos que otros habían escrito para nosotros.

—¿Por qué huyó de allí?

Entonces asentí.

—Estaba conmocionada, el miedo me hizo perder la cabeza. Apenas me acuerdo de cuando me fui.

—Veamos si puedo ayudarla a recordar. Los testigos dicen que usted salió del parque con ese hombre. Que él parecía guiarla. Que subieron a un Pontiac Firebird negro del 69.

Dios. Estaba completamente oscuro. ¿Quién pudo ver todo eso? ¿No habían dicho las noticias que el cuerpo lo había encontrado esta mañana alguien que salió a correr? Si lo vieron todo anoche, entonces, ¿por qué no llamaron *ellos* a la policía?

—Le digo que volví en tren.

Tenía que pensar un momento en el coche. ¿Jake lo dejó aparcado en la calle, frente al edificio? No. Lo dejó en un aparcamiento de la calle Diez.

—Señorita Jones —dijo el inspector Salvo con voz amable y persuasiva—, los vio más de una persona.

—¿Y yo soy responsable de lo que la gente ve?

Cambió de táctica.

—Muy bien, señorita Jones. Volvamos al principio. ¿Vio de dónde procedía el disparo?

—No.

—Pero usted dijo que ambos estaban sentados en el mismo banco. Usted estaba mirando los edificios de enfrente y él volvió la cara para mirarla a usted, hacia al interior del parque. ¿Es correcto?

—Sí, es correcto —contesté.

Entonces me acordé, como en un fogonazo, que Jake dijo algo sobre una sombra en el tejado del edificio, al otro lado de la calle. No era experta en balística, pero al pensar en ello, supe que el tiro que recibió Christian Luna entre los ojos no pudo venir del tejado del otro lado. Tuvo que venir del parque... de donde estaba Jake. En las puntas de los labios del detective vi dibujarse una sonrisita. Creo que para él, mi cara era como una pantalla de cine y veía mis pensamientos reflejados en mis gestos.

—El coche, un Pontiac Firebird negro, del 69, matrícula RXT 658, está a nombre de Harley Jacobsen, dirección calle 110, 258 Oeste.

Él me miró, yo intenté que mi cara no expresara nada y moví la cabeza. ¿Harley? preguntó alguien desde el interior de mi cerebro. ¿Ése no era el apellido de aquel detective amigo de Jake? ¿Tenían el mismo apellido?

—Acusado en tres ocasiones por posesión ilícita de armas y allanamiento de morada —decía el inspector.

Empezaba a estar un poco mareada. Pero seguí callada.

—Me fío bastante de mí mismo a la hora de juzgar a la gente, señorita Jones, y ésa no es la clase de hombre que hubiera imaginado con una mujer como usted.

—Tiene toda la razón —dije al cabo de un segundo—. No está conmigo. Nunca había oído hablar de ese hombre.

Otra vez aquella efímera sonrisita.

—¿Puedo llamarla Ridley?

Asentí.

—Ridley, no quiero ver cómo se mete en líos por proteger a alguien que no se lo merece.

Sus palabras me escocieron un poco. Entonces supe que estaba frente a un maestro. El inspector Salvo era un hombre que sabía cómo evaluar a una persona y manipularla sutilmente para que dijera la verdad. Me preguntaba si aquel don le había llevado a ser policía, o si lo había adquirido gracias a su trabajo.

—No sé quién es ese hombre —dije.

Era bastante cierto. No tenía *ni idea* de quién era Harley Jacobsen. Aparentemente, sin embargo, me había pasado casi toda la noche anterior dando vueltas en su coche. El detective bajó la mirada para volver a consultar sus notas y me leyó una lista como la de la compra, larga y detallada, sobre Harley Jacobsen.

—La beneficencia tuvo que hacerse cargo de él cuando tenía cinco años. Un chaval problemático. Entró y salió de varias familias de acogida hasta los catorce años. Nunca le adoptaron legalmente. Luego estuvo en un orfanato de Nueva Jersey hasta los dieciocho. Se enroló en los Marines y allí tuvo algunos problemas: peleas, comportamiento inadecuado, etcétera, hasta 1996. No volvió a enrolarse. En 1997 obtuvo el carné de detective privado en Nueva York.

En mi oído derecho retumbaba un latido, era un sonido extraño que solía oír cuando estaba muy nerviosa. Era mi mente, esforzándose en digerir lo que el detective me decía. ¿Jake me había dicho un nombre falso? Ese tipo, Harley, ¿era él? ¿O Harley era un amigo suyo, tal como me dijo, y simplemente cogimos su coche? Lo sé: qué estúpida.

Gus Salvo me dio una hoja de papel. Era una copia del permiso de detective de Jacobsen. La foto era mala, oscura y borrosa. Pero sin duda era Jake. Mi corazón se rompió y los pedazos cayeron en mi estómago.

Jake me mintió al decirme su nombre. Aquello me dio miedo. Jake tenía carné de detective privado, lo cual explicaba muchas cosas que yo no me había molestado en preguntar. Eso también me daba miedo. Pero, por lo demás, creí que eso era lo que había intentado decirme desde que nos conocimos.

—¿Le suena algo de todo esto, Ridley?

—No. En absoluto.

El inspector me lanzó una mirada dura y prolongada.

—Parece que ha tenido una vida difícil —dije intentando evitar de alguna forma esos ojos.

—Eso no es excusa para delinquir.

No sabía qué más decirle al inspector Salvo. Por alguna razón, me sentía más impelida a proteger a Jake, o como se llamara, que nunca. Sí, me mintió cuando me dijo su nombre, pero era evidente que yo había mentido sobre cosas mucho más importantes. *Dije* la verdad sobre las circunstancias del asesinato de Christian Luna. Realmente *no* sabía nada más acerca de quién lo mató, ni por qué.

—No puedo ayudarle, inspector. Le he contado todo lo que sé sobre lo de anoche.

—Ridley —suspiró—, no estoy seguro de creerle.

Le sonreí, no en plan sabionda, sino para hacerle entender que ya no diría nada más. Supongo que si quería mostrarse duro, podía detenerme por abandonar el escenario de un crimen, pero simplemente no tuve la impresión de que fuera de esa clase. Tampoco es que pensara que lo dejaría correr. Cerró su libreta de notas y se levantó. Le hablé del primo que Christian Luna tenía en Puerto Rico para que su familia recibiera el cadáver; no sabía cómo se llamaban, pero imaginé que el inspector Salvo lo averiguaría. Los dos policías de uniforme, que habían permanecido en pie y en silencio durante toda la conversación, fueron hacia la puerta. Yo me levanté y seguí al inspector hasta el umbral. De pie, a su lado, me di cuenta de que era un poco más bajo que yo, aunque su personalidad hacía que pareciera más alto.

—¿Y qué averiguó usted? ¿Era su padre? —preguntó el inspector Salvo.

—Él pensaba que sí.

—¿Tiene alguna idea de quién deseaba su muerte?

Moví la cabeza.

—No le conocía. Se escondía de alguien. Pensé que de la policía. Pero temía a otras personas.

—Me parece una buena deducción. ¿Pensará en ello, Ridley? —dijo el inspector, y me dio su tarjeta.

Asentí.

—Identificarla y localizarla me ha sido muy fácil. He llamado a su puerta menos de doce horas después del asesinato de Luna. —Yo no dije nada. Sentí frío y un vuelco en el estómago—. Yo soy de los buenos, ¿sabe? Me presento en su casa y puedo ocasionarle algún problema, pero no voy a hacerle daño. ¿Me oye? ¿Entiende lo que le digo?

Leí en alguna parte que a los policías les enseñan a decir muchas veces tu nombre cuando hablan contigo, para crear sensación de intimidad. Funcionó.

—Es usted testigo de un asesinato. Si alguien piensa que vio algo, o quiere eliminar esa posibilidad.... —Dejó la frase a medias, para que mi imaginación la completara—. Guárdese las espaldas. Me parece que esto la supera.

Asentí de nuevo, sin estar convencida de lo que hacía. Si lo que quería era asustarme, lo había conseguido. Me acordé que Jake había dicho que la policía era un problema menor para nosotros. Se notaba que los policías pensaban lo mismo.

Me puso la mano en el hombro y dijo:

—Seguiremos en contacto, Ridley. Si recuerda algo o necesita hablar, si tiene algún problema, llámeme. Sea la hora que sea.

—De acuerdo. Gracias.

—Seguro que no es necesario que le recuerde que debe estar fácilmente localizable.

Me miró de una forma entre condescendiente y paternal. Luego los policías de uniforme y él bajaron las escaleras. Esperé a oír cómo se abría la puerta de la calle; cerré de un portazo y subí corriendo al apartamento de Jake. Llamé a la puerta, pero nadie contestó. Moví el pomo y empujé la puerta, pero estaba cerrada. Volví a llamar, pero sólo contestó el silencio.

17

—Despacho de Alexander Harriman —contestó una voz seca y cortante. Supuse que alguien como Alex Harriman trabajaría los sábados y acerté.

—Soy Ridley Jones. ¿Está el señor Harriman?

Hubo una pausa.

—Espere un momento.

Había tocado fondo. ¿Les parece que tengo razón? Acababa de ver cómo asesinaban a un hombre, y luego huí de la escena del crimen. El hombre con el que me acostaba de pronto era un extraño, que había mentido u omitido casi todo lo importante sobre sí mismo. La policía había estado en mi apartamento y me había dicho «que estuviera localizable». Aquellas garras retráctiles sonaban bastante bien.

—Ridley —dijo Alexander Harriman con un tono de voz cariñoso y familiar, como si me conociera de toda la vida, lo que era cierto, aunque fuese a distancia—. ¿Qué puedo hacer por ti?

—Creo que tengo un problema.

Pausa. Su voz pasó de la jovialidad a la gravedad:

—¿Qué tipo de problema?

—He presenciado un asesinato.

—No voy a dejar que sigas hablando. No digas ni una palabra más.

—¿Qué?

—No quiero tener esta conversación por teléfono. ¿Puedes venir a mi despacho?

Me duché y me arreglé. Excepto por las ojeras oscuras y el gesto ceñudo de la frente, mi imagen en el espejo del baño era bastante normal. Cogí un taxi en la Primera Avenida y fui hasta Central Park West, a ver al abogado de mi tío.

El despacho estaba en un edificio de piedra rojiza y era elegante en un sentido clásico, mucho roble y piel, alfombras orientales, y el mismo arte asiático y africano que le gustaba a mi tío. Un gigantesco Buda de color rojo me miró alegremente desde su rincón. Una máscara tribal, hecha de cortezas y coronada por enormes plumas rojas, parecía ser consciente de la gravedad de mi situación, y me miró muy seria desde su percha por encima de unas estanterías llenas de libros de leyes.

Me pareció raro estar metida en un lío y que mis padres no estuvieran presentes. No creo que nunca me dieran una mala nota sin que llamara a mi padre para lamentarme. Tenía la impresión de que habían cortado las amarras de mi vida, para que pudiera alejarme lentamente, hacerme cada vez más y más pequeña, y finalmente marcharme para siempre.

—Hubiera preferido tener esta conversación antes de que hablaras con la policía —dijo Harriman cuando le hube contado toda la historia, desde la primera nota hasta la visita del inspector Salvo.

Encogí los hombros.

—De hecho —se echó hacia atrás, me miró y continuó—: deberías haberme llamado en cuanto empezaron a hostigarte.

—No tengo mucha experiencia en esta clase de cosas. —Me froté los ojos con las manos tratando de que desapareciera el malestar que la fatiga me provocaba en esa zona.

—No, claro que no —dijo. Se incorporó en la silla y apoyó los codos en su enorme escritorio de roble. Les juro que he visto Volskwagens más pequeños.

—¿Y ahora qué hago?

—¿En mi opinión? Descansar. Ve a casa de tus padres una temporada. Yo llamaré al inspector Salvo, y cualquier relación que tengas con él en el futuro será a través mío. Yo me ocuparé de esto a partir de ahora, y si has de volver a hablar con la policía, yo te acompañaré. No has hecho nada malo. No eres culpable de nada excepto de tomar algunas decisiones equivocadas.

Parecía bastante fácil. Francamente tentador, en realidad. Arrastrarme de vuelta al redil y dejar que las puertas se cerraran tras de mí. Olvidarlo todo.

—Tengo la sensación de que la fuente de tus problemas ha sido eliminada —dijo Harriman—. Si quieres, puedes dejarlo correr.

Me levanté y me acerqué a una estantería de fotos que había a la derecha de su escritorio. Bajo la ventana se extendían Central Park y la Quinta Avenida. *Eliminada.* Pensé que había elegido una palabra extraña para hablar de la muerte de un hombre que podía ser mi padre.

Bajo la ventana fluía el tráfico.

—Él creía que yo era su hija. Vino a buscarme y alguien le mató. ¿Cómo se deja correr algo así?

No dijo nada, pero sentí sus ojos fijos mí.

—Ese hombre, fuera quien fuera, no era tu padre. Te lo garantizo. —Parecía tan convencido que me volví para mirarle.

—Lo que quiero decir —dijo con una risa desdeñosa—, a ver, entiéndeme. ¿Ese tío aparece sin más después de treinta años, diciendo que es tu padre y tú le crees? Eres una chica inteligente, Ridley. Demasiado inteligente para esta mierda.

Yo no dije nada, sólo le miré. Intenté pensar en todos los motivos por los que aquello no podía ser una especie de broma de mal gusto. Y no se me ocurrió ninguno.

—De acuerdo —dijo, y levantó las palmas de las manos—. Deja que haga lo siguiente. Conseguiré una orden judicial para obtener una muestra de los tejidos. Haremos una prueba de ADN.

Pensé en aquello y se me cayó el alma a los pies. ¿Por qué no se me había ocurrido antes? Puede que en realidad no quisiera saberlo. Quizás era más segura la pregunta que la respuesta.

—¿Lo ves? —dijo cuando no contesté—. En realidad no quieres saberlo, ¿verdad?

Contemplé las fotos de la estantería, y una en particular me llamó la atención. Estaban Harriman, mi tío Max, Esme, mi padre y un hombre que no conocía. Estaban de pie bajo un cartel que decía:

PROYECTO RESCATE,
UNA INICIATIVA QUE PROPORCIONA UN HOGAR
A LOS NIÑOS ABANDONADOS

La cogí para mirarla de cerca. Todos parecían muy jóvenes, y me fijé en el brazo de Max sobre el hombro de Esme, que sonreía feliz y le pasaba un brazo por la cintura.

—¿De cuándo es?

Se puso a mi lado. Olí aquella colonia tan cara. Llevaba un reloj que seguramente podría pagar el colegio de un par de chavales. Tenía las manos tan morenas que parecía que llevaba guantes de piel. Me cogió la foto y la miró sonriendo.

—Hace mucho tiempo. De antes de que nacieras.

—¿Qué es PROYECTO RESCATE?

—Era uno de los proyectos de la Fundación Maxwell Allen Smiley. ¿Te acuerdas que tu tío hizo campaña para que aprobaran una Ley de Confidencialidad para Casas de Acogida?

Me acordé de la conversación con mi padre y asentí.

—PROYECTO RESCATE patrocinó toda la campaña, las relaciones públicas, la publicidad, la recogida de fondos y el apoyo de las celebridades. La ley se aprobó, y ahora gestionan una línea de ayuda telefónica y funcionan como oficina de relaciones públicas, diseñan pegatinas para que hospitales, clínicas, comisarías y parques de bomberos las coloquen en sus ventanas y se identifiquen como locales del PROYECTO RESCATE donde la gente puede dejar a sus bebés. Organizan cenas de homenaje a los médicos que se han distinguido especialmente en su trabajo a favor de los niños necesitados. El fondo patrimonial de Max sigue financiándolo.

Devolvió la foto a la estantería, me puso las manos sobre los hombros y me dio la vuelta,

—De todas formas, eso es parte del pasado.

Me senté en una butaca frente a su escritorio; era tan mullida que casi me traga. Él se sentó en una silla enorme y recargada, una especie de trono con la tapicería de brocado y unos brazos de madera negra que acababan en forma de cabeza de león.

—¿Qué tal si te pido un coche para que te lleve a casa de tus padres? —cogió el teléfono que tenía al lado—. Podrás descansar. Yo me ocuparé de tratar con la policía de Nueva York. Una semana y será como si todo esto no hubiera pasado.

Me lo quedé mirando. *Era capaz* de hacer que desapareciera. Yo sabía que podía hacerlo. Su apariencia lo decía: tenía el aspecto de un hombre que podía darle una patada a tus problemas con sus botas de goma y hundirlos en el East River. Simplemente no tenía que preguntar detalles sobre sus métodos. No querría saberlos.

—No. No lo hagas. Cogeré el tren.

—No seas absurda —y levantó el auricular.

—No, en serio. Necesito tiempo para pensar.

Se quedó quieto con el teléfono en la mano, y me miró con escepticismo.

—Pero ¿te irás a casa, con Ben y Grace?

Asentí.

—¿A qué otro sitio podría ir en este momento? Tienes razón. Necesito descansar.

Colgó el auricular y yo me puse de pie.

—Mis padres no han de saber nada de todo esto, Alex. Todavía no. Se asustarían.

—Confidencialidad abogado-cliente, niña —dijo levantándose—. Nada de lo que hemos dicho hoy saldrá de aquí. Te dejaré un mensaje en tu apartamento cuando haya hablado con ese inspector. ¿Compruebas tus mensajes? Comprueba tus mensajes.

—Lo haré.

—Confía en mí —dijo y me cogió por los hombros—. El año próximo por esta época, todo estará olvidado. Has hecho bien en venir. Tu tío Max quiso asegurarse de que siempre hubiera alguien que te protegiera, ¿sabes?

Asentí, me di la vuelta y estreché la mano que me ofrecía.

—Gracias, señor Harriman.

No soy demasiado buena conductora. En parte por inexperiencia y en parte porque mi mente tiende a evadirse. En la adolescencia tuve unos cuantos accidentes. Cosas sin importancia, siempre por mi culpa, que provocaban las quejas de mi padre: «Ridley, ¿no puedes salir alguna vez por ahí sin *chocar* contra nada?». Él pagaba el seguro, y las reparaciones no eran baratas, pero creo que lo que más les preocupaba era que la cosa podía ir a peor. Cada abolladura en la carrocería les recordaba lo frágil que era mi vida, y que cuando fuera independiente ya no podrían protegerme de los peligros que me acechaban. Representaba la pérdida del control.

Aquel día, algo más tarde, alquilé un Jeep Grand Cherokee negro (increíblemente caro) en el West Village y me dirigí a las afueras.

Había unas obras en la Henry Hudson (juraría que estaban allí desde hacía más de quince años) y se circulaba muy lentamente. Por fin salí por George Washington y me libré de aquel estruendo. Iba a Jersey. No a casa de mis padres, como le prometí a Harriman. Por muy bien que sonara, no podía hacer eso. Ya no había camino de vuelta a casa.

Al contrario que *otras* personas, yo no soy detective privada, sino escritora. Cosa que significa que a lo largo de los años he seguido algunas pistas y el rastro de algunas personas. He conseguido convencer a algunos reticentes para que hablaran conmigo. Tras dejar a Alexander Harriman, volví a mi casa y me senté en el sofá con una enorme taza de café, contemplando la vista de paredes de hormigón y ventanas oscuras que tiene mi apartamento. Estuve pensando en mi historia. Y me pregunté a mí misma lo que solía preguntarme cuando escribía el perfil biográfico de alguien: si yo estuviera leyendo este relato, ¿que querría que pasara después? ¿Cuál es la gran pregunta que sigue sin respuesta?

No tenía intención de ir a casa de mis padres como si no hubiera pasado nada. Ni hablar. Al decidir encontrarme con Christian Luna crucé el punto sin retorno posible. El sendero de vuelta a mi antigua vida estaba bloqueado y no podía hacer otra cosa que seguir adelante.

Estaba increíblemente tranquila. Quizá piensen que soy un caso perdido, pero recuerdo algo que me dijo una vez una psicóloga, una que consultamos mis padres y yo cuando murió el tío Max y mi padre decidió que necesitábamos apoyo durante el duelo. Dijo que el duelo no es lineal; que no hay progresión lentamente hacia la curación, sino en zigzag, oscila implacable entre la normalidad y la tragedia, hasta que los momentos de devastación son menos frecuentes que los de normalidad. Dijo que la mente no es capaz de soportar el dolor o el terror durante un período de tiempo demasiado largo, de modo que hace alguna pausa. Yo no estoy segura de que estaba atravesando un período de duelo, pero quizá sí. Christian Luna, un hombre que creía ser mi padre, había muerto. Jake era un extraño que me mentía. Y yo misma ya no sabía quién era. Pero de algún modo conseguí trascender a todo aquello, pude compartimentar mis miedos y pensar en las preguntas de la historia de mi vida que necesitaban respuesta.

Ya he dicho que la pregunta fundamental era: ¿quién mató a Teresa Stone? Como dije, me parecía que la respuesta a esa pregunta aclararía muchas otras. Desde mi punto de vista, había un par más muy importantes. A ver si coincidimos. La primera era: ¿quién demonios es Jake? Pero ésa no podía contestarla sin hablar con él, así que la respuesta tendría que esperar, ya que el detective Jake/Harley había desaparecido por el momento. La segunda pregunta era: ¿quién mató a Christian Luna y por qué? Volvía a topar contra un muro. No tenía forma de saberlo, ni siquiera de intentar averiguarlo. Y por último: ¿era cierto lo que dijo Christian Luna? ¿Era yo su hija? ¿Él no era el asesino de Teresa Elisabeth Stone?

Repasé el artículo que Jake/Harley había encontrado en el *New Jersey Record*. Maria Cacciatore era la vecina de Teresa, la mujer que cuidaba a Jessie cuando Teresa estaba trabajando. Encendí mi ordenador, entré en Internet y fui a LexisNexis. Al cabo de unos segundos, tenía las direcciones y los teléfonos de los Cacciatore de Hackesttown, Nueva Jersey. También encontré el teléfono de la compañía que se encargaba del complejo de apartamentos Oak Groves. «¡Viviendas limpias, seguras y a buen precio!», decía la página web. Nunca creí que los adjetivos *limpio* y *seguro* fueran términos adecuados en publicidad, pero imagino que uno ha de espabilarse con lo que tiene. A juzgar por las fotos era un complejo de apartamentos baratos, lo cual era lógico, si tenemos en cuenta la situación de Teresa cuando la asesinaron. Supuse que si no encontraba a Maria Cacciatore, quizás alguno de la inmobiliaria me pondría en contacto con alguien que hubiera vivido en los apartamentos en la década de 1970.

Pensarán que podría haber hecho esas llamadas antes de salir para Nueva Jersey, pero sentarme a llamar por teléfono sin saber si obtendría o no algún resultado, no era mi idea de la acción. Sé que dije que iría con cuidado, pero pensé que si Jake/Harley mintió sobre su nombre, su profesión, y quién sabe sobre qué más, aquello me liberaba de la promesa de ser prudente que le había hecho. Así que me fui a Nueva Jersey.

Yo era la única persona de todo Nueva York sin teléfono móvil. En realidad no se trataba de una postura filosófica, sino simplemente que trabajo en casa y es muy fácil localizarme. Normalmente no conduzco, así que no me servía en caso de accidente. Los móviles no funcionan en el metro, y es en el único sitio donde me servirían de algo, para situaciones del tipo «estoy atrapada en el metro, llegaré tarde, etc.». Y francamente, cuando no podían localizarme era porque yo no quería que me localizaran. Mis amigos y mi familia no paraban de protestar. Y por eso, obviamente (a estas alturas ya me conocen) aún me apetecía menos tenerlo. Pero aparqué en una tienda de la carretera 80 y escogí un móvil. Me pareció que en esta aventura podía necesitar uno. Me compré un Nokia rojo pequeño, del tamaño de un cartón de chicle. También me compré un bollo de canela y un zumo de naranja, que comí y bebí en el aparcamiento mientras inspeccionaba mi nuevo juguete. Dios bendiga a mi país.

Ya sé que parecía muy decidida y muy lúcida, aunque un poco impulsiva y temeraria, y supongo que así era. Tenía miedo, lo arrastraba desde la noche anterior, y aquellas imágenes envenenaban mi mente como ráfagas con una claridad intensa. Pero tenía la impresión, quizás errónea, de que controlaba la situación. Maria Cacciatore era mi único nexo de unión con un pasado del que apenas hacía unos días no sabía absolutamente nada. Si aún vivía y podía encontrarla, era posible que la verdad no hubiera muerto con Christian Luna la noche anterior. Me impulsaban la esperanza y el objetivo de mi misión: saber quién mató a Teresa Stone, qué pasó con Jessie y qué tenía que ver conmigo.

Sabía que era una posibilidad muy remota, pero al mismo tiempo tenía la sensación de que la encontraría. El universo conspira para revelar la verdad y facilitarte el camino, si tienes el valor de seguir las señales. Y aquel día me sobraba valor. Puede que me faltara previsión, pero me sobraba valor.

Al llegar a Hackettstown, paré el coche en el aparcamiento del 7-Eleven y empecé a hacer llamadas.

Las dos primeras no dieron resultado. Quizá por la alienación de nuestra era posmoderna, puede que se debiera a la cantidad de ofertas telefónicas que ya se habían quitado de encima antes de que yo llamara. O puede que los Cacciatore fueran sencillamente un clan poco sociable. *Martino* Cacciatore me aconsejó que me metiera el teléfono donde me cupiera y dejara de llamar a la gente a la que no le interesaban mis asuntos. Le había interrumpido cuando miraba su concurso favorito, y ya no sabría nunca cuál era el precio justo de un crucero por el Caribe. *Margaret* Cacciatore era dura de oído, y después de gritarnos la una a la otra durante diez minutos, emitió un irritado gruñido y colgó, y cuando la volví a llamar no cogió el teléfono. Marqué el último número.

—¿Diga? —respondió la voz de una anciana.

—Hola. Busco a Maria Cacciatore —dije con voz insegura.

—No me interesa —y colgó.

Volví a marcar.

—¿Diga? —Su voz sonó cautelosa y molesta.

—Señora Cacciatore, no soy una vendedora.

—Lo sé, lo sé. Me han tocado tres noches gratis en Orlando, ¿verdad? Y no tengo que comprar nada, ¿verdad?

—No, señora. De verdad que no quiero venderle ni ofrecerle nada.

—Bien —dijo a regañadientes—. Entonces, ¿qué quiere?

—¿Usted es Maria Cacciattore?

—Sí —suspiró—. Oiga, ¿de qué se trata?

—¿Conocía usted a Teresa Elisabeth Jones y a su hija Jessie?

Hubo una pausa y pensé que quizás habría colgado. Luego la oí respirar.

—Sí —dijo finalmente—. Hace mucho tiempo. Teresa... murió. Descanse en paz.

—Lo sé, señora Cacciatore. Quisiera preguntarle un par de cosas sobre ella. Y sobre Christian Luna. ¿Puede ayudarme?

—¿Cómo ha dicho que se llama usted?

Parecía molesta y enfadada, como si la hubiera obligado a recordar algo que prefería tener olvidado.

—Me llamo Ridley Jones. Soy escritora y estoy escribiendo sobre niños desaparecidos de los que no se ha vuelto a saber nada. Encontré su nombre en un artículo publicado en 1972 en el *New Jersey Record*.

Vale, quizá miento mejor de lo que les dije. Estaba practicando mucho. De todos modos, sólo fue una mentira a medias.

—¿En qué periódico escribe? —preguntó.

Me alegró comprobar que tenía la cabeza clara.

—Soy una escritora independiente, señora. Aún no he vendido el artículo.

Me pareció que se quedaba pensando un momento y creí que me colgaría, pero entonces dijo:

—Puede venir a mi apartamento si quiere. No me gusta hablarlo por teléfono.

Dijo que fuera sobre las cuatro y me explicó cómo llegar a su casa.

—Fue hace mucho tiempo —dijo antes de colgar—. No sé si me acordaré de muchas cosas.

—Está bien, haga lo que pueda. Es lo único que puedo pedirle.

Me sobraba tiempo y me di cuenta de que el vendedor del 7-Eleven me observaba suspicaz a través de la ventana. Salí del aparcamiento y conduje hasta encontrar un Barnes & Noble. Pensé que sólo era una cuestión de tiempo. ¿Alguien ha hecho un estudio sobre esto? ¿Cuántos kilómetros se puede conducir, en cualquier dirección, sin encontrar un Barnes & Noble o un Sartbucks, o ambas cosas? Da igual. Me encantó tomarme un té helado en un confortable sillón mientras esperaba, y ojear un ejemplar del día del *New York Times*.

Tardé unos minutos en ser totalmente consciente de aquella sensación incómoda que rondaba mi cerebro. Alguien me estaba mirando fijamente. Me revolví en el asiento, pero sin levantar la mirada del ejemplar. Al cabo de un segundo, bajé el periódico y alargué el cuello como si observara despreocupada a mi alrededor. Había un hombre de pie en la sección Novelas de misterio leyendo la contraportada de un libro. Un tipo con gafas de sol, achaparrado, grande y fuerte como un bloque de hormigón. Con una gorra de béisbol y la cabeza afeitada, una cazadora de aviador verde oliva y unos vaqueros ajustados y limpios. Llevaba un par de gruesas botas negras. Levantó los ojos y vio que le miraba. ¿Sonrió un poco? Volvió a mirar la estantería, se dio la vuelta y se fue. Había algo horrible en aquella cara; el aura fría de la maldad.

No era simplemente un mirón asqueroso. La cuestión es que me era familiar. Lo había visto antes. Oh, mierda, aquel pensamiento me aterrorizó: ¿sería el mismo hombre que vi en el tren?

Mi corazón dio un brinco. Me tomé el té y salí de la tienda sin correr, pero tan aprisa como pude. Con la gorra de béisbol y las gafas de sol era difícil saber si era el mismo tipo. Entré en el Jeep jadeando y vigilé la puerta por el retrovisor, para ver si me seguía. Algo me recordó la conversación que tuve con Zelda sobre aquel hombre que me buscaba. También me acordé de pronto de lo que había dicho Jake, e incluso de la insinuación del inspector, sobre que alguien podía haber seguido mis pasos hasta Christian Luna y que quizá me estaba siguiendo. Saqué el Nokia del bolsillo de la chaqueta y llamé a Zelda.

—¿FiveRosesquédesea? —contestó con el mismo tono áspero y sordo de siempre.

—Soy Ridley.

—¿Quieres una ración?

—No. Zelda, ¿Te acuerdas que me dijiste el otro día que un tipo preguntó por mí? ¿Cómo era?

Se oía el ruido de fondo del restaurante, el cling-clang de la caja. Yo seguía mirando por el retrovisor, vigilando la puerta.

—Aggg. ¿Cómo quieres que me acuerde? ¿TecreesquesoyEinstein?

—Zelda. Es importante.

Yo sabía que si quería, Zelda era capaz de acordarse de aquel tipo al detalle. Simplemente no le gustaba que la molestaran. Hablar no era su actividad favorita.

—Parecía problemático. Eso es lo que parecía.

—¿Era un hombre maduro de estatura mediana, pelo negro, ojos oscuros y gorra de béisbol?

Esperaba que dijera que sí para volver a pensar que era Christian Luna el que me buscaba, olvidarme del cabeza rapada del B&N, y atribuir el pánico a mi paranoia.

—Nononono. Así no era.

Esperé que concretara, pero no lo hizo.

—Doce con veintinco —dijo—. *Cling-clang.* Tenga el cambio, que le vaya bien.

—Zelda.

Lanzó un suspiro:

—Un mal tipo. Calvo, ya sabes, con la cabeza afeitada. Era un punk, lo que yo te diga. Ridley, ¿en que lío te has metido?

Se me paró el corazón.

—No lo sé.

—No quiero problemas en el edificio —dijo con severidad.

—De acuerdo. Adiós, Zelda.

Colgué y me hundí despacio en el asiento del conductor. Seguía vigilando la puerta. Si me estaba siguiendo, pues... no sé. Estaba jodida, supongo. Como no los había adaptado a mí, mi imagen se reflejó en los retrovisores laterales. Parecía una estúpida, con los ojos abiertos de par en par, como un caballo asustado y desconcertado que se muerde la cola. «Estás paranoica», le dije a mi reflejo. Pero justo cuando estaba a punto de reírme de mí misma, lo vi salir por la puerta y echar un vistazo alrededor del aparcamiento, como si hubiera perdido algo. No pude ver si era el hombre del tren o no. Se parecían, pero eso no significaba nada. Se dio la vuelta, se alejó del Jeep y desapareció entre la multitud que entraba y salía de la tienda. Salí del aparcamiento despacio, aprovechando que ya no me miraba. Conduje un rato; la adrenalina me hacía temblar e impedía que me concentrara. Satisfecha al ver que nadie me seguía, me fui a ver a Maria Cacciatore.

18

Supongo que no era realista, pero conducía con el corazón dividido entre la esperanza y la prudencia, buscando el Firebird. Me imaginaba diversos modos con los que Jake podía seguirme la pista. Quizás iba detrás en otro coche, no en el Firebird, para protegerme de quienquiera que me siguiera. Quizá tenía un método para rastrear mi tarjeta de crédito; sabía que había alquilado un coche, que había comprado un móvil en Nueva Jersey y algo a cuenta en B&N. Los detectives pueden hacer ese tipo de cosas, ¿o no? Pero, naturalmente, aquello no era más que una estupidez de las mías.

Conservaba en la memoria la imagen de Jake y me invadió el recuerdo de las noches que pasamos juntos. Podía haber mentido y omitido muchas cosas, pero aquello fue auténtico. Ese tipo de intimidad no puede fingirse, ¿o sí? ¿Les parece que me engañaba a mí misma? Normalmente, si detecto el más mínimo síntoma de engaño me retiro. Pero en mi nuevo universo era como Alicia en el país de las Maravillas. Todo era extrañamente *irregular* y las reglas tradicionales ya no servían.

Al llegar a la dirección que Maria me había dado por teléfono, aparqué el coche y busqué intranquila en el retrovisor al chalado del metro y de Barnes & Noble. No vi a nadie, y entonces me reí un poco de mí misma. Realmente me estaba volviendo paranoica. Había millones de tipos achaparrados con la cabeza afeitada paseando por ahí, y no tenía absolutamente ningún motivo para sospechar que el hombre que habló con Zelda, el que vi en el tren y el excéntrico de B&N fueran la misma persona. De hecho era francamente absurdo. ¿Verdad?

Anduve por un corredor exterior que daba a la calle, buscando el número de la puerta. Llegué al apartamento cuatro y llamé. Después de un largo silencio, pensé que quizá Maria Cacciatore había cambiado de idea. Volví a llamar.

Del interior me llegó una voz débil.

—Espere, no hace falta que haga tanto ruido. Ya voy.

Oí la cadena del lavabo, luego el ruido del agua y después unas pisadas firmes en el suelo. Una mujer ceñuda y gruesa, con una bata azul fluorescente y un turbante a juego, abrió la puerta de golpe.

—¿Señora Cacciatore?

Al verme la cara se quedó sobrecogida y el ceño desapareció.

—Jesús, María y José —dijo dando un paso hacia atrás.

Yo me di la vuelta para saber qué había visto, pero cuando me giré otra vez, seguía mirándome.

—Me alegro de que me llamaras antes de venir —dijo—, si no me hubiera dado un ataque al corazón.

Se apartó y yo entré. Ella seguía sin quitarme los ojos de encima.

—No lo entiendo —dije yo, aunque creo que sabía perfectamente lo que quería decir.

—Ya deberías saberlo. Eres idéntica a ella. Su viva imagen.

Cerró la puerta y la sala se quedó casi a oscuras. Las ventanas estaban cubiertas con unas cortinas de terciopelo rojo, y la luz que filtraban teñía aquel espacio del color de la sangre. En todas las superficies había unos cirios dentro de vasos de cristal, pintados con imágenes de santos, ya saben, como las que hay en todas las *bodegas* de la ciudad. En un rincón había una mesa cubierta con un mantel oscuro, que también parecía rojo, como todo lo de la sala, incluidas mis propias manos. Un par de sillas frente a la mesa, una baraja de cartas del tarot con otra vela encima. El calor opresivo de la habitación mantenía en silencio las campanillas que colgaban del techo. Noté que mis fosas nasales se hinchaban por el intenso olor del incienso que ardía en algún rincón.

—¿Quieres que retire el incienso? A algunos de mis clientes les molesta.

—No, está bien —dije mientras seguía mirando a mi alrededor para hacerme cargo del espacio—. Señora Cacciatore.

—Llámame Madame Maria; todo el mundo me llama así, querida. Todo el mundo. O Madame, para abreviar.

—Vaaale —dije despacio.

—Bueno. —Se sentó en el sofá con un profundo suspiro.

Su bata revoloteó. Se recolocó el turbante. Mis ojos se habían acostumbrado a la penumbra, y me di cuenta de que ella no había dejado de mirarme.

—¿Por qué me mentiste, Jessie? ¿Qué sentido tiene mentir a una anciana que te cambiaba los pañales? —Dio una palmada a su lado en el sofá y yo me senté.

—No mentí. No sobre mi nombre. Yo no soy Jessie. Yo me llamo Ridley Jones.

Ella asintió.

—Has venido para saber cosas de tu madre. Quieres saber qué le pasó.

Lo dijo como si hubiera consultado un oráculo, aunque en realidad yo se lo había dicho antes.

—He venido a preguntar por Teresa Elisabeth Stone —repliqué tozuda.

Es bastante complicado que la gente piense que eres una persona distinta de la que eres. Te llaman por un nombre que no es el tuyo, te hablan de parientes que nunca has conocido. Están convencidos de lo que saben, tan convencidos como lo estás tú. Y eso crea confusión mental. Seguía sin haber una prueba definitiva de que yo fuera Jessie Stone y, sinceramente, si un día lo fui, ya no lo era. Yo era Ridley Jones. Ésa era mi identidad, y pretendía aferrarme a ella.

—Bueno —dijo con un tono entre maternal y comprensivo—. Ridley, de acuerdo. Cuéntame qué pasa.

Miré a mi alrededor.

—¿Usted no lo sabe, *Madame*?

—Oye, ten un poco de compasión —dijo sonriendo—. Una anciana ha de ganarse la vida. Además, yo sólo leo las cartas. En el mundo actual, la gente necesita consejo, alguien con quien poder hablar de sus problemas, alguien que les diga que todo se arreglará. ¿No es eso a lo que has venido?

No contesté a Maria. Le di vueltas a la idea de levantarme e irme. Pero había algo en aquella anciana que me gustaba, a pesar de (o quizá justamente por) su falso misticismo. Tenía una cara rotunda, gruesa y llena de arrugas, y la piel colgando alrededor de los ojos y en la barbilla. Tenía un cuerpo cálido y acogedor, como si mucha gente hubiera encontrado consuelo entre sus brazos, y yo me sentía segura en aquel apartamento tan peculiar. Así que le conté mi historia. Al contrario que con el inspector Salvo, no omití nada. Como pueden ver, no me cuesta demasiado contar mi vida. Nunca se me han dado bien los secretos.

Cuando acabé, lanzó un sonoro suspiro.

—Necesitas una taza de té.

Fue a la sencilla cocina que tenía justo enfrente del sofá. Llenó una taza con agua del grifo, metió una bolsita de té y la puso en el microondas. Al oír el zumbido del aparato, se me acercó otra vez y me puso una mano en la mejilla.

—Debes tener la cabeza a punto de explotar, Ridley.

Su comprensión me dio ganas de llorar, pero me contuve. Le agradecí de corazón que hubiera decidido llamarme «Ridley», en lugar de «Jessie».

El microondas pitó y ella sacó la taza, añadió un poco de leche y miel y me la trajo.

—Tu madre, perdona, quise decir Teresa, era una buena chica —dijo María al sentarse—. Sencillamente cometió el error de mezclarse con aquel fracasado, Christian Luna. Desde el momento en que le vi, supe que no le haría ningún bien. Pero era su karma; siempre se equivocaba con los hombres. Algunos eran ricos, otros pobres, algunos guapos, otros caseros. Pero todos tenían algo en común: no le convenían.

Me miró detenidamente, como temerosa de que sus afirmaciones me hubieran dolido. Yo negué con la cabeza, para indicarle que podía decir lo que pensaba, sin problemas.

—En fin, quizá no debería ser tan dura con Christian Luna —dijo pensativa, y sonrió un poco.

Extendió la mano y volvió a tocarme la cara.

—Si no hubiera sido por él, puede que no hubiéramos tenido a ninguna Jessie. Y esa niña era el amor de la vida de Teresa. El sol salía y se ponía con esa niñita.

Se detuvo un momento y se puso la mano en el pecho.

—No importa, dices que él ha muerto. No debería hablar mal de los muertos.

—Me dijo que no había matado a Teresa. ¿Usted qué cree?

—Yo nunca creí que él la matara. Ya sé que *parece* que lo hizo él. Me refiero a que estuvo allí esa noche, chillando y gritando. *Todo el mundo estaba convencido* de que había sido él. Sobre todo porque secuestraron a Jessie y él desapareció de esa forma. Pero Christian Luna era un cobarde. Hay que tener arrestos para matar a una mujer y robar a su hija. Y él nunca quiso la responsabilidad de cuidar de Jessie. En absoluto. ¿Por qué llevársela?

—Sí, pero el control es el motivo de un crimen como ése, ¿no? Uno quiere lo que no puede tener, sólo porque alguien dice que ya no es suyo.

Se encogió de hombros.

—Puede. Pero no creo que él fuera así.

—Entonces, ¿quién?

—No lo sé —dijo—. Pero sí sé una cosa: Jessie no es la única niña que desapareció en esta zona aquel año.

Me la quedé mirando.

—Ah, sí —dijo—. Hubo al menos otros tres en los meses siguientes; salió en las noticias. Y con los años hubo más.

—¿Asesinaron a los padres?

Entornó los ojos y miró a lo lejos.

—Creo que no. No, que yo recuerde.

—Pues ¿qué pasó? —Me incorporé al preguntar—. Supongo que los medios de comunicación debieron hablar mucho de aquello.

—En realidad, no. No es como hoy en día. En aquella época no solías enterarte de ese tipo de historias. Pensar que había pedófilos que raptaban niños, asesinos en serie..., sinceramente la gente no pensaba en esas cosas, no *quería* enterarse. Además todas esas pobres criaturas venían de chabolas, de casas baratas. No raptaban a los niños ricos.

—Ya —dije sin saber que añadir.

La información me afectaba profundamente por varias razones. Primero, le daba cierta credibilidad a la historia de Christian Luna, y si él había dicho la verdad y no mató a Teresa, también puede que dijera la verdad sobre mí. Segundo, si Jessie fue una más entre otros niños que raptaron en aquella zona, y yo *era* realmente Jessie, ¿qué implicaba todo eso? ¿Cómo había llegado yo desde allí hasta aquí?

De pronto las campanillas del techo empezaron a tintinear. Había varios grupos y cada uno de ellos sonaba en una octava distinta. Era un sonido que alertaba y daba miedo a la vez. Madame Maria se levantó del sofá de un brinco.

—No te preocupes —dijo en voz alta, y se colocó detrás de la barra que separaba la cocina del resto del piso—. Están conectados a un temporizador que se dispara cada hora. Así sé cuando el tiempo de la sesión ha terminado.

Desapareció un segundo y el móvil que pendía de un extremo del techo empezó a detenerse. El sonido de las campanillas se amortiguó. Yo estaba inquieta, nerviosa, así que me levanté para irme. Saqué una tarjeta de visita de mi bolsillo y se la entregué a Madame Maria.

—Lo siento —la cogió y se la metió en la bata.

—¿Por qué?

—Por todo lo que has tenido que pasar. No es justo.

Parecía triste y más vieja que cuando llegué. Yo encogí los hombros.

—La vida no es justa —dije.

Pero esa frase no era mía. Era de mi madre. Era algo que le había oído decir infinidad de veces a lo largo de los años. De hecho, yo sí creía que la vida era justa. Bueno, no exactamente justa, sino equilibrada. El yin y el yang. La bondad y la maldad. Lo correcto y lo incorrecto. Lo amargo y lo dulce. Uno no existe sin lo otro. Cuando la vida va mal, uno sabe que mejorará. Cuando va bien, sabemos que empeorará. Si eso no es justo, no sé qué lo es.

Asintió.

—Oye, ¿quieres que te lea las cartas antes de irte?

—No, gracias —dije sonriendo. No estaba segura de querer saber lo que las cartas me auguraban—. Llámeme, ¿de acuerdo? Si se le ocurre algo más.

Asintió otra vez, y me miró como si quisiera decirme algo. Esperé.

—¿Sabes? —vacilaba—, Teresa solía llevar a Jessie a la clínica de Drew Street. Allí le aceptaban el carné del seguro y le gustaba el médico. Quizás aún guarden los archivos. Se llamaba Little Angels. Sigue funcionando.

Mi mirada era totalmente inexpresiva.

—Por si quieres asegurarte. Quiero decir que a lo mejor tienen fichas dentales o huellas dactilares.

Se refería a si yo quería asegurarme de si era o no Jessie; como los padres de Jessie estaban los dos muertos, pensó que yo no tenía otra manera de averiguarlo. Se me acercó y me abrazó. Sus brazos eran tan cálidos y acogedores como había pensado.

—Gracias —le dije. Di un paso atrás y me di la vuelta para irme.

—Ten cuidado, Jessie —dijo bajito cuando cerró la puerta. Creo que no quería que la oyera. Ojalá no la hubiera oído.

19

—¿Usted sabía que hubo otros raptos de niños en aquella zona? —le pregunté al inspector Salvo.

Estaba sentada en mi Jeep alquilado, en el aparcamiento de la Biblioteca Pública de Hackesttown. Tras pasarme más de dos horas sentada delante del archivo en microfilme, la bibliotecaria, que quería irse a casa, me echó del edificio. Me había dejado entrar unos minutos antes del cierre, y luego dejó que me quedara hasta que terminó su turno de la tarde. Al final, apagó las luces y me dijo que tenía que irme. En aquel momento tenía dolor de cabeza (sí, otra vez), vista cansada seguramente. Era de noche y estaba molida, pero me compré un Frappuccinos. Fuera hacía frío y al coche le costaba calentarse. Veía el vaho de mi propia respiración.

—Literalmente quiero decir, en un radio de 8 kilómetros —añadí para darle énfasis al ver que él no decía nada.

Seguía al teléfono, callado. Y al cabo dijo:

—No acabo de entender qué tiene que ver con mi caso, Ridley. Estamos hablando de otro estado, y hace 30 años.

Ahora me tocaba a mí estar callada. Antes, en mi asiento de imitación madera de la biblioteca, me *había parecido* importante. Cuatro niños, incluida Jessie Stone, desaparecieron aquel año de viviendas baratas de la zona de Hackesttown. Dos niños, ambos de tres años; dos niñas, una era un bebé de unos nueve meses, la otra, Jessie, de apenas dos años. Tez blanca, una rubia, uno pelirrojo, dos morenos. No se resolvió ninguno de los casos. Había anotado muchos datos, y en aquel momento pensé: ¿por qué le he llamado? Quizá porque no tenía a nadie más a quien llamar... para hablar de esto, al menos.

—¿Sabe usted lo que más nos molesta a los polis aparte de los detectives privados? Los ciudadanos que *pretenden* ser detectives privados.

—Puede que tenga relación con lo que le pasó a Christian Luna —le dije, y me pareció, incluso a mí, algo poco convincente, poco profesional.

—¿Por qué, porque a lo mejor sabía algo?

—Exacto.

—Ridley, si él hubiera sabido algo que le hubiera evitado que fuera sospechoso del asesinato de su esposa, ¿no cree que lo habría dicho hace 30 años en lugar de pasarse el resto de la vida huyendo?

No contesté. Lo que decía tenía lógica.

—¿Dónde está usted?

—En Jersey.

—Váyase a casa, ¿de acuerdo? —dijo suavizando la voz—. Yo lo investigaré. Se lo prometo.

No supe si estaba siendo condescendiente o no. Tenía un tono de voz que, sencillamente, sonaba condescendiente.

—Ah —dijo—, otra cosa. ¿Ese amigo suyo? Perdón, ese tipo del que nunca ha oído hablar.

—¿Qué?

—Resulta que tiene una dirección nueva. Adivine dónde. En su edificio.

—¿Y qué pasa? —dije.

Creo que conseguí ser bastante natural, pero tenía aquel nudo en el estómago que sientes de pequeña cuando te pillan en una mentira. Asustada, estúpida, sin idea sobre qué decir, y bastante dispuesta a mentir otra vez, si me presionaban.

—¿Y sabe qué más? —Su voz apenas disimulaba la sonrisa—. El tipo dice que la otra noche estaba en Riverdale, en un bar al que suele ir. El café Jimmy's, del Bronx. Se paró a tomar una *pizza* de camino a casa. Pero ni oyó ni vio nada en el parque. Y tampoco ha oído hablar de usted.

—Ah —me limité a decir—. Bueno, ya sabe lo que pasa en una ciudad. Tienes un vecino durante años y no sabes ni cómo se llama.

—Vaya coincidencia de todas formas. ¿No le parece?

—Sí que lo es.

—Sólo que yo no creo en las coincidencias —dijo en un tono

más neutro—. Vuelva a la ciudad, Ridley. Tengo la sensación de que usted y yo tendremos que hablar otra vez.

—Tengo abogado —dije con la voz quebrada.

—Sí, ya lo sé. Se ha puesto en contacto conmigo. Usted no me conoce, Ridley, y quizá piense que Alexander Harriman me intimida. Déjeme asegurarle que se equivoca. Limítese a volver a casa.

Volví a la ciudad pero me quedé con el Jeep. Lo aparqué en el mismo garaje donde Jake tenía el suyo, y vi que el Firebird no estaba.

Tenía mucha información nueva, pero sin suficiente energía mental para procesarla. Al volver a mi apartamento me sentí rara, como si en realidad ya no fuera mío. Todos los recuerdos que había allí eran como fantasmas de la vida de otra persona, alguien frívolo y pueril. Por un segundo pensé en dar la vuelta y volver al Jeep. Irme a otro sitio, a cualquier sitio. Pero estaba demasiado cansada. La pizzería estaba cerrada y la calle bastante silenciosa. Subí arrastrando los pies y entré en mi piso.

Él estaba allí, esperándome. Claro que estaba allí. En cierto modo yo ya sabía que estaría allí, y me hubiera decepcionado no haberle encontrado. Había encendido la lámpara del sofá y estaba allí tumbado. Cuando entré se levantó. Pareció muy aliviado. Como si estuviera a punto de desmayarse.

—¿Cómo has entrado? —pregunté.

—Te dejaste las llaves esta mañana.

Era verdad. Al irme temprano, no encontré mi juego de llaves y cogí el que le había obligado a devolver a Zack.

Cualquiera que estuviera en sus cabales, se hubiera mantenido a distancia y le habría pedido que se fuera, pero creo que ya ha quedado suficientemente claro que yo no tenía la cabeza precisamente clara. Enseguida se acercó y me atrajo hacia él. Yo le rodeé con mis brazos, y apreté. Era muy fuerte y eso me gustó, porque de pronto me sentí sin apenas energía para sostenerme en pie. Noté los músculos de sus bíceps y de sus muslos, tensos y prietos. Se me aceleró el corazón, como si tuviera un motor en el pecho. Quería estar tan cerca de él como pudiera.

—Vaya —me susurró en el pelo—. Creo que nunca he estado tan preocupado por nadie como por ti esta noche.

Levanté los ojos para mirarle. Ahí estaba aquella tristeza que ya conocía, y pensé en lo que me había contado el inspector Salvo. Los rasgos de su cara revelaban una vulnerabilidad extraña, como si no estuviera acostumbrado a dejarse llevar por las emociones, y eso le asustara un poco. Me puso una mano en la cara. Era un tacto suave, aunque tuviera las manos callosas.

—Hay un montón de cosas que deberías saber de mí —dijo en voz baja por segunda vez desde que nos conocíamos. Y ahora ya estaba preparada para escucharle.

—Lo sé. Empecemos por tu nombre.

Lo único que puedes ofrecerle a alguien que te cuenta una historia como la de Jake, es tu silencio y tu total atención. Estuvimos sentados en el sofá, yo apoyaba las piernas en su regazo. Habló muy despacio, y, salvo un par de vistazos rápidos, apenas me miró. Fue un discurso vacilante, como si no estuviera habituado a contar aquella historia. Y cuando terminó, sentí que me había confiado algo. Algo que yo debía conservar y proteger. Algo que nos unía.

—Lo curioso es que me acuerdo de ella. Me acuerdo de mi madre. Puede que sólo sea un sueño. Pero recuerdo lo que es sentirse amado, a salvo, que te arropen por la noche. Quizá por eso no estoy totalmente hundido.

Harley Jacobsen decidió llamarse Jake en su primer hogar de acogida. *Harley* era un crío, un niño pequeño que a veces mojaba la cama y se paseaba con un oso de felpa deshilachado, el último recuerdo de su anterior vida de hijo. *Harley* era alguien incapaz de protegerse contra dos hermanastros mayores que él, malignos y mezquinos como lobos. *Jake* peleaba, mientras que Harley se habría escondido llorando. *Jake* no estaba asustado, estaba furioso. Y como un guerrero bárbaro, peleó con toda su fuerza y su determinación. Tuvo que hacerlo porque era pequeño y porque necesitaba toda su energía para enfrentarse a gente mayor que él. Así que un día, después de meses de malos tratos e insultos, cuando sus hermanastros empezaron a burlarse de él en el patio trasero de su casa de Nueva Jersey, Harley desapareció y Jake se hizo con un palo grande y puntiagudo, y cuando el mayor de los hermanastros le agarró, Jake cogió el palo y se lo clavó en el ojo.

—Todavía le oigo gritar —dijo Jake—. Ahora me entristece, pero en aquel momento fue el grito de la victoria. Aquel grito me convenció de que ya no sería nunca más una víctima.

Pero lo fue, claro está. Le separaron de aquella familia y le colocaron la etiqueta de chico problemático y trastornado. Un psiquiatra anotó en su ficha juvenil, a la que tuvo acceso más adelante, que tenía un trastorno de identidad disociativo porque se llamaba a sí mismo Jake.

—Pero no era disociación. Yo sabía quién era. Simplemente pensaba que tenía que endurecerme mucho y muy rápidamente si quería sobrevivir. Harley era nombre de niño, adecuado para mi mente de siete años. Jake, que viene de la primera sílaba de mi apellido, era un nombre para un hombre, y yo sabía que era necesario que lo fuera.

El resto de su infancia fue como una serie continua de malos tratos. En una de las casas le obligaban a dormir en un saco de acampada, debajo de la cama de otro niño.

—Ellos le llamaban litera —dijo con una leve carcajada.

En esa casa le alimentaban a base de bocadillos, en todas las comidas, durante tres meses.

—No era tan malo. Ahora que lo recuerdo, probablemente fue la mejor de todas. Nadie se metía conmigo.

Al final el Estado volvió a hacerse cargo de él; porque seguía mojando la cama y se ponía enfermo a menudo, cogía un resfriado después de otro. Los malos tratos que soportó en las sucesivas familias de acogida fueron desde la negligencia a la violencia física, tal como demostraban las cicatrices que tenía por todo el cuerpo. Hubo una madre, en una de esas casas, que le obligó a arrodillarse sobre los cristales rotos de la ventana que había roto jugando a pelota en el patio. Y un hombre que apagó un cigarrillo en su piel, cuando descubrió que Jake se había terminado el último cartón de leche. En la escuela, prácticamente cada semana se metía en una pelea con navajas o a puñetazos.

—Mis «años de servicio» en las familias de acogida se acabaron cuando cumplí catorce años —dijo, levantando los ojos hacia mí.

Yo le aguanté la mirada unos segundos y aparentemente obtuvo lo que necesitaba. Lo que me estaba contando me dejó destrozada, hecha pedazos. Deseaba llegar hasta su interior, debajo de su piel, hasta el interior de sus células y ser capaz de confortarle, de borrar todo recuerdo de aquel sufrimiento. Pero, naturalmente, no es posible hacer eso por nadie, y es absurdo pretender lo contrario. Además, él aparentaba la entereza y solidez de un hombre que ha pasado por un rito de iniciación, ha sobrevivido y ha curado sus heridas. Era fuerte.

—Mi padre adoptivo, un hombre que se llamaba Ben Wright, disparó contra mí. Al principio parecía un buen tipo. Quiero decir, un tío realmente agradable. Me llevó a ver un par de partidos de baloncesto al estadio de los Yankees. Su mujer, Janet, era guay, realmente guapa. Yo era el único niño que tenían. Y durante un tiempo la comedia funcionó bastante bien.

»En aquella época ya había crecido muchísimo. Quiero decir que estaba realmente en forma. Me entrenaba a diario. Me servía para un par de cosas: o era totalmente consciente en aquel momento, pero creo que canalizaba mi rabia y me daba aspecto de duro. La gente se mantenía a distancia. Debía aparentar dieciséis o diecisiete años. Ya tenía un par de tatuajes y algunas cicatrices bastante impresionantes. La gente ya no se metía conmigo. Creo que llevaba escrito un mensaje: *Dejadme tranquilo*. Claro que la otra cara de todo aquello era que tampoco me resultaba fácil tener amigos.

»Entonces Janet se quedó embarazada. Yo pensé: fantástico, está claro que sobro. Pero ella dijo que no, que podía quedarme tanto tiempo como quisiera.

»La cuestión es que creo que Ben era estéril. Sólo que Janet no lo sabía. Se lió con un par de tíos sin saberlo, hasta que quedó embarazada. Ben se volvió loco. Se le metió en la cabeza que yo la había dejado preñada.

—Pero si tenías 14 años.

Rió sin ganas:

—Ya lo sé.

»Una noche estaba durmiendo, me desperté y vi que Ben me daba golpecitos en la cabeza con una pistola. Decía: "Te tiraste a mi mujer, ¿verdad?". Yo dije: "No, Ben. Claro que no".

»Y recuerdo que en aquel momento, más que asustado, me sentí muy triste. Porque Ben me había tratado mejor que nadie. Y me dolió que creyera que le había hecho eso. Le dije: "No me eches. Me gusta vivir aquí". Sencillamente me parecía injusto. Ellos me habían tratado bien, y claro, yo me portaba mejor. Me iba bien en la escuela y tenía buenas notas; pero todo volvía a irse a la mierda. En fin que intenté levantarme y me disparó en el hombro. Quería matarme, pero falló.

El resto de la adolescencia se la pasó en un orfanato para chicos. Y allí fue precisamente donde encontró un tutor y un amigo. Un cuidador llamado Arnie Coel.

—Él me enseñó a enfrentarme a mis demonios, a canalizar mi ira de forma positiva. Me hizo llevar un diario y luego comentar con él lo que escribía. Me enseñó arte y me animó a descubrir la parte creativa de mi personalidad. Cuando descubrió que me interesaba, me pagó de su bolsillo unas clases de metalistería y de escultura. Él también se había criado en centros estatales y solía decir: «Aunque la gente te haya tratado como a una mierda, y tú mismo hayas pensado a veces que lo eres, no significa que lo seas. Puedes hacer algo con tu vida. Puedes trabajar para que este mundo sea un lugar mejor».

Fue él quien me aconsejó que me alistara, así me pagarían los estudios. Me dijo que era una opción dura, pero que creía que me convenía. Al salir del orfanato, la disciplina evitó que fuera por el mal camino. Es lo que dicen de los soldados, ¿no?, que si no estuvieran en el ejército, estarían en la cárcel. Cuando me licencié, me trasladé a la ciudad y fui al John Jay College. Me gustaba la idea de ser agente de la ley, pero la policía de Nueva York no me gustó.

—¿Por eso te hiciste detective privado?

Asintió mirando al suelo.

Yo le dije:

—La policía estuvo aquí, y un detective me lo contó todo.

Él asintió de nuevo.

—¿Por qué no me lo dijiste?

Encogió los hombros.

—No es algo que me defina. Me siento más identificado con mi arte. Cuanto más ganaba con la escultura y los muebles, menos trabajos de detective aceptaba. Sobre todo llevaba casos de fraudes a las aseguradoras, algunos maridos infieles, y trabajos para la policía, vigilaba a tipos bajo fianza que conducían borrachos.

Hizo una pausa y se frotó los ojos. Su respuesta no me pareció muy convincente. Me pareció incompleta y un poco vaga. Todo lo que me había contado le había puesto nervioso, y no quise presionarle para que me diera respuestas más satisfactorias. Por otro lado, tenía un montón de preguntas más, pero pensé que no era el momento de hacerlas. Supuse que ya habría tiempo, más adelante.

—Creí que como detective privado podría corregir algunas cosas y seguir jugando con mis reglas —continuó al ver que yo no decía nada—. Así que en 1997 me saqué la licencia. Pero me sentí defraudado. Cazas a alguien que engaña a su mujer o a algún desgraciado que intenta sacarse un sobresueldo estafando al seguro, y le destrozas la vida, no sé. Quizá mi idea de los detectives privados fuera fantasiosa. Pensaba que podría usar mis conocimientos para averiguar mi historia, qué les pasó a mis padres. Pero en eso tampoco conseguí llegar muy lejos.

Suspiró y miró al techo. Vi que sus músculos se relajaban un poco.

—Estuve en contacto con Arnie hasta que murió hace más o menos un año, de cáncer de colon. Él siempre insistió para que buscara a mis padres. Pero cuando murió...

Su voz se fue apagando, y supe que el relato se acababa. Se echó hacia atrás y me miró, como si quisiera saber hasta qué punto me había impactado. Parecía dubitativo, como si creyera que iba a echarle. Me refugié entre sus brazos y nos quedamos así, abrazados, mucho rato. El corazón le latía en el pecho, y al oírlo fue como si me invadiera una oleada de gratitud. Seguía latiendo con fuerza, pese a todas las cosas y a todas las personas que habían intentado destrozarlo, e incluso detenerlo para siempre.

—Lo siento —dijo al cabo de un rato—. Nunca se lo había contado a nadie. Excepto a Arnie. Es una carga demasiado pesada para ti. Especialmente con todo lo que estás pasando.

Me incorporé.

—Soy más fuerte de lo que parezco —y sonreí.

—Pareces bastante fuerte. —Me devolvió la sonrisa y me miró aliviado.

Se inclinó para acariciarme el pelo, pero yo le cogí la mano y me llevé la palma a los labios. La besé y él cerró los ojos.

—Gracias —le dije.

Sacudió la cabeza y frunció el ceño.

—¿Por qué?

—Por compartirlo conmigo, por contármelo.

—Yo... —y se detuvo—. No quiero que me tengas lástima. No te lo he contado por eso.

—Créeme, Jake —le dije mirándole directamente a los ojos—. Lástima es lo último que siento por ti. Eres un hombre fuerte a quien trataron con crueldad y que, aun así, consiguió superarlo. Te admiro. Te respeto. *No* te tengo lástima.

Cuando empiezas a conocer a alguien de verdad, sus rasgos físicos empiezan a desvanecerse. Empiezas a fijarte en su energía, a reconocer el aroma de su piel. Ves únicamente el interior de la persona, no el caparazón. Por eso no puedes enamorarte de la belleza. Puedes desearla, encapricharte con ella y desear poseerla. Puedes quererla con los ojos y con el cuerpo, pero no con el corazón. Y por eso, cuando llegas de veras al interior de alguien, cualquier imperfección física desaparece, pasa a carecer de sentido.

Visto en perspectiva, creo que amar a mi ex novio Zack fue algo que decidí. Era guapo, divertido y tenía todo lo que la mayoría de mujeres desean en un hombre. Me gustaba. Era amigo de la familia. Y *decidí* enamorarme de él, formalizar una relación con él. Fue una buena idea que muchos aplaudieron. Enamorarme de Jake, en cambio, fue sólo... enamorarme. No lo decidí. Se me llevó por delante como la corriente de un río, y si intentaba resistirme, me ahogaría.

Por la forma de mirarme en aquel momento, supe que a él también le había arrastrado la misma corriente. Él me veía. Veía brillar mi esencia bajo la piel. Sentí que me reconocía. Y se lo agradecí mucho, porque ni yo misma estaba segura de reconocerme en aquel momento. Yo sabía quién era, no me interpreten mal. Sólo que ya no sabía cuál era mi nombre. Quizás el amor verdadero es eso, verse uno al otro. Ver más allá de los nombres y de las cosas externas con las que solemos definirnos y etiquetarnos. Ya no importaba si él era Jake o Harley, ni si yo era Ridley o Jessie. Puede que nunca hubiera importado.

Entonces se puso de pie, me atrajo hacia él y apretó sus labios contra los míos. Al cabo de un segundo nos devorábamos el uno al otro. Teníamos más cosas qué decir, pero ya no teníamos palabras, sólo una necesidad física feroz. Hice que me llevara arriba, a su apartamento. El mío estaba lleno de fantasmas que se paseaban y me vigilaban, y no era capaz de relajarme. Pero en la nada gris de su piso, ambos desaparecíamos en un océano cálido y placentero, lo dábamos todo sin pedir nada, y aun así, nos sentíamos saciados.

20

Al día siguiente, Jake me preparó un desayuno de domingo: crepes con mermelada de fresa, porque no le quedaba jarabe, y tazas de café fuerte y cargado. Desayunamos en la cama y yo le conté lo del día anterior. Parecía imposible que no hubieran pasado ni 48 horas desde la muerte de Christian Luna. Le hablé del inspector Salvo, de Madame Maria y de lo que averigüé en la biblioteca.

—El compañero del detective Salvo vino a tener una pequeña charla conmigo y acabó llevándome a la comisaría del distrito noveno —dijo Jake—. Me parece que yo no cooperé tanto como tú, pero tuvieron que soltarme al cabo de un par de horas. Pensé que les habría gustado retenerme. En fin, se incautaron el coche.

—Me dijo que había hablado contigo.

—¿Cuándo?

—Llamé a Salvo para contarle lo de los raptos de niños de Hackesttstown.

—¿Por qué le llamaste?

Por un segundo me pareció que en su tono de voz había algo más que curiosidad. ¿Le preocupaba algo?

—No sé. —Me encogí de hombros y medité la respuesta. La verdad es que ni yo misma lo sabía—. Pensé que necesitaba un aliado. —Y luego añadí—: No sabía en quién confiar.

Asintió.

—Lo sé —dijo en voz baja—. Te mentí, y no estabas segura de poder fiarte de mí. Lo siento.

Moví la cabeza, quitándole importancia. Ya daba igual.

Pasó otro minuto y Jake preguntó:

—¿Qué te dijo de los niños?

—Nada. Sólo que lo investigaría, por tranquilizarme más que

por otra cosa. Y me dijo que abandonara mi nueva carrera de detective y me fuera a casa.

—No es un mal consejo.

Le miré con los ojos en blanco.

—Jake —dije después de dar otro sorbo al café y mordisquear una crepe—. ¿Qué pasó cuando intentaste buscar a tu familia?

No sabía si era una pregunta adecuada, pero tenía una nueva política que consistía en decir exactamente lo que pensaba, y aquello me daba vueltas en la cabeza desde que hicimos el amor la pasada noche. Él se quedó dormido, y yo me quedé despierta pensando en lo que me había contado. Me acordé de lo que dijo el inspector Salvo; sus palabras exactas fueron que a Jake «le habían abandonado en la beneficencia». Jake me había dicho que se acordaba de su madre, nada más.

Dejó de masticar, pero no me miró a la cara. Se encogió de hombros y dijo:

—Desde que me dieron la licencia de detective hasta que Arnie murió, casi no hice otra cosa que buscarla. Como te dije, era una de sus obsesiones. Arnie decía que para poder construirme un futuro, necesitaba resolver el misterio de mi pasado. Quizá, si soy sincero conmigo mismo, ésa es la razón por la que me hice detective.

—Y...

Se encogió de hombros.

—No he avanzado mucho en los últimos cinco años.

Sacó de la cama los platos vacíos y los llevó a la cocina. Dejé que saliera y no le seguí por si necesitaba un momento para pensar en la pregunta. Volvió, se sentó a mi lado y continuó:

—Según me dijeron, mi madre me abandonó sin ninguna documentación, sin certificado de nacimiento ni carné de vacunación. Si te dijera que no les creí, que mi mente conserva el recuerdo de la cara de aquella mujer que me amaba y que es imposible que me abandonara de esa forma, ¿pensarías que es una fantasía infantil?

Dije que no con la cabeza. Le brillaban los ojos y me miraba fijamente. Me di cuenta cómo le importaba que creyera en él, y francamente le creí.

—No, no lo pensaría. Te diría que te fíes de tu instinto. A veces no podemos fiarnos de otra cosa.

Asintió y apartó la mirada.

—Arnie tocó muchas teclas para ayudarme. Gracias a eso conseguí mi ficha juvenil, y pude comprobar que el sistema me etiquetó enseguida, convirtiéndome en un indeseable a los ojos de las parejas que querían adoptar. De todos modos, no es que tuviera muchas posibilidades, era demasiado mayor; la gente quiere bebés.

—¿Dónde te encontraron? —Pensé que lo lógico era empezar por el principio.

—Sobre eso no hay datos. La ficha de entrada se perdió.

Era bastante desalentador, sin apellidos paternos ni certificado de nacimiento. Pensé en su contraseña, «quidam», y entonces lo entendí.

—Da igual —se dio una palmada en las piernas y se levantó—. Eso forma parte de mi cruzada personal, y ahora tenemos cosas más urgentes de las que preocuparnos, sobre todo de *tu* cruzada personal.

Hacía esfuerzos para levantarme el ánimo. Pero, lo siento, no lo conseguía.

—Nuestras cruzadas son inquietantemente parecidas —comenté intentando que mi voz no sonara triste.

—Desde luego. Salvo que a la gente con la que yo hablo no la asesinan, y que a mí no me amenaza ningún cabeza rapada.

Nos echamos a reír. Para aligerar la tensión, como cuando la gente se ríe en un funeral sabiendo que no tiene nada de gracioso.

Jake y yo pasamos el resto del día intentando localizar a los padres de los niños desaparecidos de Hackesttown, utilizando la misma excusa que yo había usado con Madame Maria. Me senté en su sofá con su teléfono y una guía telefónica del condado de Morris, que encontré entre una colección de listines que guardaba para sus investigaciones en el armario. Al final del día, gracias a los periódicos, los informes de la policía y a algunos parientes, sabíamos que habían muerto todos menos uno.

Jake obtuvo casi toda la información de los archivos de Internet de dos periódicos de Jersey, el *Record* y el *Star-Ledger*.

Sheila Murray murió en 1975 en un accidente de tráfico cuando conducía borracha. Su hija Pamela tenía nueve meses cuando la secuestraron. Tres años después del rapto no resuelto de su única hija, Sheila se pasó un semáforo en rojo y chocó con otro coche en el que iban tres adolescentes que murieron en el acto. Según lo que dijeron los periódicos, a Pamela se la llevaron de la cuna mientras Sheila dormía. Por lo visto Sheila no estaba segura de quién era el padre de Pamela y la crió ella sola.

—Una vía muerta —dijo Jake cuando terminamos de revisar los artículos sobre Sheila y Pamela Murray que publicaron los dos periódicos.

—Literalmente —añadí.

Michael Reynolds, el padre de Charlie, desaparecido cuando tenía tres años, se quedó solo con su hijo cuando su mujer, Adele, murió por heridas de arma blanca durante una pelea en el bar del pueblo. El artículo del *Record* que encontramos decía que Linda McNaughton, la madre de Adele, era la única superviviente de la familia. Su teléfono no estaba en el listín, pero tras una búsqueda rápida en el directorio «online» encontramos el número de la mujer, que seguía viviendo en la misma ciudad.

Durante una conversación, tensa y desagradable, con Linda McNaughton me enteré de que Michael Reynolds era adicto a la heroína y que murió tres años después de que raptaran a Charlie de su apartamento de una sola habitación.

La señora McNaughton dijo una cosa escalofriante cuando hablé con ella, algo que al final de ese día, horas después de la conversación, seguía sin poder olvidar. «Ella era mi hija, y yo la quería. Descanse en paz, aunque ella nunca deseó tener ese niño. Lo entregó dos días después de que naciera, y luego volvió a buscarle, porque se sentía demasiado culpable. Y Michael nunca quiso otra cosa que la aguja. Si quiere saber lo que pienso, esté vivo o muerto, el crío probablemente salió ganando.»

Cuando acabé de hablar con ella, Jake estaba frente a la pantalla del ordenador.

—¿Alguna novedad? —me preguntó abstraído y sin despegar los ojos de la pantalla.

Le conté lo que la señora McNaughton me había dicho. No me contestó, siguió dándole al ratón con el dedo derecho; arriba y abajo, releyendo un artículo que yo no podía ver desde el sofá donde estaba sentada.

—¿No te parece raro que toda esa gente haya muerto? —le pregunté.

—Es muy raro —corroboró, absorto en la pantalla—. Mira esto.

Yo me acerqué y leí por encima de su hombro.

Marjorie Mathers, la madre de Brian, que tenía 3 años cuando desapareció de su cama en plena noche, estaba en prisión cumpliendo condena por el asesinato de su marido. Le mató tres semanas después de la desaparición de Brian. Estaban enzarzados en una disputa legal por la custodia del niño, y ella le acusó de haber contratado a un hombre para que le secuestrara. Sus abogados adujeron que estaba medio trastornada por la pérdida del crío y que eso, sumado a años de malos tratos por parte de su esposo, la había llevado al borde de la demencia. Dijeron que no tenía intención de matarle. Según su declaración, fue a buscarle y le acusó de haber raptado a Brian para castigarla por haberle abandonado. La pistola se disparó por accidente durante la pelea. Pero las pruebas del fiscal demostraron que le disparó por la espalda mientras dormía. En el 2020 saldría en libertad condicional.

—Bien, veamos si podemos encontrar la manera de hablar con esa mujer —sugerí.

—No sé si es muy buena idea, Ridley —dijo Jake y se volvió en la silla para mirarme.

—¿Por qué?

—Porque está claro que es una loca.

—¿Por qué dices eso?

—Humm, tal vez porque mató a su marido.

Me encogí de hombros y volví al sofá.

—Que haya matado a alguien no quiere decir que no tenga información que nos pueda ser útil. Es el único familiar vivo.

Jake suspiró,

—Me parece una irresponsabilidad sacar a relucir cosas del pasado de una mujer a estas alturas, sin tener cosas concretas que preguntarle. Será una conversación dolorosa, si es que acepta vernos. Intenta imaginártelo. Esa mujer se ha pasado la vida en la cárcel, su hijo fue raptado y desapareció. ¿De verdad quieres hacerle más daño?

Tenía razón. Me sentí fatal y egoísta hasta el extremo de no sentir compasión por el sufrimiento de alguien con tal de obtener las respuestas que estaba buscando.

—¿Y ahora qué haremos?

—No lo sé —me contestó.

Hacia las ocho, Jake salió a comprar algo de cena mientras yo seguía sentada, examinando mis notas e intentando saber por qué era tan importante para mí encontrar a esa gente. ¿Qué esperaba averiguar? ¿Dónde creía que me llevaría todo aquello? Pensé en lo que Linda McNaughton me había dicho. Busqué las notas de mi libreta, encontré su número y volví a marcar.

—¿Señora McNaughton? —dije cuando descolgó.

—Sí —era evidente por el tono de su voz, irritada y cansada, que me había reconocido.

—Soy Ridley Jones. Siento molestarla otra vez, pero me gustaría preguntarle algo sobre lo que me dijo antes.

Suspiró. Tras el chasquido y el siseo de un mechero de gas, la oí aspirar con fuerza.

—Señorita, para mí no es agradable hablar de este asunto.

—Lo sé y lo siento. —Recordé las palabras de Jake y dije tan amablemente como pude—: Por favor, sólo una cosa más.

—¿Qué?

—Dijo usted que su hija intentó entregar a Charlie cuando nació.

—Así es —contestó a la defensiva—. Yo intenté evitarlo, pero todos estábamos en una situación económica muy mala y ella pensó que sería lo mejor para él.

—Y... ¿le llevó a una agencia de adopciones?

—No —volvió a aspirar profundamente e hizo una larga pausa—. Tiene que entenderlo, Michael era un adicto y todo eso, y ella pensó que no serían considerados unos buenos padres.

—Lo comprendo. Pero ¿adónde llevó a Charlie?

—Le... dejó en uno de esos sitios.

—¿Qué sitios?

La sangre me retumbaba en las orejas.

—Uno de esos sitios donde aceptaban bebés sin hacer preguntas. Ya sabe, no querían que la gente dejara a los recién nacidos en un contenedor, así que podías dejarlos allí; llamabas a la puerta y te ibas. Me parece que si cambiabas de idea, tenías tres días para volver.

—Señora McNaughton, ¿su hija llevó a Charlie a un local de PROYECTO RESCATE?

—Sí, eso. Se llamaba así. Pero, como le dije, volvió a recogerle. Fueron muy amables y le dieron algunos consejos. Se sintió algo mejor después de hablar con ellos, pensó que quizá conseguiría ser una buena madre para Charlie. Pero si quiere saber lo que pienso, el niño sabía que en realidad ella no le quería. Lloraba como un loco día y noche como si tuviera esos cólicos de los que hablan las revistas.

Pero apenas escuché el resto. Sólo era capaz de pensar en lo que Ace me dijo aquella noche. *Pregúntale a papá por el tío Max y por sus proyectos favoritos.*

Le di las gracias y colgué. ¿Qué pretendía hacer? No tenía ni idea. Pero no dejaba de ver aquellos folletos que papá me había enseñado; veía las imágenes de aquellos contenedores fríos y sucios, y aquellos acogedores brazos bajo la capa de la enfermera.

Una idea revoloteó en mi cabeza, una que rechacé inmediatamente por absurda. Pero seguía dando vueltas, una y otra vez, sin que pudiera pararla.

—¿Qué pasa? —dijo Jake al entrar en la habitación con unas bolsas de comida china de Young Chow's que olían a gloria. Las tarifas de su servicio de reparto estaban por encima de nuestras posibilidades, pero ambos estábamos de acuerdo en que tenía las mejores gambas al ajillo del East Village y que el paseo valía la pena.

—Nada —mentí—. Sólo intentaba pensar. Me siento un poco perdida.

—Me lo imagino —dijo mirándome fijamente.

Creo que pensó que le ocultaba algo, pero no dijo nada. No estaba preparada para decirle lo que estaba pensando. Caray, no estaba preparada ni para pensarlo.

—¿Has averiguado algo más? —dijo con cierta insistencia.

—No. Nada. —Me levanté, fui hasta la mesa y empecé a abrir los paquetes de comida.

Él se fue a la cocina y volvió al cabo de un momento con platos, cubiertos, servilletas, y una botella de vino blanco bajo el brazo.

—Comamos —dijo y me acercó una silla—. Todo parece mejor después de una buena comida y un buen vino.

Le sonreí, confiando en que tuviera razón.

21

Al recordarlo ahora, yo misma me sorprendo. Ya sé que, según se dice, las cosas vistas en retrospectiva se ven más claras, y todo eso, pero sinceramente había demasiadas cosas en mi pasado que simplemente acepté tal y como parecían, sin cuestionarlas nunca, sin dudar de ellas. Es abrumador. Por otro lado, ¿no aceptamos todos la vida que nos ha tocado tal y como parece? ¿No deberíamos poder cuestionarla? De todos modos, creo que había algún síntoma. En el fondo siempre desprecié a mi madre, por negarse tenazmente a aceptar nada que supusiera el más mínimo conflicto con su idea de la vida y de sí misma. Como su habilidad para fingir que Ace nunca había existido. Pero aunque yo no lo supiera, había heredado aquel rasgo de su carácter.

¿No es extraño que en todo este tiempo no pensara ni una vez en la última noche que pasé con mi tío Max? Su muerte fue un trauma tan grande, que todos los acontecimientos posteriores a la llamada telefónica que recibimos en casa anunciando el accidente de coche de Max se llevaron por delante todos los demás recuerdos de aquella noche.

Era una Nochebuena perfecta. Nevaba ligeramente y todas las casas de la calle resplandecían con sus lucecitas blancas. (Las ordenanzas municipales prohíben las guirnaldas con luces de colores; es un barrio muy sofisticado.) Todos los vecinos guardaban las botellas de agua y de leche durante semanas, y esa noche las llenaban de arena, ponían una vela dentro y las alineaban en la calle. El resultado era mágico, el barrio se llenaba de hileras de velitas encendidas, protegidas con envoltorios de plástico. Esa noche las farolas brillaban a medio gas, y después de cenar, las familias salían a la calle a pasear para digerir la copiosa cena, y a charlar con sus amigos a la luz de las velas. Era bonito. Incluso una neoyorquina escéptica y moderna como yo, reconocía la belleza del momento.

Nadie, excepto yo, se dio cuenta de que el tío Max se presentó borracho. Bueno, quizá mis padres lo notaron, pero nadie lo comentó. ¿Empiezan a entender cómo es mi familia? Yo sí, por fin. Las cosas feas o problemáticas se ignoran. Es un tópico de los blancos de clase alta. No es que nosotros lo fuéramos, pero ese tipo de cosas se ignoraban de una forma tan expresa y total, que nombrarlo o comentarlo hubiera sido el equivalente a incendiar la casa, con el alboroto y la alarma correspondientes. La negación es una diablesa frágil, ¿verdad? Es tan tímida y tan vulnerable que no soporta ni su propia imagen.

El tío Max era un alcohólico experimentado y en activo. Quizá, si no le conocías, no notabas aquella cadencia de la voz, ni el brillo de los ojos, ni que se tambaleaba al andar. La casa estaba llena de invitados. Estaban algunos de los doctores jóvenes que trabajaban con mi padre y sus esposas; también estaba Esme. Zack también estaba, era el principio de nuestra relación; todavía era nueva, todavía prometía, y aunque no era exactamente emocionante, yo sentía cierto cosquilleo. Algunos de nuestros vecinos también se unieron a la fiesta. Mi madre trabajó como una esclava para que todo fuera perfecto, desde las flores a la comida. Iba de un lado a otro, entre una marea de gente sonriente y satisfecha, como una muñeca a la que le hubieran dado demasiada cuerda, controlando que todo fuera perfecto con un gesto de severa concentración en la cara. Recuerdo que Zack me dijo: «¿Qué le pasa a tu madre? ¿Se encuentra bien?». Yo la observé. Rebosaba tensión, se inclinaba y se enderezaba para servir a los invitados, iba y venía de la cocina. Para que Zack me oyera tuve que levantar la voz por encima de los villancicos y el murmullo de las conversaciones. «¿Qué quieres decir? Siempre es así.» Por aquel entonces yo no veía dónde estaba el problema, francamente. Mi madre era un caso perdido de obsesión frenética por que todo pareciera perfecto. Si durante la velada había algún fallo, ella lo vivía como un desastre y reaccionaba aislándose totalmente de los demás. Y a mí me parecía absolutamente normal.

Ahora que lo recuerdo, me doy cuenta de que mi padre intentó mantenerse lo más lejos posible de ella. La recuerdo riñéndole por haber sacado una bandeja de entremeses del horno con un trapo, en lugar de hacerlo con una manopla, por llenar demasiado el filtro de la cafetera, por hacer el café demasiado fuerte, por cualquier menudencia. Le reñía en voz baja, pero con un tono de desprecio evidente y echando chispas. A partir de un momento dado, él se dio cuenta de que le convenía apartarse de la línea de fuego. Y eso tampoco me pareció raro; me lo estaba pasando la mar de bien y era totalmente inconsciente.

Max irrumpió con la fuerza de una galerna, todo sonrisas y cargado hasta los topes de paquetes. Yo sabía que seguramente eran regalos extravagantes. Tenía una especie de imán, y todos los asistentes a la fiesta se congregaron a su alrededor atraídos por su magnetismo. No sé si lo que le hacía tan atractivo era su personalidad, su dinero, o la poderosa alquimia de ambas cosas, pero desde el momento en que entró se convirtió en el centro de la reunión, y el nivel de jovialidad se multiplicó por diez. Su estruendosa voz y sus sonoras carcajadas se oían por encima del ruido que hacía el resto de los presentes. Incluso mi madre pareció relajarse un poco cuando la gente dejó de estar pendiente de su eficacia como anfitriona.

Zack y yo desaparecimos; nos sentamos a la mesa de la cocina a picotear una caja de galletas que les habían regalado a mis padres. Desde nuestro puesto seguíamos viendo el desarrollo de la fiesta, pero buscábamos un rincón tranquilo para sentarnos a solas y hablar. Abrimos aquellos envoltorios de celofán rojo tan decorativos, y descubrimos unas exquisitas galletas con forma de corbata de lazo cubiertas de azúcar y rellenas de gelatina de frambuesa.

—Vaya, tu tío sí que tiene aguante —dijo Zack.

—Mmm. ¿Qué quieres decir?

Se me quedó mirando.

—Quiero decir que se ha tomado cinco whiskies y sólo hace una hora que llegó.

Me encogí de hombros.

—Es un tipo duro.

—Ya, pero caray, apenas le hace efecto.

Yo estaba pendiente de las galletas que tenía delante y volví a encogerme de hombros.

—Max es así.

Max es así. Como si le conociera realmente. Un par de horas después la casa estaba mucho más silenciosa. Esme y Zack se habían ido. Mi padre había salido con un grupo de gente a ver aquella exposición anual de velas en la calle. Mi madre se quedó, y estaba en la cocina, fregoteando con furia los cacharros. Rechazó todos mis intentos de ayudarla, dando por sentado que nadie podía hacerlo como ella. En fin. Yo fui a la habitación contigua en busca de algo dulce y me encontré al tío Max sentado a oscuras en el salón. Sólo se veían las luces de nuestro enorme árbol de Navidad. Es una de las cosas que más me gustan en el mundo: la imagen de un árbol de Navidad en una habitación a oscuras. Me acomodé a su lado en el sofá y él me pasó una mano por encima del hombro, mientras sostenía con la otra mano una copa de coñac sobre la rodilla.

—¿Qué pasa, tío Max?

—Nada especial, niña. Bonita fiesta.

—Sí.

Estuvimos sentados un rato, con un silencio de complicidad hasta que algo me hizo mirarle. Lloraba sin hacer ruido; las lágrimas rodaban por sus mejillas como gotas de lluvia en un cristal. Tenía una expresión insólita que yo no conocía. Una tristeza inconsolable y vacía. Creo que me quedé mirándole, sobrecogida, y tomé su mano, grande como la zarpa de un oso, entre las mías.

—¿Qué te pasa, tío Max? —murmuré como si temiera que alguien le viera con aquella expresión tan vulnerable. Quería protegerle.

—Todo vuelve, Ridley.

—¿El qué?

—Todas las cosas buenas que intenté hacer. Todo lo que jodí. Vaya, lo jodí bien. —Le temblaba la voz.

Moví la cabeza. Pensaba: está borracho, simplemente está borracho. Pero entonces me cogió por los hombros, sin hacerme daño, pero con mucha fuerza. Los ojos le brillaban nítidos y desesperados.

—¿Tú eres feliz, verdad, Ridley? Te han criado con amor y te han dado seguridad, ¿verdad?

—Sí, tío Max. Claro que sí.

Deseaba sobre todo tranquilizarle, aunque no entendía en absoluto por qué mi felicidad era tan importante para él. Asintió y relajó la presión de las manos, pero siguió mirándome directamente a los ojos.

—Ridley —me dijo—, puede que tú seas lo único bueno que he hecho.

—¿Qué pasa aquí? ¿Max?

Ambos nos dimos la vuelta y vimos a mi padre de pie en la puerta. Era una silueta oscura rodeada de luz. Tenía la voz rara. Con un tono extraño, algo turbio y desconocido. Max me soltó como si le quemaran las manos.

—Max, hemos de hablar —dijo mi padre, y Max se levantó.

Yo le seguí hasta la puerta, pero mi padre me puso una mano en el hombro para detenerme. Max siguió andando y cruzó la puerta de cristal que daba al despacho de mi padre, con los hombros caídos y la cabeza baja, pero antes de desaparecer en el interior de la habitación se dio la vuelta para sonreírme.

—¿Qué le pasa? —le pregunté a mi padre.

—No te preocupes, cariño —contestó con una naturalidad forzada—. El tío Max ha bebido demasiado. Le acechan los demonios, y a veces el alcohol los hace salir.

—Pero ¿de qué hablaba? —insistí tozuda. Tenía la sensación de que me dejaban al margen de algo importante.

—Ridley —dijo mi padre con una severidad innecesaria. Se dio cuenta enseguida y dulcificó el tono, y yo pensé que la dureza que había notado hacía un momento era producto de mi imaginación.

—De veras, cariño, no te preocupes por Max. El whisky le hace decir tonterías.

Se dio la vuelta y desapareció tras la puerta de su estudio. Yo me quedé rondando un par de minutos más, escuchando el eco de sus voces al otro lado de la madera de roble. Sabía que era imposi ble oír nada a través de aquellas puertas; de pequeña lo había intentado muchas veces. Eran muy gruesas. Para poder enterarte de algo tenías que quedarte allí y apretar la oreja contra la puerta; y la gente que había dentro habría tenido que gritar. Además me encontré con mi tía favorita en el vestíbulo. Ya saben de quién hablo, de mi Tía Negación. Me rodeó con sus brazos y me susurró para tranquilizarme el ánimo: *No es más que el whisky. Son los fantasmas de Max los que hablan. Ya conoces a Max. Mañana se le habrá pasado.* Ella es muy frágil, pero no soporta la confrontación directa, ya saben; si permites que te envuelva con su manto y colaboras con ella, es muy poderosa. Sí, mientras no la mires a la cara, su manto te cubrirá. Estarás cómoda y a salvo. Es mucho más agradable que la alternativa.

Fue la última vez que vi a mi tío Max. Con la cara todavía húmeda por las lágrimas y enrojecida por el whisky, y la sonrisa triste. Las últimas palabras que me dijo fueron: *Ridley, puede que tú seas lo único bueno que he hecho.*

Mientras contemplaba desde la ventana de Jake el tráfico que iba y venía por la Primera Avenida, pensé: ¿qué quiso decir, Dios mío?

Jake estaba en la cocina cargando el lavaplatos y canturreaba. Me encantó que se encargara de la cena y que lavara los platos. Zack había sido una persona muy mimada, muy hijo de mamá. Hasta que fue a la universidad, Esme se lo hacía todo, incluso le escogía la ropa por las mañanas. Aunque llegó un momento en el que aprendió que no todas las mujeres vivían para atender sus necesidades, con un hombre como ése siempre detectabas cierto resentimiento si se sentía obligado a hacer algo que secretamente pensaba que no le correspondía. Jake era capaz de ocuparse de sus cosas y no le importaba ocuparse de los demás. En cierto modo incluso le gustaba.

Probablemente se estarán preguntando: ¿cuándo va a sacar a relucir lo que le contó el inspector Salvo? En primer lugar, los antecedentes criminales de Jake, y el hecho de que el disparo que mató a Christian Luna procediera del parque donde Jake estaba escondido y no del tejado, como sugirió Jack aquella noche. No, no me había olvidado de todas esas cosas. Y sabía que había tardado demasiado en hacer ciertas preguntas de las que no sabía si quería saber las respuestas.

Le oí entrar en la habitación sin verle, porque estaba mirando por la ventana. Se me acercó y me rodeó con sus brazos. Esperé a que me preguntara en qué estaba pensando, pero no lo hizo.

—El inspector Salvo dice que tienes antecedentes penales —le dije en voz baja.

Oí que suspiraba pero no me soltó.

—Cuando eres detective privado acabas metiéndote en líos. No es como en las películas. A la policía no le gustan los detectives. Piensan que interfieres en su trabajo y te acusan de cualquier cosa. De todos modos, en realidad no tengo *antecedentes* propiamente dichos. Nunca he estado en la cárcel, ¡por favor!

Le oí reír y me hizo sonreír.

—¿Te gustan los chicos malos, eh? —Y me besó en el cuello.

—Tú eres el primero.

Iba a preguntarle por el disparo del parque, cuando de pronto se puso rígido y se quedó callado. Me di la vuelta para mirarle, preguntándome qué habría dicho. Pero no me miraba a mí, miraba por la ventana. Me apartó suavemente a un lado.

—¿Qué has visto?

—Aquel tipo que está frente a la puerta. ¿Es el hombre que te ha estado siguiendo? Ya estaba ahí cuando volví de comprar la cena, y sigue allí parado.

Yo eché un vistazo por encima de su hombro y vi una silueta que salía de un portal a oscuras. Pero no pude verle la cara, sólo una pierna y una bota negra.

—No lo sé —y sentí aquel pálpito en el pecho—. Podría ser cualquiera.

—Tengo una sensación rara.

—Ya, gente extraña merodeando en los portales del East Village... es realmente raro. No es normal en absoluto.

—Voy a comprobarlo. Quédate aquí.

Cogió la chaqueta y las llaves sin darme tiempo a preguntarle: «¿Qué quieres decir con comprobarlo? Es absurdo».

Se oyeron sus pisadas bajando la escalera. Pensé que mientras me ponía los pantalones (llevaba una de las camisetas de Jake y un par de calcetines blancos) y salía a la calle tras él, ya estaría de vuelta. Así que me quedé junto a la ventana, observando a aquel individuo al otro lado de la calle.

22

Antes de que Jake llegara a la avenida, vi que aquella silueta salía de entre las sombras y se iba calle abajo. No era el hombre del tren, ni el de Barnes & Noble. Era mi hermano.

¿Qué estaba haciendo allí? ¿Me esperaba? Abrí la ventana y grité su nombre, pero el ruido del tráfico apagó mi voz. Me vestí a toda prisa, y al ponerme los pantalones oí un timbrazo extraño, sordo, como si estuviera debajo de varias capa de tela. Me di cuenta de que sonaba debajo del montón de ropa que había en el suelo del dormitorio de Jake. Rebusqué y lo encontré en el bolsillo de mi abrigo; era mi nuevo teléfono móvil. Lo saqué y me fijé en el número que aparecía en la pantalla. No pude identificarlo. No conocía a nadie que tuviera ese número y me pregunté si debía molestarme en contestar. Al final me venció la curiosidad.

—¿Diga? —dije indecisa.

—¿Ridley Jones?

Era la voz ronca de un hombre adulto. Me sonaba, pero no la identifiqué.

—¿Sí?

—Soy el inspector Salvo.

Mierda.

—¿Cómo ha conseguido este número?

—Usted me llamó, ¿recuerda? El número quedó grabado en mi móvil.

—Ah.

Otra razón para no tener móvil.

—Oiga, Ridley, tengo malas noticias para usted. Hemos encontrado el rifle que creemos que mató a Christian Luna —dijo.

Mi corazón empezó a palpitar. ¿Por qué me lo contaba?

—Lo encontramos en un aparcamiento junto a Fort Tryon

Park, en el Bronx. Está registrado a nombre de su amigo, Harley Jacobsen.

El recuerdo de aquella noche me alteró la mente. Jake apareciendo de la penumbra y apartándome de Christian Luna. Recordé que me rodeó con su brazo y me condujo hasta el coche a toda prisa. Le recordaba conduciendo hacia Fort Tryon Park, cuando dejó el coche en aquel aparcamiento desierto y me dejó sollozar sobre su hombro. No recordaba ningún rifle. Lo hubiera visto, ¿verdad?

—Sólo quería asegurarme que no está con él esta noche. Vamos a ir a detenerle. No me gustaría que sufriera usted ningún daño.

—Ya le dije que no...

—No insista, señorita Jones.

Tenía razón. Era bastante tonto seguir diciendo que no le conocía cuando era obvio que sí. De todos modos sentía la necesidad de mantener mi versión.

—Si piensa que soy amiga suya, ¿por qué me advierte de que va a detenerle y se arriesga a que le avise?

Se quedó callado un segundo y oí cómo suspiraba.

—Porque creo que usted es una buena persona que ha confiado en alguien que no lo merece. Y, francamente, no quiero que se quede atrapada en la línea de fuego. No haga que me arrepienta de haberle dado esta oportunidad —y colgó el teléfono.

En aquel momento Jake entró en el apartamento y cerró la puerta.

—Se ha ido —dijo. Se quitó la chaqueta y la tiró en la silla—. Cuando llegué a la calle ya no estaba.

Yo me quede allí con el móvil aún en la mano, sin saber qué hacer o decir.

—¿Le viste cuando salió corriendo?

Me había olvidado completamente de Ace. Mi mente seguía procesando a todo gas la información que me había dado el inspector Salvo, y debí mirarle de una forma extraña.

—¿Qué? —dijo frunciendo el ceño.

Me pareció que se oía una sirena débil, a lo lejos. Aparentemente él no había oído nada. En esta ciudad es un ruido nocturno bastante habitual.

—Vienen a por ti, Jake —le dije.

—¿Quiénes?

—Me acaba de llamar el inspector Salvo.

Me abroché los pantalones y luego le miré.

—¿Te llamó? —dijo mirándome fijamente—. ¿Cómo?

—A mi móvil. Grabó el número cuando le llamé ayer —me acerqué a él—. Eso no importa. Dice que han encontrado el rifle que mató a Christian Luna.

—Vale, bien —se encogió de hombros—. ¿Y que tiene eso que ver conmigo?

—Dice que está a tu nombre, Jake.

Se quedó quieto, sospesando mis palabras.

—Vaya estupidez. —Y cogió la silla que había su lado—. Eso es una estupidez, Ridley.

—Vendrán a buscarte ahora mismo.

Me puse las zapatillas de deporte, y me las estaba atando cuando el ruido de las sirenas se hizo más intenso. Me puse el abrigo.

—No —dijo con un movimiento de cabeza—. Esa arma no es mía. Y no tienen pruebas de que lo sea.

¿Cómo podría explicarles lo que sentía en aquel momento? Mi oído derecho registraba aquel sonido extraño e inminente y las manos me temblaban un poco. No sabía qué pensar de Jake. Supongo que básicamente estaba conmocionada. No tenía ninguna experiencia previa de ese tipo de situaciones, de modo que actuaba a ciegas.

—El disparo. Dicen que vino de los árboles donde tú estabas escondido, no del tejado.

Él bajó los ojos al suelo y luego me miró.

—No sé de dónde vino el disparo, Ridley. Pero de mí no.

Parecía asustado, tan asustado como yo. Cogió la chaqueta y se dirigió hacia la puerta.

—Ridley, quiero que te instales en algún lugar seguro. Ahora mismo.

Sus palabras me hicieron sentir frío por dentro.

—¿De qué hablas?

Me levanté con la intención de seguirle. Cuando me acerqué vi que había empalidecido. Él me acarició los brazos, suavemente.

—Escúchame con atención, Ridley. Quiero que vuelvas a tu apartamento, cojas tus cosas y te vayas a un hotel. Sin decirle a nadie adonde vas. A nadie. Ni a tus padres, ni a tu amigo Zack. ¿Lo has entendido?

—Yo voy contigo.

Apenas podía creer las palabras que acababa de decir. ¿Realmente estaba pensando acompañarle en su huida de la justicia? La respuesta es sí. Me sentía tan desarraigada de la vida, tan desconectada de mi anterior visión de la realidad, que realmente me pareció una opción.

El sonido de las sirenas era cada vez más intenso. En el edificio de enfrente ya empezaban a verse los destellos de las luces rojas. Me besó ligeramente en los labios y me miró con aquella expresión que yo no sabía descifrar.

—No arruinaré tu vida, Ridley.

—Jake...

—Sólo prométeme que harás lo que te digo. Jura que no le dirás a nadie dónde estás y que pagarás la habitación en efectivo. Esto es importante. En efectivo.

—¿Por qué, Jake?

No sabía exactamente qué estaba pasando, pero quizá desde que hablé con Linda McNaughton era consciente de que se trataba de algo mucho más tenebroso y mucho más grave que las manipulaciones de Christian Luna.

—Estás en peligro, Ridley. Ambos lo estamos. Así que prométemelo.

—Jake, no lo entiendo. ¿De qué estamos hablando?

—Ridley, te lo explicaré todo. No tienes motivos para confiar en mí, pero en este momento te pido que lo hagas. Simplemente dime que harás lo que te he dicho.

Oí que se abría la verja de la entrada.

—Lo prometo.

—Yo te encontraré. No te preocupes.

Asentí y él fue hacia la puerta. Sentí un vuelco en el estómago, era el miedo de no volver a verle.

—Yo no maté a Christian Luna. Quiero que lo sepas, Ridley.

Y luego se fue. Esperé un segundo y oí que la policía llamaba a golpes en la puerta de abajo. Al salir al descansillo, oí a Zelda gritando desde la entrada y no vi a Jake por ninguna parte.

—¡Esperen, esperen!

La voz de Zelda subía por el hueco de la escalera. Oí el crujido de una puerta y unas pisadas firmes que resonaban en los escalones. Subí corriendo un piso más y me encaramé al tejado. El aire frío de la noche me dio en la cara y me quedé en la oscuridad preguntándome qué demonios estaba haciendo allí arriba. Creo que esperaba ver a Jake huyendo por los tejados. Pero no le vi por ninguna parte. No sabía si había conseguido salir del edificio, ni cómo lo había hecho.

Pasé una pierna por encima del muro de la parte de atrás de la azotea y fui a parar a la escalera de incendios. Los perros que había abajo me ladraron con todas sus fuerzas mientras bajaba hasta mi piso. Zarandeé un poco la ventana, se abrió y entré en mi apartamento. A oscuras e intentando no hacer ruido.

Oí unas voces que hablaban a gritos en el pasillo, los pitidos y los zumbidos de los transmisores de la policía, y el eco de las pisadas de las gruesas botas que calzaban aquellos hombretones. Zelda gritaba:

—Oigan, ¿tienen una orden de registro para entrar aquí? ¿Oyen lo que les digo?

A través de la mirilla vi que no había nadie en mi rellano, y abrí un poco la puerta. Por un momento pensé si podría sencillamente bajar las escaleras y salir por la parte de atrás del edificio. Pero he visto suficientes películas de policías para saber que no cubrir las dos entradas hubiera sido una tontería. Estaba a punto de echarme atrás cuando vi la puerta de Victoria medio abierta y un ojo abierto de par en par, que me devolvía la mirada aterrorizado. Al pensar lo asustada que debía de estar me dio pena por ella, pero yo tampoco estaba en condiciones de ayudarla. Cerré a toda prisa y sin hacer ruido me senté con la espalda apoyada en la puerta. Con la respiración alterada, en aquel momento pensé: me estoy escondiendo de la policía. Ya he traspasado oficialmente los límites de mi vida, y ahora agito las alas mientras me precipito en una oscuridad desconocida.

Se oyeron unos pasos en la escalera.

—No está. Ya se lo he dicho. Ha salido y no ha vuelto.

Era Zelda, que le ladraba a alguien.

—¿Adónde ha ido?

Era el inspector Salvo. Se oyeron unos pasos en el suelo de baldosas que había frente a mi puerta y unas voces que se acercaban.

—Oiga, ¿quésecreequesoy, su madre?

El inspector Salvo golpeó la puerta con fuerza y yo, que seguía allí apoyada, me acurruqué.

—¿Es usted sordo? —aulló Zelda.

Se hizo el silencio, yo aguanté la respiración, y él volvió a dar golpes enseguida.

—Ridley. Si está usted ahí, hágase un favor a sí misma y salga. Hable conmigo. No me obligue a conseguir una orden y detenerla por complicidad, y por negarse a colaborar con una investigación policial. No quisiera jorobarle la vida, Ridley, pero lo haré.

Yo seguí sentada, inmóvil y sólida como una roca. Ya no podía salir. Había avisado a Jake, había salido huyendo del apartamento y me estaba escondiendo de la policía. No tenía más remedio que mantenerme en mis trece. De pronto sonó mi teléfono y aguanté la respiración. Al cabo de dos timbrazos, saltó el contestador y oí la voz de mi padre.

—Ridley —el tono era seco y preocupado—. Tu madre y yo hemos recibido una inquietante llamada de Alexander Harriman. Estamos preocupadísimos y necesitamos hablar inmediatamente contigo. Llámanos. —Y colgó.

Vaya con la confidencialidad abogado–cliente. No tenía derecho a hacer eso, ¿verdad? ¿Telefonear a mis padres? Me pregunté hasta qué punto les habría contado nuestra conversación. Mierda.

Al otro lado de la puerta el inspector Salvo le preguntó a Zelda:

—¿Tiene usted la llave de este apartamento?

Yo cerré los ojos y recé.

—¿Tiene usted una orden de registro?

—No se meta en líos por este asunto, señorita Impecciate.

—¿Tiene una orden? —repitió Zelda más alto.

En ese momento la quise muchísimo.

—No, no la tengo.

—Pues entonces yo no tengo llave.

Zelda mentía por mí, por protegerme. Sabía que estaba en el edificio. Creo que sabía que estaba sentada detrás de aquella puerta. Para ser alguien que apenas me había dirigido un par de frases civilizadas, realmente se la estaba jugando por mí. Quizá llevaba años apreciándome en secreto, o quizá realmente odiaba a la policía.

—¿Qué está haciendo?

—Llamarla al móvil —dijo Salvo—. He hablado con ella hace un momento.

Revolví en mi bolsillo buscando el teléfono. Cuando apretó la tecla de llamada, oí un pitido largo. A tientas en la oscuridad, di con el botón de encendido y conseguí desconectarlo antes de que sonara.

—Buzón de voz —dijo él como hablando consigo mismo—. Maldita sea, Ridley.

Se fueron sin decir más. No sé exactamente cuánto rato estuve allí sentada. Sencillamente me quedé escuchando hasta que el caos que se oía en lo alto de la escalera se calmó, los pisotones fueron bajando hasta llegar a la calle, y cesó el estruendo de las voces y las radios de la policía. Me quedé sentada tanto rato que creo que me adormecí un poco. Mi teléfono siguió sonando, pero fuera quien fuera, colgó cuando saltó el contestador. Yo seguía acurrucada cuando noté un golpecito en la puerta.

—Ridley —me llegó un murmullo a través de la jamba.

Tras el sobresalto, sentí dolor en las piernas y me di cuenta de que se me habían dormido. Aguanté la respiración sin saber qué hacer.

—Ridley —otra vez aquel murmullo—. Soy Zelda.

—¿Zelda?

Abrí un poco la puerta.

—Ven —me dijo—, te enseñaré cómo salir de aquí sin que te vea la policía. Están fuera, esperando a que vuelvas. Ese poli ha dicho que iba a conseguir una orden para entrar en tu apartamento.

No sabía por qué Zelda me ayudaba y no era el momento de preguntarlo. Bajé tras ella tres tramos de escalera y cruzamos por la cocina del restaurante hasta al patio de atrás. Pasamos junto a un grupo de perros que ladraron y saltaron al vernos. Zelda se agachó, dio un tirón y abrió de par en par las puertas de una trampilla metálica que daba al sótano. La seguí escaleras abajo, agachando la cabeza para no darme contra aquel techo tan bajo. Me guió entre las sombras, pasamos junto a filas de estanterías llenas de latas de tomate triturado, botellas de aceite de oliva, enormes tarros de especias, platos y servilletas de papel, y cajas de ajos. El olor de todas aquellas cosas se mezclaba con el del polvo del sótano, y el resultado no era desagradable del todo.

Al llegar al otro extremo de la habitación, Zelda abrió otra puerta de metal que daba a una oscuridad más negra que la boca de un lobo. Desapareció por la puerta y yo la seguí a tientas, palpando la pared. Estábamos en una especie de túnel. Era húmedo y frío, y había tanto moho en el aire que mi nariz empezó a gotear.

—Este túnel llega hasta la calle Once —la voz de Zelda resonaba en la oscuridad—. No sé por qué se construyó, pero pasa por la parte trasera de la Black Forest Pastry Shop, y al final hay otra puerta que da a su sótano.

Justo acababa de decirlo cuando mis manos toparon con algo parecido a una puerta metálica. Para mí toda aquella situación había llegado a ser tan irreal, que me di cuenta de que estaba a punto de echarme a reír. Noté en la garganta una carcajada fuerte, histérica, y supe que si la dejaba salir, se convertiría inmediatamente en un sollozo. La reprimí y seguí caminando. Al cabo de pocos minutos, Zelda manipuló unos cerrojos y la puerta se abrió a la calle Once. Fue agradable sentir en la piel aquel aire fresco y cortante. Comparado con la oscuridad total del túnel, el cielo de la noche me pareció tan luminoso como si fuera de día. Pasé al lado de Zelda y, ya en la calle, me di la vuelta para decirle:

—Gracias, Zelda.

Ella me miró como si tuviera algo que decirme, pero no lo hizo. Solamente contestó:

—Ve con cuidado.

Sus labios intentaron una sonrisa que no prosperó. En sus ojos brillaba algo que no conseguí descifrar, y con un sonoro portazo metálico cerró la puerta.

23

¿Era una mueca de autosuficiencia? En aquella habitación a oscuras que olía ligeramente a desperdicios y a cerveza era difícil saberlo. A Ace no le gustó nada que me presentara en su puerta.

—¿Qué haces aquí? —me preguntó a través de la misma rendija por la que yo había hablado con Ruby apenas un par de días antes.

Yo simplemente me quedé allí, sin saber qué responder; de hecho no conocía la respuesta. ¿A qué otro sitio podía haber ido? A casa de mis padres no, desde luego. El que la policía se pusiera en contacto con ellos sólo era cuestión de tiempo, si es que no lo había hecho ya. A ver a Alexander Harriman tampoco. Me daba miedo, y tenía algo que me provocaba desconfianza (incluso antes de que se chivara a mis padres). Una parte de mí pensó en correr en busca de Zack, pero lo deseché. Me pareció egoísta ir tras él cuando tenía problemas, sobre todo después de todo lo que había pasado entre nosotros en los últimos días. Finalmente, pasados treinta segundos de incómodo silencio, Ace me abrió la puerta. Entré tras él. Era un lugar tan sucio y desagradable como se pueden imaginar. Ruby estaba espatarrada encima de un sofá desvencijado, con la tapicería de flores ajada y al que se le salían las tripas. Si me la hubiera encontrado en la calle, hubiera creído que estaba muerta. De un extremo de la boca le salía un hilillo de saliva que llegaba hasta el mentón.

—¿Se encuentra bien? —pregunté.

—Todo lo bien que puede encontrarse —contestó Ace con frialdad—. Ahora cuéntame qué es lo que pasa.

Los nervios me atenazaban el estómago y tenía la garganta seca.

—¿Por qué has de ser siempre tan borde? —le pregunté—. ¿Te parece que hubiera venido si no lo necesitara?

Entonces empecé a llorar. No fue un acceso irrefrenable como después de la muerte de Christian Luna, pero casi. Me senté sobre la cama y él se sentó a mi lado, me puso la mano en la espalda y dejó que me desahogara. Cuando me calmé un poco, me sequé las lágrimas y me soné la nariz con una servilleta de papel de un *deli* que Ace encontró junto a un montón de desperdicios. Me dijo:

—Limítate a contarme lo que pasa, Ridley, y haré lo que pueda por ti.

Lo cual no será mucho. Eso no lo dijo, pero era el final implícito de su frase. Le conté todo lo que había pasado desde que nos vimos la última vez.

—Ben y Grace deben estar trastornados —dijo con una leve carcajada—. La pequeña y perfecta Ridley huyendo de la ley. En estos momentos seguro que están reunidos con Esme y Zack, decidiendo cómo abordar todo esto.

Había tanta amargura en su voz que si me hubiera abofeteado me habría dolido menos. En aquel momento detecté los celos y el resentimiento. Nunca los había visto de forma tan descarnada. Pensé en lo que me dijo mi padre y en lo que Jake sugirió: que tal vez Ace tenía algo que ver con todo aquello. Por un segundo vi a mi hermano en la forma en la que parecían verle todos los que me rodeaban. Como alguien acabado, en quien no se podía confiar, alguien que deseaba herirme. Aquello me puso muy triste. ¿Cómo podría explicárselo? Muy, muy triste.

—Te vi —le dije—, esperando frente a mi edificio hace un rato. ¿Qué hacías allí?

Encogió los hombros. Se echó hacia atrás, se apoyó en los codos, y miró la pared que teníamos detrás.

Al principio, cuando me trasladé a Nueva York y empecé a verme con mi hermano, solía fantasear con la idea de que él me vigilaba en secreto, pegado a mi sombra, por si tenía algún problema. Soñaba despierta, fantaseaba con todo detalle que me atacaban en algún callejón y cómo mi hermano aparecía entre los contenedores de basura para salvarme. Me llevaba de vuelta a mi dormitorio y se ocupaba de mí hasta que mejoraba. Luego él regresaba a su vida y yo podía seguir con la mía, con la seguridad y la certeza de que él siempre velaría por mí. En otra de mis fantasías diurnas, ambos íbamos a casa de nuestros padres, tenía lugar una lagrimosa reunión, y a partir de entonces todos vivíamos felices. Es bastante triste, ya lo sé. Pero a las niñitas nos crían con cuentos de hadas. ¿Es tan extraño que todas anhelemos que los acontecimientos sombríos de nuestra vida tengan un final feliz? Nadie te dice nunca que las cosas tristes seguirán siendo tristes, ni que hay gente que muere llena de ira y sin conseguir el perdón, ni que hay cosas que se pierden para siempre.

—¿Piensas contestarme?

—Te estaba esperando. Necesitaba dinero. Pero tu matón bajó a por mí y me escapé.

—¿Mi matón?

—Tu nuevo novio o lo que sea. Más vale que vayas con cuidado con este tío. Me juego algo a que no es quien crees que es.

Se me quedó mirando, altivo y desagradable. Me dieron ganas de abofetear aquella cara estúpida.

—¿Qué sabes de él? ¿Qué sabes tú de nada?

Volvió a encogerse de hombros, sin contestarme.

—Tú antes no me odiabas, ¿verdad? —le pregunté—. Recuerdo que cuando éramos niños me querías.

La sonrisa (sí, *sonreía*) desapareció de su cara y me miró sorprendido.

—Yo no te odio, Rid. Nunca te he odiado.

Me aguantó la mirada y luego apartó los ojos.

—Hay muchas cosas que no entiendes —dijo moviendo despacio la cabeza.

—Me parece que sí lo entiendo —la rabia me quemaba por dentro, estaba a punto de estallar—. Tiene que ver con Max, ¿verdad?

Me miró sorprendido.

—¿Qué crees saber, Ridley?

—Tiene que ver con el dinero que nos dejó.

Dejó escapar un suspiro y puso los ojos en blanco.

—Querrás decir que *te* dejó.

—A ti también, Ace, si hubieras puesto orden en tu vida.

No me gustó cómo sonó aquello, como si fuera algo fácil, pero supongo que una parte de mí creía que Ace había escogido llevar la vida que llevaba. Quizás en ese momento ya estaba atrapado en las garras de las drogas. Pero si uno escoge empezar a consumir, también puede escoger dejarlo. El camino es largo, duro y plagado de obstáculos, tanto internos como externos, pero el primer paso se escoge, ¿o no? Tenía recursos. La ayuda estaba allí, esperándole.

—¿Quién te dijo eso? ¿Papá? —preguntó levantándose.

—¿Y eso que importa? Es la verdad, ¿no?

—Como de costumbre, no tienes ni idea de lo que hablas. Tú te limitas a vivir en tu pequeño mundo, *el Mundo de Ridley*, donde todo es blanco o negro, correcto o incorrecto. Todo consiste en elegir, ¿verdad? En elegir lo correcto.

¿Creían ustedes que eran los únicos que habían asistido a mis charlas sobre el hecho de elegir? Como pueden ver, Ace no había captado la idea en absoluto. Me puse de pie y fui hacia la puerta. Iba temblando de ira y de tristeza, y con el estómago totalmente revuelto. Había ido allí buscando ayuda y un poco de consuelo, pero comprobé que él no podía ofrecer ni una cosa ni otra, y que incluso era capaz de empeorar las cosas si lo intentaba. Quería alejarme de él. Quería correr hacia él, rodearle con mis brazos y abrazarle con todas mis fuerzas. Le odiaba. Le quería.

—La vida no es tan sencilla, Ridley.

No supe qué contestar, no me fiaba de mis palabras, y antes de que pudiera reprimirlas, las lágrimas brotaron de nuevo. Nunca dije que la vida fuera fácil. Nunca lo pensé.

—Vuelve a casa, Ridley. Ve con papá y mamá. Todo se arreglará y acabará bien para ti. Como *siempre.*

Tal cantidad de bilis viniendo de un hombre al que había amado desde que él era un crío y yo una niñita. Mi hermano. Durante mucho tiempo sencillamente le quise, sin cuestionarle nunca. Nunca me di cuenta de que me odiaba. Aunque quizá simplemente se odiaba a sí mismo. Recordé las palabras de Esme sobre Max. *No se puede sacar sangre de una piedra. Puedes intentarlo, pero el que acabará sangrando serás tú.*

Me fui dando un portazo que hizo vibrar el suelo. Bajé corriendo las escaleras y salí a la calle desierta. No sabía hacia dónde ir, ni qué dirección tomar. Paré en Tompkins Square y me senté en un banco dentro del quiosco de música. El universo intentaba decirme algo. *Estás sola, muchacha.*

Fui al West Village. Pero antes hice una cosa un poco rara. Cogí el metro hasta la calle Noventa y seis y luego salí a la calle y paré un taxi. Llegué a la esquina de Barnes & Noble con el Met, entré por Broadway y luego salí por el otro lado. Busqué un cajero automático y saqué 500 dólares, el máximo que me permitió la máquina. Luego paré otro taxi. Todo el tiempo estuve vigilando por si veía al cabeza rapada, a los polis, o a cualquiera que me pareciera sospechoso. No creo que nadie me siguiera. Pero era novata en ese tipo de situaciones. En mis oídos resonaba la advertencia de Jake antes de escapar de la policía y no me importa decirles que estaba asustada, asustada y al borde del llanto.

Me instalé en un hotel roñoso de una esquina de Washington Square, frente al que había pasado un par de veces; era uno de esos sitios que, pese a todos los intentos de renovación, sigue pareciendo lo que es, un lugar de tránsito, para gente a la que le gusta pagar la habitación en efectivo y por anticipado. El conserje era un anciano con una camisa tejana y una mancha en el bolsillo del pecho que parecía de ketchup. Tenía la cara arrugada y prieta como un puño, como si llevara una máscara de goma. Ni me miró siquiera, sólo cogió el dinero y me dio una llave.

—Habitación 203. El ascensor está a la derecha. Las escaleras a la izquierda.

Si me viera en una cola de gente sería incapaz de distinguirme, seguro. Debía ser uno de los requerimientos de ese trabajo. Pero por alguna extraña razón, quise que me mirara. Quise que fuera consciente de que yo no era un fantasma más entre los que le rodeaban.

Me entretuve un instante junto a su mesa y le dije:

—Que tenga una noche agradable.

No dijo ni una palabra. Se limitó a darse la vuelta y entró en un despacho.

La habitación estaba bastante limpia, pero había baldosas rotas
en el baño, marcas de goteras en el techo, y colchas amarillentas por
el humo de los cigarrillos. Nunca me he sentido tan sola como esa
noche. Tumbada en la cama, miraba por la ventana el reflejo ana-
ranjado de los semáforos de la calle y escuchaba los ruidos del exterior; sin que nadie supiera dónde estaba, ni lo que me estaba pasando. Era como si alguien hubiera abierto cuidadosamente un
agujero en mi pecho y el viento pasara a través, con un silbido que-
jumbroso y lúgubre que me mantuvo despierta toda la noche.

24

Lunes por la mañana. Tras pasar la noche en vela, cogí un taxi hasta el aparcamiento donde había dejado el Jeep alquilado y me dirigí de vuelta a Nueva Jersey. De camino, paré en un café con Internet en la Tercera Avenida, y con la ayuda de un buscador conseguí un mapa que me llevaba directamente al umbral de Linda McNaughton. Si lo piensas, es de locos que cualquier desconocido pueda introducir tu dirección en un ordenador y conseguir la ruta que lleva a tu casa paso a paso; pero en aquel momento para mí era una ventaja, de modo que sinceramente, no tenía derecho a quejarme. Eso lo pagué con tarjeta de crédito. No podía hacer otra cosa. De todas formas, los sucesos de la noche anterior empezaban a parecerme surrealistas y había alcanzado un extraño estado mental que me permitía verlo todo a cierta distancia. Habían pasado tantas cosas desde que telefoneé a Linda McNaughton. Mi cerebro intentaba prescindir por un momento del hecho de que mi novio —porque lo era ¿o no?—, fuera un fugitivo de la policía (igual que yo de hecho) y que mi hermano me odiara, por lo visto de manera notoria, desde hacía años.

Una vez en la autopista, telefoneé a mi padre desde mi móvil.

—Ridley —dijo intentando concentrar la ira, la preocupación, el alivio y el amor, en las dos sílabas de mi nombre—. Dime inmediatamente qué está pasando.

—Nada. ¿Por qué?

—Ridley.

—Papá, todo va bien —mentí—. Sólo necesito que me hables de Proyecto Rescate.

Al otro lado del teléfono hubo una pausa.

—Ridley, has de volver a casa ahora mismo. Hemos hablado con Alexander Harriman. Esta mañana ha venido la policía.

Es triste que tus padres te den órdenes cuando ya eres demasiado mayor para obedecerlas. Es un síntoma de la desconexión que existe entre quien ellos creen que eres y quien eres tú realmente. Se aferran a una imagen tuya infantil, de cuando estabas bajo su control, y les cuesta mucho reconocer el hecho de que la situación ya no es la misma.

—No puedo ir a casa, papá. Necesito saber qué me está pasando. Háblame de Proyecto Rescate.

—¿Proyecto Rescate? ¿Ridley, de qué hablas?

—¡Cuéntamelo, papá! —Esa vez grité. Nunca le había gritado en serio a mi padre, y hasta cierto punto me sentó bien. Pasó un rato sin que dijera nada y pensé que había colgado o que se había cortado la comunicación. Entonces le oí respirar.

—Papá.

—Era una organización que promovió la aprobación de una Ley de Confidencialidad para las Casas de Acogida. —Las palabras que pronunció y el tono peculiar en el que las dijo parecían de un mensaje grabado.

—No —repliqué—. Es más que eso. —En aquel momento me di cuenta de que estaba conduciendo a mucha velocidad y que no podía permitirme que me pararan. Reduje, y cambié al carril de la derecha.

Suspiró.

—Bueno, veamos. Antes había centros de acogida que colaboraban con Proyecto Rescate en los que se respetaba la confidencialidad. Normalmente eran iglesias o clínicas, a veces colaboraba algún orfanato. Eso era antes de que la ley se aprobara. De modo que, aunque no era ilegal, no tenía autorización oficial del Gobierno y recibía financiación privada. Siempre lo consideramos una especie de grupo de presión en la sombra.

—¿Quién lo fundó? ¿Max?

—Sí, entre otros. —Se le oía cansado y quizá la voz le temblaba un poco, pero podía ser culpa de la cobertura del móvil.

—¿Y en esos sitios qué pasaba?

—Lo mismo que pasa hoy en día. Una madre o un padre podían dejar a su hijo sin problemas. Allí atendían a la madre y cuidaban del niño durante 72 horas. Si durante ese período la madre cambiaba de opinión, podía volver a buscar a su hijo. Le daban una serie de consejos y cualquier otro tipo de ayuda que necesitara.

—¿Y si no volvía?

—Entonces el niño quedaba bajo la tutela de la beneficencia.

—¿Y tú trabajabas con ellos?

—En realidad, no. Aunque algunas de las clínicas donde trabajé como voluntario en aquella época colaboraban con Proyecto Recate, y si había un bebé o un crío abandonado, yo le visitaba igual que a los demás.

—Pero ¿cometías un delito?

—En el sentido estricto, no. No había ninguna ley que prohibiera dar asistencia médica a un niño abandonado que la necesitara, siempre que se informara del abandono durante las primeras 72 horas.

—De modo que actuabais bajo cuerda, simplemente.

Volvió a suspirar.

—En beneficio de los niños, por supuesto.

Me parecía lógico que mi padre rozara los límites de la legalidad para ayudar a los niños. Cuadraba con la imagen que tenía de él. Pero la lógica del sistema ya no cuadraba tanto. Quiero decir, ¿por qué esforzarse tanto en rescatar a los niños de potenciales malos tratos y abusos, y luego dejarlos en manos del sistema de beneficencia infantil, que a su vez estaba plagado de errores y abusos? Pensaba en las experiencias infantiles de Jake.

Sabía que algo se me escapaba. Tenía las respuestas justo delante de mí, pero no las veía. Estaba cansada y todo aquello era demasiado para mí. Es similar a cuando empiezas un gran proyecto como hacer limpieza general de tu armario. Lo sacas todo y lo dejas encima de la cama y en el suelo. Cuando el armario está vacío, te invade la apatía y piensas: ¿por qué se me ocurriría meterme en esto? No tienes suficiente energía para acabarlo. Pero ya no puedes darte la vuelta sin más, es demasiado tarde. Sabía que había un millón de preguntas que podía hacerle a mi padre, pero no se me ocurría ninguna.

—¿Qué tengo que decir para que vuelvas a casa?

Me quedé pensando un segundo.

—Di que no hay nada que necesite saber, que me he visto envuelta en algo que no tiene nada que ver conmigo y que no soy capaz de verlo en perspectiva.

Tras dudar una milésima de segundo, dijo:

—Ridley, no hay nada que necesites saber.

No sé por qué, pero tuve la certeza absoluta de que mi padre me mentía. Oí a mi madre al fondo:

—Dile a Ridley que su habitación está preparada, que Alex se ocupará de todo y que puede quedarse aquí hasta que las cosas se calmen.

—Ya te llamaré, papá. Intenta no preocuparte.

Cuando aparté el teléfono de la oreja, él seguía hablando, pero colgué. Su voz era débil e inaudible, mucho más distante que nunca. Oficialmente, ya no había nadie en el mundo en quien pudiera confiar.

Encontré a Linda McNaughton en un confortable cámping de la carretera 206, a las afueras de una ciudad llamada Lost Valley. Vivía en una caravana de dos cuerpos. Era una caravana bastante bonita, con ventanas de bisagra y cerramientos de aluminio, que estaba aparcada frente a la biblioteca pública. Salió a la puerta sonriendo, pero abrió sólo una rendija. No le había anunciado mi visita y temí que no quisiera recibirme.

—¿En qué puedo servirla?

—Hola, señora McNaughton —dije con la sonrisa de una Girl Scout—. Soy Ridley... hablamos por teléfono la otra noche.

Inmediatamente desapareció la sonrisa.

—¿Qué está haciendo aquí?

—Estoy en la ciudad recogiendo datos para mi artículo y confiaba en poder hablar un poco más con usted. De hecho, esperaba que tuviera una foto de Charlie y que quisiera prestármela.

Entornó los ojos con una expresión que combinaba desconfianza e indignación.

—No tengo ninguna fotografía, ni nada más que hablar con usted. Por favor, váyase.

Y cerró la puerta de un portazo.

—Y si... —dije a través de la puerta convencida de que seguía allí de pie, mirándome por la mirilla— le dijera que es posible que Charlie viva todavía.

Oí un respingo del otro lado e inmediatamente me sentí mal. Al fin y al cabo, no tenía ninguna prueba de que Charlie estaba vivo. Pero anoche, toda la noche, tumbada en aquella cama extraña estuve pensando en lo que me había pasado, en las cosas que Christian Luna me había dicho, en lo que había averiguado sobre los demás niños desaparecidos, en mi tío Max, en lo que Ace dijo, y en aquel momento, sobre todo tras la conversación con mi padre, brotó el germen de algo que se estaba expandiendo como un virus.

La puerta se abrió de nuevo. La cara de Linda era algo más dulce. Abrió del todo y se quedó a un lado para que yo pudiera entrar.

Me senté en un incómodo sofá beige forrado en plástico que había en la salita. Le di un par de sorbos al café que me ofreció, un café suave y amargo. Linda llevaba una sudadera gris, un tono idéntico al del pelo, que llevaba cortado al uno. Su cara era como una superficie de arrugas y piel ajada, pero tenía unos ojos azules penetrantes que brillaban atentos e inteligentes. Se sentó frente a mí, observándome. Estábamos rodeadas de tortugas, figuritas de tortugas, cojines y platos decorados con tortugas, tortugas de peluche, móviles de tortugas.

—Sabe —me dijo al verme mirar todo aquello—, en realidad no me gustan especialmente las tortugas. Pero un año visitamos un criadero de tortugas en el Caribe, y luego mi marido me regaló un pendiente con una tortuga de oro. Me mostré tan entusiasmada con el regalo, que a partir de entonces todo el mundo empezó a comprarme tortugas, hasta hoy.

Me miró como si se disculpara y se rió de una forma extraña. Yo le sonreí y dejé la taza sobre la mesa. Ella se levantó y fue hasta una estantería en el otro extremo de la habitación. Cuando volvió, llevaba una pequeña fotografía con un marco de metal y me la dio. Era de una pareja con un niño pequeño. El crío, de unos dos años, llevaba una camisa de rayas rojas y blancas y unos tejanos cortos, y montaba un pony. El hombre, delgado y con barba, estaba de pie a

su lado con la sonrisa atenta y ponía una mano protectora en el muslo del niño. A la mujer, tímida y demacrada, que miraba al frente, le
brillaba una sonrisa en la cara y reía con los hombros encogidos.

No sé qué esperaba averiguar sobre Michael y Adele Reynolds.
De Michael sólo sabía que había sido un adicto a la heroína. Adele
fue una mujer que escogió abandonar a su hijo. Pero en la foto vi a
dos personas que quizá parecían algo perdidas, un poco deterioradas quizá, pero que estaban disfrutando de un día con su hijo.
Aquella imagen contradecía el juicio que me había formado sobre
ellos. Me sorprendió. Los había imaginado fríos, egoístas, violentos, negligentes. Y quizá lo fueron en algún momento. Pero hubo
días en los que tal vez fueron felices, cariñosos, y se ocuparon de su
hijo. Puede que Adele intentara entregar a Charlie sólo porque no
se creía capaz de asumir la responsabilidad de criar a un niño. Debió de pensar que estaría mejor atendido en manos de otras personas. Siempre me indignó la manera como Zack juzgaba a Ace; sólo
tenía en cuenta un aspecto, sólo su adicción, e inconscientemente
yo había hecho lo mismo con Adele y Michael.

—Yo pienso que cuando hay tan pocos momentos buenos, los
recuerdas más claramente —dijo Linda—. Me acuerdo de ese día.
Todos estábamos muy contentos, Charlie cumplía dos años. Mi hija,
Adele, murió un mes después. Luego Charlie desapareció. Luego
Michael. En dieciocho meses los perdí a todos.

Se me encogió el corazón, sentía lástima por ella. Imaginé que
aquellas pérdidas, una tras otra, habían convertido el mundo en un
lugar siniestro para ella. La miré, esperaba verle los ojos llenos de
lágrimas o la cara devastada por el dolor. Pero ella simplemente observaba la fotografía con una media sonrisa, como si no le quedara
más que la triste resignación de que las cosas ya no podían ser de
otra manera.

Yo ya me había formado un juicio incluso de Linda. Pensé que
no había amado a Adele lo suficiente; fue alguien que *escogió* no
ayudarla en los momentos críticos, cuando no se vio capaz de cuidar de Charlie. A mí me educaron en una casa donde había amor y
dinero de sobra para tirar adelante, y por eso siempre pensé que, de
un modo u otro, todo el mundo tenía acceso a los mismos recursos

ilimitados. Odio admitirlo, pero hasta ese momento, rodeada de las tortugas de Linda McNaughton, no me di cuenta de que la pobreza no es un concepto abstracto, y que hay veces en las que la gente no tiene suficiente amor ni dinero para cuidar adecuadamente a un niño. Uno no puede juzgar a la gente por lo que no tienen para dar, ¿verdad?

—¿Está segura? —dijo de pronto, mirándome con una expresión indescifrable—. ¿Tiene usted *pruebas* de que sigue vivo?

Me di cuenta de que le temblaban un poco las manos, como si en cierta manera la esperanza la trastornara.

—No —admití devolviéndole la mirada—. Todavía no.

Suspiró, volvió a sentarse y apartó los ojos. Yo miré la foto que tenía en la mano. El tiempo había emborronado la imagen, y las caras estaban difusas y amarillentas.

—Intentaré no tener demasiadas esperanzas. Ya me pasó el año pasado.

—¿El año pasado?

—Un joven vino a verme. De su edad más o menos. Dijo que era detective y que trabajaba en casos «congelados». Los llaman así. Me telefoneó un par de veces, me preguntó quién era el pediatra de Charlie, si le llevaron alguna vez a urgencias, cuántas veces. Le dije lo que pude. Pero pasado un tiempo dejó de llamar. Yo le telefoneé una vez, me dijo que seguía trabajando en el caso y me prometió que no se olvidaría de llamarme si surgía alguna cosa, pero no supe nada más. Es curioso. Hace sólo unos días pensé en llamarle.

—¿Por qué?

—Encontré el certificado de nacimiento de Charlie entre un montón de carpetas viejas. Pensé que podría serle útil.

—Ya que lo dice, missis McNaughton, ¿podría echarle un vistazo?

—Claro. —Se levantó y fue hasta una mesa encajonada en un rincón de la habitación.

Yo me incorporé en la silla.

—¿Se acuerda cómo se llamaba el hombre que vino a verla?

—Bueno, tengo su tarjeta aquí mismo, junto al certificado de nacimiento de Charlie. Sin gafas no puedo leerlo.

Me dio la tarjeta. Al verla, de color crema e impresa en tinta negra, profesional, sentí un hueco en el estomago.

Jake Jacobsen, detective privado.

Algunos de los momentos que pasamos juntos volvieron como fogonazos a mi memoria. Me acordé del peculiar tono de su voz cuando le hablé de los otros niños abandonados, y de que no pareció sorprenderle en absoluto. Pensé en la cantidad de información sobre los padres que consiguió en Internet. Recordé también que enseguida supo de dónde venía el recorte que me envió Christian Luna. Cómo se alarmó al saber que yo le había contado al inspector Salvo lo que había averiguado. Las semillas de la duda brotaban en mi interior. Pensé que él ya lo sabía, que ya sabía que hubo más desapariciones de niños.

—Señorita Jones, ¿se encuentra bien? —Yo debía llevar un buen rato mirando la foto cuando ella me enseñó un pedazo de papel.

—Perdone —le dije y cogí el papel.

—Es el certificado de nacimiento de Charlie. Me quedé una copia.

Le eché una ojeada, lo doblé y me lo metí en el bolsillo de la chaqueta. Levanté los ojos y vi que Linda seguía mirándome.

—No me ha dicho por qué —dijo—. ¿Por qué piensa que Charlie puede estar vivo?

Me quedé callada un segundo y luego le contesté con toda la honestidad de la que era capaz en ese momento:

—Porque *yo* lo estoy.

Movió la cabeza, sin comprender.

—Aquel año desaparecieron más niños, señora McNaughton, y al menos uno de ellos puede que esté sano y salvo. Tengo la esperanza de que a Charlie le haya pasado lo mismo.

Me miró y su expresión revelaba una felicidad cautelosa que me hizo sentir culpable.

—Yo también lo espero —dijo, y juntó las manos como si rezara.

Me levanté y le di la mano, agradeciéndole la ayuda que me había prestado. Prometí devolverle la fotografía y no dejarla sola con sus dudas. Ella se quedó junto a la puerta, y me dijo adiós con la mano, mientas yo entraba en el Jeep y cogía el camino asfaltado en dirección a la autopista. Iba pensando que la esperanza no siempre es un regalo.

Al entrar en la Carretera 206, vi por el retrovisor un Firebird negro de 1969 con las ventanas de colores, que se me acercaba. Mi corazón dio un brinco y aparqué en el borde de la carretera, esperando que el coche aparcara detrás. Pero no lo hizo. Pasó de largo a toda velocidad. Sentí una mezcla de alivio y decepción en el pecho. Al ver desaparecer el coche en la siguiente curva, recordé que Jake me dijo que la policía le había confiscado el suyo. De todos modos, aún no estaba preparada para enfrentarme a él. No, no con aquel reciente hormigueo de sospecha que me subía por las piernas. Si ya sabía lo de los otros niños desaparecidos, ya sabía lo de Jessie Stone. Y lo sabía antes de conocerme. Al intentar descifrar el significado de aquello, una cortina gruesa cayó sobre mi mente. No quería enfrentarme a eso.

Cogí otra vez la autopista hacia Skully's Mountain, de vuelta a Hackettstown. A falta de una idea mejor, pensé que me acercaría a la clínica donde Teresa Stone llevaba a Jessie. ¿Qué haría una vez allí? Sinceramente no lo sabía. Tendría que espabilarme e inventar algo imaginativo. Me impulsaba mi fe en que el universo conspira para que la verdad salga a la luz, y el convencimiento de que las mentiras son elementos inestables que tienden a resquebrajarse.

El cielo se había teñido de un gris oscuro y plomizo, que amenazaba nieve. Al pasar bajo las copas de los árboles, la oscuridad era tal que tuve que encender las luces. Atravesé el centro de una ciudad pequeña, y en la calle mayor cogí el sendero que subía a Skully's Mountain. Era una carretera estrecha y oscura, y cuando me detuve al llegar a un puentecillo de una sola dirección, en la base de una pendiente muy pronunciada, me di cuenta de que sólo había una valla que me protegiera de una caída libre a la corriente profunda del río.

Fue entonces cuando volví a ver el Firebird por el retrovisor. No entendí cómo había podido seguirme sendero arriba. No pude distinguir la silueta del conductor, pero sentí una presencia fría y sombría en mi interior. Pisé a fondo el acelerador, los neumáticos echaron humo y el Jeep empezó a subir la pendiente.

Pero mi Jeep no podía competir con la potencia de un Firebird. Al cabo de un segundo el reflejo de sus enormes faros me deslumbró. El coche me golpeó por detrás y noté una fuerte sacudida. Cuando golpean un coche por detrás en las películas, nunca parece especialmente desagradable. Para mí fue como si el pavimento se moviera, y mi cabeza salió disparada con fuerza, primero hacia delante y luego hacia atrás. Me di un buen susto y sin querer solté un segundo el volante. El Jeep se deslizó peligrosamente hacia el borde antes de que pudiera volver a cogerlo. Enderecé, recuperé la dirección y me desplacé al otro carril. Acababa de volver a mi sitio, cuando apareció otro coche en la curva, que pasó a toda velocidad, tocando frenéticamente la bocina.

El miedo a la muerte lo amortece todo, y cuando el Firebird me golpeó de nuevo, me sentí como suspendida en el tiempo. Cuando llegamos a la siguiente curva cerrada, sólo oía el sonido entrecortado de mi propia respiración. Di gas a fondo, pero el Firebird era demasiado rápido y volvió a chocar contra mí, esta vez con más fuerza. Los ojos se me llenaron de lágrimas y la carretera se convirtió en una imagen húmeda y borrosa.

—¡Basta! —grité en el vacío.

Otra sacudida envió al Jeep dando bandazos al carril contrario. Chocó contra la baranda protectora del lado de montaña y vi que echaba chispas por la fuerza del choque.

El Firebird se colocó rápidamente de modo que yo no pudiera recuperar mi posición. Me volví a mirar, pero sólo vi las ventanas pintadas, oscuras. De repente la ira despejó la capa de miedo que nublaba mi cerebro. No sabía quién era el conductor de aquel coche ni me importaba. Con un volantazo brusco, hice que el Jeep golpeara el costado del Firebird. Pero fue como chocar contra un muro de piedra, no en vano tienen fama de resistentes. El coche tembló un poco, pero no se movió de su sitio. Entonces me enfadé de verdad. Volví a chocar contra él, con más ímpetu, sin importarme que ambos acabáramos rodando montaña abajo. Aquello duró un rato, condujimos a la carrera, con los chasis de ambos vehículos pegados y el terrible chirrido del metal contra metal. Entonces, justo a la la vuelta de la curva, vi el reflejo de unos faros que se acercaban.

El Firebird no iba a apartarse. Hundí la bocina a fondo, confiando en alertar al conductor que se acercaba y que entendiera que yo estaba en su carril. Sabía que si frenaba bruscamente en una curva como aquella, volcaría el Jeep, o no tendría tiempo de desplazarme al carril que me correspondía y chocaría frontalmente con el vehículo que venía. Volví a tocar la bocina rezando para que el conductor me hubiera oído y redujera, pero justo en ese momento el Firebird aceleró y desapareció. Yo giré el volante y volví al carril derecho, se lo juro, dos segundos antes de que un camión Dodge de color rojo tomara la curva a toda velocidad. El camión pasó zumbando a mi lado tocando la bocina como si me riñera por no saber conducir. Yo observaba al Firebird, que desapareció en la siguiente curva.

Apreté el freno y me quedé allí sentada, con las manos aferradas al volante, mientras los dientes me castañeteaban. La adrenalina recorrió como una descarga todos los músculos de mi cuerpo. No podía parar de temblar. Estuve llorando derrumbada sobre el volante, hasta que vi un coche acercarse por detrás. Luego subí vacilante el resto de la montaña, y cuando llegué al otro lado aparqué en un Burger King de carretera y me regalé un batido de chocolate y unas patatas. Me pareció que después de haber estado a punto de ser asesinada en una carretera de montaña, seguramente a manos del hombre con el que me estaba acostando, me lo debía a mí misma. Me quedé sentada en el aparcamiento llorando, temblando, devorando grasientas patatas fritas a toda velocidad, e intentando no vomitarme encima.

Mi cerebro iba a mil revoluciones por minuto. Supe que era incapaz de procesar lo que me acababa de pasar, ni de decidir qué hacer a partir de ese momento. No había podido identificar al conductor, pero el coche tenía que ser el de Jake. ¿Era él quien iba al volante? ¿Por qué querría hacerme daño? Y si no era él, ¿quién era? ¿Y de dónde había sacado su coche? Y la misma pregunta una y otra vez: ¿por qué estaba sucediendo todo eso? Mientras estaba allí sentada, sorbiendo el batido y temblando todavía, tuve una espantosa conciencia de soledad que se aferraba a la médula de mis huesos. Pero dejé de llorar. Ya no me quedaban lágrimas. Ya había superado esa fase.

Cuando descubres que los cimientos de tu vida están construidos sobre la boca de un desagüe y todas las paredes empiezan a tambalearse, ¿qué haces? ¿Adónde vas? Mi mente iba a la deriva; en aquel momento pensaba en cosas insignificantes, como si quisiera darle unos momentos de tregua a mi pobre y agotado cerebro, y por alguna razón pensé en mi madre.

Hace unos años, después de graduarme en el instituto, estuve una temporada cogiendo a diario las líneas 4/5 para ir a una clase de yoga en el Upper East Side. El horario era horrible, de las seis a las siete y media de la mañana, pero descubrí que si conseguía ir, la calidad y la productividad de mi jornada mejoraban de forma significativa. Una mañana de febrero especialmente fría, aún era de noche cuando salí a la calle Catorce hacia la estación de metro de Union Square. Cuando llegó el tren, entré y me senté, todavía medio dormida. El metro se quedó parado un momento en la estación y me puse a mirar por la ventana. Había una mariposa real revoloteando por allí, como si planeara junto a la ventana. Me la quedé mirando atónita. Pensé, ¿cómo puede ser que esté aquí, en este subterráneo oscuro y en invierno? ¿Cómo puede sobrevivir con este frío? Pero allí estaba. Miré a mi alrededor para ver si algún otro pasajero del metro la había visto, pero todos dormitaban o leían. Todos se perdieron aquel pequeño milagro. Y cuando volví a mirarla, se había ido. Las puertas se cerraron y el tren salió de la estación.

Se me ocurrió, no entonces sino ahora, sentada en el aparcamiento en aquel Jeep que estaba casi para el desguace, que así era como yo amaba a mi madre. Detrás de la ventana de un tren que siempre se estaba yendo de la estación. Mi madre era alguien cuya belleza, cuyo encanto y fortaleza de carácter provocaban admiración. Pero que al igual que aquella mariposa real, al final era distante y elusiva. Algo que podías ver pero no tocar. Quizá si no hubiese perdido a Ace hubiera sido distinta. Porque, de algún modo, creo que todos sabíamos que él era su verdadero amor y que nunca pudo superar que la abandonara. Pese a todas las peleas y a aquella relación tan conflictiva, ella le adoraba. Cuando miraba a mi hermano, era como si la iluminara un foco desde atrás. Cuando él se fue, el escenario se quedó a oscuras, y los demás nos quedamos trasteando por ahí, buscando nuestro nuevo papel en su obra.

Imagino que aquello hizo que la odiara un poco, de tanto que la quería. En el fondo de mi corazón siempre supe que si ella tuviera que renunciar a uno de los dos, me escogería a mí, que para recuperar a Ace me hubiera entregado sin pensárselo dos veces. Puede que no fuera cierto, pero estuve casi toda la adolescencia y la edad adulta convencida de ello.

Da igual, la vida no funciona así. Uno no puede intercambiar a la gente. O eso creía yo.

25

Los desperfectos eran considerables. Lo noté en la mirada de los conductores que pasaban junto al aparcamiento, que me evitaban y giraban el cuello hacia atrás para volver a mirarme; era evidente que el Jeep debía de tener muy mala pinta. Bajé y di una vuelta alrededor del coche. Parecía que se hubiera escapado por los pelos de la trituradora. Tanto el lado del conductor como el del acompañante estaban llenos de rayas y abolladuras, resultado de los choques contra el Firebird y contra la baranda protectora de la carretera, respectivamente. Me alegró haber pagado el seguro a todo riesgo.

Pensé que quizá debería haber llamado a la policía, o haber ido a la comisaría más cercana y renunciar a la investigación. Me refiero a que el mensaje estaba claro, ¿no?, si el conductor hubiera querido matarme, no se hubiera largado en el último minuto para que pudiera volver a mi carril y evitara el choque con el vehículo que venía de frente. Su objetivo era asustarme, aterrorizarme para que me olvidara del asunto, y *estaba* aterrorizada. Pero también estaba indignada, más que nunca en mi vida. Y más decidida que nunca a averiguar qué me estaba pasando.

Llegados a ese punto, la otra gran pregunta era: ¿qué estaba yo haciendo exactamente? Recuerden que todo esto empezó porque sentí el impulso de ponerme frente a una camioneta que se acercaba y salvar a un niño que se interponía en su camino. Aquel acto desencadenó una serie de acontecimientos que me llevaron a poner en duda mi identidad. Pero ahora me habían llevado a preguntarme, además, qué les pasó a los niños que desaparecieron el mismo año que Jessie Amelia Stone. En algún momento, después de acabar mi batido y antes de terminar las patatas, tomé una decisión. ¿Recuerdan que las instrucciones de seguridad de los aviones dicen que te pongas la mascarilla de oxígeno antes de ayudar a otro? Pues igual.

No podía responder a la pregunta sobre qué les pasó a Charlie, Pamela o Brian antes de saber qué le pasó a *Ridley*. Y de acuerdo con los recientes acontecimientos que había vivido, para averiguarlo tenía que saber más sobre Jessie. Así que puse el coche en marcha y fui hasta la clínica infantil Little Angels, donde Maria Cacciatore me había dicho que atendían a Jessie. Pensé en las distintas mentiras que diría para acceder a sus archivos, si es que aún existían. Pero, al final, la clave estaba en la verdad.

Al cruzar las puertas automáticas, vi en el vidrio un adhesivo de Proyecto Recate. Un logo con el dibujo de unos brazos cruzados que acunaban a un niño; debajo había una frase. *Este refugio es seguro.* Menuda coincidencia. Recordé que al Inspector Salvo no le gustaban las coincidencias, y decidí que en eso tenía razón.

—Necesito ver al director —le dije al joven que estaba tras el mostrador de la recepción.

Era mono, con la cara redonda y franca y un ligero rastro de barba en la mandíbula.

—¿Se refiere al director del equipo médico?

—No. Al director de todo. El responsable de los archivos.

—Ah, necesita su ficha médica.

—Sí, digamos que sí.

—Hable con aquella señora de allí y ella le ayudará. —Señaló a una mujer mayor de expresión cordial, sentada tras un gigantesco escritorio. Inmediatamente supe que con ella no conseguiría nada.

—No creo que ése sea el sistema más fácil. No tengo ninguna identificación.

Me miró preocupado y empezó a mover la cabeza.

—Hum...

—¿No podría simplemente avisar al director? Por favor. —Usé mi sonrisa más dulce.

Él también me sonrió. En mi opinión, si eres una mujer joven razonablemente atractiva, puedes conseguir prácticamente todo lo que quieras. Quizá tengo razón. O quizás es precisamente esa confianza lo que me permite conseguir lo que quiero. Sea lo que sea, en aquel momento necesitaba que funcionara.

—De acuerdo —me dijo con una mirada cómplice—. Siéntese.

Esperé durante un rato, hojeando un número viejo de la revista *Parenting*. La polémica sobre el castigo físico seguía de actualidad, como la nueva polémica sobre la vacunación. Yo estoy a favor de las vacunas y en contra del castigo físico. ¿Por qué *querrá* tener hijos la gente, sabiendo que hay mil maneras distintas de hacerles daño?

—¿Puedo ayudarla? —Una cálida voz de barítono interrumpió mis pensamientos.

Levanté la mirada y vi a un hombre de color, de considerable envergadura, con una calva reluciente, gafas metálicas doradas y una ligerísima sombra de vello gris en la barbilla. Llevaba la bata de médico encima de una camisa azul turquesa, y una corbata con el emblema de los Grateful Dead Dancing Bears. Me levanté y le tendí la mano; él la estrechó con su gigantesca zarpa de oso y la retuvo un segundo.

—¿La conozco? —Me miró ladeando la cabeza.

—No lo creo.

—Sí —dijo, y una enorme sonrisa le transformó la cara.

Al principio pensé que tenía casi sesenta años, pero los megavatios de aquella sonrisa le rejuvenecieron la cara quince años.

—Usted es la que salvó a aquel niño. Fue algo increíble. Bien hecho.

—Ah, sí. Ésa soy yo. —Le devolví la sonrisa—. Ridley Jones, gracias.

—Doctor Jonathon Hauser. —Siguió sonriendo y moviendo la cabeza durante un segundo y luego dijo—: ¿En qué puedo ayudarla, Ridley?

—¿Podemos hablar en algún sitio? Es una historia bastante larga.

Se me quedó mirando, mientras fruncía las cejas y sonreía con benevolencia.

—Claro. —Echó un vistazo a su reloj—. Venga conmigo.

Nos sentamos en su despacho, que era sencillo, pero luminoso y ordenado, y le conté toda la historia. Omití todo lo cuestionable o ilegal, lo cual básicamente eliminaba cualquier mención de Jake. Tampoco le conté nada sobre el misterioso conductor de un Firebird del 69, que había estado a punto de echarme de la carretera.

Tenía la esperanza de que la corbata de los Dancing Bears significara que aquel buen doctor tenía alma de hippie, de transgresor.

—Ridley, esta historia es horrible —dijo en voz baja cuando acabé—. Pero sin nada que la identifique, debe comprender que no puedo entregarle los archivos de Jessie.

—Pero ¿usted cree que podrían estar aquí?

—Están aquí. Y lo sé porque hace un año más o menos, un joven, un investigador privado, vino preguntando lo mismo. Dijo que le habían contratado para revisar antiguos casos de niños desaparecidos en los años setenta. Jessie Amelia Stone era una de esos niños. Revisamos los archivos, que seguían en el sótano de este edificio.

Jake también había estado allí. Creo que en realidad no me sorprendió demasiado.

—¿Los otros niños eran pacientes de esta clínica? —pregunté intentando centrarme en el asunto.

—No puedo darle esa información —dijo inclinándose hacia delante—. Claro que si hubiera oído hablar de ellos alguna vez, se lo diría. Eso sí.

Asentí comprensiva.

—¿Ese investigador consultó los archivos?

—Le dije que para entregarle la documentación necesitaba una orden judicial, aunque me habría gustado mucho ayudarle.

—¿Y?

—Y no supe nada más de él.

Suspiré y me apoyé de nuevo en la silla. Sin darme cuenta me había deslizado hacia delante con los hombros tensos, cada vez más cerca del doctor. Me sentía como cuando estás en la Dirección General de Tráfico, impotente frente a una pared de piedra, enfrentada a una organización inamovible que te obliga a jugar según sus reglas o a retirarte del juego. Apelé al espíritu de los Dancing Bears.

—Doctor Hauser. Yo *no* soy detective privado. Y existe la posibilidad de que en realidad *sea* uno de esos niños desaparecidos. ¿Realmente no puede hacer nada?

Bajó los ojos, miró el papel secante que había en su escritorio y oí que se le escapaba un suspiro.

—¿Qué espera encontrar en esos archivos? ¿Cree que el hecho de consultarlos va a contestar a alguna de sus preguntas?

Encogí los hombros y dije sinceramente:

—No lo sé. Pero no se me ocurre ningún otro sitio adónde ir.

Me miró durante un largo minuto, movió lentamente la cabeza, se levantó y con un elocuente gesto con las manos, dijo:

—Espere un segundo, ¿de acuerdo?

—De acuerdo —dije.

Salió de la habitación y cerró silenciosamente la puerta.

Observé la pared que había detrás de su mesa. Pegados con chinchetas sobre el zócalo negro que imitaba la madera, colgaban títulos, fotografías y recortes de periódico. Me levanté y pasé detrás del escritorio para verlos de cerca. Un título de bachillerato expedido por la universidad de Rutgers me llamó la atención. Curso del 62, el mismo año que mi padre acabó el instituto antes de ir a la Facultad de Medicina. Eché un vistazo a los innumerables títulos y premios. Me fijé en otro: era una placa de Proyecto Rescate que premiaba a Little Angels por su «Excelencia en el cuidado y la atención a los niños». Recordé la pegatina que había visto en la puerta de la clínica y durante un segundo sonaron campanillas en mi cerebro. Little Angels Clínic: ¿había oído ese nombre antes de que Maria Cacciatore me hablara de la clínica? Volví a la silla, me senté y me exprimí el cerebro sin ningún resultado.

El doctor entró de nuevo en el despacho con una carpeta en la mano.

—Escúcheme, Ridley. Soy un profesional de la medicina sujeto a normas y reglas muy estrictas. Cualquier violación de esas normas podría costarme el ejercicio de la profesión. ¿Lo entiende?

—Sí. —Mi cabeza seguía dándole vueltas al nombre de la clínica.

—Dicho esto —continuó—, ayudé a aquel detective y la ayudaré a usted. Al menos le diré a usted lo mismo que le dije a él.

Me incliné hacia delante y le ofrecí una sonrisa de gratitud.

—El detective, cuyo nombre era Jake, también era un niño criado por la beneficencia estatal, y su tutor, Arnie Coel, era un buen amigo mío. Sé que el doctor que atendió a Jessie Stone sigue ejerciendo en Nueva Jersey. Está a punto de jubilarse, pero quizás acceda a hablar con usted. Incluso puede que consiga convencerle para que solicite a la Asociación de Médicos la entrega de esos archivos. Dado que Jessie era paciente suya, realmente él es el único que puede ayudarla en esto.

Asentí y dije:

—Gracias. —No sabía si me serviría de algo, pero supuse que era mejor que nada.

—Su nombre es doctor Benjamin Jones. Le daré el teléfono de su consulta privada. —Rió un poco entre dientes—. Vaya coincidencia, que usted tenga el mismo apellido. Pero me imagino que le pasa continuamente.

El doctor Benjamin Jones. Mi padre.

Me llegó un rumor de tambores lejanos y tuve la sensación de que la habitación se oscurecía y empezaba a girar. Temí vomitar en medio de su despacho.

Y a punto de quebrarme en pedazos como el cristal, le dije con la sonrisa más falsa que tenía:

—Sí, me sucede constantemente.

26

Salí de allí tan aprisa como pude. Cuando lo recuerdo, me doy cuenta de que había un millar de preguntas que debía haberle planteado al doctor Hauser; un auténtico detective privado no habría perdido el control, ni hubiera salido corriendo como yo hice, pero yo no sabía cuánto tiempo sería capaz de mantener aquella sonrisa falsa ni los asentimientos de cabeza en señal de agradecimiento. Era como si una sirena se hubiera disparado en mi cabeza, y caminara sobre uno de esos suelos de parque de atracciones que se mueven a toda velocidad. Así que, en cuanto me dio el teléfono, me marché. Sin preguntarle por Jake, ni por Proyecto Rescate.

Abrí de un golpe la abollada puerta del Jeep, que seguía funcionando aunque con bastante dificultad, y me senté dentro. Me quedé allí en el margen, un minuto. Estaba oscureciendo y empezaba a nevar, cada vez con más fuerza. Puse en marcha el motor y en el momento de poner la marcha atrás, me di cuenta de que no tenía ni idea de adónde podía ir. Saqué el móvil del abrigo y marqué.

Contestó antes del segundo timbrazo, con la voz áspera y cansada, pero al pie del cañón,

—Salvo.

—Soy Ridley Jones.

Primero un suspiro y luego silencio.

—Usted le avisó y él se ha largado.

No contradije su afirmación. No quería acusarme a mí misma, pero tampoco quería decir más mentiras y en vez de eso pregunté:

—¿Su coche sigue incautado?

Ése era el motivo de mi llamada, o uno de los motivos. Tenía que saber si Jake había intentado matarme.

—¿Qué?

—El Firebird —dije en un tono un poco brusco y cortante—.
¿Sigue incautado?

Se quedó callado un minuto.

—Ese coche nunca ha estado incautado, Ridley.

Mi corazón se hundió un poco más en mis entrañas, e intenté
reprimir las lágrimas de miedo y desilusión.

—Tengo problemas, inspector Salvo. Alguien ha intentado matarme.

Me salió una voz metálica y forzada, que me sonó rara incluso a
mí. Ni siquiera entonces quise decirlo. No quería decir, *Creo que
Jake intentó echarme de la carretera con su Firebird.*

—Venga a la comisaría. No puedo protegerla si no sé dónde
está.

Parecía tranquilo, preocupado, amable. Pero tampoco confié
en él. Quizá sólo intentara sonsacarme.

—Necesito averiguar qué me está pasando. —Intentaba aparentar firmeza y serenidad—. ¿Investigó aquellas desapariciones de
niños que le dije, o sólo pretendía seguirme la corriente?

Le oí remover unos papeles.

—Curioseé un poco, únicamente porque dije que lo haría. Los
padres están todos muertos... excepto Marjorie Mathers, la madre
de Brian, que está en la cárcel de mujeres de Ralway, cumpliendo
cadena perpetua por asesinato.

—¿Y no le parece raro?

—¿El qué? ¿Qué todos esos críos desaparecieran y que nadie
los encontrara jamás? Es triste decirlo, pero sucede más a menudo
de lo que la gente quiere admitir.

—Vale. ¿Y luego casi todos los padres mueren?

—A ver, me refiero a que se trata de lo que llamamos individuos
de alto riesgo. Ya sabe, con vidas y costumbres que los colocan en
situaciones peligrosas. Drogadictos, ¿entiende?, bebedores que no
se lo piensan dos veces antes de coger un coche. Gente que se mete
en peleas de bar. Piénselo, Ridley, lo que quiero decir es que la gente como usted corre pocos riesgos. Usted cumple la ley, al menos
hasta hace poco, y se siente responsable de sí misma y de la gente
que la rodea. Esas opciones disminuyen la probabilidad de que

muera de manera violenta o prematura. Si bebiera demasiado, probablemente llamaría a un amigo o a un taxi en lugar de ponerse al volante. Una decisión que, en caso contrario, podría matarla, a usted y a tres adolescentes más... o no.

Las decisiones. Volvíamos a ese terreno, el de las cosas que determinan el curso de tu vida. ¿Era realmente tan sencillo? ¿La gente se divide entre los que corren muchos riesgos y los que no? ¿Entre los que eligen mal y los que elegimos sabiamente? Y esas elecciones, ¿determinan que seamos felices o desgraciados, sanos o enfermos, que nos quieran o no? Pensé que debía plantearme: ¿quién toma nota de esas opciones? La respuesta obvia es: nuestros padres, la gente que nos quiere o que no nos quiere, la que nos educa de forma correcta o incorrecta. Existen otros factores, naturalmente. Pero ¿no consiste simplemente en que haya alguien que nos quiera lo suficiente para enseñarnos a tomar las decisiones que más nos convienen?

No. No es tan fácil. La vida nunca lo es. Piensen en Ace y en mí. Nos educaron las mismas personas en la misma casa, con resultados completamente diferentes. Optamos por una vida radicalmente distinta. Como ya he dicho, la forma como te educan es parte del resultado final, un factor importante entre un millón. Pero, al final, no sólo los pequeños y los grandes acontecimientos te conviertes en lo que eres, lo que hace que tu vida sea lo que es, es cómo decides reaccionar frente a ellos. Ahí es donde realmente controlas tu vida. Ésa es mi opinión.

—¿Y qué pasó con esos niños? Sus padres eran pobres, individuos de alto riesgo, como usted dice. Todos los que quizá los amaron están muertos. Nadie sabrá nunca qué les pasó. ¿Y bien?

Del otro lado del teléfono llegó un nuevo suspiro del inspector Salvo.

—Han pasado casi treinta años. Ya le dije que la pista se ha perdido.

—Si alguien amó a esos niños alguna vez en su vida, puede que los siga queriendo, incluso treinta años después.

—Habla como Marjorie Mathers.

—¿Habló con ella?

—Ya le he dicho que investigué.

—¿Y?

Otro profundo suspiro. O puede que fumara, y expulsara el humo con fuerza.

—Me dijo que dos hombres vestidos de negro y cubiertos con máscaras aparecieron aquella noche y se llevaron a su hijo. Cree que su marido los contrató porque se peleaban por la custodia. Afirma que él maltrataba al chico y que ella luchó para que le concedieran la custodia y para que las visitas del padre estuvieran supervisadas.

Hizo una pausa y se aclaró la garganta. Le oí revolver los papeles otra vez.

—La cuestión es que ella, como ya sabe, no llamó a la policía hasta la mañana siguiente. Según dice se tomó un somnífero y no recobró la conciencia hasta el día siguiente. Pero no encontraron ninguna prueba. La policía no creyó su versión. De modo que tanto ella como su marido eran sospechosos. Y ella no era muy fiable; tenía un historial de depresión y de intentos de suicidio. Según el informe estaba histérica.

Me reí un poco.

—¿Y usted no lo hubiera estado?

—Así que mató «accidentalmente» a su marido cuando intentaba averiguar qué le había pasado a su hijo. Sea lo que fuere, la condenaron por asesinato en primer grado. El jurado no se lo tragó. Y ahí terminó todo.

—Y Brian volvió a desaparecer.

—Sí, supongo que sí. El caso siguió abierto un año más. Según lo que consta en los archivos era el procedimiento normal.

—Que no sirvió para nada —añadí—. ¿Qué le dijo ella cuando habló con usted?

El inspector Salvo contestó de forma poco compasiva.

—Parecía un poco grillada. Hablé con ella por teléfono. Sigue sosteniendo su versión a pesar de todo. Dice que no pasa un día sin que llore por su niñito y se pregunte dónde estará, y jura que sigue vivo.

—Déjeme hacerle una pregunta. ¿Le dijo que un investigador privado había ido a verla hace poco?

El inspector se quedó callado un segundo.

—Sí que lo dijo. ¿Usted cómo lo sabe?

—He seguido el camino al que me conducían las pistas y por allí por donde he pasado, él había pasado antes.

—¿Harley Jacobsen? —preguntó.

No contesté.

—¿Y eso que significa en su opinión?

No dije nada. La última luz del crepúsculo se había apagado y yo estaba sentada en la oscuridad. El aire que se colaba por las rejillas de la ventilación apenas conseguía ser tibio. Sabía que el coche no se caldearía realmente hasta que lo pusiera en marcha. Las luces verdes y naranjas del salpicadero estaban encendidas. El volumen de la radio estaba muy bajo, pero a través de los altavoces llegaba el débil rumor de unas voces.

—Bien, pues para *mí* significa una cosa —dijo al ver que yo no contestaba—. Significa que usted es la última etapa de ese camino, Ridley. Significa que él lo siguió hasta llegar a usted, y que ahora la está utilizando para conseguir lo que quiere.

Aquellas palabras me hicieron mucho daño. La verdad, eso no se me había ocurrido. Pero ahora tenía sentido. Tanto sentido como una patada en el estómago. Pensé en Jake, cuando apareció en mi puerta aquella noche, justo después de que yo recibiera la carta de Christian Luna. Pensé en la invitación que encontré en el umbral, con la botella de vino y las disculpas. Pensé en aquella primera noche cuando se lo conté todo. En el hombre de la escalera. En la segunda nota y en el recorte que supo identificar tan rápidamente. *Ellos mintieron.* Eso era lo que decía la nota, y cómo me sorprendió que alguien supiera lo que mis padres me habían dicho. Él lo sabía porque *yo se lo conté*. A mi cerebro le resultaba difícil procesar todo aquello. Pensé en Christian Luna. Él era real, de eso estaba convencida. Pero ¿quién le mató? ¿Jake? ¿Por qué? ¿Por qué llevarme hasta él y luego matarle? No tenía sentido.

Y más que preguntar, pensé en voz alta:

—¿Y qué es lo que quiere?

—No lo sé, Ridley.

La respuesta del inspector Salvo me sobresaltó. Había olvidado que estaba hablando por teléfono con él.

—Pero déjeme ayudarla, ¿de acuerdo? Usted limítese a venir y nosotros lo averiguaremos todo.

El detective Salvo era un hombre amable. Era un buen policía, y aunque yo no dudaba de que quería ayudarme, mi estómago me decía que no podía, y que si yo quería averiguar la verdad, sólo podía contar conmigo misma. Nadaba en un océano de mentiras, y mi instinto era lo único que impedía que me hundiera todavía más. De modo que colgué sin decir una palabra más al pobre Inspector Salvo, y salí del aparcamiento de Little Angels. Conduje el abollado Jeep de vuelta a la ciudad, nerviosa y vigilando todo el camino que no me seguía ningún Firebird, ni ningún coche de la policía.

Devolví el Jeep al aparcamiento nocturno y dejé las llaves y la documentación en la taquilla. Iba a marcharme, pero la empleada de la agencia, una joven de color con el pelo planchado, piezas de bisutería roja y morada en las uñas, y los pendientes de aro más grandes que había visto nunca, se me quedó mirando como si me hubiera vuelto loca.

—Esto lo va a tener que *pagar* —dijo—. El coche tiene *desperfectos*.

Cogió la documentación y empezó a marcar con rotulador rojo un pequeño diagrama de un coche.

—De acuerdo. Ya tiene usted todos mis datos —le dije.

No me importaba lo más mínimo. Antes de toda esta historia, si yo hubiera devuelto un coche alquilado con una quemadura de cigarrillo en el asiento, me hubiera sentido fatal. Hubiera pensado que era una irresponsabilidad terrible, pero de eso hacía mucho tiempo; ahora yo era otra Ridley. En aquel momento sólo era capaz de pensar en tumbarme. Volví al hotel de Washington Square. Sin montar numeritos con los transportes públicos. Tenía el coche aparcado bastante cerca de allí y sencillamente fui paseando.

Entré en aquella recepción tan lúgubre, cogí el pequeño ascensor, y salí en el tercer piso. Aunque parecía que lo habían renovado recientemente, seguía oliendo a moho y a naftalina. Entré en la habitación y me tumbé en aquel colchón tan duro, sobre un edredón áspero. Estuve echada en la oscuridad con la mente totalmente en blanco y el cuerpo entumecido durante un segundo. Y luego caí en un sueño negro y profundo.

27

Carl Jung creía en la existencia de un yo sombrío, un lado oscuro que todos tenemos y que aprendemos a ocultar. Una oscuridad interior donde habitan nuestros apetitos prohibidos, ideas inconfesables sobre nosotros mismos y sobre el mundo que nos rodea, rasgos desagradables y taras, que odiamos e intentamos enterrar. Pero Jung sostenía que no hay forma de negar esa parte de nosotros, y que cuanto más intentemos esconderla, fingiendo que no existe, el universo la revelará de forma más evidente. Defendía que esa parte sombría anhela sobre todas las cosas el reconocimiento y el perdón. Sólo la obtención de ese perdón nos dará la plenitud y nos hará verdaderamente libres.

Me desperté sobresaltada en mi habitación del hotel. Me costó unos segundos situarme, y luego unos pocos más hasta que todas las cosas que me habían pasado en los últimos días hicieran su desagradable entrada en escena. Cuando me volví hacia la lámpara de la mesilla, una parte de mí esperaba ver a Jake sentado en una silla junto a la ventana. Pero él no estaba y yo estaba sola.

Por primera vez, desde que salí del despacho del doctor Hauser, me permití reflexionar sobre lo que me había dicho. Mi padre era el pediatra de Jessie Amelia Stone. La conocía. ¿Podía ser una coincidencia? Carl Jung diría que las coincidencias no existen, sólo existe lo que él llamó la sincronicidad, las fuerzas del universo que se confabulan para enfrentarnos a nuestro lado oscuro. En ese momento, tumbada en un espacio completamente aséptico que no me resultaba cómodo en absoluto, me vi obligada a afrontar directamente lo que pensaba y que, a cierto nivel, sabía desde siempre: que hasta el momento en que recibí la nota de Christian Luna, mi vida había sido una sucesión de mentiras piadosas. Piadosas mentiras que me hicieron feliz, que me proporcionaron una vida buena, mentiras que procedían sin duda del amor, pero mentiras al fin y al cabo.

Aún no podía ensamblar todas las piezas, el porqué y el cómo y el quién de lo que me había pasado. Pero estaba claro que Ridley Jones nació la noche que Teresa Stone fue asesinada en su casa. Y que mis padres (como es lógico, para mí seguían siéndolo) debían tener conocimiento de aquel hecho, pero estaban dispuestos a ocultarlo hasta el punto de fingir, en tres ocasiones distintas, que lo ignoraban.

Deduje también algo más: alguien, aparte de ellos, se proponía impedir que yo averiguara todo eso, decidido hasta el punto de seguirme, de matar a Christian Luna y de intentar sacarme de la carretera para apartarme de mi búsqueda de la verdad. ¿Por qué lo pensé? Porque *conocía* a mis padres. A pesar de sus defectos y sus errores, pese a sus mentiras y a sus medias verdades, yo sabía que me querían y que se dejarían matar antes de herirme. Fuera lo que fuese lo que tenían que esconder, jamás *me* sacrificarían para ocultarlo. Yo estaba realmente en peligro y la única escapatoria que tenía era envolverme de nuevo en aquellas mentiras piadosas, fingiendo que todo esto no había sido más que un horrible sueño, y seguir durmiendo. Pero naturalmente, ya no podía hacer eso. Una vez que has tomado el camino de la autorrevelación, por muy peligroso que sea el sendero que tienes delante, ya no puedes darte la vuelta. El universo no te lo permite.

¿Y cómo encajaba Jake en todo eso? ¿Era amigo o enemigo, amante o asesino? No lo sabía. Sí, me había mentido. Pensé que antes de conocerle, él ya sabía quién era yo. Y pensar en eso me convenció de que fue él quien me envió el segundo sobre. El primero lo envió Christian Luna, pero el segundo venía de Jake. Aun así, no podía olvidar la forma como me había mirado, su forma de abrazarme y de hacerme el amor. No podía olvidar cómo me había expuesto la fealdad de su pasado, convirtiéndose a mis ojos en alguien vulnerable. Pese a todas las mentiras, aquello también era algo real. En aquel momento no sabía si volvería a verle algún día. Tal vez se había ido para siempre.

A las dos de la madrugada volví a salir de la habitación del hotel. A esas horas de la noche un manto de silencio cubre la ciudad, como una exhalación contenida. La calle estaba tranquila, adormecida, pero la ciudad parecía inquieta. O quizá la inquieta era yo. Pasé junto a una cafetería que abría toda la noche y olía a beicon y a café. Sentí el olor de la leña que ardía en alguna chimenea. El aire era frío, y una ligera ráfaga de viento se coló por el cuello de mi camisa. Estaba exhausta, los ojos me pesaban, y tenía arcadas por falta de sueño.

Subí el tramo de escaleras y llamé al timbre. Una. Dos. Tres veces.

—¿Sí? —dijo una voz cansada y cauta.

—Soy Ridley.

—Dios santo, Ridley —dijo él y apretó el botón para dejarme entrar.

Esperé el ascensor. Iba en busca de la única persona que me conocía a mí y a mis padres. El único que tal vez podría darme algunas respuestas. Zachary.

Me esperaba de pie en la puerta de su apartamento, con sus pantalones cortos y su camiseta de la Rutgers University, el pelo rubio enmarañado y marcas de sueño en la cara. Me abrazó y yo dejé que me cogiera entre sus brazos, aunque no le devolví el abrazo. Fue un abrazo que me gustó, aunque fuera suyo. Me hizo pasar y cogió mi abrigo. Yo me senté en su sofá, mientras él me preparaba una taza de té. Luego se sentó a mi lado en el sofá, mientras yo bebía sin decir ni una palabra. Finalmente:

—Ridley, ¿vas a explicarme lo qué está pasando?

El tono era amable, y me miraba con tal preocupación que me acordé de la dureza con la que le traté la última vez que nos vimos, y me supo mal (aunque no demasiado mal: se había pasado mucho de la raya). Bueno, a estas alturas ya saben con qué facilidad lo suelto todo. Conté la historia a trompicones. Se lo expliqué todo, pero me callé muchas cosas sobre Jake. No quería hacerle más daño del que ya le había hecho.

Cuando acabé, él se inclinó hacia atrás y sacudió la cabeza. Me puso una mano en el hombro para consolarme.

—Vaya, Ridley. Lo has pasado realmente mal.

Yo me había quitado los zapatos y estaba sentada a su lado, con las piernas cruzadas. Era agradable estar en un lugar cómodo y familiar que había sido mío. El sofá de piel, la enorme pantalla de televisión, todos aquellos cachivaches de los Knicks, el bar con su colección de latas de cerveza alineadas.

—Sí —admití—. Ha sido bastante duro.

—Oye, ¿por qué no te acuestas en mi cama e intentas dormir un poco? Yo dormiré en el sofá. Y por la mañana, cuando hayas descansado, verás este lío de otra manera. Me parece que después de dormir, todo te parecerá distinto.

—¿Qué? No, Zachary. Ahora no puedo dormir. Necesito respuestas. Por eso he venido.

Volvió a mirarme con aquel gesto de preocupación, y en vez de tranquilizarme, me dieron ganas de darle un puñetazo. De pronto no me pareció preocupación sino condescendencia. Se inclinó hacia delante, apoyó los antebrazos en los muslos y estiró los dedos. Vi venir el sermón.

—Quiero que te pares a pensar un momento en una cosa.

—¿Pensar en qué?

—Sé qué has pasado unos días muy difíciles. Pero quiero que te pares un segundo y te preguntes a ti misma si todo esto te parece razonable.

—¿Razonable?

—Sí. ¿Se te ha ocurrido pensar que toda esta historia sea simplemente una estupidez? ¿Qué el psicópata que empezó todo esto y tu «amigo» Jake estén mintiendo? ¿Qué no sea más que una especie de estafa?

Me dejó atónita. Decir eso era tan ridículo que me sorprendió incluso que lo sugiriera.

—¿Una estafa? ¿Y qué ganan con eso? ¿Has escuchado lo que te he dicho?

—Sí, lo he escuchado —hablaba despacio—. ¿Te has escuchado a ti misma?

Negué con la cabeza, confundida. No me creía.

—Quiero decir, ¿por qué estás tan dispuesta a hacer caso de esos completos desconocidos en vez de a tu padre?

—Zack, acabo de *decirte* que él era el pediatra de Jessie Stone. Se encogió de hombros.

—¿Y qué, Ridley? Tu padre lleva trabajando en clínicas desde que naciste. Probablemente ha visitado a miles de niños en esas clínicas. Y sí, puede que algunos de ellos desaparecieran o murieran por enfermedades o negligencias o abusos. Pero eso no significa que él tenga nada que ver.

Me limité a mirarle. Sentí que un velo de confusión cubría mis pensamientos. Al cuestionar la base real de todo lo que me había pasado, todos y cada uno de los acontecimientos que sucedieron en los días pasados podían explicarse como eslabones de una mentira muy elaborada, una especie de complot para hacerme dudar de mi identidad. Me entretuve con esa idea durante un segundo, como cuando fantaseas con ganar la lotería o largarte al Caribe. Sentada allí, en la cálida y confortable sala de Zachary, casi me convencí. Hubiera sido tan fácil dejar que me convenciera de que me habían mentido y manipulado, y que había sufrido un ataque de locura transitoria. Podría buscar algún lugar lujoso en el campo para «reposar» y recuperarme de mi crisis nerviosa. Y al salir, podría casarme con Zack y tener hijos, y ser todos una gran familia feliz. Olvidaríamos aquel pequeño «episodio» de la pobre Ridley.

Me apoyé en el sofá, cerré los ojos y lo intenté. ¿Era posible?

Pero no podía contestar a la pregunta ¿por qué? ¿Por qué haría alguien eso? Ni siquiera Ace que, consumido por una especie de celos irracionales, quizá tenía motivos para odiarme. ¿Qué hubiera ganado con eso?

Zack me puso una mano en la frente para calmarme. Yo abrí los ojos y le observé. Sonreía aliviado.

—Descansa un poco, nada más. Mañana lo verás todo de otra forma.

Cogió la gigantesca colcha de seda de los Knicks que le había regalado en su último cumpleaños y me arropó. Prácticamente vi la escena, yo allí tumbada, dejando que me cuidara. Estuvo un rato sentado a mi lado, hasta que creyó que me había dormido. Entonces se fue a la otra habitación y telefoneó a mis padres. Les dijo que yo estaba bien y que él me cuidaría. Para mí hubiera sido lo más fácil, lo habitual.

—Háblame de Proyecto Rescate —le dije.

La expresión de alivio desapareció y se le borró la sonrisa. En su lugar apareció un gesto de enfado.

—Tienes que olvidarte de esto, Ridley. No puedes creer a alguien como Christian Luna en lugar de a tu propio padre.

En otro momento de mi vida quizá no me hubiese dado cuenta. Quizá se me hubiera escapado. Pero aquella Ridley ya no existía. Sonreí a Zachary. Imagino que fue una sonrisa triste y enojada, porque así me sentía. Me incorporé y me quité la colcha de encima.

—Nunca te dije su nombre —murmuré.

—¿Qué?

—Christian Luna. Nunca pronuncié su nombre.

—Sí, Ridley, lo dijiste —me miraba con tristeza.

Pero yo estaba segura de que no se lo había dicho. De hecho, me callé el nombre a propósito por razones que en aquel momento no podía explicar. Él podía fingir que pensaba que estaba loca, pero yo sabía que no lo estaba.

—Ridley, por favor.

Observé a Zachary, y entonces me di cuenta de que lo que me llevó a dejarle fue algo más que mi deseo de ser libre, algo más que el hecho de no amarle lo bastante. Había algo en él que yo había intuido sin tener ninguna prueba, algo que a nivel subconsciente me perturbaba. Aquel día, cuando se coló en mi apartamento, capté una pequeña muestra. En aquel momento me daba cuenta, pero aún no podía encontrar las palabras exactas para definirlo. Me levanté despacio y cogí mi abrigo. Él también se puso de pie, y cuando volví a mirarle a la cara, se había convertido en un completo desconocido.

—Si te vas, no me hago responsable de lo que te pase. —Se le quebró la voz al decirlo, pero tenía los ojos inexpresivos y fríos.

—¿Qué es Proyecto Rescate, Zack? —Mi voz sonó vacilante. Me di cuenta de que él me daba miedo, miedo físico. Empecé a andar hacia la puerta.

Él también notó que en mi voz había miedo y pareció sorprendido, como si le hubiera abofeteado. Por un segundo volvió a ser el hombre al que una vez amé.

—Ridley, por favor. No me mires de ese modo. Yo nunca te haría daño. Ya lo sabes.

Pero yo ya no quería ver más caras mentirosas, ni más máscaras. Y grité:

—¿Qué es, Zack?

—Cálmate. No grites más —me suplicó.

No me miraba a mí, sino abajo, al vestíbulo.

—Proyecto Rescate es exactamente lo que tu padre te dijo que era. Una organización que ofrece a las madres asustadas una alternativa a abandonar a sus hijos en la calle. Nada más que eso.

—Eres un mentiroso.

—No. Es la verdad.

No dije nada y él suspiró y volvió al sofá.

—El sistema de beneficencia infantil no ha sido siempre como ahora. Hoy en día, al margen de sus fallos, por lo menos actúa pensando en el bien del niño. Pero en los años setenta no era así. Era difícil rescatar a un crío de una situación de malos tratos. Muchas veces los médicos asistían en primera fila a una situación de abuso y maltrato sistemáticos, que podía acabar con la muerte del niño. Tenían las manos atadas.

—¿Qué estás diciendo? —Aunque de hecho ya empezaba a entenderlo. Empezaba a verla; la pieza que eché en falta durante la conversación con mi padre.

—Lo que estoy diciendo es que hubo gente que no pudo soportar saberlo y no hacer nada. No se sentían capaces de seguir viviendo como si nada.

—Gente como mi padre y el tío Max.

—Entre otros. Incluida mi madre —dijo, levantó la mirada y me miró fijamente.

Recordé a Esme diciendo *Yo hubiera hecho cualquier cosa por ese hombre.* Me pregunté qué había hecho por Max, y sus palabras adquirieron otro significado.

—Ya basta, Zack.

Al oír aquella voz me di la vuelta. Allí estaba Esme, con un conjunto rosa de pijama y batín. Recordé que a veces, cuando se quedaba en la ciudad trabajando hasta tarde, dormía en el futón del estudio de Zack. Solían encantarme aquellas veladas con ella. Cocinábamos cena para todos, alquilábamos un vídeo y comíamos palomitas.

—Ridley —dijo en voz baja—. Cariño, estás terriblemente equivocada.

La miré:

—¿Por qué estoy equivocada?

—Por remover el pasado de ese modo. Surgirá por sí solo.

Movió la cabeza como si fuera a decir algo, pero mantuvo la boca cerrada.

—¿Tú sabes quién soy yo, Esme?

—Lo sé, Ridley. Yo sé quién eres. La pregunta es: ¿por qué no lo sabes tú?

Aquella simpática sonrisa no conseguía ocultar el miedo que había en sus ojos. Desvié la mirada hacia Zack, confiando en ver algo que pudiera reconocer.

Estaba pálido, con los ojos llenos de ira y de algo más. Era una mirada que recordaba de los años que estuve con él. A mí nunca me había mirado de ese modo, pero la había visto cuando hablaba con algunos pacientes de la clínica donde trabajaba de voluntario una vez a la semana, con mi padre. Normalmente solía ir acompañada de un comentario como «hay gente que no merece tener hijos». Yo lo atribuía erróneamente a la pasión por su trabajo, al amor por los niños, a la tristeza por todos los que caen al vacío entre las grietas del sistema. Pero entonces vi lo que era en realidad: un juicio, falta de compasión, arrogancia.

—Si hubieras seguido conmigo, esto no habría sucedido nunca —dijo con petulancia—. Nunca hubieras tenido que enfrentarte a algo así.

Tenía razón, por supuesto. Si me hubiera quedado a su lado, aquella mañana probablemente hubiera estado en su cama, o él en la mía. No hubiera salido de mi casa para ir a verle. Las posibilidades de que estuviera en aquella esquina en aquel preciso instante, eran inferiores a cero. Pero quién sabe, quizás había llegado el momento de que mi yo sombrío revelara su verdadera identidad y nada lo podría evitar. Puede que todas las decisiones que tomé, las pequeñas y las grandes, todas esas opciones que pensaba que habían influido tanto en mi vida, puede que no fueran decisiones en absoluto. Puede que fuera mi sombra susurrándome al oído, guiándome discretamente, poco a poco, hacia mí misma, hacia la verdad, hacia la plenitud.

—Sí, Zack. Quizás hubiera vivido toda la vida sin saber realmente quién soy.

—¿Tu vida... ha sido tan mala? —preguntó Esme con cierta amargura en su voz—. ¿Has pensado cómo podía haber sido la alternativa?

La observé. Me pareció menuda, incluso frágil. Pero su mirada estaba cargada de una ira terrible.

—¿Cómo podía pensarlo? ¿Si ni siquiera sabía que *había* una alternativa?

—Bueno, ahora ya lo sabes. ¿Estás contenta? —Y se rió un poco.

Yo les di la espalda y salí corriendo del apartamento.

—Ridley —oí la voz desesperada de Zack gritando a mis espaldas—. Corres peligro.

No tenía ni idea de adónde iba, pero corrí.

No es el más fuerte de nosotros el que sobrevive. Tampoco el más inteligente. Es aquel de entre nosotros que se adapta mejor al cambio. No me acuerdo quién lo dijo, pero siempre esa frase me ha impresionado, porque me parece bastante brillante. Y no podía quitármela de la cabeza. Corrí un par de manzanas y luego me quedé un rato aturdida y sin fuerzas, apretándome el costado para reprimir las náuseas que sentí unos minutos antes de largarme de casa de Zack. ¿No les encanta cuando en las películas una persona cualquiera corre kilómetros y kilómetros, escala la valla metálica del final del callejón y salta sobre un coche en marcha? En mi caso todas esas acrobacias eran impensables; ni siquiera recordaba la última vez que hice ejercicio. Si alguien decidía perseguirme en aquel momento, me atraparía con bastante facilidad. Seguía mirando atrás por si veía el Firebird o al cabeza rapada. Zack dijo que corría peligro, y yo tenía motivos de sobra para creerle. Iba deprisa, pero sin destino. No podía ir a casa. No podía volver a aquella solitaria y lóbrega habitación de hotel. No podía acudir a mis padres. Así que seguí andando.

Tenía algunas fracturas; estaba herida, pero no rota. Mi mente era un amasijo de preguntas e ideas inconexas, pero no estaba loca. Por lo menos sabía eso. Fui hacia el este, hacia el río, a través de una ciudad que empezaba a despertar, bajo un cielo que viraba del negro al azul terciopelo. Fui al estudio de Jake, pero la puerta estaba cerrada herméticamente. Llamé al timbre, sabiendo que era inútil. Él no estaba allí. Por lo que sabía, se había marchado para siempre. Y quizás eso fuera lo mejor para mí, considerando que posiblemente había intentado matarme.

Faltaba por lo menos una hora para que saliera el sol, pero ya había mucho tráfico. Pasé junto a un tipo que empujaba un carrito de café calle arriba. Crucé Chinatown, que ya estaba en plena ebullición. Los puestos de pescado fresco abrían y los fluorescentes parpadeaban en las tiendas. En Chambers Street, los Lincons de cuatro puertas ya descargaban en las aceras jueces y abogados madrugadores, que se dirigían con prisas a los gigantescos juzgados de ennegrecida piedra blanca. Estaba cansada, más cansada de lo que lo hubiera estado nunca. Pero seguí andando. Pensé en el clásico documental sobre la gente que escala el Everest. Están a ocho mil metros de altura, o algo así, con temperaturas bajo cero, sin apenas oxígeno para respirar, pero sencillamente siguen subiendo. Sencillamente ponen un pie delante del otro. Saben que si se detuvieran, morirían. Así de sencillo. No sé si para mí era tan sencillo. Pero sentí que debía seguir andando, o de lo contrario el peso de mis ideas y mis miedos me aplastaría. Me detuve al principio de la pasarela que lleva hasta el puente de Brooklyn. Empecé a subir por aquellos peldaños de madera. Sabía que si llegaba al otro lado, podría encontrar un hotel. Quizá me quedaría allí durmiendo una semana y media. O puede que sencillamente siguiera caminando hasta los confines de la Tierra.

Me gustaría decir que en mi vida siempre hubo alguna grieta, pero no es lo que pienso. Pienso, sin embargo, que había un sentimiento instalado en la periferia de mi conciencia, donde siempre hubo un fantasma borroso. Esme me había preguntado: *¿Ha sido tan mala... tu vida? ¿Has pensado en cómo podía haber sido la alternativa?*

Ya lo he dicho. En cuanto cierro los ojos, inmediatamente aparece mi infancia, con sus aromas y sensaciones. No son recuerdos concretos en realidad, sino la esencia de la memoria. El champú Johnson para niños y una tostada quemada, las fiestas de cumpleaños y el césped cortado, las brasas de la chimenea y los árboles de Navidad. Me sentía amada. Crecí sintiéndome segura, sabiendo que no pasaría hambre. Jamás pasé miedo en mi casa. ¿Era perfecto? Se lo pregunto a ustedes: ¿qué era? ¿Hubo cosas que no quise saber, que preferí ignorar? Obviamente. Pero fue una buena infancia de barrio residencial norteamericana, llena de monovolúmenes y partidos de rugby. Según la información que tenía, la alternativa pudo no haber sido tan buena. Mi padre podía haberme maltratado, mi madre podía haberle tenido miedo, él podía haber sido cruel con ella. ¿Quién podía saber qué hubiera sido de mí si me hubiera criado Teresa Elizabeth Stone con el nombre de Jessie? Nunca lo sabría. Pero eso no significaba que lo que había pasado estuviera bien. Alguien asesinó a Teresa Stone y secuestró a su hija. Lo siento, pero no soy una de esas personas que piensan que el fin justifica los medios.

—Eh.

Me di la vuelta y le vi justo detrás de mí.

—No puedes pasarte la vida andando. Al final tendrás que parar y enfrentarte a lo que te está pasando.

Sentí un escalofrío de emoción al verle; era aquel viejo tren del amor, la ira, y el miedo que creí que me había atropellado.

—¿Y supongo que tú vas a ayudarme a hacerlo? —dije sin poder evitar que me temblara la voz.

Asintió despacio.

—Si estás realmente dispuesta a oír la verdad.

28

—Supongo que tú no ves el lado irónico de todo esto —dije mientras me apartaba de Jake. Odié mis manos y mi voz porque se negaban a dejar de temblar y delataban la emoción que me embargaba. Él se limitó a mirarme. Sin decir nada para defenderse. El cielo brillaba a nuestro alrededor, y bajo el puente el tráfico era cada vez más denso. El aire se llenó de un rumor incesante de neumáticos que rodaban sobre el asfalto, interrumpido de pronto por el agudo estruendo de una bocina. Él estaba de pie, muy quieto, como si se acercara a un pájaro que no quería espantar. Y yo estaba a punto de volar.

—Lo sé todo —dije. Eché los hombros hacia atrás y le miré fijamente.

—No. —Movió un poco la cabeza—. No lo sabes.

Y por un instante se convirtió en todas las personas que me habían mentido en la vida, y quise verter sobre él toda mi rabia; golpearle, abrir un agujero en el universo de pura ira y dolor y arrojarle dentro. Pero pasó algo increíble, reprimí mi enfado unos segundos más, algo así como si quisieras retener a un Rottweiler con un trozo de hilo dental.

—Ya sé que no fue casualidad que te mudaras a mi edificio. Sé que seguías un rastro desde hacía mucho tiempo y que al final te condujo hasta mí. Sé que tú escribiste la segunda nota.

—Ridley —sonó como una plegaria.

—Aléjate de mí —le dije. Estaba anonadada. Los temblores de las manos y la voz se habían extendido al resto de mi cuerpo y no podía dejar de tiritar—. No te acerques ni un milímetro.

—Yo nunca te haría daño.

Solté una carcajada breve y dura, que incluso a mí me pareció la de una demente.

—¿Sabes? —Mi voz subió un par de octavas—. Esta noche todo el mundo me dice lo mismo. Creo que cuando la gente siente la necesidad de decir eso, es que hay algún problema.

Parecía cansado, había perdido color en la cara y tenía los ojos ensombrecidos por unas profundas ojeras.

Otra vez esa risa de loca. No era propia de mí. Tenía un matiz desconocido y áspero.

—Eres un jodido mentiroso. Ayer casi nos matas a los dos. ¿Qué pretendías?

Gritaba y miraba a mi alrededor. En Nueva York uno nunca puede estar solo, siempre hay alguien. Excepto cuando estás asustado; entonces esta ciudad consigue ser el lugar más desierto de la Tierra. En aquel puente no había nadie.

—¿De qué hablas?

Sonaba convincente, lo reconozco. El gesto de inocente desconcertado le salió a la perfección.

—¡El coche! —aullé, y sentí un agudo dolor de garganta—. ¡El jodido Firebird! ¿No conducías tú cuando casi me obliga a chocar de frente?

—¿Qué? —Sacudió la cabeza con los ojos centellantes—. No. Dios, Ridley. ¿Estás bien?

Dio un paso hacia mí y yo me aparté de nuevo, como si bailáramos.

Si lo recuerdan, nunca estuve segura de que fuera él. De hecho, a nivel sentimental, estaba prácticamente segura de lo contrario. Pero en aquel momento, sobre el puente de Brooklyn, con el brillo del sol de un nuevo día, no podía fiarme de lo que había sentido, ni de lo que había visto, ni de lo que me habían dicho cinco minutos antes, ni ayer, ni treinta años atrás. Sólo me servía el tiempo presente. Estaba tan asustada como enfadada; eso era, literalmente, de lo único de lo que estaba segura.

—Escúchame —habló despacio—. Ya no hay Firebird. Me lo han robado.

Negué con la cabeza, no le creía.

—¿Te crees que soy idiota, Jake? Tú mismo me dijiste que lo habían incautado, y sé positivamente que no es verdad.

De golpe, una ráfaga de viento frío que venía del río me abrió el abrigo. Lo apreté fuerte y me envolví con él.

—De acuerdo. —Levantó la mano—. Ya sé que te lo dije, me equivoqué. Supuse que lo habían incautado, pero hace poco me he enterado de que no fue así.

Me quedé pensando un segundo, sopesando la verosimilitud de sus palabras, y me pareció muy poca.

—¿Cómo has conseguido enterarte? No puedes telefonear y preguntar sin más. Eres un fugitivo, te buscan por el asesinato de Christian Luna.

Asintió como si comprendiera mi escepticismo.

—Todavía tengo amigos influyentes.

—¿Quién haría algo así? ¿Quién robaría tu coche y luego intentaría matarme con él?

—Las mismas personas que dejaron un rifle registrado a mi nombre en Fort Tryon Park para que lo encontrara la policía.

Le miré con dureza, como si creyera que con la fuerza de mi mirada podría sonsacarle la verdad.

—¿Ahora resulta que es una especie de conspiración?

—¿Tú cómo lo llamarías?

Era demasiada información para que pudiera procesarla, sobre demasiadas personas y circunstancias distintas. Empecé a detectar de nuevo aquella niebla que me nublaba el cerebro; de pronto, todo estaba borroso y unas siluetas oscuras se movían tras una cortina de humo.

—Necesito saber todo lo que está pasando, Jake. Sin más mentiras. ¿Estás dispuesto a contármelo todo? Sin omisiones.

—Te contaré todo lo que sé. Ya no hay ningún motivo para esconderte nada —dijo en voz baja.

Me quedé callada un minuto, pensando en aquel millón de preguntas que se atropellaban unas a otras, sin conseguir llegar a mi boca. Sólo se me ocurrió una.

—¿Encontraste lo que buscabas? —le dije al final, cuando la tristeza se adelantó a la ira y asomó su rostro. Las lágrimas también aparecieron, copiosa y silenciosamente. Las enviaba, directamente, mi magullado y destrozado corazón—. ¿Después de todo esto, de los asesinatos, mentiras y manipulaciones? ¿Conseguiste al menos lo que estabas buscando?

Suspiró y apartó los ojos, bajó la mirada a los pies y me pareció que su cuerpo se encorvaba un poco por el peso de mis palabras.

—No he encontrado lo que buscaba, no. —Habló bajito y volvió a levantar los ojos hacia mí mientras se acercaba—. Pero encontré algo que ni siquiera sabía que existía.

—Oh, por favor. —Le odié porque decía lo que yo quería oír—. Ni se te ocurra fingir que estabas preocupado por mí. ¿Sabes qué te digo? Que te jodan, Jake.

Le di la espalda y empecé a alejarme.

—Ridley, por favor.

Se movió rápido, demasiado para que yo pudiera escapar. Me agarró y yo luché con todas mis fuerzas. No hablo de bofetadas de cría, ni de puñetazos teatrales. Le di una patada en la espinilla. Puñetazos en la espalda. No me soltó.

—Déjame en paz. Eres un jodido mentiroso. Te odio. —Gritaba como una demente.

Entre puñetazo y puñetazo en la espalda, que por cierto era como el granito, dijo:

—Te soltaré cuando prometas que me escucharás.

Intenté darle un rodillazo en la ingle, que bloqueó hábilmente con la pierna. Al final estaba tan exhausta que simplemente me apoyé en él, como los boxeadores que se sostienen uno al otro, mientras se machacan los riñones con los puños. Solté una bocanada de aire y apoyé la cabeza en su cuello.

—De acuerdo. De acuerdo.

Él mantuvo su palabra. Pero yo no. Al minuto de soltarme, salí corriendo como una bala hacia Brooklyn.

—¡Ridley, por Dios! —chilló.

Yo corrí con toda la fuerza y la velocidad que me quedaban, pero me alcanzó enseguida. Ya les dije que no soy muy rápida. Entonces llegó por detrás y me inmovilizó las manos en el costado. Intenté darle otra patada. Gritaba y me retorcía como una niña con una rabieta.

—¡Tienes razón, Ridley! —aulló por encima de mis chillidos—. Te mentí. Déjame explicártelo.

No sé cuánto duró aquello, pero al final la fatiga, sumada a la conciencia de la fortaleza física de Jake, me empujaron a derrumbarme encima de él. ´

—Vale —dije finalmente—. Suéltame. No correré, estoy demasiado cansada.

—Por favor. —Le costaba respirar—. No corras. Estoy demasiado cansado para atraparte.

Al cabo de un segundo, me soltó y yo me aparté. Anduve un poco y me apoyé en la barandilla. Era una mañana bastante bonita con un cielo entre gris y azul, y allá abajo, en el agua, había perlas de espuma.

—Dime que no fuiste tú —le dije mirándole desde lejos—. Dime que tú no mataste a Christian Luna. Dime que no eras tú el que conducía aquel coche.

Si he de ser sincera con ustedes, a pesar de todas las mentiras y las manipulaciones, respecto a Jake y a mí, ésas eran las únicas dudas cruciales; cosas para las que no habría perdón, ni justificaciones. Se me acercó, me pasó el brazo alrededor de los hombros y me levantó la barbilla con la mano para que tuviera que mirarle a los ojos.

—No fui yo.

Creo que si hubiese intentado decir algo más, no le habría creído. Pero me dejó mirar en el interior de sus ojos y vi que era verdad. Asentí.

—¿Cómo me encontraste?

—¿Qué quieres decir? ¿Ahora?

—No. Ya sé que averiguaste que mi padre era el pediatra de Jessie Stone. Pero ¿cómo me encontraste?

Se rió un poco.

—Por el mismo método que Christian Luna. Gracias a aquel fotógrafo del *Post*.

Suspiré:

—Odio a ese tío.

Bajó ligeramente la cabeza y noté que aquello le dolió un poco. No dije nada para aliviarle.

—¿Te arrepientes de haberme conocido?

No sé cuánto rato nos quedamos allí. Observábamos la marea de tráfico que había debajo, con el olor negro y pastoso de los gases metido en la garganta. Ninguno de los dos dijo una palabra. Mis miedos y mis preguntas levantaban un cerco de alambre de púas entre nosotros. Podíamos cruzarlo, pero nos haríamos mucho daño.

Paseamos en silencio hasta Brooklyn y encontramos una cafetería en Montague Street. Él tenía mucho que decir y yo muchas preguntas, pero ambos comprendimos que necesitábamos encontrar un lugar tranquilo y seguro para hablar. Él llevaba una sudadera con la capucha en la cabeza, y la visera de una gorra de béisbol le tapaba los ojos. Yo anduve deprisa, manteniendo la distancia. Me pareció que a plena luz del sol ambos éramos vulnerables y necesitábamos refugiarnos.

Nos arrastramos hasta un banco de cuero rojo y pedimos café. Nos miramos sin decir nada. Ninguno de los dos sabía por dónde empezar, me parece.

—¿Cómo me has encontrado? Esta vez, quiero decir.

—Vigilaba el estudio desde Tompkins Square.

Asentí.

—¿Sabías que iría a buscarte?

—No lo sabía. Tenía la esperanza.

Otra vez el silencio.

—Fui a ver a Zack —dije al cabo de un minuto.

—¿Sí? ¿Por qué?

Fruncí el ceño.

—¿Adónde más podía ir? Pensé que, ya que conoce a mi padre, me ayudaría a ver las cosas más claras.

—¿Pero?

—Pero... intentó hacerme creer que todo era producto de mi imaginación. Su madre también estaba. Y entonces lo entendí.

—¿Entendiste qué?

—Proyecto Rescate. Sea lo que sea, ellos están implicados.

Él asintió como si ya lo supiera, que era lo más probable. Busqué en mi bolsillo la copia del certificado de nacimiento de Charlie y la fotografía de Charlie, Adele y Michael. Lo puse encima de la mesa y se lo acerqué.

—¿Tú eres Charlie, verdad? —le dije en voz baja.

¿Cómo había llegado a esa conclusión? Mientras hablaba por teléfono con el detective Salvo, examiné el certificado de nacimiento de Charlie y me di cuenta de que la fecha era el 4 de julio de 1969. La noche en que conocí a Jake, quise saber su signo del zodíaco y me dijo que era Cáncer. Observé la fotografía borrosa de aquel crío montado en el pony, y en aquel momento no fui capaz de asegurar que era él. Pero cuando estábamos en el puente, hubo un gesto de su cara que me recordó aquella fotografía. Y mi subconsciente había estado jugando con las piezas de aquel rompecabezas. Cuando miró los objetos que tenía delante y asintió, no me sorprendí.

—Sí —dijo—. Eso creo. O, al menos, un día lo fui.

—¿Qué pasó?

—Sigo sin saberlo exactamente. No sé por qué acabé en manos de la beneficencia. Lo que sé es que a Charlie le secuestraron en su casa cuando tenía tres años. Lo que pasó después aún no lo sé.

—Pero tenías razón sobre tu madre. Ella te quería.

—Intentó abandonarme.

—Pero volvió a buscarte. Era joven y estaba asustada. Su marido era un yonquie. Eso no quiere decir que no te quisiera.

Jake levantó los hombros y bajó un poco la cabeza. Dios, ¿no somos todos como críos que necesitan desesperadamente saber que nuestros padres nos querían?

—Y luego encontraste a tu abuela. ¿Por qué no se lo dijiste?

Volvió a encogerse de hombros mientras observaba la taza de café y le daba vueltas con las manos.

—No lo entiendo —dije al ver que no contestaba—. ¿No era eso lo que buscabas? ¿A tu familia?

—Eso creía. Pero cuando encontré a Linda McNaughton... No sé. No me pareció correcto. El niño a quien ella quería se había ido. Su hija también. No fui capaz de decírselo. Pensé que volvería cuando averiguara qué me había pasado a mí. Sigo sin saberlo.

Nos quedamos callados un momento. Luego dijo:

—Sólo hay una persona que sepa con seguridad lo que nos pasó a ambos. Por qué y cómo se nos llevaron, y lo que pasó a partir de entonces.

—¿Quién?

—Tu padre. Él era el pediatra de los cuatro niños que desaparecieron aquel año. Y quién sabe de cuántos más.

—¿Hubo más?

—Creo que hubo más, muchos más.

—Proyecto Rescate... —pensaba en voz alta. No veía la relación entre lo que les pasó a Charlie, Jessie y los demás, y la organización del tío Max, pero sabía que la había, como cuando sabes que hay una isla que está unida al continente, aunque sea por una franja de tierra sumergida en el mar.

—¿Por eso me buscaste?

Dejó escapar un largo suspiro y me miró.

—Para ser sincero, cuando te vi en la primera página del *Post* estaba en una especie de callejón sin salida. Ya había visto al doctor Hauser y sabía lo de tu padre. Pero no cómo ponerme en contacto con él. No se trataba de ir a su encuentro y preguntarle por Proyecto Rescate. Entonces Arnie murió. Todos los esfuerzos que había hecho para averiguar cosas sobre la organización habían fracasado. Y durante un tiempo estuve como perdido, vagaba como un *zombie*, aceptaba casos para ganar dinero.

»Entonces vi tu foto en el periódico. Te parecías *mucho* a la fotografía de Teresa Stone del *Record*. Tuve que pensarlo. Me refiero a que me impactó. Pensé que me estaba volviendo loco, que necesitaba tan desesperadamente una pista, que estaba tan obsesionado con la investigación, que veía cosas que no existían. Luego leí que eras hija de Benjamin Jones y pensé que era el destino. Pensé que si te conocía, podría llegar hasta tu padre.

—Así que, básicamente, me utilizaste.

Me cogió la mano y yo no la retiré.

—Ése fue el principio, Ridley. Pero...

No terminó la frase y eso me encantó, porque no quería oír que nunca creyó que sentiría algo por mí. Me parece que en mi fuero interno sabía lo que había pasado entre nosotros. No se podía describir con palabras.

—Y si tú eres Charlie y yo soy Jessie, ¿que pasó con los otros dos niños que desaparecieron aquel año? ¿Quiénes son?

—No lo sé. Nunca pude seguirles la pista. *Todos* esos niños desaparecieron. Me refiero a que, si piensas en ti por ejemplo, tienes otro nombre *y* otro número de la Seguridad Social. Hay un certificado de nacimiento a nombre de Ridley Jones. Igual que yo: tengo un certificado de nacimiento a nombre de Harley Jacobsen. Charlie, Brian, Pamela y Jessie ya no existen. La mayoría de sus padres biológicos han muerto.

No era raro que habláramos de Charlie y de Jessie en tercera persona. Creo que ninguno de los dos era capaz aún de identificarse con los niños desaparecidos. Yo nunca fui Jessie. Ella era alguien cuyo destino estuvo íntimamente ligado al mío, alguien cuya historia necesitaba desvelar para poder entender lo que me había pasado a mí, y por la forma de hablar de Jake, creo que él sentía lo mismo.

—Sigo sin entenderlo. Se llevaron a esos niños de sus casas, y de algún modo acabaron en otras casas con otros nombres y otros números de la Seguridad Social. ¿Por qué? ¿Cómo pudo pasar eso?

—Una red de gente muy poderosa con mucho dinero y muy influyente —dijo sin dudarlo, como si llevara pensándolo un rato—. Desde luego que el nivel organizativo y de corrupción que se necesita para conseguirlo es asombroso.

—Pero ¿por qué? ¿Por qué lo hicieron?

—Cuando empecé a investigar todo esto, al principio sólo me interesaba lo mío, lo que me había pasado a mí. Al principio pensé que era una especie de mercado negro. Bueno, pensé, abandonaban a los chavales en locales de Proyecto Rescate, muchos de ellos probablemente sin certificado de nacimiento ni número de la Seguridad Social. Tenía que haber un modo de darles a esos niños abandonados una identidad nueva, ¿verdad? Quizá secuestraron a los chavales sanos y rubios de los orfanatos y los vendieron a gente rica que deseaba tener hijos y no podía.

—Pero tu madre volvió a buscarte. De hecho a ti no te abandonaron.

—Exacto. Y cuando supe de los otros niños desaparecidos en la misma zona y averigüé que no eran abandonados, sentí que se pulverizaba mi teoría.

—Pero todos habían sido pacientes de la clínica Little Angels.

—Eso era lo que tenían en común.

—Y la clínica Little Angels es un local de Proyecto Rescate.

—Eso es.

—¿Y eso qué significa?

—Tenían otra cosa en común: las numerosas visitas a la clínica. Cuando un niño acudía demasiadas veces al médico con cierto tipo de heridas o estaba enfermo demasiado a menudo, los médicos lo señalaban como posible víctima de malos tratos. Jessie se rompió un brazo. A Charlie le abandonaron. A Brian le llevaron por una fractura en la pierna y un golpe en la cabeza. Pamela tenía el hueso del brazo fuera de sitio. No eran lesiones normales para unos críos.

—¿Cómo lo sabes? El doctor Hauser no te entregó los archivos.

—Bueno, no esperabas que te contara que violó las normas de la clínica porque era amigo de Arnie.

Sonreí por dentro. Acerté con el doctor Hauser y su corbata de los Dancing Bears. El alma hippie pudo sobre la satisfacción del deber cumplido, incluso si había que saltarse las normas.

—Así que lo que me estás diciendo es que alguien creyó que esos niños sufrían malos tratos.

—Alguien no, Ridley. Tu padre.

Me pareció que Jake miraba detrás de mí y fruncía las cejas, y me di la vuelta para ver qué miraba. Entonces vi lo que había visto: el Firebird, sigiloso y temible como un tiburón.

Se incorporó, me cogió la cabeza y la apoyó sobre la mesa. Puso su cabeza al lado de la mía y le gritó a la camarera, la única persona que había en la cafetería:

—¡Agáchese!

Ella reaccionó como si la hubieran entrenado para eso y se escondió inmediatamente detrás del mostrador.

Entonces las ventanas de la cafetería explotaron como un huracán de vidrios cristalinos. El sonido del arma automática y de los cristales rotos era ensordecedor, probablemente el sonido más terrorífico que había oído nunca. El mundo entero era un calidoscopio de objetos letales y destellos de luz. Jake se tiró bajo la mesa y me arrastró por las piernas para que yo hiciera lo mismo, y juntos llegamos a rastras detrás del mostrador, donde la aterrorizada camarera sollozaba en el suelo. Yo estaba demasiado atónita para tener miedo.

—¿Hay puerta trasera? —gritó Jake sobre el estruendo.

Ella asintió y fue a gatas a la cocina. Había una puerta de madera abierta por la que el cocinero debía haber huido. Salimos todos gateando.

Cuando llegamos al aparcamiento trasero, el ruido de disparos había cesado y oímos unos neumáticos que quemaban el asfalto, el acelerón del Firebird y el zumbido del motor que se alejaba. Jake me ayudó a levantarme.

—¡Llame a la policía! —le gritó a la mujer, que se acurrucaba y sollozaba aterrorizada contra la pared de hormigón—. Hable con el inspector Salvo.

Bajo la luz de aquella fría mañana, Jake me cogió de la mano y echamos a correr.

Nos refugiamos en una iglesia de Hicks Street. La intensidad del estruendo resonaba en mis oídos y me costaba respirar, porque mi corazón había decidido esconderse en mi esófago. Me agarré a la mano de Jake como un torniquete, sin darme cuenta de la fuerza que hacía hasta que le solté y noté calambres en los dedos.

En la iglesia sólo se oía el silencio. Una anciana con la cabeza cubierta rezaba en el primer banco. La luz de la mañana entraba a través de las vidrieras, y su reflejo se descomponía en el suelo como una danza de mariposas de colores. Los cirios centelleaban en las capillas. Uno se sentía a salvo allí. ¿Quién intentaría matar en una iglesia?

Jake me arrastró hasta un confesonario. Según el cartelito, la confesión no empezaba hasta las cuatro de la tarde. Me tranquilizó.

No hubiera sabido ni por dónde empezar. Me dejé caer en un cojín de terciopelo rojo tan ajado, que empezaban a salirle las tripas. Pasé un dedo sobre una Biblia de piel, y se quedó negro por el polvo. Jake estaba de pie, espiando a través de la cortina.

—¿Quién intenta asesinarnos? —susurré indignada.

—Ridley, hemos dado con algo. Hay alguien que no quiere que vayamos más al fondo. Aparte de eso —contestó en voz baja—, sé lo mismo que tú.

—Pero yo no sé nada.

Me lanzó aquella mirada indescifrable y luego se dio la vuelta para seguir vigilando fuera del confesionario. Vi que llevaba en la mano una pistola, semiautomática, fría y temible. Me di cuenta de que nunca había visto una pistola de verdad y sentí náuseas.

—¿Qué vas a hacer con eso? —Una pregunta estúpida.

—Defendernos... si es necesario.

¿Creen ustedes que si disparas contra alguien en una iglesia vas directamente al infierno, o Dios entiende que a veces se dan circunstancias atenuantes? Apoyé la cabeza en el zócalo de madera y me invadió una oleada de cansancio.

—Yo no sé nada —susurré otra vez.

Pensé en aquellas cenas benéficas, en aquellos eventos fascinantes con la elite de los negocios, de los medios de comunicación, de la medicina, de la alta sociedad de Nueva York. Pensé en todo aquel dinero convertido en fondos para la organización de Max. Pensé en toda la gente a la que ese dinero había ayudado. Pensé que Max se había dedicado en cuerpo y alma a salvar de los malos tratos a niños y a mujeres, una salvación que no llegó a tiempo ni para su madre ni para él, como bálsamo para su propio dolor. Pensé en la frustración que sentían él y mi padre, frente a un sistema que fallaba demasiado a menudo, un sistema que ataba las manos de los pediatras e impedía que ayudaran a los niños en peligro. Hubo tantas veces en que hablaron de ese tema durante la cena. De niña oí muchas veces sus apasionadas discusiones a través de las puertas del estudio, y me pregunté muy a menudo por qué se enfadaban y se entristecían de ese modo.

¿Qué hubiera pasado si Max y mi padre hubieran decidido encargarse personalmente de algunos casos? ¿Y si buscarles a los niños un refugio seguro fuera sólo una de las actividades de Proyecto Rescate? ¿Y si hubiera *otro* Proyecto Rescate? ¿Uno al que las principales figuras de la elite social de Nueva York no habrían prestado sus nombres tan a gusto? Aquellas ideas eran como una inyección de nitrógeno líquido en mis venas.

—¿Así que no tienes ni idea de *cómo* se llevaron a esos niños ni por qué? —susurré—. ¿No tienes ninguna teoría?

—Yo no he dicho eso.

Se apartó de la cortina y se sentó a mi lado. El banco era tan pequeño que tuvimos que apretujarnos uno contra otro. Guardó la pistola en la cintura y se secó el sudor de la frente, luego me rodeó con el brazo.

—Vamos a quedarnos un rato aquí, ¿de acuerdo?

—Y después ¿qué?

—No sé. No tengo ningún plan.

Entonces me di cuenta del aspecto de perro agotado que tenía.

—¿Qué vas a hacer tú, Jake? —dije bajito. Tenía los labios tan cerca de su oreja que hubiera podido lamerle.

—¿Qué quieres decir?

—Cuando lo averigües. Cuando tengas todas las respuestas sobre qué es Proyecto Rescate y sobre lo que nos pasó a nosotros, ¿qué harás?

Me miró con los ojos en blanco y movió un poco la cabeza, como si nunca se le hubiera ocurrido pensar en eso, como si estuviera buscando algo que no era capaz de identificar. Estamos totalmente perdidos, ¿verdad? Siempre buscando algo que se nos escapa, algo que creemos crucial, sin saber exactamente qué es.

—Yo sólo necesito saber quién soy —dijo.

—Ya lo sabes, ¿no?

—Necesito saber lo qué me pasó. Supongo que los otros niños fueron a parar a familias, como tú. ¿Qué me pasó a mí? ¿Por qué fui a parar a manos del Estado? Ridley, ¿tú no quieres saberlo, saber exactamente qué te pasó? ¿Tú no quieres saber la verdad?

Seguíamos hablando entre susurros. Era una buena pregunta. La verdad es algo que nos colocan delante como un Cáliz Sagrado, algo por lo que todos debemos sacrificarnos. Todo el mundo dice constantemente que la verdad *nos hará libres* y que nada malo puede sucedernos *si nos enfrentamos a ella.* Yo tenía la íntima sospecha, en este caso al menos, de que la verdad sería un asco, que todas mis mentiras piadosas eran mucho mejores. Pero a esas alturas me había quedado claro que al universo no le gustan los secretos, que hay trampas de las que no puedes escapar. Yo era como un zorro con una pata atrapada. Sólo podría escapar si la amputaba. Y ya había perdido demasiadas cosas. Estaba llorando sin darme cuenta (sí, otra vez) hasta que Jake se acercó y me secó con delicadeza una lágrima enorme de la mejilla.

—Lo siento, Ridley, siento mucho todo esto. —Y me dio un beso.

Al sentir su cálido aliento hablándome al oído, se me puso la piel de gallina.

—Debería haber apagado este fuego sin ti, pero no lo hice, lo avivé. Te conduje hasta Christian Luna. Fui muy egoísta, no quería...

—¿Ya no quieres afrontarlo solo?

Asintió. Le comprendí. Recordé lo sola que me había sentido en aquella lúgubre habitación de hotel, preguntándome quién era, de dónde venía y quién quería hacerme daño. Jake se había sentido así toda la vida. Y el año pasado debió sentirse muy solo. La búsqueda de su familia y de la verdad sobre lo que le pasó y la muerte de su único amigo... La idea de compartir con alguien esta búsqueda debía ser irresistible. Después de todo, ¿no es lo que todos buscamos en el fondo? Por mucho que digamos que buscamos amor, que perseguimos un sueño, o dinero, ¿no buscamos en realidad el lugar al que pertenecemos? ¿Un lugar en el que nuestras ideas, sentimientos y miedos sean comprendidos?

—Lo siento —volvió a decir.

Me cogió entre sus brazos. Yo le envolví con lo míos y apreté fuerte. Nunca me había sentido tan cerca de él.

—Está bien —dije—. Ahora lo entiendo.

—¿Qué?

—Quidam.

Y me miró con una mezcla de incredulidad y gratitud. Sentí en los labios el sabor salado de mis lágrimas.

Mientras estuvimos escondidos en la iglesia, el inspector Salvo llegó al escenario del tiroteo. Más adelante supe que en medio del confeti de cristales que había en el suelo, consiguió de la trémula camarera la descripción de las dos personas que habían salido huyendo de allí.

Mientras ella le contaba lo que había visto, él negaba con la cabeza. Era otra pieza que no encajaba, de un rompecabezas que con cada nuevo dato tenía menos sentido. Lo que empezó como un tiroteo cualquiera en un parque peligroso tomaba una dimensión inesperada que no había intuido cuando el caso llegó a su mesa.

La legislación sobre armas en el estado de Nueva York era bastante estricta. Había una serie de requisitos y pruebas, un largo período de espera, etcétera. Harley Jacobsen cumplió toda la normativa para conseguir su pistola Glock de nueve milímetros, y un revólver más pequeño, un Smith & Wesson Special de cinco balas. Tenía permiso para ambos. El rifle que mató a Christian Luna, sin embargo, fue adquirido en Florida, donde la legislación era mucho más tolerante y sólo había que esperar tres días. De hecho, en Florida se podían comprar armas legalmente sin papeleo. Veamos, el inspector Salvo podía entender que Jake fuera hasta Florida, comprara un rifle de asalto, viajara de vuelta a Nueva York y usara esa arma para cometer un asesinato. Lo que no podía entender es que Jacobsen *registrara* ese rifle. Salvo consiguió los documentos que Jake había firmado, los comparó con la firma que aparecía en su licencia de detective de los archivos y descubrió que no se parecían en lo más mínimo.

Mantuvo la promesa que me había hecho e investigó los casos de los cuatro niños desaparecidos. Siguió prácticamente el mismo rastro que Jake, y luego yo, habíamos seguido. Pero Gus Salvo era un hombre muy puntilloso. Nada le distrajo, ni estaba implicado personalmente como Jake y yo. Y nunca perdió de vista su objetivo: descubrir quién mató a Christian Luna y por qué.

La policía pensaba que Christian Luna era el asesino de Teresa Stone. El hecho de que no le hubieran encontrado significaba que el caso seguía abierto. Pero, según los archivos que el detective Salvo estudió detenidamente, nadie investigó otras vías. Teresa Stone no tenía familia para insistirle a la policía, así que al cabo de un año más o menos se convirtió en un Caso Congelado, y allí se quedó acumulando polvo, enterrado en los archivos de un sótano en algún lugar de Nueva Jersey. Una gran noticia para quienquiera que fuese que la mató. De modo que el hecho de que Christian Luna reapareciera e hiciera valer su inocencia frente a una mujer a quien creía su hija secuestrada, y que en aquel momento tenía una identidad totalmente distinta, debió ser una muy mala noticia y un problema enorme para alguien.

De manera que el inspector Salvo llegó a la conclusión de que Christian Luna era un asunto pendiente para alguien. Jake también se convirtió en un asunto pendiente cuando empezó a excavar en el mismo cementerio. Y por esa misma razón, yo misma también pendía de un hilo.

Echó un vistazo a aquella cafetería llena de vidrios rotos y a la acera llena de agujeros de arma automática y se preguntó: ¿qué coño está pasando? Y yo lo habría sabido antes, si no hubiera sido tan tozuda y no hubiera desconectado el móvil cuando empezó a vibrar y reconocí su número en la pantalla.

29

Vas conduciendo por la autopista y el trailer que va delante hace saltar una piedrecita que, sorprendentemente, hace un ruido enorme al chocar con tu parabrisas. Esa piedra, probablemente del tamaño de la uña de tu dedo meñique, deja una marca pequeña, casi invisible. Y aunque al principio apenas la ves, acabará extendiéndose como una tela de araña. Aquella fractura minúscula ha provocado fisuras que afectan a la estabilidad del conjunto. Llegará un momento en el que a través de ese vidrio, todo se verá fracturado y roto, y que cualquier otro golpe, por pequeño que sea, será suficiente para que se desmenuce totalmente, como una lluvia de vidrio letal.

A través del peligroso retrovisor de mi memoria, vi cosas en las que no había pensado desde la niñez, si es que pensé en ellas alguna vez. Aquellos momentos que grabé y enterré, manaban a borbotones. ¿Cuántas cosas vi sin pensar nunca más en ellas? Quizá cuando eres niño y ves cosas que no entiendes, las archivas en el subconsciente y no te acuerdas de ellas hasta que dispones de los conocimientos y del código adecuado para procesarlas. No estoy hablando de recuerdos reprimidos. Hablo de matices, instantes sutiles y delicados que pueden tener un nuevo sentido.

Recuerdo una tarde de invierno en que la escuela tuvo que cerrar más temprano de lo habitual. Yo estaba en tercer curso, tendría unos ocho años. Todos nos congregamos tras las persianas de los ventanales para ver caer la nieve que cubrió el patio con una rapidez increíble. El cielo tenía ese color de la ventisca, una especie de gris metalizado. Evacuaron la escuela por turnos, los párvulos y los de la guardería salieron todos a mediodía, y el resto salimos a las tres, de modo que no había suficientes autobuses que pudieran recogernos a esa hora. Llamaron a varias madres, y el camino de entrada a la escuela se convirtió en un desfile de coches familiares y monovolúmenes. Recuerdo aquella excitante sensación de culpa, por estar contenta de irme a casa, un lugar cómodo y calentito, a contemplar un mundo de nieve húmeda y cada vez más blanca, desde una ventana junto a la chimenea, comiendo bocadillos calientes de queso y bebiendo chocolate caliente.

Nos apretujamos todos a esperar tras las puertas de aluminio y cristal. Cada vez que se abría la puerta, entraba una ráfaga de copos de nieve y un soplo de viento helado, y los que esperábamos acabamos con las mejillas y las narices enrojecidas. Yo fui una de las últimas que vinieron a buscar. Vi acercarse el coche de mi familia, y al principio la mujer que iba al volante no me pareció mi madre. Tenía la cara grisácea y la expresión dura y ajada. Iba despeinada y entornaba los ojos enfadada. Mi madre era una mujer preciosa, siempre impecable. No recuerdo haberla visto nunca «desarreglada», como decía ella. Aquella mañana nos había dicho adiós una mujer que, a pesar de ir aún con su pijama de seda roja, iba perfectamente arreglada, con la cara limpia, el pelo cepillado y una bata de terciopelo azul y zapatillas a juego. Vestida y preparada para representar su papel de madre perfecta.

La mujer que conducía el Mercedes negro parecía angustiada, preocupada y muy, muy triste. Miraba al frente, a la nieve, como si aquel clima la decepcionara de un modo insoportable. Sentí una angustia en el corazón que no sé si seré capaz de describir. En aquel momento creo que vi a mi madre sin su máscara.

Mi maestra, la señorita Angelica, me dijo:

—Ya puedes irte, Ridley, ahí está tu madre.

Yo aparté la vista de la mujer al volante y negué con la cabeza.

—Ésa no es mi madre, señorita Angelica.

Mi maestra volvió a mirar, escudriñando entre la nieve a través de las gafas. Y me miró sorprendida y benevolente.

—¿Por qué, Ridley? Sí que lo es.

Cuando volví a mirar, allí estaba mi madre, sonriendo y saludando. Sorprendida y algo asustada, salí a la nieve. Mi madre se inclinó y me abrió la puerta. Salté a su lado y olí su perfume, L'Air-du-Temps, el del envase de cristal mate con un pajarito en el tapón. Ella sacudió los copos de nieve de mi sombrero.

—¡Día de nevada! —dijo animosa—. Vamos a buscar a tu hermano a su colegio. Luego nos vamos a casa y preparamos chocolate.

Yo seguía buscando a la mujer fantasma.

—¿Qué pasa? —dijo sonriendo al ver que la miraba.

—No parecías tú. Cuando te vi por la puerta. Parecías distinta.

Rió un poco, como si yo me hiciera la tonta o estuviera bromeando. Pero la sonrisa le salió algo torcida cuando dijo:

—¿Ah, sí? —Luego se dio la vuelta, hizo una mueca y me sacó la lengua—. ¿Y ahora? ¿Parezco yo?

Yo me partí de risa.

¿Qué intento decir? ¿Qué intento explicarles? Algo como que no sólo las cosas importantes eran mentira, algunas de las pequeñas también.

Recuerdo otra vez aquel día, el del cumpleaños, cuando oí sin querer a mi madre y al tío Max hablando en la cocina, sin poder concebir que se hablaran en aquel tono tan airado, y —ahora me doy cuenta—, tan íntimo. Porque si lo piensan, ésa no es forma de hablarle educadamente a un desconocido, ni siquiera al mejor amigo de tu marido, ni aunque los años le hayan convertido en tu amigo también. Aquellas palabras eran demasiado íntimas. Como si su relación tuviera una faceta totalmente distinta que yo no conocía.

—*Traerte a una de ésas. Al cumpleaños de Ace. ¿Cómo has podido?*

—*No quería venir solo.*

—*Estupideces, Max.*

—*¿Qué quieres de mí, eh, Grace? Deja de portarte como una jodida mojigata.*

Mi abuela materna hablaba siempre con mucho orgullo de mi madre y sus hermanos. «Ah, ellos no se pelean nunca, jamás.» Y durante muchísimo tiempo yo creí que ésa era la característica fundamental de una buena relación: la ausencia de conflictos. Y entonces una noche mi abuela hizo ese comentario, y oí a mi padre decir entre dientes: «Sí, nunca se pelean porque nunca se hablan».

—¿Qué has dicho, Benjamin?

—Nada, *madre*.

Así la llamaba, como si tuviera algo amargo en la boca. A su madre la llamaba Ma.

Recuerdo que mis padres no discutían nunca, excepto sobre Ace. Yo sabía cuándo ella estaba enfadada con él (a él nunca le vi enfadado con ella), porque había silencio y reinaba la oscuridad. Cuando mi madre estaba de buen humor, se encendían todas las luces de la casa, la chimenea ardía en invierno y en otoño, y se oía la televisión o el tocadiscos en alguna parte. Cuando estaba enfadada, se sentaba a solas en la oscuridad hasta que se calmaba. Entonces yo sabía que las cosas no iban bien.

—¿Estás bien? —dijo Jake y me puso la mano en la nuca.

—Sí, recordaba cosas, nada más. —Él asintió comprensivo.

El taxi que cogimos en Hicks Street paró delante del edificio de Ace. Yo seguía dolida y molesta por nuestro último encuentro y no voy a decir que me hiciera ilusión volverle a ver. Pero, sinceramente, era el único sitio al que podía ir para encontrar respuestas. Las indirectas pasivo-agresivas que me había lanzado me hicieron pensar que sabía más de lo que me dijo. Y por una vez sería sincero conmigo. Esta vez no estaba dispuesta a marcharme sin respuestas.

En los escalones de la calle no había nadie y, aunque no serían más de las cuatro y media de la tarde, ya casi era de noche. Estuvimos esperando un rato dentro de la iglesia, donde nos considerábamos a salvo porque nadie nos había seguido hasta allí. Apoyados uno con otro y con las manos unidas, nos adormecimos en el confesionario. Ambos estábamos tan cansados que fue como si hubiéramos tomado alguna droga. Nos despertó la misa de la tarde y me acordé que, según el cartel, las confesiones empezaban a las cuatro. Cuando acabó la misa salimos entre los fieles, paramos un taxi delante mismo de la iglesia y le dijimos al conductor que fuera hacia el Lower East Side. Jake vigilaba por la ventanilla de atrás, y cuando se convenció de que no nos seguían, me pidió que le diera la dirección al taxista. Nos quedamos de pie frente al edificio.

—¿Vive aquí? —preguntó.

—Si se le puede llamar vivir.

Cuando entramos, Jake puso la mano en la pistola que llevaba en la cintura. Como siempre, aquel horrible hedor de basura, humanidad, podredumbre y productos químicos, llegó hasta mis fosas nasales. Pero aquella noche el edificio parecía tranquilo, desierto; ni siquiera la luz del sol intentaba colarse entre la suciedad de las ventanas.

—No pasa nada —dije, y le cogí de la mano.

—No me gusta esta oscuridad —dijo él.

Pensé en las cosas horribles que le habían sucedido en la oscuridad y le apreté la mano más fuerte. Mientras subíamos las escaleras y la madera crujía con nuestro peso, nuestros ojos se adaptaban a la falta de luz. Al llegar, vimos que la puerta del apartamento estaba abierta y el corazón se me cayó a los pies.

—¿Ace? —dije. Pero nadie contestó.

Jake sacó la pistola. Se hizo a un lado despacio y me indicó que me quedara detrás de él, apoyada contra la pared. Empujó la puerta que se abrió con un chirrido. Distinguí una silueta en la oscuridad. Había alguien echado en la cama. Una sombra frágil y delgada que temblaba un poco. Luego oí el rumor de un sollozo.

—¿Ruby? —y me acerqué.

Jake me agarró la muñeca, pero yo le solté la mano y fui hacia ella.

—Se lo llevaron —dijo sollozando en voz baja.

—¿Quién se lo llevó? —pregunté.

Me arrodillé a su lado. No podía verle la cara, pero sentí su aliento de fumadora.

—No lo sé. Dos hombres enmascarados. Derribaron la puerta. Uno de ellos me dio un golpe muy fuerte en la mandíbula. —Levantó una mano y se tocó la cara—. Me desmayé, y cuando me desperté, se habían ido y Ace también.

—¿Estás bien? —le pregunté, intentando examinarle la mandíbula en la penumbra.

Ella asintió y me miró con los ojos abiertos de par en par, llenos de lágrimas.

—¿No dijeron nada? —dijo Jake desde la puerta.

Ruby asintió de nuevo.

—Que os dijera que lo olvidarais.

—¿Qué me lo dijeras a *mí*? —pregunté incrédula.

—A ambos. Me dijeron: «Si ellos lo olvidan, nosotros *le* soltaremos».

Me quedé callada un segundo porque tenía algo en la garganta que bloqueaba las palabras acumuladas en mi pecho. Era aquella pesadilla otra vez, ese momento en el que miras a tu alrededor y esperas que algo te recuerde que estás soñando.

—Es culpa mía —decía Ruby—. Le dije que te ayudara. Le dije que debía contarte lo que sabía, que debía protegerte de ellos.

—¿Protegerme de quién?

—Él lo sabe —señaló a Jake—. Él sabe de quién.

Jake se limitó a negar con la cabeza y encogerse de hombros. Cuando le miré dijo:

—No tengo ni idea.

—Los hombres que te llevaron a ti, Ridley —me miró muy seria—, los responsables de todo lo que te pasa.

—¿Quién, Ruby? ¿Quién es el responsable?

Empezó a llorar otra vez. Sentí dos impulsos contradictorios: uno, abrazarla; el otro, darle un bofetón.

—No lo sé. Él no me lo dijo —lloraba cada vez más—. Por la misma razón que no te lo dijo a ti. Creía que si nos lo contaba, nos pondría en peligro.

¿Y si aquella chica no era más que una yonqui loca? ¿Tenía algún sentido lo que estaba diciendo? No supe qué decirle.

—Dejaron este número de teléfono —dijo finalmente Ruby.

Se incorporó y me dio un trozo de papel. Seguía mirando a Jake con desconfianza. La habitación estaba a oscuras, pero había luz suficiente para vernos las caras. El olor a tabaco era como una presencia más. Saqué el móvil del bolsillo y lo encendí. Con un pitido y un destello de luz verde, la pantalla me avisó que tenía tres mensajes. No tenía ni idea de cómo recuperarlos. Miré a Jake.

—¿Debo llamar?

Se me acercó:

—¿Qué otra cosa puedes hacer?

Debería haber estado aterrorizada, paralizada de miedo por lo que le había pasado a Ace y por lo que me estaba pasando a mí. Pero estaba tranquila. El único síntoma de miedo era un martilleo persistente en el oído derecho, la sequedad de garganta y el ligero y apenas perceptible temblor de las manos.

Marqué el número y todos esperamos mientras sonaba.

—Ridley. No has tardado nada en absoluto. Siempre fuiste una chica lista.

La voz de aquel hombre mayor me era familiar, pero no conseguía identificarle. Era suave y culta, pero con una carga de malicia.

—Creía que habíamos acordado que irías a casa de tus padres, Ridley.

Los acróbatas del reconocimiento cayeron en sus puestos con un golpe seco y desagradable y abrieron la jaula de un tigre. Era Alexander Harriman.

—No lo entiendo... —dije yo.

—En el momento en el que vi tu foto en la portada de aquel periódico supe que habría problemas. —El tono era informal y con cierto ritmo, como si fuéramos viejos amigos.

—¿Qué es lo que quiere, señor Harriman?

—Sencillamente pienso que deberíamos reunirnos y comentar ciertas cosas, aclarar algunos malos entendidos, acordar un plan para el futuro. Y cuando todo eso esté solucionado, podremos hablar de tu hermano y conseguirle la ayuda que necesita.

Me di cuenta de que escogía cuidadosamente lo que decía por teléfono.

—Señor Harriman, con lo que sé en este momento podría informar a los medios de comunicación. Podría llamar a la policía dado que sé que usted retiene a mi hermano.

No perdió ni un segundo,

—Podrías. Pero tendría consecuencias. Creo que ya empiezas a darte cuenta de que la verdad no siempre nos hace libres. Para mucha gente que conozco es justo lo contrario. Mucha gente que tú también conoces.

—¿Me está amenazando, señor Harriman?

—Desde luego que no —dijo con fingida indignación.

Me hervía el cerebro. No conocía las reglas de aquel juego. Me sentía como un ratón en las zarpas de un enorme gato hambriento.

—Necesito saber que Ace está a salvo.

Ya sé que era muy poco convincente, pero no se me ocurrió exigirle otra cosa. Además, sólo me importaba oír su voz, saber que estaba bien y que la posibilidad de salvarle seguía en mi poder.

—En cuanto tú y yo lleguemos a un acuerdo, se acabarán los problemas para tu hermano y el resto de tu familia, incluido tu amigo el señor Jacobsen. Te doy mi palabra.

—Eso no me basta —contesté débilmente.

—Escucha, Ridley —dijo en un tono comedido que empezaba a ser impaciente—. No puedes permitirte ningún farol, así que deja de tocar las narices. Te quiero en mi oficina dentro de una hora. Te doy este trato de favor en nombre del amor que Max sentía por ti. Pero yo no soy un hombre sentimental por naturaleza, y tú te has convertido en un problema verdaderamente molesto.

Y colgó. Al fin y al cabo ya no necesitaba decir nada más. Me aparté el teléfono de la oreja y lo observé como si fuera un arma mortal. Un ligero temblor me recorrió el cuerpo y pensé que, hasta la fecha, su trato de favor había consistido en dispararme desde un coche y en un violento incidente de carretera. Me preguntaba qué pasaría cuando dejara de ser sentimental. Busqué a Jake con la mirada y él se acercó y me cogió por los hombros.

—¿Quién era, Ridley?

—El abogado de mi tío, un hombre llamado Alexander Harriman.

—¿El abogado de la mafia, ese Alexander Harriman?

Nunca había pensando en él en esos términos, pero supongo que si defiendes a un mafioso, eres un abogado de la mafia. Me senté en la cama junto a Ruby, que me miraba desesperada.

—Yo le quiero —me dijo.

Estaba hecha una ruina, estaba tan delgada que se le salían los huesos de los hombros y los codos; tenía chorretones de maquillaje en la cara. Tenía el pelo quemado de tanto tinte. Pero tenía cierta belleza, cierta dulzura, algo que me impulsó a protegerla.

Le contesté con una voz sorprendentemente emotiva:

—Yo también.

—¿Y qué quiere? —preguntó Jake.

—Quiere verme en su oficina dentro de una hora.

Jake negó con la cabeza:

—No es una buena idea.

—¿Y que alternativa hay?

Nos observamos mutuamente un segundo. Pero a ninguno de los dos se nos ocurrió una respuesta.

—Bien, pero no irás sola —dijo él.

Ruby me agarró del brazo y miró a Jake con miedo en los ojos,

—No puedes fiarte de él.

Parecía desesperada, pero no loca.

—¿Por qué, Ruby? ¿Por qué lo dices? —le pregunté mirando a Jake. Él se limitó a levantar las palmas de las manos. Ruby me apretó contra sí, sentí el tabaco en su aliento y ella murmuró con fiereza:

—Él mató a tu tío Max.

Aquellas palabras me dejaron helada.

—Ruby, mi tío se cayó por un puente. Estaba borracho. Había hielo. No fue un asesinato.

Observé a Jake que seguía quieto y callado. Deseaba verle los ojos, pero le vi decir que no, despacio, con la cabeza.

—No siempre hay que disparar un arma para matar a alguien —dijo ella mirándole a los ojos.

Jake dio un paso hacia la luz y pude verle la cara.

Suspiró.

—A veces, lo único que has de hacer es contarles la verdad.

—¿Qué? ¿De qué hablas?

Recordé cómo lloraba mi tío Max aquella noche. Recordé sus palabras: *Ridley, puede que tú seas lo único bueno que he hecho en mi vida.* Y entonces comprendí lo que Jake quería decir.

—Fuiste a verle —le dije a Jake—. Le contaste lo que te había pasado.

Él asintió.

—Cuando me vi con Max, yo estaba en muy mal momento, ya te lo conté. Me había enterado que hubo más niños desaparecidos, lo de tu padre. Pero no sabía cómo seguir adelante con la investigación. Entonces Arnie murió. Había tanta rabia en mi interior que me emborrachaba para poder dormir por las noches.

»Cuando averigüé que la Fundación Maxwell Allen Smiley ideó el Proyecto Rescate, supe que tenía que hablar con tu tío Max. ¿Quieres saber mis teorías? Mi teoría es que la clínica Little Angels y otros lugares similares de todo el estado que fueron nombradas "Refugios Seguros" donde las madres asustadas podían dejar a sus hijos, cumplían además otro cometido. Algunos médicos actuaban como "Ángeles de la Guarda".

Y suspiró de nuevo, como si seguir le resultara demasiado doloroso.

—¿Vigilaban a los niños que creían víctimas de malos tratos? —pregunté. Pensaba en Jessie y su brazo roto. Pensé que mi padre, siempre tan preocupado por el bienestar de los niños, debió sentir que la traicionaba.

—Sí, y los etiquetaban —dijo Jake.

—¿Qué quieres decir?

—En los años setenta era muy difícil sacar a un niño de una situación de malos tratos.

—¿Y crees que determinados médicos en las clínicas tenían un sistema para identificar a esos niños maltratados... y qué?

—Los secuestraban —dijo—. Puede ser.

—¿Quién? ¿Y luego qué les pasaba?

—Cuando fui a ver a Max, yo no tenía esas respuestas, y sigo sin estar seguro.

—¿Qué pasó? —le pregunté.

—Intenté verle en su despacho, pero no conseguí que me recibiera, así que le seguí durante un par de días y averigüé los locales adonde iba a beber. Le esperé en el Blue Hen, cerca de donde viven tus padres, Ridley.

—¿En Nochebuena?

—No, un par de semanas antes. Cuando yo llegué, él ya llevaba un rato bebiendo y aparentemente todo el mundo le conocía. Esperé en un rincón con una Guinness hasta que se sentó solo. Entonces me senté junto a él. Era un tipo muy amigable y me invitó a una ronda. Le odiaba. Le odiaba profundamente.

La voz de Jake fue adquiriendo un tono frío y un matiz desconocido para mí. Al oír cómo lo contaba, supe que en su interior la rabia seguía tan viva como siempre. Probablemente seguiría así hasta que comprendiera su pasado.

—Le dije: «¿Sabe quién soy?». Me miró con curiosidad y cierta desconfianza. «No, hijo. No tengo ni idea.». Yo dije: «Déjeme que le hable de mí». ¿Y sabes qué? Fue muy amable. Escuchó mi historia con interés, me habló un poco de los malos tratos que había sufrido él mismo. Pero a mí no me interesaba su amabilidad. Yo sólo quería respuestas. Nos tomamos otra cerveza y al acabar le dije: «Señor Smiley, ¿puede hablarme del Proyecto Rescate?».

»Dejó de ser amable y se le ensombreció la cara. "¿Quién eres tú, hijo?", quiso saber. "Ésa es la cuestión. No tengo ni idea", le contesté. Entonces cogió la cuenta para irse, pero le seguí hasta la calle. Pudo hacer una escena, o que uno de sus guardaespaldas me diera una paliza, o llamar a la policía, pero no. Le conté mi teoría sobre Proyecto Rescate en el aparcamiento. "Creo que yo era uno de esos niños, señor Smiley. Pero algo salió mal y acabé en manos del Estado."

»Me dijo que estaba loco y que no sabía de qué hablaba. "Proyecto Rescate ayuda a los niños abandonados, y nada más. Hijo, necesitas ayuda."

»"Tiene razón. Necesito ayuda. Necesito que usted me diga la verdad sobre Proyecto Rescate." Estábamos tan cerca el uno del otro que prácticamente susurrábamos. "Te he dicho la verdad. Yo no puedo ayudarte." Y se metió en el coche, pero antes de que cerrara la puerta, le dejé mi tarjeta en las rodillas. Por el brillo de sus ojos supe que estaba afectado, inquieto. Pensé que, si sabía algo más, su conciencia se lo haría pagar algún día. Y tal vez lo hizo. Quizá por eso se cayó de aquel puente en Nochebuena. Y si le maté, ya sabes cómo lo hice.

Me acurruqué para protegerme de la oleada de lástima que sentía en aquel momento por mi tío Max. Pese a todo lo pasado, aún me dolía pensar en aquella muerte tan triste. La tristeza acechó todos los días de su vida, le robó toda posibilidad de ser feliz, le impulsó a actos incalificables. Le ganó la partida.

—¿Cómo se enteró Ace de todo esto?

—Tu tío se lo contó —dijo Ruby—. Pocos días antes de morir,

vino a buscarle. Quería obrar rectamente con Ace, ayudarle a desintoxicarse, pagarle la rehabilitación. Le dijo a Ace que el pasado había regresado y que tenía que enmendar los errores que había cometido. Me parece que consideraba a Ace uno de esos errores.

Recordé mi última conversación con el tío Max, preguntándome qué me habría dicho si mi padre no le hubiera interrumpido. Pensé en lo que me dijo mi padre, sobre la herencia que Max le dejó a Ace, de la que sólo podía disponer tras cinco años sin tocar las drogas. ¿Ése era su modo de solucionarle a Ace sus problemas?

Miré a Ruby que aparentemente no tenía más que decir. Seguía observando a Jake mientras se mordía las pocas uñas que le quedaban. En aquel momento sólo el miedo rivalizaba con una abrumadora melancolía por la intensidad del daño cometido, y la irreparable gravedad de los errores rivalizaba con el miedo que sentía. ¿Culpaba a Jake de la muerte de Max? No. Jake tenía todo el derecho a buscar la verdad. ¿Culpaba a Max de lo que le pasó a Jake? Aún no estaba segura. Y tampoco estaba segura que de que culpar fuera lo importante en ese momento.

—Hemos de irnos —le dije a Jake—. Ha pasado media hora desde que llamé.

Me miró sorprendido, como si ésa no fuera la reacción que esperaba. Hizo un leve gesto de asentimiento.

—Vamos.

Bajábamos las escaleras cuando el móvil vibró en mi bolsillo; miré la pantalla y supe que era el inspector Salvo. No me atreví a contestar. Pero se me ocurrió una idea.

30

Cualquiera que haya presenciado una ejecución les dirá que es decepcionante. Las familias de las víctimas de asesinatos, después de luchar durante años y soportar procesos interminables, esperan llevar al criminal frente a la justicia. Tras una apelación tras otra desde el corredor de la muerte, llegan por fin a una habitación aséptica. Ven cómo se hace justicia detrás de una pared de vidrio. Ven morir al asesino. Han pasado todos esos años esperando que ese momento signifique el final del dolor y el principio de la curación. Imaginan que sus corazones se liberarán de la carga y que sus sueños se verán libres de las pesadillas. Pero cuando termina, dicen que el dolor no ha desaparecido, que no se han librado del sufrimiento. La pena es tan sofocante y tan intensa como el primer día; la muerte del criminal no la mitiga en absoluto.

Quizá sea porque el concepto de castigo es erróneo, porque los actos buenos y malos que suceden a nuestro alrededor alteran la realidad de forma irrevocable. Todas nuestras experiencias nos afectan. Las cosas importantes y las insignificantes tienen un impacto indeleble. Juzgar esas experiencias, odiar las cosas que nos han pasado, significa odiar en lo que nos hemos convertido por su causa. Por eso supongo que, mientras corríamos en un taxi hacia el despacho de Harriman, yo no sentía rabia. Tenía miedo. Me dolía lo que había pasado, pero no maldije el día en el que me planté delante de la camioneta para salvar a aquel niño. Ni odié a mi padre por «etiquetar» a la pequeña Jessie Stone, si es que efectivamente lo hizo. No odié a Jake por obligar a Max a enfrentarse a los hechos. Tenía un sentimiento de rabia más que justificada que no era capaz de expresar. Porque yo, tal como les he dicho, creo en el equilibrio, en el karma. Creo que a todo lo bueno le corresponde algo malo; a cada obra buena, una maldad.

Por supuesto que en aquel momento no pensaba en absoluto en eso. Tenía todas las terminaciones nerviosas en alerta roja por mi hermano, por mi familia, por lo que Alexander Harriman querría de mí. De nuevo me encontraba en una situación para la que no tenía referencias. Me incliné hacia delante en el asiento, deseando que el taxista corriera más, que el tráfico se despejara. Pero al llegar a la casa de ladrillo rojo de Central Park West, donde estaban las oficinas de Alexander Harriman, un súbito ataque de pánico me dejó pegada a la tapicería de plástico.

—Tranquila —dijo Jake. Pagó al taxista y me dio un codazo para que bajara a la acera—. Si quisiera hacerte daño, ya estarías muerta.

Tuve que admitir que lo que decía era lógico, pero no consiguió tranquilizarme. Llamamos al timbre, y ojalá pudiera decir que me sorprendió ver al cabeza rapada abrir la puerta. Registró a Jake y le quitó la pistola, sonriendo. No parecía tan temible como yo lo recordaba. Tenía los ojos enmarcados con unas pestañas largas y femeninas y una barba incipiente. Olía a colonia fuerte y barata.

—Bonita —dijo el calvo, mientras le daba vueltas a la pistola con una mano.

Con sólo un par de movimientos, abrió el cargador y sacó las balas. Luego le devolvió a Jake el arma vacía. Me miró sonriendo con aquella mueca lobuna que ya había visto antes.

—Me parece que ya nos conocemos —dijo.

—No.

Intenté que mi voz fuera fría y dura, pero sonó como la de una cría asustada.

Siguió sonriendo sin inmutarse. ¿A la gente le pasan estas cosas?, me pregunté al sentir otra vez aquel sopor que me nublaba la conciencia.

La última vez que estuve en el lujoso despacho de Harriman, yo era una persona distinta... aunque apenas habían pasado unos días. Todo me parecía diferente, las carpetas de diseño, el mobiliario de piel, el retrato de su esposa y su hija en la pared sobre el mueble bar. Todo lo que consideré elegante y acogedor, ahora me parecía contaminado.

—Ridley, te voy a dar una cosa que nadie te ha dado —dijo Harriman cuando entramos en su despacho.

Su matón salió y cerró la puerta, aunque supuse que no debió irse muy lejos.

—¿Y qué es?

Estaba de pie, apoyado en el borde de su monolítico escritorio de roble. Era guapo, y si no te fijabas en aquella mirada fría como el acero, tenía aire de buena persona.

—La verdad. —Levantó las cejas y extendió las palmas de las manos—. Os voy a dar la verdad, a ambos.

—¿Por qué se molesta? —preguntó Jake—. ¿Por qué no se deshace de nosotros simplemente? De hecho ya lo ha intentado.

—Bueno —la risa de Harriman tenía un timbre apaciguador—. No intentaba mataros, exactamente. Sólo quitaros de en medio, y a veces... Le encargas un trabajo a alguien, y éste se lo toma demasiado en serio.

»No importa —continuó con un gesto de desdén—, voy a deciros a ambos lo que queréis saber, y luego insistiré en que no salga de aquí, que quede entre nosotros. Lo he pensado mucho y creo que es la única manera de que dejéis de meter las narices por ahí, arriesgándoos a que alguien os mate.

—¿Y por qué cree que aceptaremos una cosa así? —preguntó Jake.

—Por conocer las consecuencias. Ridley, si tu hermano aparece muerto por sobredosis mañana en una acera del East Village, ¿crees que alguien se sorprendería? Si tu amigo aquí presente desaparece sin dejar rastro, ¿quién, aparte de ti, le echaría a faltar? ¿Continúo, o ya habéis captado la idea?

Captar la idea fue como recibir un puñetazo en el plexo solar. Asentí para que quedara claro.

—¿Dónde está mi hermano?

—Está bastante más a salvo que cuando le encontramos. En cuanto acabemos con esto, podrás ver a Ace.

Me hundí en el sofá de piel, más que por obedecer a Harriman, porque no podía aguantarme de pie. Jake se quedó junto a la puerta.

—Lo que voy a entregaros —dijo con aire teatral— es lo que en lenguaje policial se llama «la fruta del árbol prohibido». Obtendréis la información que buscáis, pero no podréis usarla para aplicar la ley; será como si la hubierais conseguido mediante un registro y una incautación ilegales. Vuestras preguntas tendrán respuesta, pero os tendréis que conformar con eso. ¿Debo proseguir?

Lo pensé un segundo. Puede que después de todo, yo no quisiera saberlo. ¿De qué me servía la información si no podía compartirla, ni investigarla, ni procurar enmendar los errores? Quizá me convenía mucho más no saber nunca qué había pasado con todos nosotros. Pero dije que sí con la cabeza.

—Max era como un *cruzado*. Si veía un error, algo que fallaba en el sistema, se esforzaba por enmendarlo. Pero, desde luego, reformar una ley gubernamental es una tarea lenta, y mientras tanto había niños que morían. Niños maltratados, abandonados, jodidos de mil maneras distintas por gente que no los quería o que no deseaba tenerlos, o que si los deseaba, luego no sabía qué hacer con ellos. Por otro lado, había otras parejas que, por cualquier razón, no podían concebir e intentaban desesperadamente que las interminables listas de adopción les concedieran un niño. A través de su fundación, Max conoció a mucha de esa gente. Supo de su desesperación, supo lo prósperos y acogedores que eran los hogares que podían ofrecer a esos niños necesitados. Ser consciente de todo aquello le frustró profundamente; consideraba a aquellas personas como recursos desaprovechados.

»A Max se le ocurrió una forma de ayudar a esos críos, convenció a otros para que colaboraran con él y llamó a esa empresa Proyecto Rescate.

Yo no podía apartar la mirada de Harriman, que se apartó del borde de su escritorio y empezó a pasear de un lado a otro, como si fuera un abogado exponiendo sus conclusiones en un juicio. Jake seguía al lado de la puerta y tampoco dejaba de mirar al anciano, con una expresión tan impenetrable que era imposible imaginar lo que pensaba.

—Proyecto Rescate tenía dos cometidos. Uno, presionar para que el estado de Nueva York aprobara una Ley de Confidencialidad de las Casas de Acogida, que permitiera a las madres abandonar a sus hijos en sitios como hospitales, clínicas, parques de bomberos y demás, sin que les hicieran preguntas. Esos niños pasarían a manos de la beneficencia... con todas las garantías legales. Pero la otra misión era un poco más confusa. Gracias a la cooperación del personal médico de las clínicas que atendían a las comunidades más pobres, se detectaba a los niños maltratados o víctimas de abusos. Muchos de aquellos médicos y enfermeras lo hacían de forma inocente, pensando que los de Proyecto Rescate podían presionar a las agencias gubernamentales para que investigaran esos casos de malos tratos infantiles.

—Pero de hecho —interrumpió Jake—, los etiquetaban como niños que necesitaban ser rescatados.

—Correcto —dijo Harriman—. De manera que, aunque la idea originaria de Proyecto Rescate era bastante noble, su *ejecución* no lo era tanto. Alguien tenía que ocuparse de sacar realmente a esos niños de sus casas. Y tu tío Max no quería tener nada que ver con eso.

—Y entonces fue cuando algunos de sus otros clientes les echaron una mano —dijo Jake.

—Muy bien, señor Jacobsen.

—¿Qué? —dije yo—. No lo entiendo. ¿Qué quieres decir con otros clientes?

Harriman me sonrió como se sonríe al estudiante retardado que, aunque se esfuerce al máximo, nunca seguirá el ritmo de la clase.

—No creo que tenga que aclararte la clase de clientes con los que trato diariamente.

—¿Y... qué? —dije asqueada—. ¿Firmó usted una especie de pacto entre Proyecto Rescate y la *Mafia*?

Harriman hizo un gesto teatral.

—Por favor, Ridley. Yo no he dicho eso. Y si estuviera en tu lugar, no volvería a decirlo nunca.

Le miré y decidí que era un monstruo, absolutamente carente de moralidad. Se aclaró la garganta y continuó:

—Durante un tiempo todo funcionó sin problemas. Los médicos y las enfermeras informaban de los malos tratos a Proyecto Rescate. Las «recogidas» se contrataban fuera. Los niños iban a parar a familias decentes, y nadie respetable tenía que mezclarse con actos cuestionables. Y se ganaba dinero. Mucho dinero.

—¿Vendían a los niños? —Estaba cada vez más asqueada y más horrorizada.

Harriman se encogió de hombros.

—La operativa era cara. Y no todo el mundo colaboraba «por el bien de los niños», no sé si me explico.

Su actitud era tan desapasionada, tan emocionalmente distante, que era difícil creer lo que decía. Estaba diciéndome que Max colaboraba clandestinamente con el crimen organizado, para raptar a niños de sus familias y sus casas, y venderlos a desconocidos. A poderosos e importantes desconocidos. Pensé en aquellas veladas de la Fundación llenas de rutilantes figuras del poder, y me pregunté cuántos de ellos *compraron* a sus hijos a Proyecto Rescate.

—Lo que más le preocupaba a tu tío era no hacer daño a nadie. Así que, cuando asesinaron a Teresa Stone para llevarse a su hija Jessie, Max se puso furioso. En aquel momento quiso cancelar el proyecto, pero ya estaba fuera de su alcance. Las personas involucradas ganaban demasiado dinero y nadie quiso renunciar a ello.

Harriman se sentó delante de mí, sirvió tres vasos de agua de una bandeja donde había un decantador y unos vasos de cristal a juego.

—Estás un poco pálida.

Me ofreció un vaso pero yo no lo cogí. Volvió a ponerlo en la bandeja.

—Entonces Max pensó que había creado algo que ya no podía controlar. Y tenía razón.

—¿De cuantos niños estamos hablando? —dijo Jake, y se colocó detrás de mí.

Harriman movió la cabeza.

—Es imposible saberlo —dijo entre risas—. Me refiero a que no lo anotábamos en un registro.

Jake parecía una estatua, frío y paralizado por la ira. Pensé que a lo mejor no podría volver a abrir la boca cuando quisiera.

—¿Qué le pasó a Jake? —pregunté—. Sabemos que su madre

le abandonó y que luego volvió a buscarle. Sabemos que le raptaron. ¿Por qué acabó otra vez en la beneficencia?

Harriman extendió las palmas de las manos,

—Lo siento, pero eso no lo sé. Lo único que sé es que la gente
que se cree con derecho a *comprar* un niño, no debe tener problemas de conciencia para devolver la mercancía. Piensa en todas las
personas que compran cachorros y luego, si ladran demasiado o en-
sucian la alfombra, los llevan a la perrera.

La comparación me pareció vergonzosa. Pero Harriman tenía
razón en una cosa. Conseguir un niño no debería ser tan fácil como
conseguir un cachorro. Volví la mirada hacia Jake. Estaba pálido y
su boca apenas tenía el grosor de una línea. Su cuerpo emanaba
oleadas de rabia.

—¿Y usted cree que Proyecto Rescate me «sacó» de mi casa
porque el doctor Jones pensó que me maltrataban, pero que la familia a la que me *vendieron* les parecía demasiado problemático y
me abandonó en un local de Proyecto Rescate?

—Es posible —dijo Harriman mirando a Jake—. Lo siento,
hijo, sinceramente no lo sé. Es imposible saber esas cosas.

—Espere un momento —dije yo—. ¿Está usted diciéndome
que mi padre formaba parte de eso? ¿Que lo sabía?

—No sé si tu padre conocía la otra faceta de Proyecto Rescate.

—Él era el médico de los cuatro niños que desaparecieron, Ridley —dijo Jake con dulzura.

Vino a sentarse a mi lado y me puso una mano en la pierna.

—De acuerdo. Pero eso no significa que fuera él quien «etiquetó» a los niños. Podría ser cualquiera de la clínica. Cualquier enfermera o cualquier médico.

Jake me miró con tristeza.

—Y entonces, ¿cómo te consiguió a ti?

Nos quedamos allí sentados en silencio un momento. Y luego
volví a mirar a Harriman.

—¿Yo soy Jessie Stone?

Aguantó mi mirada, y me pareció ver un brillo compasivo en
sus ojos.

—Sí, lo eres. Y lo sé únicamente porque tu caso fue especial.

—¿Especial en qué sentido?

—Ridley, lo que necesitas es hablar con Ben y Grace. Y así lo he acordado con ellos.

—¿Está diciéndome que mis padres me *compraron?*

—Yo no he dicho eso, Ridley. Debes hablar con Ben y Grace.

—Pero se lo estoy preguntando a usted.

Pensé en el hombre a quien siempre consideré mi padre. Conocía su rostro, sus manos, el tacto de sus brazos que me abrazaban de un modo tan agradable. Creía que ése era mi origen, que su piel era mi piel. Pero me compró como una casa o un coche nuevo. Todo lo referente a nuestra familia era una especie de fachada falsa, muy bonita por fuera, pero vacía y hueca por dentro.

—¿Y Ace?

—Ace —dijo Harriman despacio—, Ace no es un niño de Proyecto Rescate.

—¿Qué? No lo entiendo. Creía que...

—Vuelvo a decirte, Ridley, que has de hablar de todo esto con Ben y Grace.

Noté que no se había referido a ellos como mis padres ni una sola vez.

Mis sentimientos eran confusos. Flotaba suspendida en el aire, preguntándome si el suelo estaría duro al caer, cuando la realidad de la situación me devolviera a la Tierra. Jake interrumpió mis pensamientos al preguntar:

—¿Sigue funcionando?

—No tengo conocimiento de ninguna sociedad de ese tipo en activo. Por lo que sé, dejó de existir cuando Proyecto Rescate dio por terminada su colaboración.

—¿Por qué debemos creerle? —Sentí una desesperación extraña—. Usted ha dicho que llegó un punto en que el Max dejó de controlarla.

—No me preocupa lo que creas, Ridley —dijo. Estaba allí de pie, y añadió con un tono de voz cada vez más frío—: Lo único que me preocupa es que mantengas cerrada esa mierda de boca tuya. No me obligues a cerrártela. No me obligues a romper la promesa que le hice a Max.

Jake se levantó y fue hacia Harriman y yo le agarré la mano. Pero él se desembarazó de mí y al segundo siguiente aquel potente puño estaba en la barbilla de Harriman. Harriman lanzó una especie de «Ahh» y dio un traspiés hacia atrás. Pensé que se caería, pero se agarró al borde del escritorio. Salté y cogí a Jake del brazo antes de que volviera a pegarle.

—Basta. No sirve para nada —le dije.

Pero él seguía con los ojos fijos en Harriman y no me miró. Con toda tranquilidad, Harriman sacó un pañuelo del bolsillo y lo puso sobre el hilo de sangre que le llegaba hasta la barbilla.

—¿Ya estás mejor? —le preguntó a Jake—. Voy a hacerte un favor y no presentaré cargos por esto contra ti. Lo has pasado muy mal.

Noté que Jake estaba tenso, como si fuera a darle otro puñetazo, pero yo le aguantaba con fuerza.

—En esta vida no hay garantías, chicos. Te aman o te odian, te maltratan o te miman, te adoptan o te abandonan... No escogemos lo que nos pasa, sólo escogemos la forma de reaccionar frente a ello. Jake, tú lo has tenido difícil. Ridley, a ti te ha ido bastante bien. Pero ambos estáis aquí, sanos y salvos. Y, quizá sea lo más importante, os habéis encontrado el uno al otro. Es más de lo que mucha gente tiene.

Había una Ridley que quería tumbarse en el sofá y sollozar. Había una Ridley que quería lanzarse contra Alexander Harriman y pegarle con toda la fuerza, la rabia y la tristeza que sentía. Una Ridley que quería huir de aquel hombre y no volver a pensar nunca más en él, ni en lo que había dicho. Había una Ridley que quería ir a la policía y a los medios de comunicación, y a la mierda con las consecuencias para ella, para Ace, para sus padres, para Jake, y para todos los niños de Proyecto Rescate que hubiera por ahí viviendo sus piadosas mentiras.

Tenía toda la razón al comparar aquella información con la fruta de un árbol prohibido. ¿De que nos servía? Me sentía como muerta por dentro. Pensé en qué más podría preguntarle; sabía que era mi última oportunidad de preguntar. Pero no se me ocurrió nada.

—Mi padre nunca colaboraría con algo así, nunca.

Miré a Jake. Por encima de todo, quería convencerle de eso. Pero la expresión de su cara decía lo contrario.

Harriman se encogió de hombros.

—Será difícil que las autoridades acepten algo así, dada su posición y todos los esfuerzos que hizo para legitimar la otra rama de Proyecto Rescate, su relación con Max y el que te poseyera.

No supe qué contestar. La palabra *poseer* me destrozó.

Al final conseguí preguntar:

—¿Qué está diciendo?

—Estoy diciendo que Max ha muerto. Si esto sale a la luz, alguien tendrá que responder por Proyecto Rescate. Tú eres el único vínculo entre las ramas criminal y legal de Proyecto Rescate. ¿Cómo crees que afectará a tu padre? ¿A su carrera profesional? ¿A todas las buenas obras que ha intentado sacar adelante en su vida? Como mínimo todo eso se irá al traste.

Me quedé paralizada. Observé a Jake que parecía algo más tranquilo, como si al aceptar que nunca sabría toda la historia, le hubiera cubierto con un manto de relativa paz. Vino a sentarse a mi lado. Yo me acerqué más y me abrazó.

—Lo siento —murmuré.

—No pasa nada —sus labios me rozaban el pelo—. Estoy bien. Vámonos de aquí.

De pronto me acordé.

—¿Dónde está mi hermano?

Harriman fue hasta una puerta que había en un rincón de su despacho y la abrió. Había una mesa de reuniones enorme y varias sillas. Mi hermano estaba tumbado en un gran sofá de piel. No le habían pegado, ni estaba herido, simplemente estaba drogado. Sus ojos eran como cañones de color azul, pero el resto de la cara estaba pálido. Allí tirado, con un brazo rozando el suelo, parecía un cadáver.

—Su novia opuso más resistencia que él —dijo Harriman—. Hoy duerme en mi sofá. Mañana en un callejón del Lower East Side. Hoy está vivo. Mañana... depende de vosotros.

Ojalá pudiera decir que entonces sucedió algo maravilloso, que mediante un gran acto de heroísmo conseguimos burlar a Alexander Harriman. Ojalá pudiera contarles que llegó la caballería, que nos salvó a todos y se hizo justicia. Pero lo único que fuimos capaces de hacer fue incorporar a Ace y arrastrarle hacia la puerta.

Alexander Harriman tenía razón en otra cosa. No sé cómo me conocía tan bien. Ser consciente de las consecuencias era un poderoso elemento disuasorio. Aunque no hubiera amenazado con matar a Ace, ¿realmente estaba dispuesta a que mi padre cargara con todo aquello? ¿Estaba preparada para exigirle que pagara por lo que había o no había hecho? ¿Tenía la fuerza suficiente para que Proyecto Rescate saliera a la luz? ¿Tenía la rectitud moral suficiente? En aquel momento, la respuesta a todas esas preguntas era no.

Recuerden que todo esto empezó con una conversación sobre las cosas insignificantes. Sobre cómo pueden afectar al curso de nuestras vidas más profundamente que las grandes decisiones que tomamos. Más que a qué universidad fuiste, más que con quién te casaste... o no; más que lo que escoges hacer con tu vida. En este caso fue aquel teléfono móvil.

Mientras me debatía entre dudas en el taxi que nos llevó al despacho de Harriman, hice una tontería a la desesperada, algo que saqué del cine. Otra estupidez de las mías. Apreté la tecla de llamada del móvil y me lo metí en el bolsillo. Sabía que llamaría a la última persona que me había llamado, el inspector Salvo. No sabía si funcionaría, si él oiría algo o si podía servirle para localizarnos. No fue más que un último y desesperado intento, muy por encima de mi nivel, de alguien asustado. Al final no resultó ser tan estúpido.

Por los retazos de conversación que Salvo oyó a través de la tela de mi chaqueta, alguno de los puntos oscuros de su investigación empezaron a aclararse. Y cuando Jake y yo salimos del despacho de Harriman a Central Park West, sosteniendo entre ambos a Ace inconsciente, en la calle había un montón de coches patrulla. Apoyado en su Caprice sin distintivos policiales, el inspector Salvo esperaba de pie en la acera.

—Señorita Jones, señor Jacobsen, me alegro de verlos bien de salud a ambos. ¿Quién es su amigo?

—Es mi hermano —contesté a la defensiva. A pesar de todo siempre lo sería, de sangre o no.

Él asintió:

—Señor Jacobsen, voy a pedirle que deje el arma en el suelo y la aleje de una patada, por favor. Luego ponga las manos sobre la cabeza.

Jake hizo lo que le decían, mientras yo cargaba con todo el peso de Ace. De una ambulancia que no había visto cuando salimos a la calle, aparecieron dos enfermeros. Yo les pasé a Ace y le pusieron en la camilla.

—¿Está herido? —preguntó uno de ellos.

—Sí —contesté—. No lo sé. Creo que está drogado.

Bajé la mirada, y la imagen de mi hermano sólo me inspiró lástima. Entonces levanté los ojos y vi al inspector Salvo que me observaba.

—Ha tenido un par de días realmente duros, Ridley.

—¿Cómo nos ha localizado?

Me enseñó su teléfono móvil.

—Buena idea —dijo—. No ha sido una casualidad, ¿verdad?

Negué con la cabeza.

—Ustedes dos han de venir conmigo. Tenemos mucho de qué hablar.

—¿Nos detiene? —preguntó Jake.

—De momento, no. Pero creo que les conviene mucho colaborar con nosotros. En caso contrario, sí podría detenerlos. A usted le acusaría del asesinato de Christian Luna, señor Jacobsen. Y a usted, Ridley, de complicidad y encubrimiento. ¿Les leo sus derechos?

Miré a Jake y repetí el gesto negativo.

—Iremos con usted —dije.

—Bien pensado —dijo el inspector Salvo.

De pronto me di cuenta de lo que había conseguido al hacer esa llamada y pregunté:

—¿Hasta qué punto ha oído la conversación?

—Lo suficiente —dijo mientras me conducía hasta su coche.

Jake iba justo detrás.

—Luego sabe que no puedo contarle nada.

—He oído lo bastante para que eso no sea necesario.

Pensé: si el detective Salvo lo sabe todo y no tengo que contárselo a la policía, ¿qué les pasará a Ace y a mis padres? Entonces me detuve. Al pensar en mi hermano que no era mi hermano y en mis padres que no eran mis padres, y en lo que iba a sucederles debido a decisiones que *yo* había tomado, sentí una opresión en el pecho. Pensé en mi tío Max y en lo que intentó hacer... y en lo que hizo en realidad. Le imaginé en el momento de su muerte, consciente de las horribles consecuencias de sus buenas intenciones. Nada de eso tenía ya remedio. No se haría justicia. ¿Dónde estaba ese equilibrio en el que yo creía? Y entonces, durante un segundo, *deseé* no haberme puesto delante de aquella camioneta. Con todo mi corazón y con toda mi alma, deseé recuperar la ignorancia.

De repente me faltó el aire, sólo distinguía el sonido de mi propia respiración entrecortada. Oí que Jake decía algo. La voz preocupada del inspector Salvo a lo lejos. Un coro de estrellas apareció delante de mis ojos, acompañado de un pitido en el cerebro; luego todo empezó a dar vueltas y vi todo negro.

Recuperé la conciencia un segundo cuando mi cabeza rebotaba en la parte de atrás de una ambulancia. Alargué la mano y noté un vendaje. Mis dedos quedaron cubiertos de sangre. Jake estaba allí y el inspector Salvo también.

—¿Qué ha pasado? —dije. Pero no estuve despierta lo suficiente para oír la respuesta.

En el pasillo de un atiborrado hospital, unos jóvenes con batas de color verde iban con prisas de un lado a otro. Oía una voz en el intercomunicador, sentía olor a vendas y a desinfectante. Jake me cogía la mano y me miraba. Parecía muy preocupado.

—¿Qué ha pasado? —le pregunté.

—Te has desmayado. No he podido impedirlo, y te has dado un golpe muy fuerte con la cabeza en la acera. Tienes un...

Y entonces se desmayó él.

Cuando me desperté, todo estaba oscuro y en silencio. Oí el suave pitido de un monitor cardíaco y me costó un segundo darme cuenta de que era *mi* corazón el que monitorizaba. Unas sábanas ásperas que olían a solución estéril, un cobertor pesado, barandillas metálicas. Un brillo de luz a través de la puerta y, al enfocar la mirada, una silueta sentada en la silla que tenía enfrente. Le reconocería en cualquier parte.

—¿Papá?

—Ridley. —Inmediatamente se levantó y se acercó a mi lado—. ¿Cómo estás, nenita?

—Me duele la cabeza.

Me puso la mano en la frente con cariño.

—Ya lo supongo.

—¿Qué ha pasado?

—Te desmayaste y, antes de que pudieran sujetarte, te diste un golpe con la cabeza en la acera. Tuviste una conmoción cerebral importante y has perdido mucha sangre.

Intenté recordar la caída y, al hacerlo, todos los acontecimientos del día anterior regresaron de repente: la lluvia de vidrio de las ventanas de la cafetería al explotar, la iglesia, encontrar al desaparecido Ace, el despacho de Alexander Harriman.

—Papá —dije reprimiendo un sollozo—. Cuántas mentiras.

Mi padre suspiró y acercó una silla a la cama. Se dejó caer en ella y apoyó la cabeza en la mano. Cuando volvió a levantar la cara, vi que había estado llorando. Aquella visión me dio miedo. La cara a la que siempre acudía en busca de consuelo estaba destrozada.

—Papá, ¿quién soy? —Intenté sentarme, pero la habitación empezó a moverse y cambié de idea.

Movió la cabeza lentamente, en un gesto negativo,

—Tú eres Ridley, eres *mi* Ridley. *Siempre* lo serás.

Tuve que reconocer que lo que decía era verdad. Pero no era toda la verdad y ambos lo sabíamos.

—No me mientas más, papá.

—No es mentira —dijo casi gritando—. Nunca dejarás de ser *mi* hija.

Sabía que, si estuviera en su poder, intentaría que el manto de la negación nos cubriera a ambos. Pero ya no funcionaba. Yo ya había superado esa fase.

—Yo soy Ridley, papá. Pero no siempre fui Ridley. Una vez fui Jessie Amelia Stone, hija de Teresa Stone. Una mujer que está muerta por culpa de Proyecto Rescate.

Me miró un segundo con los ojos en blanco, y alrededor de ellos aparecieron unas arrugas que no había visto nunca. La piel de sus manos estaba seca como el papel. Eran las manos de un viejo que escondió la cara en ellas.

—No —habló entre los dedos.

—¿Tú lo sabías, papá? ¿Sabías lo que estaban haciendo?

Dijo que no, vigorosamente, con la cabeza y con una voz firme:

—Te dije todo lo que sabía sobre Proyecto Rescate. Si hicieron lo que el detective cree que hicieron, yo no tenía ni idea. Tú me conoces, Ridley. Sabes que nunca haría algo así. ¿Verdad?

No sabía si podía creerle. Y eso era lo peor de todo. No podía confiar en nadie. Todos tenían sus propias motivaciones, buenas o malas, razones para ocultarme la verdad.

—Entonces, ¿cómo conseguiste que yo llegara a tus manos, papá? Si no lo sabías, ¿cómo me convertí en Ridley Jones?

En su mirada había una profunda tristeza. Exactamente igual que la expresión que vi en la cara de Max la noche que mi padre cerró la puerta del estudio a sus espaldas.

La puerta de mi habitación del hospital se abrió y entró mi madre. Parecía más entera que mi padre, menos vulnerable. Tenía los ojos secos y una débil sonrisa de tristeza en la cara. No sé cuánto tiempo llevaba escuchando, ni siquiera hasta qué punto estaba enterada de la situación. La miré y pensé en la mariposa de Union Square. Se colocó junto a mi cama y me puso una mano fría y áspera en la cabeza, como si el instinto maternal la impulsara a comprobar si tenía fiebre.

—Ya basta, Ben. Ridley tiene razón. No más mentiras.

Seguía mirándome, pero yo no podía descifrar aquella expresión. Sólo pensaba en lo distintas que éramos. No teníamos un solo rasgo facial en común.

—No, Grace. Hicimos una promesa —dijo mi padre en un susurro.

—Max está muerto —replicó mi madre con aspereza, como si escupiera la palabra *muerto*.

Aquel tono hizo que mi padre la mirara atónito.

—Ya no quiero guardar ese secreto nunca más. Ya ha hecho demasiado daño. Si hubiéramos sido honestos desde el principio, para empezar Ridley no habría estado expuesta a esta especie de pesadilla.

Fue como si mi padre se hundiera en la silla. Movió la cabeza despacio.

—Puede que tengas razón.

31

Creí que me contarían qué era Proyecto Rescate, que eran cómplices del plan de Max y hasta qué punto estuvieron involucrados. Pensé que me explicarían cómo me separaron de Teresa Stone, me compraron y me educaron como si fuera suya.

—En primer lugar, Ridley, quiero que entiendas que tu padre no tuvo nada que ver con Proyecto Rescate —dijo mi madre—. No me importa lo que diga ese detective privado. Debes convencerte de que él nunca colaboraría conscientemente con raptos y asesinatos, bajo ningún concepto. Puede que atendiera a esos niños e informara de posibles malos tratos, pero nunca colaboró con una conspiración de ese tipo.

Yo no dije nada. Quería creerle. Y aquello no encajaba en absoluto con la idea que tenía de mi padre. Pero era difícil pensar que no tuviera al menos una ligera idea de las actividades de Proyecto Rescate. Además, por supuesto, estaba el hecho de que ambos me habían mentido toda la vida. Sencillamente sus opiniones y sus creencias ya no me inspiraban la misma certeza que una semana antes.

—Ridley —mi madre quería que le diera la razón, así que asentí, sólo para que continuara—. Tú no llegaste a nuestras manos por esos métodos.

—Entonces, ¿cómo?

—Max siempre estaba rodeado de mujeres, y al principio nadie pensó que Teresa Stone fuera distinta. Era una mujer joven y atractiva que trabajaba en la recepción de las oficinas de Max en Manhattan. Él no debió tardar en fijarse en ella e invitarla a salir. Y, naturalmente, ella aceptaría. Nadie era capaz de resistirse al encanto y al dinero de Max, ni a su forma de encandilar a las mujeres.

»Para ser sincera, la mayoría de veces no se acordaba ni de sus nombres. Creo que Teresa fue la única, aparte de Esme, con la que salió más de una vez.

—Yo me di cuenta enseguida de que ella era distinta —intervino mi padre—. Era buena y decente, y eso atrajo a Max. No era como las demás.

Mi madre le lanzó una mirada que indicaba claramente que la había interrumpido.

—Perdón —dijo él.

La vieron por primera vez en una fiesta de Navidad, luego él la llevó a cenar a casa de mis padres; algo después Max los invitó a una representación de *La Bohème* en el Met, y después todos juntos fueron a cenar al «21».

—Estuvo silenciosa —recordaba mi madre—, claramente la velada la impresionó. El palco del Met, el trato especial que le dieron a Max en el «21», y eso me gustó de ella. No sé, no daba nada por sentado, ni se tomaba libertades de muñeca consentida como la mayoría de las amigas de Max.

Pronunció la palabra *amigas* con un énfasis claramente despectivo.

—En fin, pensamos que quizá *salía con él* de verdad; que no era de las que iban por el dinero, literal o figurativamente.

Mi madre siempre ha sido un poco sarcástica.

—Pero luego desapareció. No volvimos a verla. Yo le pregunté por ella, aunque Max jamás hablaba de esas cosas. Me dijo que no tenían las mismas aficiones... o algo tan vago como eso. Pero había algo más. Tú y yo ya hemos hablado de esto, Ridley.

Recordé nuestra conversación sobre Esme y las cosas que mi madre me dijo entonces acerca de Max.

—Un hombre como Max —dijo mi padre—, con un corazón tan dolido y solitario, debido a tantos años de malos tratos y a las cosas que tuvo que ver y soportar, es incapaz de amar de verdad, y él era lo suficientemente inteligente para saberlo. Por eso nunca se casó.

Pensé en el desfile de amiguitas de Max, en aquella aura de tristeza que le rodeaba, en la forma en que miraba siempre a mi padre y mi madre con una mezcla extraña de amor y envidia. Las piezas de mi vida que no encajaban, aquellas de las que nunca quise saber nada, empezaban a tomar forma.

—¿Qué intentas decirme, papá? ¿Qué Max conocía a Teresa Stone y aun así permitió que le robaran a su hija?

Mis padres intercambiaron una mirada.

—No exactamente —dijo mi madre, que había bajado los ojos y se miraba las uñas.

Con bastantes dificultades conseguí incorporarme. Mi padre dio un salto y se vino a mi lado. Tuve la desagradable sensación de que mi cabeza era un globo y que la habitación bailaba a mi alrededor.

—Max y Teresa se fueron cada uno por su lado —dijo mi madre—. Al final, ella dejó el despacho y buscó otro trabajo. Y no la vi nunca más. —Suspiró profundamente y fue hacia la ventana.

Estaban intentando ganar tiempo, pero yo no insistí. Puede que tuviera tan pocas ganas como ellos de saber la verdad.

—Pero un par de años después, ella se presentó en la clínica Little Angels con una cría. Una niña que aún no tenía dos años —dijo mi padre—. Yo la reconocí, pero ella no se acordaba de mí, así que por no avergonzarla no mencioné su relación con Max. A lo largo de los meses siguientes, hubo una serie de incidentes que me alarmaron un poco.

—Christian Luna le rompió el brazo a Jessie.

Mi padre asintió:

—Así que lo sabes.

Reprimiendo las lágrimas y un cansancio abrumador, dije:

—Me lo contó él, antes de que le asesinaran.

Mi padre frunció el ceño y dijo:

—Estuve hablando con ella, me prometió que Luna no vería más a la niña y me olvidé del incidente.

—Pero ¿se lo contaste a Max?

Mi padre negó con la cabeza.

—No, no se lo conté. No podía. Hubiera violado la confidencialidad médico-paciente.

—Pero él se enteró de algún modo.

—No lo sé, Ridley. —Encogió los hombros y apartó la mirada—. Lo único que sé es que al cabo de dos semanas se presentó en nuestra casa. Con la pequeña Jessie Stone.

Hizo una pausa y me puso una mano en el brazo.

—Contigo.

—¿Conmigo?

—Ridley —dijo mi padre con la voz seca y los ojos vidriosos—. Yo no soy tu padre biológico, eso ya lo sabes. Pero Christian Luna tampoco. Quizá él creía serlo. Probablemente Teresa dejó que lo creyera.

Moví la cabeza.

—Entonces, ¿quién?

Mi madre se puso de pie:

—Ridley, cariño, tú eres hija de Max.

La miré y supe que decía la verdad. Oí la voz de Max en mi interior. *Ridley, quizá tú eres la única cosa buena que he hecho en mi vida.* Y empecé a llorar porque al fin comprendía lo que quiso decir.

Max se presentó tarde en casa de mis padres, pasadas las doce de la noche, y sin avisar. Iba con una niñita en los brazos. Les dijo que era hija suya y de una mujer que hacía años que no veía. La pequeña se abrazaba a él y lloraba en silencio, mientras sus ojos oscuros, abiertos de par en par, asimilaban todas aquellas imágenes y ruidos desconocidos.

—¡Dios mío! Es la hija de Teresa Stone —dijo mi padre al coger a la niña de los brazos de Max—. La he visitado en la clínica.

Max le miró fijamente. Estaba muy pálido y con un brillo de sudor en la frente.

—¿Tú ya sabías que yo tenía una hija?

—No, claro que no. No se me ocurrió que era hija *tuya*.

Frotándose las sienes, Max fue despacio hacia la cocina. Se sentó a la mesa. La pequeña Jessie tiraba del lóbulo de la oreja de mi padre y hacía un ruidito que sonaba como un arrullo.

—A Teresa le ha sucedido una cosa horrible. Ha muerto, Ben. Asesinada en su casa.

Su voz era apenas un susurro. La niña empezó a llorar, y mi madre la cogió en brazos y la llevó a la habitación de al lado para calmarla.

—¿Qué? ¿Cuándo? —quiso saber mi padre, atónito.

—¿Y eso qué importa? —replicó Max.

—¿Qué importa? —repitió mi padre, incrédulo—. Max, ¿qué está pasando?

—Yo no puedo criar a esta niña, Ben. Ya lo sabes.

—Espera un momento, Max. Volvamos atrás. ¿Cómo ha llegado esta niña a tus manos?

—Me llamó la policía. Teresa puso mi nombre en el certificado de nacimiento. Acabo de recogerla en la Oficina de Menores.

—Pero eso era mentira —interrumpí a mi padre—. Teresa Stone fue asesinada esa noche y nunca encontraron a Jessie.

Asintió.

—Tienes razón. Max no constaba en el certificado de nacimiento original. Teresa dejó el espacio del nombre del padre en blanco. Es imposible que la policía avisara a Max. Pero cuando nos dimos cuenta de eso, ya era demasiado tarde.

—¿Qué quieres decir con «demasiado tarde»?

Mi padre movió la cabeza,

—Aquella noche nos quedamos contigo. Aceptamos lo que Max nos dijo sin hacer preguntas. Llevábamos dieciocho meses intentando tener un segundo hijo y tu llegada fue como la respuesta a nuestras plegarias —dijo mi madre. Estaba sentada en el otro extremo de la habitación, en la penumbra. Estaba muy oscuro y no le veía la cara.

—Y cuando supisteis que Max había mentido, que Jessie era una niña desaparecida y que nadie sabía quién había matado a su madre, ¿tampoco dijisteis nada?

—Nos enamoramos de ti al instante. Y cuando averiguamos que había muchas cosas que Max no nos había contado, ya habíamos violado unas cuantas normas —dijo mi padre, que parecía avergonzado.

—¿Qué clase de normas?

—Gracias a uno de los contactos de Max, pudimos hacerte pasar por una niña de Proyecto Rescate, una niña abandonada sin documentación. Conseguimos un certificado de nacimiento y una tarjeta de la Seguridad Social nuevos.

—Y así fue como te convertiste en Ridley Jones —dijo mi madre con una sonrisa, como si fuera el final feliz de un cuento que me leía antes de dormir.

—Y Jessie Stone desapareció hasta que salvé a Justin Wheeler de su destino.

Aquella historia olía a mentira de principio a fin. Tenía un tono de falsedad innegable y demasiados interrogantes. Por ejemplo, ¿tu amigo aparece en plena noche y te quedas con su hija sin preguntar? ¿No es demasiada coincidencia que el doctor Benjamin Jones acabara siendo el pediatra de Jessie, la hija de su mejor amigo Max? Si Ben no se dio cuenta de que Jessie era la hija de Max y el nombre de Max no aparecía en el certificado, ¿cómo averiguó Max lo que le pasó a Jessie? Y ¿organizó Max que se llevaran a Jessie aquella noche? ¿Organizó el asesinato de Teresa Stone? Pero durante un rato no pude plantearme aquellas preguntas; era como si se reprimieran entre sí. Probablemente las respuestas eran espantosas.

Los dos me miraban fijamente. Y yo no sabía qué decirles.

—Así que adoptasteis a esa niña y le prometisteis a Max que la criarías como si fuera vuestra. Falsificasteis los documentos de forma que ella no pudiera averiguar su verdadera identidad en toda su vida. ¿Nunca preguntasteis qué le pasó a su madre, cómo murió, nada?

—Bueno, creímos que Christian Luna la había matado. Había huido. La niña no tenía más familia que Max —mi padre acabó la frase encogiéndose de hombros—. ¿Qué hubiera sido de ella si no nos la hubiéramos quedado nosotros? Habría ido a parar a la beneficencia; la hubieran adoptado unos desconocidos.

Mi madre añadió:

—Si se la hubiera quedado Max, la hubieran criado las niñeras.

Habían tenido toda una vida para encontrar justificaciones para lo que habían hecho. No es que yo pretendiera juzgarlos. ¿Cómo iba a hacerlo? Si mintieron e infringieron la ley, si decidieron no ver el lado sospechoso de mi aparición en el umbral de su puerta, lo hicieron por Jessie, lo hicieron por mí.

—¿Por qué no me dijisteis la verdad sencillamente? ¿Por qué no me criasteis sencillamente como una niña adoptada? La gente lo hace a diario, no es precisamente un tabú.

—Max exigió que no supieras nunca que él era tu padre. No quería que alguna vez supieras que no tuvo arrestos para criarte. No quería que pensaras que no te deseaba.

—Ni quiso que pudiera escarbar en mi pasado. Ni que supiera qué le pasó a Teresa Stone. Ni que hiciera preguntas sobre Proyecto Rescate.

—Proyecto Rescate no tiene nada que ver con esto —dijo mi padre con severidad.

No comprendo cómo pudo decirlo. Pero era evidente que se lo creía. Que necesitaba creérselo. Pero la primera de todas aquellas espantosas preguntas asomó entre el fango.

—Si el nombre de Max no aparecía en el certificado de nacimiento y la policía no le avisó, ¿cómo llegó Jessie a sus manos aquella noche?

Intercambiaron una mirada y luego me miraron a mí.

La voz me temblaba cuando pregunté:

—¿Tuvo algo que ver con el asesinato?

—No —dijo mi padre—. Naturalmente que no.

—¿Entonces? ¿Cómo pudo saberlo? ¿Por qué acabé en sus brazos aquella noche?

Ambos guardaron silencio. Luego habló mi madre, en voz baja, apenas un rumor.

—Nunca le hicimos ese tipo de preguntas, Ridley. ¿De qué hubiera servido?

La negación: el patrimonio familiar. Si no preguntas, nunca te incomodará la verdad.

Intentaba procesar la información, pero mi exhausto cerebro no me lo permitió. Ben y Grace no eran mis padres. Max era mi padre. Mi madre fue brutalmente asesinada. Posiblemente, puede que probablemente, Max tuvo algo que ver. Y a mí me raptaron, más o menos. Mi certificado de nacimiento y mi carné de la Seguridad Social eran documentos falsos. Vale. Pero aquella información no me afectaba en absoluto.

Ustedes quizás esperaban que, presa de un ataque de cólera, cargara contra ellos por todas las mentiras y todos los errores —*crímenes*— que habían cometido. Pero no hice nada de eso. Me dejé caer otra vez en la cama. Ya no me quedaba ni una lágrima. Estaba insensible. A lo mejor era por los calmantes. Me pregunté si me darían más. Asegurarme las provisiones para toda la vida.

Observé a las personas que tenía enfrente, e intenté imaginarme que no eran mis padres. Me pareció una idea inconcebible y llegué a la conclusión de que no es la sangre lo que nos une, es la experiencia. Teresa Stone era una desconocida, una desdichada desconocida que tuvo un final dantesco e injusto. Al pensar en ella y en lo que tuvo que soportar, sentí un dolor en el pecho, pero era una figura tan borrosa y distante como aquella vieja foto con la que empezó todo. En cuanto a Max, necesitaría un poco de tiempo para pensar en él como mi padre, un padre fallido. Para mí era el tío bondadoso, un hombre al que quise de corazón durante toda la vida. Era increíble, pero aunque sabía lo que hizo y sospechaba lo que pudo hacer, no conseguía estar furiosa con él. Al menos no en aquel momento. Pese a toda su jovialidad, que escondía un terrible dolor, pese a toda su riqueza, Max era pobre emocionalmente. ¿Les parece que merece ser juzgado? ¿Despreciar a alguien por lo que no tiene? Bueno, quizás ustedes puedan. Pero yo no soy capaz.

—¿Y Ace?

—¿Ace qué? —preguntó mi padre.

—¿Es hijo vuestro?

Mi padre asintió.

—Ace es hijo nuestro, hijo biológico.

Me quedé pensando un segundo.

—¿Sabe que yo no soy vuestra hija biológica?

Mi padre asintió.

—Un día oyó una conversación entre tu tío y yo. Se enteró de todo sin que nos diéramos cuenta. Pero los problemas de Ace son muy anteriores a ese día. De hecho, creo que había ido a mi despacho para robarme un poco de dinero. Entramos Max y yo, cerramos la puerta y él se escondió debajo del escritorio y lo oyó todo.

No pude evitar reírme.

—Entonces, ¿qué derecho tiene a estar tan jodido?

—Ridley —desde que Ace salió en la conversación, mi madre estaba visiblemente tensa—. No digas palabrotas.

«No digas palabrotas.» ¿No es increíble? Nunca dejarían de actuar como padres, ¿no les parece? Ben y Grace eran mis padres y siempre lo serían. Eso era inamovible.

—¿Dónde está?

—En un centro de rehabilitación. Aunque no pueden retenerle; si decide irse, tendrán que dejarle.

Asentí. Normalmente aquello me habría angustiado muchísimo. Me habría desesperado pensando si se quedaría o si volvería a la calle. Pero me había liberado de Ace, en parte. No es que le quisiera menos, o que no me importara su curación; pero finalmente había llegado a la conclusión de que no podía controlarle. Y eso era lo que había hecho hasta entonces, confiando en que si le quería lo suficiente, que si le ayudaba lo bastante, él aprendería a quererse a sí mismo, a ayudarse a sí mismo. Quizás al darme de cabeza contra el hormigón gané un poco de sentido común.

Mi padre suspiró.

—Creo que pensaba que Max y yo te preferíamos a ti, Ridley. Pero no es verdad, tú sabes que había amor de sobra para los dos. Sobraba de todo.

Me dijo lo mismo aquel día en su despacho. Era como un mantra que se repetía a sí mismo para consolarse.

—Tú nunca diste ningún problema, Ridley. Todo te gustaba y todos te querían. —No dijo «no eras como él», pero estaba muy claro.

—No hablemos de eso —le dijo mi madre.

Sí, no hablemos de quién era su favorito ni de cómo lo expresaba de todas las formas posibles. Lo pensé, pero no lo dije. Miré desafiante a mi madre, pero ella apartó los ojos.

Mi padre estaba sentado en la cama, a mi lado, con una mano apoyada en mi brazo. Al mirarle, vi la vergüenza en su cara. No sabía exactamente de qué se arrepentía, aunque al parecer había mucho donde escoger. No tuve la oportunidad de preguntárselo. La puerta se abrió despacio y entró Jake. Al verle me sentí inmensamente aliviada. Al verme con mi padre, se paró en el umbral.

—¿Todo bien?

—Sí —le contesté—, son mis padres, Ben y Grace.

Mi madre se levantó, apretó el bolso contra un costado y avanzó hacia mí.

—Ya nos conocemos —dijo Jake—. Hemos estado hablando un buen rato.

Interrogué a mi padre con la mirada y asintió. Mi madre emitió una especie de ruidito de desaprobación. Se acercó y me besó en la cabeza.

—Descansa un poco, cariño. Mañana todo parecerá menos desagradable.

Simplemente eso. Eso creía ella; lo supe por la forma como irguió la cabeza y enderezó los hombros, y eso pensaba hacer. La envidié. Yo sabía que, a la mañana siguiente, nada parecería menos desagradable. Sabía que ante nosotros se abría un camino inexplorado, peligroso y muy largo.

Mi padre se levantó y me besó en la cabeza,

—Te quiero, nenita. Siento mucho que haya pasado todo esto.

Simplemente una disculpa, como si no fuera más que un pequeño malentendido sobre el que muy pronto estaríamos bromeando.

—Yo también te quiero, papá.

Fue una respuesta refleja más que otra cosa. Claro que le quería. Y tenía razón en una cosa: siempre sería su hija, biológica o no. Se marchó discretamente, cogió el abrigo de la silla y al pasar junto a Jake se despidió con un gesto distante. Parecía un anciano, iba encorvado, como si la carga que había soportado todos estos años finalmente le pesara.

—Mañana vendré a verte, Ridley —dijo desde la puerta—. Hablaremos de todo, y todo se arreglará.

—Sí —dije. Pero yo ya no sabía qué traería el mañana. Me di cuenta de que no quería irse, que no quería dejarme con la verdad, sin estar él presente para poder elaborarla y controlarla. Se detuvo a mirar fijamente a Jake, el transmisor de la verdad, con rabia en los ojos. Creo que Jake le hacía sentirse desplazado, porque le había quitado un lugar en mi vida, un lugar que mi padre siempre pensó que era suyo, el lugar al que yo acudía en busca de la verdad. Los padres nunca quieren perder esa posición a ojos de sus hijos, pero tarde o temprano todos deben de hacerlo, ¿verdad? Luego se fue, y entonces reaparecieron las lágrimas. No sabía que tuviera tantas.

Jake acercó una silla a la cama, me cogió la mano y me dejó llorar. Me ofreció el consuelo con aquel gesto y me ahorró todos los tópicos.

Cuando por fin me tranquilicé, le pregunté:

—¿*Tú* estás bien?

—Estoy bien. Me siento como un imbécil por no haberte sujetado cuando te caíste.

—No hablo de eso.

Se encogió de hombros y me frotó la mano.

—Ya lo sé. Ahora mismo no sé lo que siento. Tengo mucho en qué pensar. Será un proceso largo.

Intenté una sonrisa solidaria, pero me dio dolor de cabeza. Le conté todo lo que mis padres me habían explicado. Cuando terminé, me dijo:

—Siento mucho todo esto, Ridley, todas las mentiras y todo este lío.

Igual que Jake, yo aún tenía que averiguar lo que me había pasado. No tenía ni idea de qué me depararía el futuro. La vida que había conocido hasta entonces estaba totalmente destrozada. Pero yo seguía aquí, seguía siendo yo. Y eso era un consuelo en cierto modo. Es reconfortante saber que cuando se derrumban todas las cosas que crees que te definen, tú sigues en pie.

—No me arrepiento —dije.

Me miró confundido.

—En el puente —acaricié con la mano aquella preciosa cara— me preguntaste si me arrepentía de haberte conocido. No llegué a contestarte. Bien, no me arrepiento.

Sonrió, se inclinó y me besó en los labios, con tanta dulzura, tan suavemente, que las punzadas de dolor que sentía detrás de los ojos desaparecieron. Me susurró al oído:

—Te quiero, Ridley Jones,... o como quiera que te llames.

Y nos echamos a reír porque, por horrible y triste que fuera la verdad, Alexander Harriman tenía razón. Estábamos sanos y salvos y nos teníamos el uno al otro, y tal como Harriman dijo, era más de lo que mucha gente tenía.

32

Yo no creo en las equivocaciones. Nunca he creído en ellas. Creo que ante nosotros se abren muchos caminos y que la cuestión es simplemente cuál tomaremos para ir a casa. No creo en el arrepentimiento. Si en tu vida has hecho cosas de las que te arrepientes, me imagino que es porque no estabas atento. Arrepentirse es imaginar que sabes lo que habría pasado si hubieras aceptado aquel trabajo en California o si te hubieras casado con tu novio del instituto, o si lo hubieras pensado dos veces antes de bajar de la acera... o no. Pero no lo sabes; es imposible saberlo. Podía pasarme mucho tiempo pensando qué hubiera pasado si aquel día no hubiera visto a Justin Wheeler andar vacilante en medio de la calle. Y pasé algún tiempo pensando en eso, pero no mucho, porque habría acabado loca.

En el hospital Mount Sinaí estuvieron encantados de deshacerse de mí. La cobertura sanitaria de mi seguro era sólo para «catástrofes» (las mutuas privadas son caras y yo nunca me pongo enferma) y hubo cierta polémica sobre si darse un golpe en la cabeza, después de desmayarse debido a un ataque de pánico, era exactamente una catástrofe. También se debatió el significado de la palabra, y si lo que cubría era la gravedad del accidente o la gravedad de las consecuencias del accidente. Como aún no había pasado 24 horas en el hospital y ya debía más de dos mil dólares, me pareció que podía ir a recuperarme a un sitio más barato. Jake había bajado a buscar un taxi y yo me estaba lavando la cara que en el espejo se veía pálida y bastante graciosa con aquel vendaje en la cabeza, cuando entró el inspector Salvo.

—¿Ya la echan?

—Sí, ya están hartos de mí.

Sonrió y se sentó en la silla de plástico que había junto a la puerta. Parecía cansado. Me fijé que llevaba la misma ropa que el día anterior.

—Se han retirado los cargos contra Harley Jacobsen —dijo mientras yo volvía a sentarme en la cama.

Me dijo que la firma de los documentos de la pistola de Jake no coincidía con la de los papeles del rifle. Eso, y que además no había huellas en el rifle, eliminaban las pruebas para incriminarle.

—Son buenas noticias.

—Para usted y para el señor Jacobsen. Yo sigo teniendo un asesinato por resolver y ninguna pista.

Nos quedamos en silencio. Podría haberle sugerido que empezara investigando la lista de clientes de Alex Harriman, pero no pensaba hacerlo. No podía hacerlo.

Me miró y me dijo:

—Hay algo interesante, sin embargo. Algunos de los cartuchos que se recogieron tras el tiroteo de la cafetería, pertenecen a un arma que se usó en otro crimen, un intercambio de disparos en la Arthur Avenue del Bronx, la semana pasada. Adivine quién es el principal sospechoso.

Me encogí de hombros.

—Un matón llamado Angelo Numbruzio, conocido colaborador de Paulie «El Puños» Umbruglia. ¿Le suena el nombre?

—Me parece que sí. Lo he oído en las noticias.

—Su abogado es Alexander Harriman.

—Vaya coincidencia —dije mirándole a los ojos.

—Me pareció que le gustaría saberlo. Me refiero a que puede ser interesante para alguien que intenta relacionar unas cosas con otras.

Jake apareció en la puerta y por la expresión de su cara supe que a *él* le parecía interesante. Sentí un ligero vuelco en el estómago. ¿Seguía buscando respuestas y reclamando justicia?

—Yo ya he relacionado todo lo que tenía que relacionar —le dije—. ¿Hay algo más, inspector?

Fui hacia la puerta, él se levantó y me siguió al pasillo.

—Si lo hay, ya la llamaré. Tengo su número.

—Pienso tirar ese móvil.

Entonces se echó a reír y yo le devolví una sonrisa. Era un buen hombre, pero yo sabía que no dejaría correr el asunto. Y yo no era capaz de afrontar sus preguntas, no con las amenazas de Alexander Harriman rondando por mi magullada cabeza.

¿Los he decepcionado? ¿Esperaban que empezara una cruzada para encontrar a todos los niños de Proyecto Rescate del mundo y reunirlos con sus posiblemente violentos padres? Pregúntense a sí mismos, ¿qué hubieran hecho si lo hubieran perdido todo, y se aferraran con dificultades a lo poco que quedaba de su vida anterior; si la vida de la única familia que habían tenido estuviera amenazada por un abogado que defendía a gente que tenía nombres como Paulie «El Puños»? Francamente, ¿qué harían?

En el taxi que nos llevaba al centro, me apoyé en Jake. No llevaba zapatos porque mis Nike se perdieron en algún momento entre que ingresé y salí del hospital. Así que me fui en calcetines.

Al pasar contemplé Central Park bañado por el sol. Los árboles empezaban a perder hojas; la gente pasaba corriendo, patinando, paseando al perro. Para el resto del mundo era un día completamente normal.

—No han encontrado ninguna prueba, ¿sabes? —dijo Jake como si pensara en voz alta—. Fueron muy cuidadosos. Ni siquiera hay pruebas de que pasara algo así.

—Excepto que los niños desaparecieron. Excepto que tú eres Charlie y yo Jessie.

—Sí, pero hay niños desaparecidos en todo el país y en todo el mundo. Casos sin resolver como Charlie, Jessie, Brian y Pamela. Nunca conseguiremos encontrar algo que los relacione con Proyecto Rescate.

Era verdad. No dejaron ningún rastro. Encontraron un modo de cambiar los números de la Seguridad Social y los certificados de nacimiento y darles a todos una nueva identidad. Aquellos niños eran... fantasmas. Quizá fuera lo mejor para ellos, o quizá no.

—A no ser... —dijo Jake mirando hacia atrás por la ventana.

—¿A no ser qué?

—A no ser que consigamos que alguien hable.

—¿Y cómo lo haremos?

Me miró y dijo:

—No lo sé, hemos de pensarlo. De momento vayámonos a casa.

—Jake, mi familia...

—Lo sé, Ridley. No te preocupes. Olvídate de lo que he dicho.

No contesté. Aún estaba algo mareada y sólo quería echarme. Pero tenía aquella incómoda sensación en los hombros, aquel ruido que oigo cuando estoy tensa, un pálpito de sangre en el oído derecho. Y sabía que la historia no acababa allí.

33

Cenamos con la injusticia sentada entre los dos. La injusticia se bebió un vaso de vino y comió con ganas, mientras nosotros apartábamos la pasta que había en el plato y picoteábamos la ensalada. Estábamos dominados por el miedo, y la injusticia se sentó con nosotros gorda y victoriosa, intocable.

Durante la comida apenas hablamos. Mientras Jake recogía los platos, yo me senté en el sofá a contemplar First Avenue, pensando adónde mudarme. No podía soportar ni pasar por mi apartamento, y Jake me prometió que iría a recoger algo de ropa limpia, zapatos y enseres de baño cuando termináramos de cenar. Puse la televisión sin sonido y me quedé absorta contemplando las imágenes silenciosas que aparecían en la pantalla.

Algo después, Jake vino a sentarse a mi lado en el sofá. Me apoyé en él y estuvimos un rato en silencio, escuchando el ruido de la calle. Había tantas cosas pendientes entre nosotros que no era un silencio cómodo. Yo oía girar los engranajes de su cerebro, y estoy convencida de que él oía los míos.

—¿Serías capaz de olvidarlo todo? —le pregunté finalmente—. ¿Podrías conformarte con lo que ya sabemos y empezar a partir de ahí?

Esperó un minuto para contestarme:

—¿Y tú?

La incertidumbre tiraba de mí pero le dije:

—Creo que no me queda otro remedio. Tú mismo lo dijiste, no hay pruebas, ni una pista que seguir.

—A menos que consigamos que alguien hable, que alguien admita lo que pasó. A menos que consigamos que alguien asuma la responsabilidad de Proyecto Rescate.

—¿Cómo quién?

—Lo he estado pensando. Tu padre sostiene firmemente que no sabía nada de la otra faceta de Proyecto Rescate. Pero había alguien que etiquetaba a esos niños. ¿Alguien que trabajó con él quizá?

Me di la vuelta para mirarle. Tenía los ojos bajos, como si quisiera impedir que viera la expresión de su cara.

—¿La madre de tu ex no estuvo años trabajando con tu padre?

—¿Esme?

—Su nombre estaba en todos y cada uno de los archivos; yo lo vi.

Pensé en Esme aquella noche en el apartamento de Zack, en la conversación que tuvimos sobre Max. *Yo hubiera hecho cualquier cosa por ese hombre. ¿Qué hizo?*

—Ridley, puede que quiera hablar con nosotros. Quizás en nombre del cariño que te tiene nos contaría lo que sabe sobre Proyecto Rescate.

Recordé su actitud en casa de Zack; no era la de una mujer dispuesta a hablar del pasado, eso era evidente.

—¿Quieres arriesgar nuestras vidas por esto, Jake?

Negó con la cabeza pero siguió mirando al suelo.

—Tú tienes una vida, Ridley —dijo en voz baja—, yo no.

Inexplicablemente aquella afirmación me dolió. Supongo que parte de mí pensaba que teníamos una vida juntos, una posibilidad de futuro, y a mí me bastaba para seguir adelante y olvidarme de todo. Pero imagino que la diferencia estaba en que yo sabía la respuesta a mis preguntas. Sabía lo que le pasó a Jessie y a Teresa Stone. Sabía lo que le pasó a Christian Luna. Sabía quién había sido yo y en quién me había convertido. Jake seguía siendo huérfano, un *quidam*. Tener un lugar a mi lado no le bastaba.

Supe que tenía que tomar una decisión. Si escogía a Jake, tendría que escoger la verdad sin importarme lo dolorosa que fuera. Si escogía guardar silencio y proteger a mi familia, optaba por la piadosa mentira familiar como una gran fachada falsa. Escogía un lugar donde, al cabo del tiempo, mi pasado sería como el monstruo del lago Ness, o el Yeti: una criatura que todo el mundo afirmaba haber visto una vez, pero en la que casi nadie creía.

Sé que ustedes no confían mucho en mí, estoy segura. Hasta la fecha no es que haya escogido siempre la opción más noble. Fue

Jake quien me empujó a seguir un rastro y me convenció para que hiciera las preguntas que nos condujeron hasta aquí. En aquel momento noté que me estaba mirando, y cuando busqué sus ojos, lo supe. Ya éramos aliados frente al mundo. El día que me quedé en su casa y cogí su mano, empezó nuestra andadura hacia los límites de mi realidad. Y al llegar frente al precipicio, sólo nos quedaba saltar.

—Ella estaba en casa de Zack, aquella noche. Sabe lo que pasó. Me reprochó que sacara a la luz cosas que no beneficiarían a nadie.

Jake se inclinó hacia delante:

—¿Hasta qué punto crees que lo sabía?

—Sinceramente, no lo sé. Casi no dijo nada, pero es evidente que estaba al tanto. Creo que Zack también sabía algo. Cuando iba a contarme lo que sabía sobre Proyecto Rescate, Esme le hizo callar.

—Si era ella la que etiquetaba a los niños para Proyecto Rescate, al menos sabrá a quién señaló —dijo Jake—. Y puede que sepa cómo se enteró Max de lo que te había pasado.

—Quieres decir que quizá sepa si Max es responsable del asesinato de Teresa Stone.

Jake me miraba atentamente, y de pronto se levantó y se colocó delante de mí. Entonces me di cuenta que no me miraba a mí sino a la televisión que tenía detrás, que seguía encendida.

«Con todas las características de una ejecución ritual, se han descubierto hoy en sus oficinas de Central Park West los cadáveres de Alexander Harriman, abogado de notorios miembros de la Mafia, y de uno de sus socios aún sin identificar» —dijo la periodista con expresión fúnebre cuando Jake subió el volumen.

Al fondo se veía la entrada al edificio de ladrillo rojo de Harriman, donde habíamos estado apenas veinticuatro horas antes. Se llevaban en camilla el cuerpo de alguien, dentro de una bolsa mortuoria.

«Hasta el momento la policía no tiene información sobre ningún sospechoso.»

En la pantalla, un inspector de policía hablaba con el periodista: «El señor Harriman tenía muchos enemigos. Tenemos mucho trabajo que hacer».

Jake se volvió para mirarme. Su cara era el espejo de mi corazón, atónito, asustado.

—Nuestro pacto era con Harriman —dije despacio.

—Tengo la desagradable sensación de que ya no hay pacto.

No hubiéramos vuelto a mi apartamento bajo ningún concepto de no ser por el pequeño problema de que yo no tenía zapatos, ¿se acuerdan? Salí del hospital, subí al taxi y llegué a nuestro edificio en calcetines, y no me atreví a parar en mi piso cuando subíamos al de Jake. Cogí un par de calcetines limpios de Jake y ya está. Lo estaba lamentando cuando Jake cogió su chaqueta y me pasó la mía.

—Está clarísimo que aquí corremos peligro. Hemos de irnos.

—¿Adónde?

—A algún sitio donde no hayamos estado nunca.

Me miré los pies.

—Mierda —dijo, y fue hacia la puerta—. De acuerdo. Espera aquí.

—Ni hablar. O vamos juntos o lo dejamos correr.

Suspiró y desapareció en su habitación. Volvió con una pistola que yo conocía. Se la metió en el cinturón y se abrochó la chaqueta por encima.

—Bueno, vamos.

Con prisas y sin hacer ruido, bajamos las escaleras hasta mi rellano. Al llegar a la puerta, Jake me dio mis llaves y me hizo un gesto para que no hablara.

—¡Ridley!

Un súbito susurro nos sobresaltó a los dos. Me di la vuelta y vi el ojo de Victoria espiando desde la penumbra de su piso. Me llevé un dedo a los labios y me acerqué a ella, pensando sin poderlo evitar: ¡Sabe mi nombre!

—Victoria, es peligroso. Entre en su casa y cierre la puerta.

Ella me miró asustada y se apretó contra la rendija. Había olvidado la peluca y en la calva revueltos tenía cuatro mechones grises y en punta.

—Hay alguien. En tu apartamento.

—¿Cuántos? —preguntó Jake y se acercó por detrás.

—Sólo uno —dijo ella, y cerró la puerta.

Inmediatamente la oímos echar tres cerrojos, uno detrás de otro.

Yo estaba dispuesta a huir sin zapatos, pero Jake se acercó a la puerta. La empujó y entonces me di cuenta de que no necesitaba la llave. Estaba abierta. Entró despacio, con la pistola baja, sin apartarse de la pared. Me indicó que me quedara quieta, pero yo le seguí.

La luz del escritorio detrás del biombo que separaba mi «despacho» de mi dormitorio estaba encendida, y oímos que alguien revolvía unos papeles, y vimos una voluminosa sombra que se movía. Nos quedamos allí, protegidos por la pared, sin entrar en la habitación.

—Ponga las manos donde yo pueda verlas y salga de detrás del biombo —la voz de Jake retumbó francamente terrorífica.

Algo golpeó ruidosamente contra el suelo, y deseé que no fuera mi portátil. La sombra seguía inmóvil.

—Ponga las manos donde yo las vea o disparo, gilipollas.

Su voz sonó dura y rotunda, y tuve que mirarle para convencerme de que realmente salía de su boca. Parecía un asesino despiadado. Esperamos un momento y entonces vi que Jake acercaba el dedo al gatillo. Estoy segura de que hubiera disparado, pero entonces aparecieron dos manos por detrás del biombo.

—¡No dispares! —dijo una voz familiar.

La sombra se puso al alcance de la vista. La tensión del momento se deshizo. El miedo, la rabia y el alivio se disputaban un lugar en mi interior.

—Zack, ¿qué estás haciendo aquí?

Yo seguía escondida detrás de Jake, pero hablé con una firmeza que me sorprendió.

—Intento salvarte la vida, Ridley.

—¿Cómo es eso?

—Hay gente buscándote... gente muy interesada en averiguar lo que sabes. Y yo intento averiguarlo antes que ellos.

—¿La gente que mató a Alexander Harriman?

Asintió.

—Estás realmente en peligro. Ambos lo estáis. Pero yo puedo solucionarlo. Puedo hacer que salgáis ilesos de todo esto, los dos.

Su cara era una máscara de benevolencia sincera. Yo quería creer que intentaba ayudarnos, pero me costaba mucho confiar en la gente, como se pueden imaginar.

Avanzó hacia nosotros. Jake y yo dimos un paso atrás.

—No te muevas —dijo Jake.

Y Zack se quedó paralizado.

—De acuerdo, de acuerdo. Escuchadme al menos.

—Te escuchamos —dije yo.

—Lo único que Jake ha de hacer es desaparecer. Si deja de remover las cosas, si deja de hacer preguntas, nadie le seguirá. Hay un dinero disponible para que se establezca en otra parte y empiece de nuevo, en cualquier parte. Salvo aquí.

Señaló un petate que había sobre mi cama.

—Adelante —dijo—, mira.

Me acerqué a la bolsa y abrí la cremallera. Estaba atiborrada de fajos de billetes. No pude calcular cuántos. Muchos, ciertamente.

—Sin marcar, es imposible seguirles la pista —dijo Zack.

Vi a Jake echarle una ojeada al dinero, fue un segundo. Intenté descifrar su expresión, pero era un gesto duro, impenetrable. Siguió apuntando a Zack, que aún tenía las manos en alto.

—¿Y Ridley qué? —preguntó Jake.

Al oírle sentí un vuelco en el estómago. ¿Consideraba la oferta?

—Los otros se conforman con que les dé *mi* palabra de que no continuará investigando el asunto. De que volverá al redil, con las personas que la han querido y se han ocupado de ella, y mientras sea así, no tendrá nada de qué preocuparse. No tendrá problemas, ni su familia tampoco.

—¿Y por qué se conforman con tu palabra? —quiso saber Jake.

Zack soltó una risita:

—Porque estoy tan metido, que saben que me lo deben. Y a mi madre también. Ha colaborado desde el principio. Probablemente ya lo habéis averiguado.

—De modo que sigue funcionando. Siguen raptando y vendiendo niños.

—No lo digas de esa forma tan siniestra, Ridley —dijo Zack a la defensiva—. *Salvamos* a niños que sufren abusos y malos tratos. Pon la puta televisión; cada día habla de algún animal que ha matado al bebé de su novia porque lloraba demasiado, o de alguna bruja loca que cree que Dios quiere que salve a su hijo del pecado ahogándole en la bañera. Nosotros *no* somos los animales.

—No tenéis derecho a tomar esas decisiones —a Jake le temblaba la voz—. Uno sólo puede tomar las decisiones que afecten a su propia vida y la de nadie más.

—Falso —dijo Zack—. Si todo el mundo pensara como tú, Ridley podría estar muerta. Asesinada por el novio de su madre. Incluso tú, Jake, podías no haber sobrevivido a tu infancia.

—Mi madre me quería —dijo Jake—. Yo era *amado*.

—Eso no basta —dijo Zack—. Mucha gente quiere a sus hijos y no es capaz de protegerlos de la violencia. Mucha gente dice querer a sus hijos y aun así les hace daño, los abandona o los asesina.

El argumento tenía lógica y creo que ya lo habíamos oído todos, incluso Jake. Pero eso no lo convertía en correcto. No convertía en legítimo el hecho de que raptaran a los niños de sus casas y los vendieran a familias ricas. Todos los niños a los que quizás ayudaron no compensaban lo que le pasó a Teresa Stone, ni lo que le pasó a Jake. La vida no funciona así. Nadie hace ese tipo de pactos. Nadie tiene ese derecho.

Formábamos una especie de triángulo raro. Jake me miró, y al ver que se preguntaba qué elegiría yo, me entristeció. Supe que si escogía volver «al redil», me dejaría marchar sin juzgarme. Me dejaría optar por la seguridad si ésa era mi elección. En aquel preciso momento mi corazón me confirmó lo que Jake me había dicho la noche anterior, que me amaba. Di un paso atrás y me puse a su lado.

—Lo siento —le dije a Zack—. No puedo vivir con esa carga.

Se quedó sorprendido y triste.

—¿Y tu familia, Ridley? ¿Y mi madre, que siempre te trató como a una hija? ¿Qué crees que les pasará si se sabe lo de Proyecto Rescate? ¿Quién va a creerse que tu padre no estaba implicado?

No pude contestar. No podía preocuparme por las consecuencias de las opciones que otros habían tomado. En aquel momento sólo podía preocuparme de las consecuencias de mis propios actos. Y tal como lo veía, en aquella situación todos salíamos perdiendo. No podía volver al redil. Era algo impensable; lo había visto todo y a todos con demasiada claridad. Ya lo hemos hablado, uno no puede volver a la ignorancia. Si me iba con Jake, las consecuencias eran impredecibles. Quizás haría daño a mucha gente a la que quería, quizá me haría daño a mí misma. Fui al armario, saqué un par de zapatillas de deporte, me senté en la cama junto a aquel montón de dinero, y me las até.

Me levanté y le dije a Jake:

—Vamos.

—¿Estás segura? —dijo—. Es peligroso. No sé contra qué nos enfrentamos ni si seré capaz de defendernos.

Asentí.

—Ya lo sé.

—Ridley, si te vas ahora, no me hago responsable de lo que te pase —dijo Zack.

En su voz ya no había ni rastro de preocupación; ahora tenía un tono airado y petulante. No sé si se daba cuenta de que en los dos últimos días me había dicho lo mismo dos veces.

—Aunque a ti no te interese proteger a tu familia, yo haré lo que sea para proteger a mi madre.

Jake y yo dejamos a Zack allí, de pie con los brazos alto. En el pasillo, Jake me abrazó y me besó fuerte en la boca. Yo me agarré a él un segundo, y cuando me aparté vi una expresión de alivio en sus ojos. Ya no estaba solo y lo sabía. Bajamos corriendo el resto de la escalera, y al llegar al vestíbulo Jake se fue hacia la puerta de entrada. Le cogí del brazo.

—Hay otra forma de salir del edificio —y le enseñé el camino al túnel de Zelda.

34

Fue una idea inteligente, pero no lo bastante. Caminamos hacia el este, y antes de llegar a la Avenida C, no lo vimos, pero sentimos que nos seguían. El silencio que había en la calle adquirió un matiz oscuro y temible cuando pasamos junto a un aparcamiento abandonado y lleno de basuras; un coche incendiado, y unos cuantos yonquies acurrucados en una esquina alrededor de una pipa encendida. Creo que antes de oírlo, sentimos el rumor sordo del motor de un coche que nos seguía con las luces apagadas. Jake me cogió de la mano y empezamos a correr. Corrimos mucho, temiendo oir disparos en cualquier momento, pero no pasó nada. Lo único que oímos fueron nuestras pisadas y nuestra respiración. Parecía que la ciudad contuviera el aliento.

En la Avenida D doblamos una esquina. Miramos alrededor y no vimos a nadie. Corrimos hacia la escalera exterior de un edificio en ruinas y nos colamos en el hueco triangular del que alguien había retirado la pieza de contrachapado que hacía de puerta. Una vez dentro, espiamos por una ventana cubierta por el hollín de alguna chimenea vieja, y vimos un Lincoln Town aparcado en la avenida. Del vehículo salieron unos hombres con pasamontañas, y juro que se me paró el corazón. La ciudad se había convertido para mí en un mundo extraño, donde todas las normas eran distintas. Era como *Rescate en New York* o algo parecido, sólo que no había rescate. Jake me tapó la boca para impedir que gritara de miedo.

—Ridley, no te muevas de mi lado. Tranquila, chica.

Asentí y cruzamos un vestíbulo ruinoso que apestaba a humo. Me tapé la nariz con la camisa para que aquel aire tan sucio no me hiciera toser ni estornudar. Pasamos junto a un sofá de color mostaza con el respaldo en el suelo y al lado de un archivador polvoriento sin cajones. Empezamos a subir una escalera desvencijada, que crujió protestando bajo nuestro peso. Al llegar al piso de arriba, volvimos a mirar por la ventana y vimos a los hombres. Eran cuatro. Recorrían la calle, subían los escalones de las fachadas, miraban por las ventanas: nos buscaban.

El edificio sólo tenía tres pisos, y en el último vimos que una parte del tejado se había desplomado hasta abajo, abriendo un agujero en el techo que teníamos encima y en los pisos inferiores, de forma que desde nuestra posición en el tercero, veíamos perfectamente la planta de entrada al edificio. Nos sentamos en el suelo y Jake sacó la pistola. Se tumbó boca abajo y apuntó hacia la puerta que teníamos debajo. Nos sentamos a escuchar a aquellos hombres hablar entre ellos en la calle, y entonces se hizo el silencio. Esperamos. Y empezó a llover. Estábamos al descubierto bajo el aguacero.

—Lo siento muchísimo —murmuró pasados unos minutos.

Levantó los ojos para mirarme. Yo negué con la cabeza:

—No hay nada que sentir.

—Es culpa mía que tu vida se haya convertido en esto, Ridley.

—No —otro gesto negativo.

—Sí. Si no hubiera dejado aquella nota... Si hubiera permitido que lo olvidaras, ahora no estaríamos sentados aquí.

Lo negué otra vez. Aquella reflexión ya no tenía sentido, ya era demasiado tarde. Sólo podíamos seguir adelante y confiar en sobrevivir a la noche.

Le puse la mano en el hombro.

—Yo he escogido estar contigo esta noche. Ha sido decisión mía.

Y era verdad. Asintió y me incliné para darle un beso. Pero entonces disparó contra algo allá abajo. La noche estalló en una tormenta de truenos y relámpagos y nos caímos.

Yo me caí sólo un piso, pero Jake cayó hasta la planta baja. Su cuerpo chocó contra el suelo con tanta fuerza que lo noté en los huesos. Creo que estuve un segundo inconsciente antes de que el rumor de unas voces me despertara.

—¡Qué mierda! ¿Adónde han ido?

Deduje que habían entrado por el tejado de otro edificio.

—¡Ve con cuidado, maldito idiota, que el suelo cede!

Oí un porrazo y a través del agujero cayeron más escombros. No podía ver a los hombres que había arriba, y confiaba que, por lo mismo, ellos tampoco me veían a mí.

—No dispares hasta que no los veas, por el amor de Dios. Este edificio está a punto de derrumbarse como un montón de mierda.

Miré hacia abajo y vi a Jake tirado en el suelo. No se movía, y tuve el ataque de pánico más terrorífico de mi vida. Empecé a reptar, pero sentí un latigazo en la pierna; el dolor era tan intenso que estuve a punto de vomitar. No veía lo que tenía en la pierna, sólo veía el agujero del pantalón y notaba el tacto, cálido, húmedo y pegajoso de la sangre. Fuera lo que fuese lo que tenía en la pierna, me impelía a chillar al menor movimiento. Pero el deseo de llegar hasta Jake era más fuerte que el dolor físico y fui a rastras a la escalera, me apoyé para levantarme y conseguí llegar abajo antes de que me cayera encima una nueva lluvia de balas.

Me apreté contra la pared y vi cómo las balas agujereaban el suelo y las paredes de alrededor. Jake estaba tumbado en el suelo, inmóvil, indiferente al ruido y al peligro. De pronto se oyó un batacazo y un estrépito, seguidos de un quejido.

—¡Angelo! ¿Estás bien?

—Sí. —La voz tenía un marcado acento de Nueva York—. Me he caído por el maldito agujero.

Aproveché la distracción para llegar hasta Jake antes de que sonaran otra vez los disparos.

35

—Seis —murmura él.

—¿Qué?

—Te quedan seis balas.

Le digo que sí con la cabeza, sin apartar la mirada de la escalera. He oído la voz de Zack y sé que es uno de nuestros perseguidores, y no consigo hacerme a la idea. Sería capaz de matarnos para conservar su secreto y luego aparecer muy afectado en mi funeral. Ése es el hombre con el que mi padre quería que me casara. Me tiemblan las manos. Y veo estrellitas blancas que bailan.

—Podemos arreglarlo —le oigo gritar, pero sigo sin verle.

Por el crujido de las escaleras sé que se acercan. En ese instante, veo una pierna, disparo y fallo. El estruendo y el retroceso son tan fuertes que se me escapa un grito de pánico. Me zumban los oídos. Cuando vuelvo a mirar, la pierna ha desaparecido. Quizás así pueda mantenerlos a raya durante un rato. Me quedan cinco balas y ellos son cuatro.

—No malgastes las balas en blancos imposibles —murmura Jake—. Espera a tener a tiro el centro de gravedad, o no acertarás nunca. —Vuelvo a mirarle, sigue quieto en el suelo como si no pudiera moverse, y pienso que el dolor debe ser espantoso.

—Ridley, por favor —grita Zack—. Esto no tiene por qué acabar así. Mi oferta sigue en pie. Una vez me quisiste, ¿no puedes confiar en mí ahora?

Miro a Jake y él me devuelve la mirada. Se lleva un dedo a los labios y señala hacia arriba. Ahí están los hombres con sus armas, apuntando hacia nosotros. Zack intenta hacerme hablar para que sepan adónde han de disparar, simplemente. Sonrío con tristeza y me quedo callada.

Al final Zack dice:

—A la mierda.

Cuando empiezan los disparos, yo disparo también. Las balas chasquean a nuestro alrededor y rebotan contra las paredes, y una incluso da en el sofá, pero no consigue atravesarlo. Yo sigo esperando el impacto del metal en la piel. Veo que Jake intenta proteger mi cuerpo con el suyo. El olor a pólvora se me mete en la nariz, y los oídos me zumban tan fuerte que todo lo demás parece haber quedado en silencio. La situación adquiere un toque irreal y no estoy tan asustada como debiera. Se me ocurre que combatir debe ser algo así, una sensación surrealista y terrorífica que reduce nuestra capacidad mental para percibir el peligro y tener miedo. Disparo, y uno de ellos se desploma en el suelo con un quejido; pero hay tres más y el tiroteo no cesa. Intento apuntar mejor las balas que me quedan, pero la pistola se vacía enseguida, y esos hombres siguen disparando. En una película, les habría dado a todos con la poca munición que me queda, pero está claro que no tengo muy buena puntería. En cuanto la pistola se vacía, la tiro al suelo y me aprieto contra Jake, convencida de que vamos a morir esta noche. Y si de algo estoy segura es de que no me arrepiento de nada. Me alegra que no haya tenido que afrontarlo él solo.

Cierro los ojos, y cuando oigo girar las aspas de un helicóptero y veo la habitación bañada de luz, creo que estoy soñando.

—¡Tiren las armas! —ruge la voz de Dios—. ¡Al suelo y las manos en la cabeza!

En medio del caos de luz y sonido, cesan los disparos. Jake me rodea con sus brazos y me abraza muy fuerte.

—Ridley. —Dios me está llamando—. Ridley Jones, ¿te encuentras bien? ¿Estás ahí abajo?

Y el miedo, el dolor, o el puro alivio, lo tiñen todo de negro.

36

Tal como les dije, al universo no le gustan los secretos. Conspira para que la verdad salga a la luz, para conducirte hasta ella. Aunque para mí era muy fácil aceptar el trato de Alexander Harriman y marcharme, el universo no lo hubiera permitido. Harriman dijo que Proyecto Rescate creció hasta un punto en que Max ya no pudo controlarlo. Al final creció tanto, que Harriman tampoco pudo.

El final. Todos buscamos un final. Buscamos el final de unas cosas y también el inicio de otras nuevas. Las cosas que no podemos dar por terminadas, nos obsesionan. Se nos aparecen en sueños y se cuelan en nuestro cerebro cuando estamos distraídos, como una especie de jeroglífico superior a nuestra capacidad mental, como un misterio que, sencillamente, no se resolverá. Pienso en Teresa Stone, mi madre biológica, luchando por salvar a su hija y perdiendo la vida en el intento. Pienso en Christian Luna, arrepentido de tantas cosas y fracasando en la búsqueda del perdón. Pienso en Max, mi padre, y en todos los crímenes que cometió al intentar sanarse a sí mismo «ayudando» a los demás. Imagino a esos otros padres viendo las caras de sus hijos en los cartones de leche y en el dorso de los paquetes. Aquellos espantosos retratos «actualizados», del aspecto que tendrían cinco, seis, diez años después de desaparecer, pegados en los buzones, y en las cafeterías. Quizás alguna de esas personas merecía perder a sus hijos, otras quizá no. Pero apostaría que por cada niño de Proyecto Rescate que ronda por ahí, hay un alma torturada. En el caso de Jessie era Christian Luna. En el de Charlie, Linda McNaughton.

Si yo hubiera hecho lo que Harriman quería, los responsables de ese dolor habrían seguido viviendo tranquilamente; gente como Zack y Esme seguirían jugando con las vidas de unos desconocidos, y otorgándose el papel de Dios, sin el más mínimo dolor, sin un momento de remordimiento. Pero entonces mi vida estaría poblada por los fantasmas de la gente que no conseguí ayudar, de Jake en primer lugar.

Hablando de ayudar a la gente, fue Gus Salvo quien nos salvó la vida aquella noche, en aquel edificio en ruinas. Le seguía la pista a Angelo Numbruzio por aquellos casquillos de bala encontrados en el lugar donde asesinaron a Christian Luna. Cuando el policía que vigilaba a Numbruzio descubrió que se había puesto en contacto con Zack y que se dirigía a mi edificio, el detective Salvo sumó dos y dos... quizá no muy deprisa, pero al final llegó a tiempo.

Al caerse, Jake se rompió la pierna derecha y el hombro izquierdo y se perforó el pulmón. La espalda también estaba afectada, pero con todas las vértebras intactas. La bala que me agujereó el muslo no dio en ninguna arteria. Son esas pequeñas cosas, ¿recuerdan? Una fracción de milímetro y no estaría aquí contándoles lo que pasó.

Cuando recuperé la conciencia en el hospital de St. Vincent, Gus Salvo fue lo primero que vi. No es muy atractivo, pero es mejor que muchas de las cosas que había visto recientemente.

—¿Dónde está Jake? —le pregunté con el corazón encogido por el pánico, al recordar los últimos momentos que estuvimos juntos.

—Está bien —me contestó amablemente—. Bueno, *estará* bien.

Acercó una silla y me cogió la mano. Me contó el alcance de las heridas de Jake y me dijo que estaba en otra habitación, a dos pasos de la mía.

—No se preocupe, Ridley. Se acabó.

Le miré y supe que no era cierto.

—Y entonces, ¿por qué está usted aquí, inspector Salvo?

Suspiró y desvió la mirada:

—Debería esperar a que se encuentre mejor, Ridley, ya lo sé. Pero...

—¿Pero?

—He de saber cuál es su posición en todo este asunto. Los hombres que la perseguían ayer están en prisión preventiva. Creo que uno de ellos es el asesino de Christian Luna. ¿Recuerda que le hablé de Angelo Numbruzio y de cómo pude relacionarle con el tiroteo de la cafetería? Aparece en la cinta de seguridad de la tienda de armas de Florida que vendió el rifle de asalto que mató a Christian Luna.

»Sin su declaración no tendría ningún sentido juzgarle, no serviría para nada. Y si seguimos adelante, todo lo referente a su pasado, a Proyecto Rescate, saldrá a la luz. Sé que teme usted por su familia, pero he de decirle que Zack y Esme han llegado a un acuerdo con el fiscal del distrito. En cualquier caso todo se sabrá.

No dije nada, sólo miré hacia otro lado, al pasillo. Alexander Harriman estaba muerto. Obviamente, la gente que le mató no respetaría el pacto que hice con él. Ya habían intentado matarme y sabía que ya no estaba en mis manos proteger a nadie. Quizá nunca lo estuvo.

—Declararé, inspector Salvo. Declararé en el caso de Christian Luna. Pero no puedo declarar sobre Proyecto Rescate. —Intercambiamos la mirada—. No puedo declarar ni contra Max ni contra Esme.

Asintió.

—Ridley, usted era una niña. Si se celebra el juicio, no tendrá que declarar. En este caso usted es la *víctima,* no un testigo.

La evidencia me dolió. El detective Salvo sostuvo mi mano y me dejó llorar. Lloré por Teresa Stone. Lloré por Christian Luna. Lloré por Max. Y, sí, lloré por todas las facetas de mí misma que había perdido.

Algo más tarde esa misma noche, salí con ciertas dificultades de mi habitación arrastrando el gotero de la morfina, que probablemente era el motivo por el que tenía dificultades. Iba a ver a Jake. La enfermera de guardia, ni malcarada ni estricta sino servicial, me sentó en una silla de ruedas y ella misma me llevó hasta él. Aunque estaba adormilado, en cuanto me vio levantó la mano sana.

—Estás preciosa —me dijo, arrastrando un poco las palabras.

Cosa dudosa, yo sabía que estaba horrible.

—Tú estás drogado. —Y me dio la risa tonta.

Yo también iba un poco drogada, aunque empezaba a notar la pierna embotada.

Jake tenía la pierna derecha y el brazo izquierdo enyesados. La cara magullada y aquel pecho musculoso envuelto en vendajes. No había visto a nadie tan guapo en mi vida.

—Ahora has de volver a la cama. —Y me cogió la mano.

—Ahora voy. Simplemente quería que supieras que ya no estarás solo nunca más. Yo estaré contigo.

Le besé la mano, y entonces él me acarició la cara. Sonrió, y le descubrí una lágrima atrapada en el rabillo del ojo, pero parpadeó para reprimirla.

—Te quiero, Jake..., o como te llames.

Se echó a reír y luego gimió de dolor. Me quedé con él hasta que se durmió, al cabo de muy poco. Y entonces la enfermera me llevó de vuelta a mi habitación.

37

Quizá recordarán que le hice una promesa a Linda McNaughton.
Pero pasó más de un mes antes de que Jake y yo recuperáramos la
movilidad en las piernas. Y luego pasó un cierto tiempo hasta que
pude convencer a Jake de que me ayudara a cumplirla. Él seguía
con la pierna enyesada cuando alquilamos un coche y salimos para
Nueva Jersey. El Firebird desapareció y nunca más se supo de él. El
tipo que probablemente lo robó y luego intentó matarme con él
—o *asustarme*, como dijo Alexander Harriman—, tenía una bala en
la parte de atrás del cerebro. Era imposible saber dónde había dejado el coche.

Cuando aparqué el coche frente a la caravana, Jake se puso pálido.

—Entra conmigo —me dijo.

—No querrás tener público —le contesté—. Pasa unos minutos
a solas con ella y luego me avisas para que entre.

Asintió y me dejó escuchando *Roxanne* de Police en la radio.
Le vi subir el paseo con las muletas, vi que ella le abrió la puerta y
él desapareció en el interior. Cerré los ojos y le imaginé rodeado de
tortugas, diciéndole a Linda que él era Charlie, el nieto perdido
desde hacía tantos años. La imaginé a ella, con el chándal gris a juego con el pelo; se taparía la boca, las lágrimas brotarían de sus ojos.
E imaginé que se arrojaría en sus brazos y que él la sostendría con
cierta torpeza. Hubiera querido estar con él. Pero el momento les
pertenecía a ellos solos, y yo deseaba ofrecérselo a ambos.

Una media hora después le vi salir a la puerta y llamarme. Esperaba que su cara reflejara alegría, pero no fue así. Pero parecía
bastante contento, y cuando me acerqué vi que incluso se había ru-
borizado un poco. En la calle hacía muchísimo frío, había hielo en
el suelo y los árboles del parque que rodeaban la caravana estaban

negros y yermos. Pero dentro hacía calor. Linda estaba en el sofá, llorosa, apretando la fotografía que me había dado y que yo le había devuelto a través de Jake. Se levantó y me dio un abrazo.

—Creí que no volvería —dijo—. Que no volvería ninguno de los dos.

Nos quedamos un rato. ¿Qué puedo decir? Fue extraño. Ambos tenían en frente a un desconocido. Ella le habló de sus padres y él la escuchó, solícito y respetuoso. Ella contó cosas de cuando era pequeño, de lo pronto que empezó a andar y a hablar, de una rana de peluche de la que no se separaba nunca. Él sonrió y correspondió de la forma adecuada. No podía compartir casi ningún recuerdo de su etapa de crecimiento que no fuera doloroso, así que los pasó por alto y le contó cosas sin importancia. Compartimos el té, y luego Jake empezó a decir:

—Señora McNaughton.

—Por favor, llámame abuela —contestó ella con timidez—, o al menos Linda.

Yo me di cuenta de que le incomodaba llamarla así, pero lo hizo.

—Abuela —dijo con una risa forzada—, tenemos que irnos ya.

No era verdad, pero me levanté y asentí.

—Oh, claro —dijo ella, y detecté cierto tono de alivio—. A lo mejor podéis venir a cenar el sábado. No tengo mucha familia, pero a mi hermana le encantará conocerte.

—Me gustaría —dijo.

La abrazó, ella se agarró muy fuerte y supe que estaba a punto de llorar otra vez. Se quedó en la puerta para vernos marchar, igual que hizo conmigo la primera vez que la dejé allí, con un brazo suspendido en el aire a modo de despedida. Volvimos al coche y salimos en dirección a la autopista, y Jake no decía nada. Le puse una mano en el muslo.

—¿Qué has sentido?

Suspiró.

—No sé. No lo que esperaba. Supongo que confiaba sentirme más unido a ella.

—Ya lo sentirás. Con el tiempo.

He llegado a la conclusión, como ya he dicho, de que no es la sangre lo que nos une, sino las experiencias. Pese a todo lo pasado, a todas las mentiras y a todas las inmoralidades que había cometido mi familia, seguía siendo mi familia. Nunca pensé en ellos de otro modo; para mi corazón nunca serán unos desconocidos. Y aunque el ideal que había imaginado resultara ser totalmente falso, no cambió lo que sentía por ellos. Siempre serían lo que eran. Habría que conformarse con eso.

Aparcamos delante de la casa de mis padres y nos quedamos sentados un minuto. Ahí estaba, aquella imagen de postal de mi infancia. Habían decorado la casa para Navidad y en todas las ventanas había unas guirnaldas preciosas, de esas que se encienden y se apagan. A través de la ventana de la fachada brillaba el árbol, cargado de luces blancas y lacitos rojos. No quería que pareciera una fachada falsa. Pero lo parecía. Confié que fuera una impresión pasajera.

—Seguro de que a mí no quieren verme —dijo Jake.

—¿Por qué dices eso?

Se me quedó mirando,

—He puesto tu vida patas arriba. Y la suya.

—Yo no lo veo así.

Abrí la puerta y entré.

Subimos despacio el camino hasta la entrada, atentos a las placas de hielo y a las muletas de Jake. Mi padre salió para ayudar; mi madre se quedó en la puerta con los brazos cruzados. Entramos todos a tomar chocolate caliente junto al árbol.

Yo había hecho trizas el guión de nuestra vida. ¿En su familia pasa lo mismo? Todos tienen su papel, y mientras todo el mundo es fiel al texto que se le ha asignado, todo sigue como siempre. Te ríes por las mismas bromas, te peleas por los mismos motivos, escondes los mismos viejos rencores, compartes los mismos recuerdos, buenos y malos. Pero cuando alguien empieza a improvisar y a escribir sus propias frases, hay que tirar todo el guión. Todos olvidan sus entradas, se produce un silencio incómodo y luego el caos. Entonces, si son afortunados, todos juntos crean una nueva obra. Una obra basada en el presente, basada en la honestidad, una obra fluida y maleable a los cambios. Nosotros estábamos en la fase del silencio incómodo, con un montón de pausas embarazosas y un montón de recuerdos en común, especialmente los que se referían a Max, que no parecía oportuno volver a mencionar.

Cuando me fijé en una bailarina de plata con un delicado tutú de cristal, inspirada en la obra de Degas, que Max le había regalado a mi madre, se produjo uno de esos silencios. Entonces mi padre dijo:

—Quiero que ambos sepáis, Jake y Ridley, quiero que sepáis que nunca, ni por un momento, sospeché la verdadera naturaleza de Proyecto Rescate.

Se quedó callado un momento, sin mirarnos a ninguno de los dos, con los ojos fijos en la taza que tenía en la mano.

—Ridley, lo que hicimos contigo fue un error. Contigo hemos cometido errores que son incluso mucho más graves, pero nunca me arrepentiré de haberme quedado contigo aquella noche. Nunca lamentaré haber tenido la oportunidad de ser tu padre. Aun así, para mí es importante que ambos sepáis que nunca participaría en el rapto y la venta de niños. Bajo ningún concepto.

Jake asintió educadamente, pero yo sabía que no le había convencido. Yo escogí creer a mi padre. Le conocía bien y sinceramente no podía imaginarle colaborando con algo así. Jake no le conocía tanto y le costaba tragárselo.

—¿Fue Esme Gray, entonces? —preguntó Jake—. ¿Ella indicaba qué niños estaban en una situación de riesgo? ¿Ella le contó a Max lo de Jessie?

Para mí ése era uno de los grandes interrogantes. Alexander Harriman dijo que el asesinato de Teresa Stone fue un accidente, el punto justo en el que Max se dio cuenta que había perdido el control de Proyecto Rescate. Pero ¿quién organizó el rapto de Jessie aquella noche? ¿Y cómo acabó la niña en brazos de Max? Allí faltaba una pieza muy importante. Y Esme, la única persona que quizá sabía las respuestas, no iba a contestarlas.

—No lo sé, Jake —dijo mi padre después de una larga pausa—. Sinceramente no lo sé.

—Y no quiere saberlo —dijo Jake mirándole fijamente.

Mi padre suspiró y apartó los ojos,

—Estoy convencido de que se resolverán muchas incógnitas. Hay una investigación en marcha, como ya sabéis.

Percibí un matiz de resentimiento en su voz. Y lo vi en mi madre, sentada en silencio en el extremo del sofá, presente pero distante y con una media sonrisa falsa. *Soportaba* nuestra visita, sin participar en ella. Jake era la verdad a la que no quería enfrentarse, un haz de luz que ellos no podían apagar. Y que iba a quedarse. Ambos deseaban que todo esto no hubiera sucedido. Si pudieran dar marcha atrás al reloj e impedir que me pusiera delante de aquella camioneta, lo harían. Preferían volver a la oscuridad.

Probablemente se preguntarán: ¿y yo? ¿Qué deseaba yo? ¿Daría marcha atrás al reloj? No puedo contestar a eso. Como les dije, no creo en los errores ni en el arrepentimiento. No sabemos nada del otro camino, del que no escogemos, ni siquiera adónde conduce.

Epílogo

Quidam, el extranjero, el transeúnte anónimo. El hombre que pasea por la calle bajo la lluvia después de medianoche. El sonido de un violín a través de la pared de tu apartamento. El vagabundo que pide unas monedas en las escaleras de la iglesia. La anciana que va sentada a tu lado en el autobús. No tienen nada que ver con tu vida, pero coincidís durante un instante en el tiempo. Todas las opciones y los acontecimientos de su vida y las opciones y los acontecimientos de la tuya os han conducido a estar en el mismo momento, en el mismo lugar. Piénsenlo.

Escribo esto desde mi nuevo apartamento de Park Avenue South, frente a la estación de la línea 4/5 del metro. Es un *loft* de artista, grande, ventilado y muy luminoso, con vistas al centro de Manhattan. Las puertas de la entrada no se caen y no huele ni a *pizza* ni a pasteles, cosa que añoro muchísimo. Todas las peculiaridades de la vida en el East Village. Hay espacio de sobra para los despachos de los dos, aunque Jake sigue teniendo su estudio en el centro. Ahora tengo una habitación de verdad para escribir, y no simplemente un rincón separado del resto del dormitorio por un biombo. Queríamos un espacio nuevo donde pudiéramos empezar de cero juntos. Una nueva vida, un apartamento nuevo. Es lógico, ¿verdad?

Jake y yo vamos conociendo cada día más a Linda y ella empieza a sentir que tiene una familia. Poco a poco, Jake también va conociendo a sus padres, o al menos lo que Linda recuerda de ellos. Tenían defectos, por supuesto, pero ¿quién no los tiene? Al ir conociéndolos, Jake va conociéndose a sí mismo. Dice que por primera vez en su vida no se siente en la piel de un desconocido, al margen del mundo que le rodea, un *quidam*. Y a mí me gusta pensar que tengo algo que ver con eso.

Ace sigue en rehabilitación, lleva casi tres meses. Los jueves voy a verle. Empiezo a conocerle por primera vez en mi vida. De niña, era mi héroe; cuando crecí, era una parte de mí misma que yo intentaba conservar. Ahora es simplemente mi hermano Ace, alguien a quien conozco desde que tengo memoria, pero que ha sido un desconocido para mí; en parte por su adicción y en parte por mi adicción a una determinada idea de él. Hacemos terapia juntos. Me dijo que en su opinión yo amaba una imagen suya basada únicamente en mis recuerdos y mis fantasías, sin ver realmente la persona que era. Supongo que tiene razón. ¿No es algo muy común que veamos a los miembros de nuestra familia a través del filtro de nuestros miedos, de nuestras expectativas y de nuestra necesidad de control? Ace está luchando contra eso. No sé si saldrá victorioso, pero sé que no puedo ayudarle. Sólo debo estar a su lado, ser honesta con él y quererle por lo que es y no por lo que yo quiero que sea.

Ace no tuvo nada que ver con lo que me pasó. Únicamente es culpable de saber la verdad y no contármela nunca. Y me la ocultó sólo porque sabía el dolor que causaría. Al fin y al cabo, me quería. Quería protegerme de los malos.

Ace y mis padres están dando los primeros pasos para tener una relación nueva. Pasan rachas. Hay demasiada rabia contenida, demasiados años de dolor. Según me han dicho, de momento todas las reuniones han acabado en lloros y gritos. Pero al menos siguen viéndose. Y ya es algo, ¿no?

Ruby ha desaparecido. Fue a ver a Ace una vez, cuando él ya llevaba varias semanas de rehabilitación y ya podía recibir visitas. Intentó convencerla de que se esforzara por curarse. Yo me ofrecí a pagarle el centro privado donde tratan a Ace, pero lo rechazó. Y Ace fue lo suficientemente inteligente para saber que uno no puede ayudar a alguien que no quiere que le ayuden. No la hemos vuelto a ver desde entonces. Jake y yo fuimos un domingo al Lower East Side a buscarla, a decirle que Ace preguntaba por ella. Pero se había ido; hizo las maletas y se fue. Ace conserva la esperanza de volverla a ver.

La esperanza es algo bueno. Sin ella, bueno, calculen. Pero la esperanza ha de ser como una oración. Hay que depositarla en algo más poderoso que uno mismo. Si he aprendido algo en estos últimos meses, es esto: no disponemos del control, disponemos de las opciones. Las insignificantes, las importantes, ésos son los puntos sobre los que pivotan nuestras vidas. Lo único que está en nuestra mano es *elegir* lo mejor que podamos con los datos que tenemos, y *confiar* en que las cosas vayan en la dirección que queremos.

Mis padres y yo hacemos lo posible por construir una relación nueva. Ha habido algunas discusiones a gritos, y toda la rabia y la tristeza que no sentí durante nuestra primera discusión, ha salido a relucir más de una vez. Pero no ha habido heridos graves, ni nadie se ha retirado. El gran asunto sigue pendiente. Pero nos queremos y estamos aprendiendo a estar juntos, una vida nueva sin mentiras ni secretos entre nosotros. Tengo fe en que cuando el dolor desaparezca, nuestra relación será más fuerte, porque estará basada en la honestidad. Y también espero que mis padres encuentren una forma de querer a Ace, aunque en el fondo de sus corazones le culpen de lo que ha pasado.

La amenaza del juicio por el asesinato de Christian Luna sigue ahí. Declararé lo que me contó y cómo le vi morir. Los fiscales lo utilizarán como prueba de que Angelo Numbruzio y la gente de quien recibía órdenes tenían un móvil. Según el resultado del juicio, el fiscal del estado decidirá cómo enfocar el caso Proyecto Rescate. Y eso determinará el destino de Zack y de Esme. Probablemente mi padre tendrá que responder a algunas preguntas. Sé que está asustado, y yo también lo estoy.

No he hablado ni con Zack ni con Esme. Zack está en prisión preventiva, acusado de intento de asesinato. Cuando pienso en él, intento no recordar la última vez que le vi, ni el hecho de que intentara matarnos a Jake y a mí. Intento no pensar lo que ha sido de su vida. Sus abogados y los de Esme les han aconsejado no hablar con ninguno de nosotros. El pacto que hicieron con los fiscales del caso Proyecto Rescate lo prohíbe. Tampoco es que estén *deseando* hablar con nosotros, pero yo querría hablar con Esme. Me gustaría saber cuál fue su papel y qué sabe de la noche en que murió Teresa Stone, y de los demás niños que pasaron por la clínica Little Angels y desaparecieron. Creo que ella era el vínculo y que tiene las respuestas que Jake y yo seguimos necesitando. ¿Ustedes qué opinan? En cualquier caso, puede que sepamos esas respuestas cuando se abra la investigación.

Los medios de comunicación ya han empezado a meterse. *Dateline* ya ha dedicado un programa a Max y su presunta implicación con Proyecto Rescate. Le describieron como un monstruo. Y para mucha gente, seguro que lo es. Pero para mí no. Proyecto Rescate estaba basado en una idea errónea y sus derivaciones fueron atroces. Pero sigue siendo Max. Y sobre todo, era *mi* padre. He intentado recordarle con este nuevo papel. Pero no puedo; sinceramente no puedo. Aún no. Como padre mío fue imperfecto, cuando menos cometió errores de criterio terribles. Como tío mío, era perfecto, brilla como una estrella entre mis recuerdos. ¿Está mal querer que siga así?

No sé lo que pasó la noche que llevó a Jessie a casa de mis padres. No sé hasta qué punto estaba implicado, ni si el asesinato de Teresa Stone fue un accidente. Quizá nunca sabré si mi padre fue el responsable del asesinato de mi madre. Ni si la herencia terrible de malos tratos y abusos de la que Max se pasó la vida intentando huir, acabó por atraparle. A menudo me viene a la memoria lo que me dijo la última noche. *Ridley, puede que tú seas lo único bueno que he hecho en mi vida.* Sufría muchísimo. Los demonios contra los que llevaba toda la vida luchando vinieron a buscarle. Y más tarde, esa misma noche, se lo llevaron a casa.

La gente de *Dateline* también me llamó, pero yo no concedo entrevistas, desde luego. Nunca más. Necesitaré todo mi valor y toda mi fortaleza para hablar de lo que pasó, cuando se celebre el juicio por el asesinato de Christian Luna.

En esta historia no hay villanos. La verdad es que no. Si lo piensan un poco, en la vida no hay auténticos villanos. Sólo la ficción nos ofrece refinadas versiones de lo bueno y lo malo. En la vida, sólo hay buenas y malas *opciones*. Y a veces, incluso las opciones pueden juzgarse sólo en función de las consecuencias. Y a veces ni eso. Supongo que si quieren considerar a Zack como un villano, o a Esme, pueden hacerlo. Puede que piensen que el villano es Max. Pero yo creo que todos creyeron que hacían algo beneficioso, beneficioso para los niños, beneficioso para ellos, beneficioso para mí. Y, por muy perversas que fueran sus ideas, eso tiene su importancia. ¿No les parece?

¿Y todos esos niños, esos otros niños de Proyecto Rescate? Según he oído, se ha puesto en funcionamiento una línea telefónica para la gente que sospeche ser uno de esos niños. Pero lo que yo sospecho es que la mayoría no tienen ni idea de nada de lo que les pasó. Sospecho que muchos no *querrían* saberlo. No creo que haya muchos padres que, por propia voluntad, salgan a declarar que adoptaron a su hijo de forma ilegal. Pero quién sabe, la verdad puede actuar como un poderoso señuelo para la oscura ignorancia. Quizás el universo llevará a algunos de esos niños, gritando y pataleando, hasta su verdad, como hizo conmigo.

Jake y yo hemos sido aliados desde el momento en que nos quedamos en su apartamento con las manos entrelazadas. Sí, entre nosotros ha habido mentiras y momentos de duda. Y aunque esos momentos han sido mucho más extremos en nuestro caso que en el de otras personas que empiezan una relación, no creo que haya tanta diferencia. ¿No nos damos a conocer despacio, por partes, a las personas a las que estamos empezando a amar? ¿No seleccionamos y escogemos qué queremos que vean y cuándo? ¿No tememos, al principio por lo menos, que nos juzguen o nos rechacen por lo que somos, hasta que intimamos un poco y estamos más seguros de la imagen que tenemos para el otro?

Jake y yo ahora tenemos una política mutua de total honestidad. Y no siempre es *fácil* (por ejemplo: «¿Con estos tejanos parezco más gorda?»), pero siempre es *real*. Y yo siempre preferiré la verdad antes que la mentira, por radiante, esplendorosa y preciosa que sea.

EL PRINCIPIO

Agradecimientos

Mis agradecimientos más sinceros a...

... mi agente, Elaine Markson, y su ayudante, Gary Johnson, por su constante apoyo y entusiasmo. Su ayuda ha sido vital para este proyecto. No quiero imaginarme qué hubiera sido de mí sin ellos.

... Sally Kim, por sus fantásticas y cariñosas correcciones, y por ofrecerme un hogar maravilloso en Shaye Areheart Books. Nos hemos convertido en cómplices emocionales.

... Shaye Areheart, por su cálida acogida de brazos abiertos. Me siento muy afortunada por formar parte de su entorno, donde imparte humanidad y comprensión. También quiero darles las gracias a Jenny Frost, Tina Constable, Philip Patrick y Doug Jones, por su enorme energía, apoyo y entusiasmo. Cuando estoy a su lado, siento que todo es posible.

... Whitney Cookman, Jacqui LeBow, Kim Shannon, Jill Flaxman, Kira Stevens, Tara Gilbride, Darlene Faster, Linda Kaplan, Karin Shulze, Alex Lencicki, y a toda la familia de Shaye Areheart Books/Crown que convirtieron mi primera visita en una vuelta al hogar. Ha sido un auténtico privilegio trabajar con un equipo de gente tan brillante y con tanto talento.

... mi maravilloso círculo de familia y amigos por el que me siento muy afortunada; y muy especialmente a mi marido, Jeffrey, por darme *demasiados* motivos para estar en esta lista; a Heather Mikesell, por leer borradores sin descanso, por su infinito entusiasmo y por sus inestimables aportaciones; y a mis padres, Joe y Virginia, por animarme infatigablemente y alardear descaradamente de ello.

Visite nuestra web en:

www.umbrieleditores.com